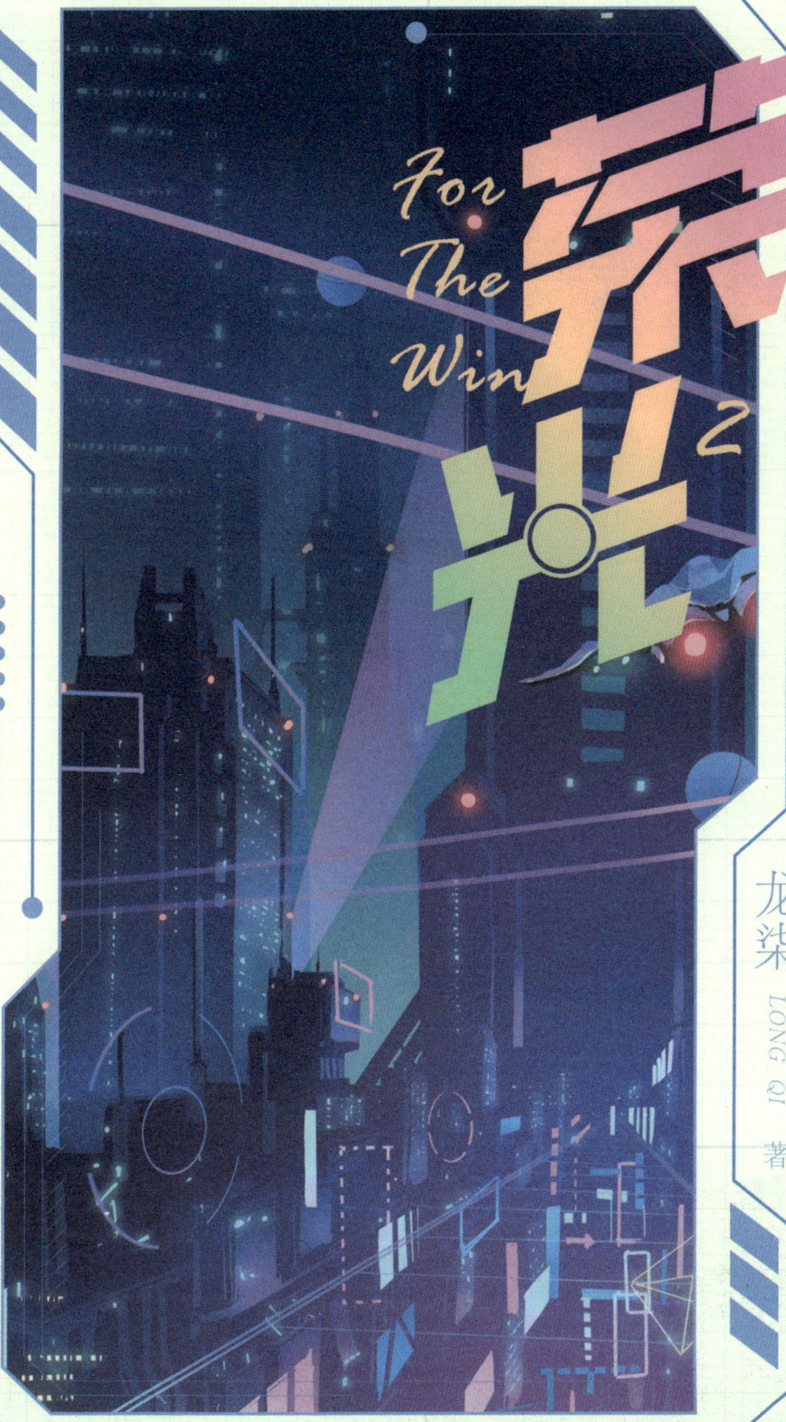

For The Win

荣光 2

龙柒 LONG QI 著

中国·广州

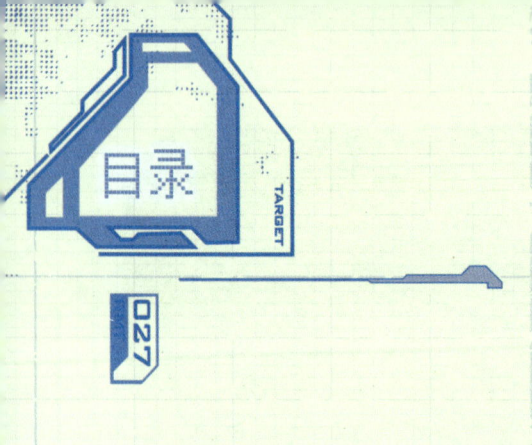

027

一 最好的队长 001

二 五杀到手 061

三 FTW未来可期 109

四 新一代野王 141

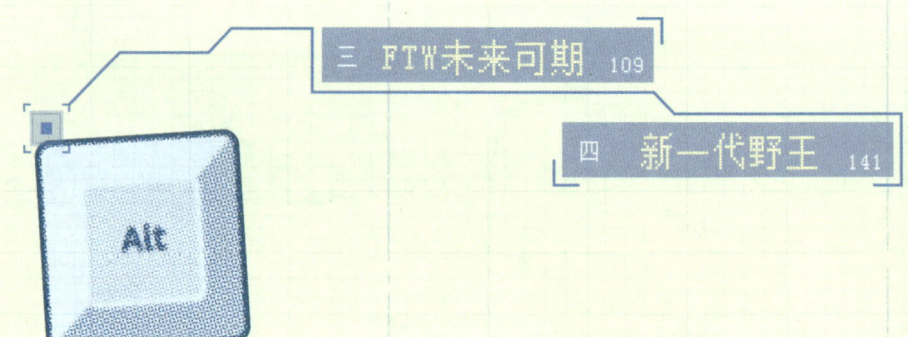

五　荣光炸麦王　177

六　输人不输阵　213

七　我破开时间等你王者归来　251

八　心中信念不灭　289

100%

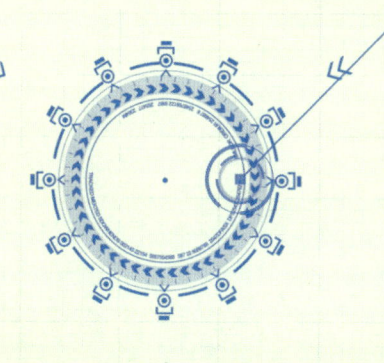

CONTENTS

FTW

陆封微愣。

他站在台阶上,看着下方的少年,明明是俯视的角度,

却仿佛看到了初升的太阳,破开冬日迷雾,唤来久违的春天。

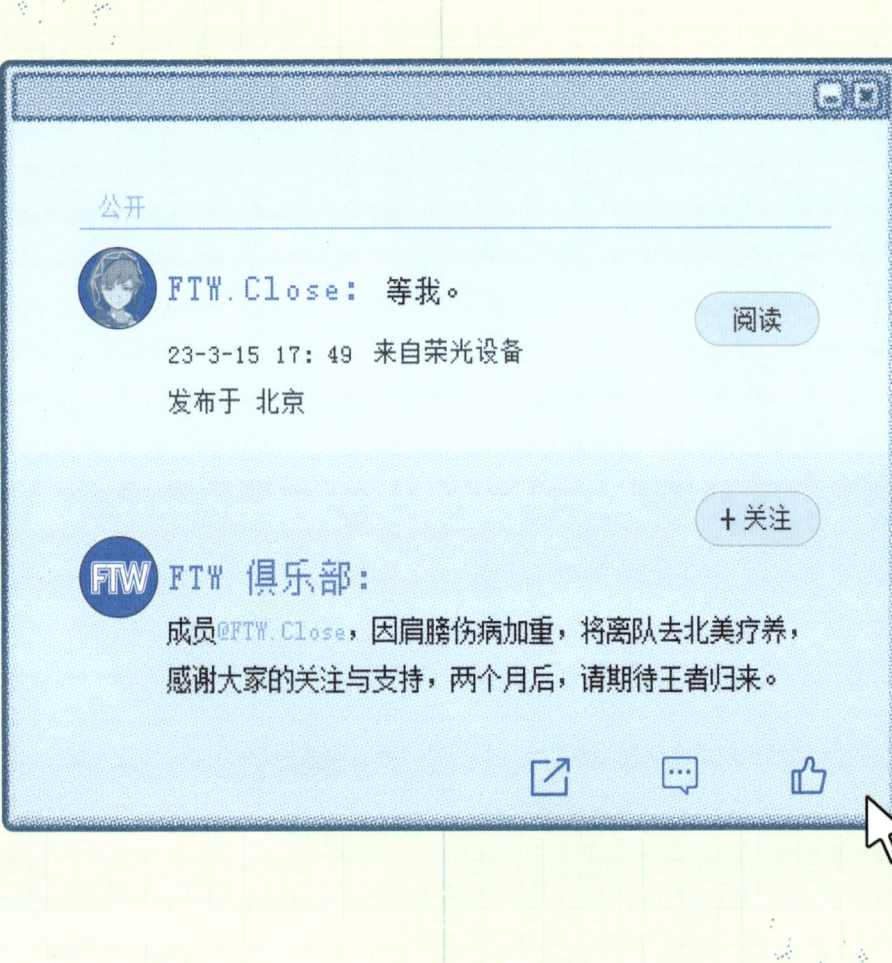

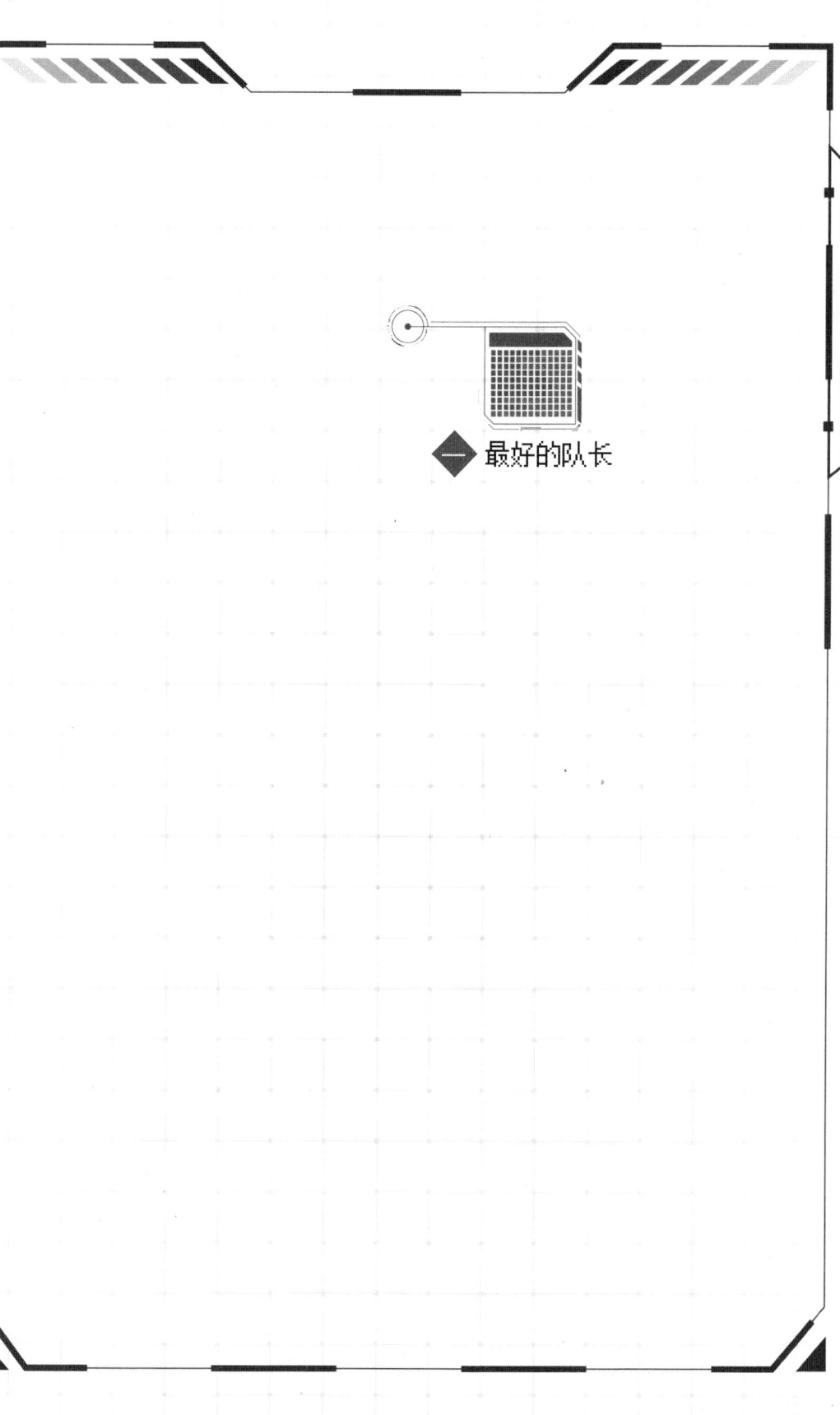

一 最好的队长

01

Gary："队长……"

元泽："我出去一下。"

他抄起桌面上的打火机，出了训练室。

走廊的尽头是观景台，落日的余晖洒在蔚蓝的海水上，像在冰冷的雪原上燎了一把火，烧得海天一色。元泽点了火，火焰燃在了烟上，他的掌心却烫得惊人。他在烟雾中低头看向自己的掌心。空荡荡的掌心，薄薄的细茧，积满的是他多年来无数场对局。

训练赛、常规赛、季后赛、国内总决赛、全球入围赛、全球淘汰赛、全球总决赛。无数场对局，无数场比赛，无数次的胜利和失败……他以为自己习惯了，适应了，甚至麻木了。

现在，一场简简单单的双人赛，在他手心燃了一把火。想赢，想拿下比赛。想击败那个嚣张狂妄的浑小子！

元泽平复了躁动的胸腔。他开始期待今年的全球赛了。

十分期待。

回到训练室，元泽拉开椅子坐下："老G，冲分。"

Gary眼睛唰地亮了："晚上约FTW？"

元泽："嗯。"

拿下积分榜第一，他要在5V5团队赛中教训一下小朋友。

FTW击败了L&P，网上炸开锅了。

不明真相的吃瓜群众纷纷询问："什么情况？国内赛都没打，怎么就开始国际赛了？"

"L&P？去年的全球亚军？你们F粉疯了吗，大白天做梦？"

"不对啊，这个点就算是集训地也没开始积分争夺战吧？赢什么赢啊？"

已经开心到螺旋升天的粉丝们立马开始激情推荐："走过路过不要错过，陆封和卫骁的双人赛你值得拥有！""大魔王和小魔王精彩反杀，绝地翻盘，我能看一万遍！""本卫骁事业粉报到，卫骁给我冲！"

一场自由匹配的对局，一场没有任何奖励刺激的比赛，寻常得仿佛是玩家间的娱乐局，却因为四个人的精彩博弈，燃爆了观众的感官。

荣光圈有不少会做资深分析的网友，其中很知名的一位叫"芳哥"。

芳哥人如其名，最喜欢"口吐芬芳"，每个复盘视频都能凭一张嘴把选手送去太空，送出太阳系。

这么一个致力于让所有选手"自闭"的芳哥，发了个分析视频，客观冷静地把双人赛的最后一番操作吹了个遍。

"你们以为暗贼只是拿了免疫刷出连招，弧光致死元老贼？

"不！这里面藏着卫骁的运筹帷幄，藏着陆封的孤注一掷，藏着两人生死一线、千钧一发时对彼此的绝对信任！

"你们品，给我细细品，陆封这开野的时机，这技能的伤害把控，这最后一滴血的拿捏，计算机都没他能掐会算！

"品，继续品，卫骁这个位移加闪现，早一秒会惊动元老贼，晚一秒会错失免疫怪，暗贼连零点零一秒的失误都没有！

"我知道有人要说了，这不是职业选手的常规操作吗？看看局势，看看经济差，看看这一面倒的比赛，就这么个必输局面，卫骁一个新人竟然敢冲上去反杀元老贼，还成功了！

"哦，你们又要说了，不过是场自由匹配，输了就输了呗，不如拼一把。你也说了是自由匹配，赢了不过六积分，输了也不痛不痒，可卫骁他从开局第一秒到最后一秒都在拼尽全力全神贯注地想赢，这认真的态度有吗？

"我知道你们又想说'芳哥你收了FTW多少钱，这么吹'。实不相瞒，你芳大爷我想倒贴钱，我早看上FTW这个新打野了，我赌他能陪陆封夺冠，我信他能圆FTW一个世冠梦！"

芳哥作为荣光圈知名喷子，影响力着实不小，这狠话一放，FTW瞬间被推到风口浪尖。

老粉热泪盈眶。

理智粉十分茫然："那个，咱们国内赛还没出线呢，讨论能不能拿下世冠杯是不是早了点？"

回头又一轮游，岂不是要丢脸丢到太平洋！

FTW这边，项六的电话快被赞助商打爆了。

每个俱乐部都有负责营销的团队，FTW的宣传部一直是佛系画风——

推广，不了不了；营销，不用不用；宠粉，罢了罢了。

可今天项六挨个解释："没有找推广！"就算要找也不找满身"黑"的芳哥啊！

赞助商还以为FTW"洗心革面"，开始认真营销了呢。

项六解释得口干舌燥，他早有预感，签下卫骁的FTW可能会迎来新的腥风血雨，只是没想到会这么快！集训而已，祖宗们能不能消停点儿？咱们FTW真不缺钱，就缺个世冠杯而已。

外面如何不论，FTW训练室里画风诡异。陆封和卫骁赢了，白才却高兴不起来，到手的两万块就这么飞了？

他试探道："骁哥，您看打得挺爽，不如……"两万没有一万也行啊。

卫骁转头瞪他："爽？"

菜哥眨巴眼："不爽？"

卫骁没好气道："元老贼他放水！"

白才："全网都把您吹上天了，您说元泽放水？"

卫骁不理菜哥，看向陆封："队长，他是不是瞧不起我？！"这语气还有点儿委屈，陆封无奈："嗯，他不做人。"

辰风："……"

卫骁找到了安慰，心里舒服了点："对！元老贼不是人！"

对局时最后一阵，陆封和卫骁配合得天衣无缝，就像芳哥说的那样，两人争取了一切机会，估算了所有伤害和技能，算准了时间和走位，在堪称完美的操作下打出了最高伤害。

可是……元泽不至于倒地。

外行人很难看懂，内行人却能感觉到。尤其是局中的卫骁，被元泽压了整整二十分钟的他特别清楚这个男人的实力。

双人赛没有复活甲和锁血这种装备，但元泽的狂战却有免伤的被动。这个被动有刷新条件，对于普通玩家来说，对暗贼冲上来的一套连招是无法做出反应的。

可这个狂战是元泽！

元泽在2018年用狂战拿下过全球MVP！

卫骁气死了："难怪他不用自己的冠军皮，是没脸用吧！"

全球MVP是有冠军皮肤的，就像陆封的暗贼有赤空之刃这个专属皮肤，元泽也有属于狂战自己的专属皮。

只是这局对战中他没用。

辰风忍不住道："他也会失误。"

卫骁定他"死罪"："是他潜意识里觉得我和队长赢不了。"

辰风："……"

还好意思说别人不做人，你这个赢了全球第一还生气的就做人了吗？！

偏偏还有人哄着他。

陆封："先匹配，晚饭前我陪你Solo（单人对抗）。"

卫骁满脸惊喜："真的？"

陆封："嗯。"

卫骁心痒死了："你用狂战？"

陆封弯唇："对。"

卫骁振奋了："好！"

之后几局，没拿到钱的菜菜拒绝帮他点匹配。魔王二人组煞气太重，一路压着打了三局，毫无悬念。

自由匹配结束，当日排名出现在计分板上。

第一名：L&P。

第二名：黑骑士。

第三名：Pro。

全集训地哗然，Pro怎么了？怎么就第三了？！

黑骑士这么牛的吗？竟然压了Pro？

黑骑士战队牛不牛不知道，蒙是真的。

他们什么都没做……默默"躺"到了第二。

L&P后半段的手气绝了，元泽和老G在5V5撞到了金成炫和李赫然，黑骑士的三个人是元泽的队友。

他们目睹了什么叫"凌虐"娇花。

元泽拿了死亡骑士，老G拿了暗影盗贼，这俩疯狗一样地盯上了金娇花。

金成炫运气惨透了，匹配到的是冷门赛区的不知名小队，队友菜得让人窒息。

"锦鲤"组合再怎么默契配合，也拦不住那俩打鸡血的禽兽啊！

金成炫从不在对局中浪费时间打字，这次竟然敲下一行字："老shi吃药了？"

元泽："叫老师。"

金成炫："……"

这一局毫无悬念，元泽和老G拿下6分，黑骑士的2+1组合跟着"躺"了9分。

接下来，大概是一起匹配的缘故，黑骑士的2+1又和元泽、老G一队！

对面不是金成炫和李赫然了，却仍是Pro的首发，是他们的中单和打野。

元泽这次换了狂战，还用了自己的冠军皮，老G拿了狂贼，双狂组合是出了名的峡谷杀手，这俩"突突突"起来，Pro的中单和打野被撞得七零八碎。

Pro中单错愕："哥，元泽受什么刺激了？"

金成炫彬彬有礼："失恋了吧。"

元老贼把他们Pro捶到第三了！

谁敢想，本来第五的黑骑士凭借着自己的小运气，一路飞升到了第二名。被打了两天的黑骑士以这种方式扬眉吐气，也是万万没想到！

看到这积分榜，观众提前激动了。今晚有的看了！L&P一定会选FTW！

卫骁几乎是在自由匹配结束的瞬间邀请了陆封。吃什么饭，有 Solo 香吗？！

FTW 其他人也不急着吃晚饭，纷纷凑过来看热闹。陆封拿了狂战，卫骁用了暗贼。这还原的是双人赛时元泽和卫骁的对局。

就像卫骁说的，最后那次元泽没能彻底发挥出来，在暗贼的八道弧光劈头盖脸落下时，狂战是能活下来的。

比如此刻的陆封，完美复刻了元泽的操作，同时在最后关头刷出免伤被动。血量越低，免伤越高，仅有不到一百滴血的狂战扛住了！

陆封轻飘飘一刀，带走了从天而降的暗贼。

卫骁飞快转头，看向辰风："看，队长就不会失误。"

辰风："……"

卫骁兴冲冲地转头，对陆封说："果然队长最好了！"

陆封顺势问："有多好？"

卫骁毫不犹豫："比元泽好一万倍！"

陆封满意，起身道："走了，去吃饭。"

卫骁赶忙跟上去："队长，你想不想比元泽好十万倍？"陆封眼尾斜他。

卫骁可真是个小机灵鬼："再 Solo 一局，您就比他好十万倍，两局一百万倍的好，三局……"

陆封笑："不太好吧？"

卫骁心想：是说用元泽做计量单位不太好吗？

"拳头大个心，装得下吗？"

陆封觉得自己装不下，装不下卫骁说的这么多"好"。

02

卫骁一脸茫然："怎么就装不下了？我心大着呢！"多好的队长他都装得下！

陆封："是我装不下。"

卫骁更迷茫了："队长装不下什么？"

旁边的辰风："……"

卫骁脑子灵光一闪，悟了："我知道了！"

辰风被他吓了一跳，这小子 Get（明白）到了？

反倒是陆封十分淡定："嗯？"

卫骁凑近他，笑得贼兮兮的："原来你怕我夸你啊？"

陆封："……"

"不就是比元泽好千千万万倍嘛，这就听不得啦？"

卫骁这嘴无敌了："按说不应该啊，我天天夸，队长你居然还不适应？难道是我夸得不到位？是我不够专业吗？等我再研究下，争取每晚睡前夸一次……"

陆封："卫骁。"

卫骁弯着眼睛看他："嗯？"

陆封侧头盯他，卫骁眼巴巴看他。

陆封："闭嘴。"

卫骁："好嘞。"

辰教练服了，在各种意义上服了陆封。不愧是十八岁买下FTW，一路扛着巨大压力走到现在的男人。

晚饭吃得比较仓促，辰风这边心里惦记着事，趁机把白才、宁哲涵和越文乐叫到了一边。

晚上的积分争夺战是绝无悬念的，L&P一定会邀请FTW。

辰风一点都不担心卫骁，就冲他对元泽那嫌弃样，只怕元泽越认真越开心，输赢都是其次了。

但不是所有人都是大小魔王，队里还是有正常人的。

辰风语重心长道："晚上的训练赛，心里有准备吗？"

白才不愧姓白，小白旗举得那叫一个快："凶多吉少。"

辰风翻个白眼："废话。"

相对来说，辰风对莱哥不那么担心，这家伙能和卫骁混在一起这么久，心脏也是强大的，否则也做不到在大魔王身边不功不过。要知道FTW的前辅助，因为跟不上陆封，每次比赛打完都要哭一场，哭得辰风都不敢给他复盘。

如今卫骁归队，白才也知道努力了，总的来说是让人放心的。

辰风最担心的是宁哲涵和越文乐。别看老越拿了个国内冠军，可他自身问题颇多，尤其是心态方面，十分古怪。普通人被压制后会变得胆小谨慎，打不出效果；他是越被捶越来劲，犹如飞蛾扑火，不管不顾非要上，半点理智都没。

以前辰风总纳闷这是哪来的怪毛病。自从知道了卫骁的大师身份后，他懂了——越文乐这是提前经历过"毒打"，长反了！

全队最正常的是小宁子，也是最让人不放心的。

他入队晚，也没被大师调教过，作为新人王，宁哲涵的操作和意识是非常优秀的，唯独心态和经验差了一截。经验这事急不得，只能慢慢熬；心态的话，辰风作为教练是有义务关照的。

他今天的话主要就是说给他听的："晚上的比赛，元泽会非常认真。"宁哲涵神态凛然，点头道："我会努力的！"

努力不拖队伍后腿。

辰风摇头，这不是努不努力的事，全力以赴的元泽有多恐怖，眼下的中国赛区怕是没人体会过。

陆封的压制力很强，可惜FTW始终没有足以匹配他的队友，所以5V5对局中，大家最多也就是觉得难办，但还有的打。

元泽就不一样了，L&P几乎可以说是为他量身打造的队伍，从老G到去年刚入队的新辅助，全员适配性极高，绝不会束缚他。

　　L&P磨合得也不错了，去年虽然没能拿下冠军，但在总决赛赛场上的亮眼表现也让人惊叹不已。之前FTW和他们约了几次训练赛，可那都是在闹着玩。要么元泽不上场，要么中单是二队的，再不然是射手在练英雄池。也就Gary为了和陆封对线，次次不缺席，局局很认真。然而Gary又被陆封压制，七零八落的L&P连正常水平的五成都发挥不出，就这样胜率还是五五开，足以见得两队之间的差距有多大。

　　所以辰风很担心，他不怕比赛输，怕的是小孩们心态崩。

　　作为元泽曾经的队友，辰风对他还是足够了解的。元泽绝对是被刺激到了，今晚的L&P状态不亚于去年全球总决赛。

　　辰风安慰他们："一场训练赛而已，做好自己就行。"

　　宁哲涵还不知道自己要经历什么，点头道："好！"

　　辰风能交代的全交代了，其他也不是说说就能解决的。迎头上吧，队里有个卫小疯，腥风血雨以后怕都是家常便饭了。

　　他们回到餐桌，看到卫骁在埋头苦干。辰风纳闷了："这又干什么呢？"

　　卫骁认真道："给队长挑菜。"

　　辰风："嗯？"

　　白才一听，嘴角抽抽。

　　卫骁仔仔细细挑了一盘子西芹，推到陆封面前："队长，吃吧。"

　　太难了，这边的饮食喜欢把西芹当配菜，卫骁为了让队长吃个痛快，费了老大力气才给他挑出这么多。

　　知情人士辰某人和白某人看着这一碟子西芹："……"

　　卫骁放下公筷，忍不住炫耀："嘻，就我最疼队长。"

　　辰风和白才："……"

　　你可算了吧！

　　更让他们目瞪口呆的是，陆封接过了那一碟子西芹："辛苦了。"

　　卫骁："小事儿，等明天我去问问厨师，看能不能让他只炒西芹。"

　　饶是淡定如大魔王，拿着叉子的手也颤了下："倒也不必这么麻烦。"

　　卫骁："不麻烦，民以食为天，队长吃饱了才有力气打比赛！"

　　陆封："……"

　　辰风懒得同情他了：惯吧，加油继续努力往死里惯吧！

　　吃饱喝足的FTW一行人去了宴会厅。机位就绪，解说介绍几句后，主持人宣布了今天的对阵队伍。

　　第一名L&P优先公布，当FTW这三个字母出现在大屏幕上时，台下传来了叫好声。大家都不意外却仍旧惊喜。毕竟从集训开始，FTW给大家带来了太多惊喜。终于，这个重获新生的老牌战队，要迎来一场血战了。

陆封对元泽，曾经的神之队，曾经并肩作战的队友，曾经托付后背的兄弟，此时此刻站在峡谷两头，成了殊死一搏的对手。更让观众兴奋的是，陆封从打野转上路，元泽又是如今荣光圈最强上单之一。

强强对决，还没开始就已经热血沸腾！

台下金成炫抱胸道："我倒要看看，他们在搞什么。"

就像辰风了解元泽一样，金成炫也很了解他。这个懒散的男人认真起来是什么模样，他都快忘了。

曾经的神之队，元泽是天赋最差的，他用努力弥补了一切差距，成了别人口中天赋异禀的人。元泽其实不讨厌天才，甚至很喜欢。因为天才全是他的手下败将。

公布了对阵结果后主持人宣布："因为 B 组的一些特殊情况，赛委会调整了积分争夺战的规则。"

全场哗然："怎么又改？"

虽说是第一次搞这个积分赛，可也不用三天两头修改规则吧。

主持人也不过是传声筒，麻利地把话说完了。

这个改动还挺大的。从今天开始，到最终奖池争夺战，所有战队只能邀请同一战队一次。也就是说今天 L&P 邀请了 FTW，即便明天他们仍旧拿了前三，也不可以再邀请 FTW。

这一场对局，是他们在集训赛里第一场 5V5 对战，也可能是最后一场！

03

"为什么？！"卫骁心态崩了。

这位连输几十场 Solo，遇上最强战队被人杀到超鬼①都不崩的大心脏选手，被主办方搞崩了。凭什么只能打一场？凭什么？！说好的积分前三有机会邀请训练赛，怎么说变就变了？主办方怎么回事，还让不让人好好集训了！

然而全场十八个赛区近百名选手，想法和卫骁一样的几乎没有。大多数人，哪怕是他的好兄弟白才都松了口气。只打一次太好了，这天天打谁受得了！

规则改动这么大，赛委会肯定要给选手们一个交代，于是主持人仔细解释了一下原委。

这次还真不是 FTW 的"锅"，虽然也有点关系，但 FTW 不按常理出牌，没能一举捶醒赛委会。

彻底让赛委会发现这规则不合理的是 B 组的两支战队。一支是外号"止痛药"的 EVE，一支是中国赛区的 RR。EVE 的中单是曾经的神之队首发谢和，RR 的中单是中国赛区的新秀月夜。

---

① 游戏术语，指在没有杀一个人、没有一个助攻的情况下被击杀了 8 次。

起初大家都没发现问题，B组第一天积分赛的火药味很淡，连自由匹配都没人冲分。RR在豪强林立的集训地十分不够看，要知道连FTW这个国内赛冠军都备受冷落，更不用提RR了。

但RR的队长莫有钱是个奇葩，他自掏腰包，激励队友："兄弟们，给我搞！自由匹配冲一分，我补贴一万块！"一局赢了就是三分，一天能打七局，全赢了就是21万。RR的队员瞬间激动了，开始疯狂冲分。

结果就是RR这天一口气冲到了第三名，甚至把欧区强队EVE搞下去了。莫队是个宠崽的，知道自家中单想和荣光首席中单Battle（对战），于是大手一挥，约了EVE。

某种意义上，EVE的中单谢和与RR的中单月夜属性相近，都是刺客型中单，一手法刺玩得比打野还凶，中路抢线抢得飞快，支援更是做到了极致。

EVE的打野是队长，RR的打野也是队长。两个队都是中野联动，疯狂搞事的队伍。

第一天EVE没当回事，尤其是谢和，根本没把月夜放在眼里，谁知最后竟被他翻盘，拿下比赛。这下捅了马蜂窝。

当年的神之队，脾气最不好的就是这个名字里有"和"的。

谢神属于那种看着安安稳稳、岁月静好，实际上性格刚烈、打法凶残，野起来能一打九。

月夜这下可是摊上事了，第二天EVE冲到第一，抢了RR的风头。RR今年是真的不一样，自从引进了月夜这个刺儿头，整个队风都一百八十度转向，从之前莫有钱主导的"人傻钱多"一夜变成"干就是干"的"野狗"。

想想月夜被大师锤炼了几百局，还能不屈不挠地打职业赛，心理素质早就不是一般人。

谢和想制裁他？月夜还想干翻他呢！

这俩战队的梁子算是结下了。

其实大家都看得出来，EVE比RR强太多了，认真起来的谢和完全吊打月夜。按理说赢一局就完事了，可是不行，月夜这死都不服输的劲刺激到了谢和。

赢了又怎样，这小子满眼写的都是不服！

于是第三天，冲到第三的RR又约了EVE。这俩战队杠上了，一副不搞死你就没完的架势。

赛委会一看，这能行？

冬训的目的是多战队交流，这成了两家独秀算什么？其他战队也隐晦反映："这RR也太惨了吧，这么闹下去回国就退赛了吧。"

赞助方也不乐意了："EVE必赢，比赛看着也没悬念啊。"

B组的管理和A组的一交流，A组立马说了他家积分榜前三只挑一个FTW导致他们改规则的事。

这规则的本意是考虑到强队不那么看重训练赛，所以自由匹配不认真，最后前三的应该是相对有实力的战队，没想到全乱了。强队莫名被激起了胜负欲，还都在挑中国赛区的软柿子捏。这不是欺负人家吗？中国作为荣光玩家最多的赛区，赛委会觉得自己不能委屈这些战队，于是……规则改了！

十八个战队在积分争夺战中只能和同一战队约战一次；累计三天积分负数的战队将失去参加奖池淘汰赛的资格；集训最后一天改为奖池淘汰赛，所有符合资格的战队都可以参加，随机匹配，一轮淘汰，输了奖池被掠夺。最后的冠军将带走所有奖金！这下圆满了。

整个积分争夺战的赛程完整出炉！

听完全程，不少为了观望而负分两天的战队脸色大变。原本是想休养休养，等最后一鸣惊人，结果……赛委会不给他们猥琐发育的机会。不打比赛的战队来了干吗？赞助商如是说。

负不负分的卫骁不担心，他关心的是 RR 这么强，月夜不错啊，期待国内赛了。"奖池淘汰赛有意思，菜菜想不想发家致富？"被点名的菜哥毫无斗志："滚，不约，打不动！"

想什么呢，还发家致富？当 L&P、Pro 是摆设啊？

最后一天的奖池淘汰赛成了吊着卫骁的胡萝卜，勉强抚平了他崩溃的心态。行吧，好歹最后一天够刺激，中间这几天当成苦修了。卫骁振作起来了。

开战前，FTW 和 L&P "友好交流"了一下。

Gary 语重心长道："好好打，这大概是在集训地我们最后的交手机会了。"

是第一次也是最后一次，非得捶死这小疯子！

卫骁诧异："老 G 你自信点。"

Gary："嗯？"

卫骁："我觉得 L&P 还是有希望从奖池淘汰赛里杀出来的，努力啊，十二天后我在决赛现场等你。"

言下之意是我们 FTW 肯定能杀进决赛，你们能不能行就……努力啊。

Gary："……"

元泽拎走自家傻打野，有点什么用，用英文都说不过卫小疯！

双方调试设备后，进入 BP[①]环节。一场比赛精彩与否，从 BP 就能看出来。敷衍的比赛，BP 快速搞定，双方都不会计算太多；认真的比赛，BP 犹如下棋，每一步都要算三算，全是密密麻麻的心机与谋略。

辰风神态凝重，熟悉他的可能都会惊讶。这么严肃的辰风教练，只有在世界总决赛上见到过。

FTW 的 5V5 没有登上过那样的舞台，但辰风作为陆封唯一的"队友"，是要参与单人赛 BP 的。他拿出了这样认真的态度，足以见得有多重视这次训练赛。

---

① BP 是 Ban 和 Pick 的缩写，Ban 表示禁用，Pick 表示选择。

辰风活动了一下耳麦，问："有什么想用的天赋吗？"战略是早就备好的，可到底用哪一套，全看当天的实际情况。对面禁用什么抢什么，都会影响己方的阵容和搭配。

辰风习惯了问问选手。不管之前他们怎么想，坐到这张椅子上，触碰到键盘，那瞬间的感觉是很重要的。在保证阵容的情况下，为选手争取最想用的天赋，是辰风的职责。

本以为最先开口的会是卫骁，没想到是陆封："我拿狂战。"

卫骁立刻道："那我用狂贼。"

辰风点头："可以。"

双狂组合十分强势，对于喜欢上野联动的队伍，这俩凑一起撑天撑地。

白才道："估计他们会禁了巨人萨满。"

双狂配个强肉辅助是神仙阵容，真让他们拿下，L&P的教练就卷铺盖回家吧。

辰风衡量道："我们一楼直接拿狂战，看对面会不会抢打野位。"

FTW一楼先抢，L&P是有两个位置可拿的，他们没准会一口气拿了狂贼和巨人萨满。

拿了也没事，狂战的适配性很高，能搭配的阵容多了去，他们把优先位置给辅助，反而好针对。

L&P的教练一眼看穿了辰风的念头，他们拿下狂贼，放了巨人萨满。

卫骁"嘿"了一声："老G凉了。"

这小鬼，辰风在他脑瓜上敲了下："就你聪明。"

卫骁："不是吗？队长的狂战能把他打'自闭'。"

辰风嘴角弯着："来吧，抢中路和射手。"

队里有俩全能选手的感觉真好，阵容调配一下子丰富了。他们的确想抢双狂组合，对面也看穿了，破了他们的局。

但是……辰教练好歹是大魔王背后的男人，哪会不留后手？

狂战是狂贼最好的搭档，也是狂贼最怕的对手。老G本身对陆封就有心理阴影，再对上他的狂战……

呵呵，加油吧老G！

L&P不愧是强队，攻城略地不让分毫，他们上单抢下前期超强的血战，中路拿了能秀翻天的仙术士。

十多分钟的博弈后，双方都拿到了可圈可点的阵容。

FTW：狂战、仙贼、灵法、神牧、冰猎。

L&P：血战、狂贼、仙术士、魔能萨满、激光枪炮师。

解说们已经开始展望战局："从阵容上看，双方都很不错。狂战和血战有的打，仙贼和狂贼都是团战型打野，这次FTW的中单很敢拿，居然用了灵法。灵法对仙术士挺好的，其他腿短的法师只怕会死很惨。FTW. White的神牧是联赛首屈一指的了，去年中国赛区总决赛上一个二技能把对面控到'自闭'。FTW. Le的冰猎也很有东西，只要能沉住气，后期输出爆炸。"

观众听解说这样狂吹 FTW，心里却虚得很。众所周知，为了弱队选手们不被捶得太难看，他们开局都会先吹一下弱队选手。

L&P 对 FTW，无论怎么看都是 L 太强，而 F 太弱。

中国赛区观众的心都拧成结了："虽然我看不上 FTW，但我希望他们别输太惨。"

"作为一个不看好 FTW 的人，我把话放在这儿了，他们要是能赢了 L&P，我转粉一个赛季。"

"陆封对元泽，曾经的神之队啊！"

无论是解说还是粉丝，全都不看好 FTW，别说这些人了，就连辰风这个"亲妈"都不看好，他现在倒是不紧张了。输了拉倒，尽情享受这独一无二的赛场吧！

在无数人的紧张与担忧中，FTW 开局拿下一血！

"FTW 这个新打野是真的敢啊！"

卫骁击杀元泽！

这什么魔鬼开局！

04

一进到峡谷，陆封对卫骁说："元泽有个习惯。"

卫骁竖起耳朵："嗯？"

陆封："白才去下路，你来我这儿。"

卫骁最喜欢开局搞事了，立马应道："好！"

上野区最重要的野怪无疑是背着"蓝 Buff（增益状态）"的野怪。

常规打野开局，要么下野区红野开，要么蓝野开，要么去中路骚扰一番，搞个小摩擦，威慑对方。

但 FTW 这俩不按常理出牌，他们开局一起冲向上路，蹲在了 L&P 的上路草丛中。

元泽的确有个习惯，开局他不会先去线上，而是直接过河道入侵敌方，探一下视野。陆封和卫骁藏的这个草丛是他的必经之路。

他想去骚扰卫骁，肯定要经过这里。如果他不去骚扰卫骁，那陆封和卫骁也就蹲不到他。

元泽来不来呢？

卫骁笑道："来了！"

不愧是老队友，陆封很了解元泽！一级的狂战有击飞技能，一级的卫骁开了三段位移，直接撞到元泽脸上。

元泽冷不丁被突然出现的两人吓了一跳，双方一交战，视野就暴露了，老 G 立马道："等我！"

他刚好在上野区。

元泽忙说："别来。"他走不了，血战前期脆得要死，没有大招的情况下又不能吸血，被这俩撞上，已经是必死无疑。老 G 与其过来浪费时间，不如赶紧刷野抢节奏。Gary 与他配合多年，立刻懂了他的意思，加速刷野，想借机去反了 FTW 的野区，抢他们资源。

元泽不愧是位列荣光"神殿"的男人，被陆封和卫骁打了个措手不及，他也不慌不忙，跑是跑不了的，不如努力换走一个。

卫骁的仙贼前期比血战还脆，元泽不退反进，技能砸在卫骁身上。

陆封的狂战在不满六级时输出不行，可是防御高，他巧妙走位，挡在了卫骁身前，替他扛下血战。血战一技能连三下强化普攻伤害十分可观，陆封被砍到半血。

卫骁扬声道："队长，撑住！"他一段位移绕到元泽身后，长剑如虹，白色的剑光刺向元泽后背。

解说惊叹道："厉害，完美触发了撕裂！"仙贼的被动技之一是从背后击中敌方，伤害翻倍，并且有撕裂性持续伤害！元泽反身就是一刀，劈向这浑小子。

卫骁灵活得很，二段位移再度绕到他身后，又是一记完美的撕裂伤。这时陆封的技能冷却结束，一技能的击飞震住元泽。元泽无视这正面一刀，死盯着卫骁，蓄满能量的一刀劈了过去。

解说 B 倒吸口气："仙贼这血量受不住！"

解说 A 也惊了："元泽不愧是荣光最强上单。"

这一打二的能力绝了，哪怕必死无疑，也能带走一人，甚至有望拿下一血。

在所有人都以为卫骁必死的形势下，他卡在了最后零点零一秒，第三段位移闪到了陆封身后！

真真正正的电光石火，元泽被击飞的同时血刀劈了出去，卫骁以陆封为掩体避开了大部分伤害，留了近三分之一的血量。

"啊！"在上路刷野的 Gary 沉不住气了，他要放弃打了半天的野怪，过来支援。元泽厉喝："刷你的野！"Gary 解释："他们残了。"元泽冷声道："陆封能单杀你。"

Gary 心一震。这一刻，元泽的判断是对的，Gary 的确能赶过来，可意义不大。元泽杀了卫骁是最好的结局，带不走的话，Gary 来了也是送命。

老 G 来支援，卫骁必死，但半血的陆封一定会击杀 Gary。到时候 L&P 的上路和打野全死，节奏全崩。

元泽只剩下一层血，血条从重伤的红色到濒死的黑色，小兵随随便便砍一刀他都会倒地不起。即便到了这个地步，他仍旧反身平 A（普通攻击），绕着黑雾的吸血刃刺向卫骁。

台下的选手都惊了："这都行！"

同为 FTW 上单的汤臣看得目不转睛。另一边 Pro 的金成炫冷笑："果然藏拙了。"L&P 和 Pro 时常约训练赛，打了几百局了，何曾见元老贼这样认真过。

不知道的还以为这是全球总决赛呢！

元泽的刀锋划到了卫骁，仙贼脆弱的身板瞬间重伤，深红色的血条暗示着他濒临死亡。

只要再来一下，只要刀尖碰他一下……元泽就能杀了卫骁！

"该撤了吧？仙贼可以走了，这人头给陆封就行。"

"对，与其把自己送给元泽，不如让陆封拿下一血。"

"仙贼上了！"

"疯了吧！为了抢一血不顾大局？"

仙贼迎着血战冲了上去，同样丝血的两个人，比的是绝对手速！新人卫骁拼得过老将元泽？做梦吧！

系统公告：
FTW.Quiet 击杀 L&P.Marshal！

成了！卫骁击杀元泽！

宴会厅哗然，解说愣了半秒钟后道："很秀，这手速很好。"

直播间里观众炸开了锅："这小子好强！""有勇有谋，敢打敢拼！""太狂了，这都能赶上。""会死吧……他自己也会死的，虽然拿了一血，可也送了人头。""死不了！仙贼刷出了第二被动！"

解说B："卫骁击杀元泽！他利用之前的位移和平A，刷出了仙贼的第二个被动，零点零一秒的'无敌'[1]效果！"

这个被动对于普通玩家来说约等于不存在，在一般职业选手那里也不敢强行依赖。它就像暗贼的弧光，谁都知道刷出来很强，可失误率太高，依赖这种技能，"翻车"的可能性太大。

卫骁却做到了！精准且完美！

解说A的语速快了起来："仙贼不撤退是对的，如果他刚才胆怯，把人头留给陆封，那么他一定会死，血战的刀尖是能够到他的！"

解说B："对，他冲向元泽的那一段位移加最后一剑，触发了第二被动，用'无敌'扛住了元泽的死后一刀。"

行家一解释，粉丝更震惊了。

"刚谁说卫骁抢人头？出来受死！"

"抢个鬼的人头啊，他这是算准了只有冲上去才能活下来！"

"卫骁最强的不是暗贼吗，为什么仙贼也这么秀？"

"才开局三分钟啊，元神这送一血的速度，破纪录了吧。"

"去年全球赛，元神开局被单杀，有且仅有一次。"

---

[1] 不受敌人一切攻击的状态。

"我知道！是 EVE 的谢神和自家队长反野，搞死了元神！"

"刺激啊，刚开始就这么燃，FTW 今年真的不一样！"

……

粉丝讨论得热火朝天，对局中又推出一个系统公告：

L&P.VIVI 击杀 FTW.Silvery！

VIVI 是 L&P 的中单，Silvery 是宁哲涵。L&P 中路单杀 FTW 中路！

两队这次选的中单都是灵活的法刺天赋。仙术士六级前相对疲软，因为无法刷起连招，不能云上飞。灵法没有这个顾忌，他出门可以开影飞，位移距离极长，能横跨两塔，二级后还能开启核心输出技能，伤害可观且有减速效果。

总的来说，六级前灵法是可以压着仙术士打的。但宁哲涵被仙术士塔下击杀！

上路陆封和卫骁配合拿下一血，不过半秒钟，中路 L&P 就扳回一城。这就是拿过世冠杯的豪强，每一个位置都不容小觑！

屏幕暗下去，宁哲涵声音打战："对不起。"队长和骁哥好不容易打出的优势开局，被他丢了。

卫骁："道什么歉？如果不是你拖住了 VIVI，我和队长都得死。"

宁哲涵一怔。

卫骁道："我敢去收割元老贼，也是看到你缠住了 VIVI。"

5V5 特别讲配合，下路白才和越文乐与 L&P 的人对线，四个人互相撕咬，看不出优劣势。中路 VIVI 清线比宁哲涵快，如果宁哲涵缩了，VIVI 立刻就能到上路支援，配合元泽把陆封和卫骁全部送回家。这会儿虽然宁哲涵被击杀，可一来他清完兵线，没有经济损失；二来他拖住了 VIVI，给了陆封和卫骁足够的时间。一命救两人，同时还掩护队友拿下一血，FTW 是赚的！

宁哲涵忍不住道："我、我应该单杀他的。"如果双方势均力敌，从天赋克制上考虑，宁哲涵的灵法在六级前有能力击杀仙术士。

卫骁乐了："小宁子你野心不小啊，VIVI 是谁？全球中单榜前三的男人，你初出茅庐就想单杀他？"

宁哲涵："……"

卫骁一边刷野，一边贫："倒也没毛病，男人嘛总得有雄心壮志，你看我就特别想……"

忙着插眼的菜哥不敢听了："搞快点，'红 Buff'（增益状态的野怪）不想要了就送老 G。"

卫骁连忙道："来了来了！"

刚才那番话虽然古古怪怪，却有点道理。眼前的仙术士可是曾经拿过世冠杯的中单，是荣光在役选手排行榜名列前茅的男人。宁哲涵能和他对线是以前无法想象的事，被杀一次又怎样？

骁哥被队长杀了千百次也没怎样啊！这么一想，宁哲涵振作了！

L&P那边，元泽死后，队伍语音里闷了一会儿。

VIVI："FTW的中路很水，Gary来抓他。"

元泽："不用。"

VIVI："只要打爆这个中路，FTW不战而败。"

元泽盯着屏幕，沉声道："老G来上路。"打FTW的软肋有什么意思？他渴望这场比赛是因为陆封和卫骁。他要击败他们。他要从根子上彻彻底底打败FTW！

解说立刻道："Gary去上路了，这个角度这个位置，L&P要一雪前耻！"

"来了来了，元泽和Gary要抓陆封！"

"FTW整体都在下野区，支援是肯定来不及的，开局的二打一反过来了！"

"那么陆封会不会像元泽一样被击杀？"

三言两语气氛调动起来了，观众也跟着紧张了。

卫骁直觉敏锐，嗅到了什么："老白，你大龙坑插的眼呢？"白才骂了一句："老G肯定上去了，队长小心！"

陆封声音冷静："卫骁去中路，配合宁击杀仙术士。"

卫骁："队长……"他想去上路支援。

陆封面不改色："担心什么！"

话音落，狂战变身，重甲附体，长刀闪着森森冷光，他二技能横扫，冰蓝色刀锋将躲在草丛的Gary击飞到半空。

05

解说和直播间听不到队内语音，他们看到的只有狂战果断"开大"，一刀挑起埋在草丛中的狂贼！

"陆封觉察到了！"

"FTW整个河道没有视野，Gary这个位置蹲得很好，陆封居然能感觉到，这个直觉真不错。"

职业选手是有直觉这种东西的，听起来很玄乎，其实是积累了无数经验和历练，形成的先于理智的意识。顶流选手和普通选手的区别就在于这些微妙之处。普通选手感觉不到的地方，他们就像安了雷达一样，总能机敏地感受到。这放到古代战场，大概就是对杀气的一种体悟，是在生与死边缘徘徊无数次后锤炼出的强大意志！

陆封刀锋一挑，Gary蒙了半秒。仅仅是半秒钟已经是巨大的漏洞，陆封抓住机会，一套技能配合强化普攻铺天盖地砸过去，将Gary削成血皮。

老G不愧是常在大魔王刀下走的男人，他手速惊人，镰刀钩住野怪，借力翻墙，躲开了陆封的后续攻击，留住一条小命。

一切发生得太快，不过数秒钟，观众还在目瞪口呆，元泽已经从后方袭来，血刃出鞘，黑红色的刀锋冲着狂战的后背劈去。陆封没有留恋丝血的狂贼，反身一个击飞砍向元泽。

　　红到发黑的吸血刃和冰蓝色的狂化魔刀在峡谷里撞出了绚丽夺目的光彩。对峙的两个人被冰火裹挟，杀气腾腾！

　　直播间的观众震惊了："大魔王牛！"

　　这太酷了！

　　在上帝视角的观众看得比谁都清楚，元泽和Gary分明是想复刻开局时陆封和卫骁的二打一。但陆封根本不上当，他没被蹲到，反而主动出击，一套技能赶走了埋伏的Gary。元泽的技能砸过来，他仍旧不退，凭借着自己的狂暴状态，扛住了伤害并开始反杀。短短一两秒钟，本来危机重重的FTW，在陆封的先声夺人下重回优势。

　　卫骁彻底放心，清完小野接着连招扑向中路："小宁子，来报仇！"

　　宁哲涵兴奋道："好！"

　　仙术士并不把宁哲涵当回事，走位十分靠前，看模样是想"开大"强杀宁哲涵。宁哲涵手指按在W键上，随时准备影身[①]。按下键盘很简单，放出技能谁都会，难的是时机。

　　多一丝不行，少一丝不可，误差少于零点零一秒的精准才能摁住这个秀翻天的仙术士。

　　卫骁刷了仙术士一个满大，VIVI反应够快，靠贴近小兵来分摊伤害，不至于毙命。

　　宁哲涵按下影身，灵法瞬间从塔下飞至仙术士身边，仙术士落地的瞬间，一个银色的光球炸在他胸口！

　　砰！砰！砰！

　　三声爆炸响在耳麦里，宁哲涵激动道："全中！"灵法的大招是有三段伤害的，如果全部击中同一目标的同一个点，伤害会翻三倍。以仙术士刚才的血量，必死无疑。

系统公告：
FTW.Silvery 击杀 L&P.VIVI！

　　宁哲涵杀了仙术士！真的报仇了！

　　宁哲涵大叫一声："太棒了！"

　　卫骁："牛啊宁哥，干翻了世界第三。"

　　宁哲涵想含蓄一下来着："是中单榜第三啦。"然后回过神来，"我杀了全球中单榜第三的男人。"小宁子膨胀了！

　　与此同时，上路传来喜讯。

[①] 游戏人物技能名称。

FTW.Close 击杀 L&P.Marshal！
FTW.Close 击杀 L&P.Gary！
FTW.Close 双杀！

这一连串系统公告太振奋人心了，整个 FTW 的声势被推到了最高。上路 L&P 元泽和老 G 想要蹲 Close 陆封，结果被反杀！二打一，杀了俩。什么也别说了。

弹幕密密麻麻全是——大魔王牛！

真的太厉害了，以前只知道他打野厉害，是峡谷里压制力十足的野王，万万没想到他去了上路才是真的称王称霸。

打什么团？大魔王就该单打独斗！Solo 算什么？二打一，照样教你做人！

上路和中路的战斗是同时打响的，直播间其实只给卫骁和宁哲涵切了个小镜头，主画面是在上路。

元泽和陆封的巅峰对决，太刺激了好吗！"开大"后浑身血光的血战和狂化后一身冰蓝的狂战，如同站在悬崖边上决斗的远古战神！每一招都是杀气腾腾，在炫目的特效和三维立体展示下，这场战斗帅得人头皮发麻。

血战的大招开启后能够靠输出疯狂吸血，他的吸血刃由之前的黑红变成艳丽的鲜红，仿佛流淌着滚烫的热血。

狂战的狂化模式只有十秒钟，但每一秒都比前一秒更强，特效也更加冰冷刺骨，到最后四秒的时候，狂战周身簇着冰蓝火焰，连重甲都被烧穿，露出了结实的臂膀和胸肌。

荣光的女玩家很多，在去年的最帅天赋排名中，狂战只排第七，但这一局结束，这一段剪辑到网上，狂战的时髦度怕是要冲破天际，和暗贼比肩了。

太帅了。陆封这个男人，本人长得帅也就罢了，为什么连操纵的英雄都有了他的气场，帅得人心怦怦直跳？

四秒钟、三秒钟、两秒钟、一秒钟……

狂战的狂化状态结束，血战的吸血状态散去。两人在如此短暂的时间里已经拼了几个来回。技能、走位、躲避伤害……无数细节，多到令人头皮发麻。

旗鼓相当的两个人，强到"逆天"的两个人，明明身处峡谷之外，却仿佛处在峡谷之中，拼了个惊天动地。

最终，狂战一刀横劈血战，陆封击杀元泽。

如果只是这样，观众也不会疯狂刷屏了。只剩下一格血的狂战，没了大招的狂战，连击飞都在冷却中的狂战，按下了传送。

荣光中每个职业可以携带两个系统技能，传送是必带的，效果是能够传送到队友、己方防御塔和小兵身边。

所有人都倒吸口气："老 G！"

是的，陆封传送到了老 G 面前。

刚才的战斗老G已经被打残，只能撤退，可这样回家是不可能的，职业选手的素质就是争分夺秒抢经济。他想利用上路的小兵吸血，略微恢复状态后去击杀陆封。

显然陆封看穿了他的念头，直接传送到FTW小兵身边。

Gary盯着从天而降的狂战，手抖了下。

元泽："他没技能。"

老G心一稳，意识到眼前的大魔王只是纸老虎，而他自己已经恢复了少量血，硬拼技能的话……

陆封根本没用技能，闪现突脸，一刀带走Gary。

全场沉默。

无论是场外还是队内语音，所有人都像被按下静音键，息声了。

他还留着闪现！

这也是系统技能，和传送的性质一样，玩家可以在开局前选择携带。冷却时间有两分钟，相当于一个位移技能，可以飞速从A点闪现到B点。

陆封竟然把闪现捏到了现在。

他从一开始想的就是击杀两人！

二打一？埋伏？想击杀大魔王？

抱歉，两个都跑不了。

国内粉丝沸腾了，即使是以前讨厌陆封的玩家，这一刻也转粉三秒钟。

太帅了，帅炸了，要知道他面对的是谁！

是L&P啊！

是2019年的全球冠军，2020年全球亚军，最强上单，最强打野，最强的上野联动！

一打二，干倒了这两个人。陆封真的强！

FTW的队内语音也炸开了。

卫骁："队长！队长！"

白才隐约觉得这货下一句不是好话。果然卫骁话里话外全是遗憾："好羡慕L&P！"

他也想和陆封对线，他也想和他火拼！

宁哲涵和越文乐吐槽：您羡慕反了吧！

陆封一句话安抚了暴躁的小疯子："晚上Solo。"

卫小疯原地复活："干倒L&P。"

羡慕什么，他们一年只能和陆封打几次，他却能日日单练。

开局十分钟。比分4∶1。L&P丢了四个人头，元泽死了两次。

这个数据太不可思议了。

别说是对上一轮游的FTW，L&P即便是对上Y1、Pro、EVE这些强队，也不可能是这样的战绩。

连死两次，元泽还是Marshal吗？他还配得上"元帅"这个ID吗？

L&P的队内语音里一片死寂。半响VIVI低声道："Sorry."

如果他没被击杀，是可以上去支援的。元泽定定地盯着屏幕，一声不吭。

Gary 坐在他旁边，趁着死亡暗屏，快速瞄了他一眼。元泽的黑发微鬈，松散地落在雪白的耳尖，呼应了耳垂上的黑色耳钉，他面上没有丝毫阴郁，反而勾着唇。

"Gary，"元泽的声音里满是愉悦，"让他们看看真正的上野联动。"Gary 头皮一麻，胳膊上的鸡皮疙瘩都起来了："好！"

真正的上野联动，是 L&P 称霸荣光的那一年，由元泽和 Gary 创下的年度神话。

那是元泽加入 L&P 的第一年，是元泽在陌生赛区被当成垃圾搁置了一个赛季后打的翻身仗！

2017 年是神之队的巅峰。2018 年是元泽的低谷。他只身离开自己的赛区，加入豪强林立的北美……人种差异，国别差异，哪怕有着流利的外语，有着傲人的成绩，有着超越众人的实力，他仍旧遭遇歧视和排挤。

高价将他签来的战队，起初是想要重用他的。可惜荣光是个团队游戏，一个无法融入团队的人只能被人摒弃。

2018 年元泽首秀，输得一塌糊涂。不是他个人不行，而是队友根本不配合。哪怕是上单又如何？

再孤独的位置也需要队友。元泽没有队友。

他在常规赛连输三场，从首发沦为替补——最昂贵的替补。这一年中国赛区失去了"元帅"，北美赛区雪藏了"元帅"。

元泽蛰伏了一个赛季，在 2019 年解约去了当时的二线战队 L&P。他一手培养了 Gary，带出了 VIVI，挑中了现在的队友，组建了新的 L&P。

2019 年，元泽和 Gary 的上野联动横空出世，打爆北美赛区，一路冲进总决赛，拿下全球总冠军。

元泽以绝对的实力证明了自己——他很强，无论在哪里，他都很强。

巅峰之后就是下坡。2020 年，大热的 L&P 逐渐丧失初心，只拿了个亚军。

而此刻，L&P 被点燃了。那颗被成绩麻痹的心激烈跳动，他们体会到了久违的热血沸腾。

06

台下，Pro 战队的金成炫冷笑："元老贼认真起来了。"

2019 年，金成炫回国磨炼一年，好不容易杀入全球赛，淘汰赛遇上当时的 L&P，亲身体验了元泽和 Gary 的上野联动。

别人的上野联动是打野支援上路，强推一路打出缺口，牵制敌方，进而滚起经济雪球，夺下比赛。

L&P 不是。他们的联动，能让整个峡谷地震！L&P 全员复活，对线阵容变了。

解说是老行家，一眼看穿：

"L&P 的魔能萨满去了上路！"

"MG 的上野联动要开始了吗？"

"FTW 真的行，把 L&P 逼到了这个地步！"

不是每个战队都能让 L&P 动真格的，只要能赢，哪用得着掏出看家本领。L&P 气势完全不同。明明丢了四个人头，明明经济落后，他们却丝毫不见颓势，反而展现了强横的压制力。

FTW 队内语音。

白才道："L&P 这射手怎么回事？"

越文乐躲开了飞过来的技能道："菜哥，盾。"

白才给他套了盾，两人缩到塔下，留住一命。

就在他们松了一口气的时候，两个传送亮起，同时抵达的 L&P 上野直接位移进塔，血战大招都没开，挥刀突脸，吸血刃像恶魔的牙齿，撕裂了冰猎的喉咙。

系统公告：

L&P.Marshal 击杀 FTW.Le！

白才蒙了："我……"他手里有大招，他甚至没能用出，越文乐就没了。神牧的大招是强力奶[①]，只要开了就能疯狂给范围内的友军恢复血量。

越文乐急声道："老白快走！"

击杀了越文乐的元泽撤出防御塔的攻击范围，同时 Gary 冲进塔里，一镰刀锁住了白才。白才立刻开启大招和一、三技能，三个技能同时释放，死人都能被神牧奶活，可是没用。

狂贼的技能可以将锁住的目标拖到身边。白才原本在塔下，下一秒已经深陷 L&P 的人堆中。L&P 的射手一炮打在他身上，破甲加衰弱，让浑身笼罩着神圣光辉的牧师蒙上了一层阴影。

Gary 镰刀飞舞，刀刀见血，哪怕菜哥有十万吨奶也被耗干了。

最后……元泽一刀收割了他。

系统公告：

L&P.Marshal 双杀！

解说都忍不住喝彩了："漂亮！"

中国赛区的粉丝对此十分不服："谁都知道 FTW 的下路是软柿子，有本事去干大魔王啊！""陆封一打二拿双杀，元泽三打二拿双杀，漂亮个鬼啊。""有本事也去单挑

---

① 游戏中指治疗辅助。

陆封和卫骁啊！""元神开局不就挑过嘛，被打成狗。"

普通玩家看到的太片面了，他们只觉得L&P盯着FTW的软肋，不公平。可他们却无视了一个事实，这是一个团队游戏，一场默契配合、五个人相加等于无限的团队赛！

元泽和Gary的上野联动，动的是整个L&P！击杀白才和越文乐只是一个开始，不过是完美棋局的第一个落子。

白才和越文乐双双阵亡，卫骁想要赶去下路。

陆封："守中路。"

卫骁唰地停住："明白。"

下路已经没戏了，血战、狂贼加上枪炮师都是破塔很快的英雄，卫骁过去也守不住，不如稳住宁哲涵的中路。

解说A夸奖："FTW这个反应很对。"

解说B赞同："一旦卫骁去了下路，自己被强杀不说，下路防御塔也守不住。"

"更致命的是中塔也会丢。"

这就是L&P上野突袭下路制造的连锁反应。

强杀两人强推防御塔，如果卫骁支援，那他必死无疑；顺便中路的VIVI也能击杀宁哲涵，抢下中路。

卫骁放弃下塔，守住中塔是对的，至少VIVI不敢动手杀宁哲涵。这已经将损失降到了最小。FTW面对L&P的强势反扑，给出了最优解。

可是……

金成炫面无表情："天真。"他被元老贼这套打法搞过不知多少次，至今都找不到破解之道。FTW的最优解不过是无奈之举。

FTW下路一塔爆破，元泽和Gary几乎是瞬间抵达中路。

卫骁瞳孔一缩："小宁子！"

已经晚了，宁哲涵的走位并不靠前，甚至没走出自家防御塔范围，可血战瞬间靠近，一刀刺在他身上。宁哲涵立马闪现拉开距离。

卫骁："跑！"

他来不及提醒宁哲涵，埋伏的Gary已经伸出镰刀，锁住了自投罗网的灵法。

宁哲涵："……"

卫骁："'开大'！"必死无疑的局面下只能尽量打输出，给队友创造收割机会。

宁哲涵到底是经验少了些，冷不丁被这样一搞，手忙脚乱。

他大招开出来了，可灵法这种需要精妙操作才能给满伤害的天赋，盲开技能犹如儿戏，打在Gary身上不痛也不痒。

系统公告：

L&P.Gary 击杀 FTW.Silvery！

FTW.Close 击杀 L&P.Mo！

老G击杀了宁哲涵，上路陆封击杀了L&P的辅助Mo。一个辅助换了FTW三个人头，L&P这次赚大了！

短短几分钟，L&P从4∶1的比分硬生生扳回到5∶4，并且拔掉FTW两座外塔，撕裂了FTW的半个峡谷！

FTW前期建立的优势瞬间消失，落入颓势。

这就是L&P的上野联动；这就是凝聚起来的团队力量；这就是一个队伍拧成绳后爆发的惊人战斗力。

L&P的辅助留在上路，利用魔能萨满的强控制和修塔能力，拖住了陆封。下路L&P的射手一个人压退了白才和越文乐。元泽和Gary及时赶到，收下两颗人头。

其实下塔还没完全破掉，他们已经来到了中路，顺势击杀宁哲涵，拿下中路一塔。

整个过程连贯性太强了。L&P的这个上野联动，行动的从来不只是元泽和Gary，而是以他们为方向标，动起来的整个团队！

默契、信任、强凝合力，这就是一个强队在5V5中所能展现的惊人实力。

元泽不是挑FTW的软处捏，而是团队赛本该如此。5V5从来不是孤狼战。不砍断他们的手脚，如何能刺中心脏？

L&P给FTW明明白白上了一课：团队赛上的五个人，不是单独的个体，而是一个整体。

这里没有单独的选手，有的只是L&P！

L&P四人赶到上路，哪怕是陆封也只能避其锋芒，退到二塔。

至此FTW三路全崩，外塔一个不剩。开局建立的优势，犹如沙土堆积的城堡，在汹涌的波涛冲击下，夷为平地。

这就是L&P，这就是拿过世冠杯的团队，这就是曾经击败了无数强队，站在巅峰的五个人。

荣光加身，照耀的是五个灵魂！

台下，辰风紧张得咬着拇指。

汤臣看得眼热："输了也不亏。"辰风轻吸口气："他们已经做到最好了。"

汤臣："对，他们非常优秀！"能把L&P逼到这个地步，能让元泽和Gary发挥出这样的实力，能体会到这样神话般的团队节奏，对于刚刚成形的FTW来说，是巨大的收获！

他们还崭新，他们还稚嫩，但他们潜力无穷！

面对强敌，面对挫折，面对一座座高山，FTW要做的是征服和翻越！

这一面倒的局面，很多人都以为FTW的队内语音肯定安静极了。

事实是……

卫骁："元老贼果然藏着掖着！他果然一直瞧不起我们！这才叫训练赛啊！"

有卫骁参与的 FTW 和 L&P 的训练赛只有两场，就是在卫骁即将入队前，以临时身份参加的那两局。当时的元泽很强，可与现在的元泽相比，那时候他仿佛在梦游。

FTW 队内没有低落，只有跃跃欲试，卫骁道："等以后我们也试试吧！"包括陆封在内的 FTW 四人都愣了下。

卫骁这话不是对陆封说的，而是对他的四个队友说的："这个上野联动，我们 FTW 也可以。"

陆封绝不比元泽差。卫骁绝不比 Gary 差。宁哲涵、白才、越文乐也不比 L&P 的另外三人差多少。所以他们为什么不能试试？这犹如压路机一般的强节奏，这酣畅淋漓的队伍联动，这目中无人的完美配合。

他们也可以！

直至此刻，卫骁才真正感觉到了团队赛的魅力。不同于一个人的 Solo，不同于两人并肩的双人赛，在这个 5V5 的十人战场上，需要的是更加强大的团队凝聚力！

这很迷人，非常迷人。

白才轻笑一声，说道："那样的话，我得练练魔能萨满。"刚才 L&P 的一番猛扑，他们家辅助 Mo 功不可没。没有魔能萨满拖住陆封，也就没有中下路的节节开花。白才说这句话，是在附和卫骁。

宁哲涵浑身一震，他压住从后背升上来的酥麻感，凝重道："我也要练法刺。"越文乐低声道："我会锻炼一打二的能力。"

L&P 的射手能在下路以一己之力压住白才和越文乐也是他们突破的关键点。

陆封道："现在就可以试试。"

全队一愣，尤其是白才和越文乐，都忍不住看向队长。

他俩跟了陆封一个赛季，太清楚他有多么沉默寡言。比赛时除了关键指令，他从不废话。

之前荣光炸麦王曝光过多次 FTW 的队内语音，大家对 FTW 的点评是：认真。

没错，从队内语音都能感觉到 FTW 的认真。全员没废话，大家专心于比赛，除了分享战况和发送信号，没有任何多余交流。这没什么不好的，曾经的 FTW 神之队就这样，在认真和沉默中拿下一个又一个冠军。

可今天陆封竟然给了这样一个有些"儿戏"的建议。

卫骁瞬间被点醒，就差拍下小脑门了："对啊，等什么之后，咱们现在就来试试！"

卫骁越想越在理："老越你爷们儿点，一打二怎么了？你一个冰猎，经济不差，手又奇长，干吗怕对面的枪炮师？"

他又道："小宁子你的灵法就是法刺，影身刷起来，大招爆起来，刚才那击杀世界第三的劲呢？掏出来！"

白才赶紧抢答："我只是个奶妈。"

魔能萨满能够拖住陆封，靠的是自身强控加修复防御塔的机制，他一个神牧能干什么？

控不住留不下,给自己唱歌(神牧吟唱加血)听吗?!

卫骁嘿嘿一笑:"反正咱们防御塔全破,光脚的不怕穿鞋的,他们是上野联动,那咱们来上野辅联动,干!"

白才:"……"你能别笑得这么像反派吗?!

陆封:"可以。"

白才:"……"

说什么,他能说什么,两位都要上了,他只能冲上去亮嗓子了!

整个宴会厅的十六个战队,以及解说席上的两人,还有万千蹲在直播间的观众,都觉得这场比赛已经结束了。

L&P很强。FTW也十分优秀。

虽然输了,但FTW给无数粉丝带来了希望,给他们点亮了心中明灯,让他们对不久的将来抱有无限期望。

结束了,这场战斗已经很好了。这么想的旁观者们,看到了凶狼一样的FTW!

结束?放弃?停下?

只要复活水晶还在,那么比赛就不会终结!

"FTW这是……"

"他们竟然现学现卖!"

"L&P的上野联动,FTW也搞上了!"

"这都行……"

错愕的不只观众,连L&P都愣了愣。

比赛打到后半场,完全落入颓势的FTW按理说只能待在高地守护复活水晶。L&P并不着急,他们只要控好三路兵线,再拿下远古生物,保证队伍最佳状态,就能一举击溃FTW。

本该瘫成一团的FTW却动起来了。先是中路的宁哲涵,居然冲出高地,缠上了VIVI的仙术士。下野区的冰猎也走了出来,用瘦削到可怜的小身板"风筝"牵制着枪炮师。

这没什么,此时此刻他们单独站出来,犹如送人头。

可是就在L&P下路和辅助想要击杀越文乐时,狂战、仙贼和神牧嗖地从草丛中冲出来。

L&P的射手一蒙,魔能萨满赶忙给自家射手套盾,可惜撞过来的仙贼裹挟着大招,一套伤害打满,迅速击杀枪炮师。

魔能萨满反应极快,他开始撤退,等元泽和Gary支援,可惜……

冰猎的减速一下一下地戳在他身上,仙贼连招刷得飞起,还有狂战的横刀立马,魔能萨满连最后一点恢复技能都点了,仍旧是倒地不起。

解说A:"FTW没有放弃!他们打出来了,他们击杀了L&P两人!元泽和Gary击败了远古生物,拿下了双龙Buff。快看中路,FTW的中单把VIVI击退了!"

直播间粉丝也炸开了:"这都能抓住机会扳回一城!宁哲涵厉害啊,灵法玩得很秀,竟然逼退了VIVI。不过元泽赶过来了,小宁子凉了。一换二不亏的。"

FTW的粉丝热泪盈眶:"崽崽们好拼,我哭了。他们想赢,他们真的想赢。尽力了,真的尽力了,他们已经做到最好了!"

就连普通游戏粉丝都给出了中肯评价:"今年的FTW,强!"

最后一次团战,双方都将实力发挥到了极致。宁哲涵被元泽击杀。L&P射手和辅助被卫骁和陆封分别击杀。峡谷里还站着七个人。

L&P满状态的元泽、Gary和VIVI。FTW的四个人全部被白才一个大招加满血条。

三打四,看起来似乎是FTW的优势,然而所有人都为他们揪起了心。因为经济差距太大了。

此时此刻活着的L&P三人全部神装,Gary和元泽经济溢出,甚至能在复活甲和"无敌"之间无缝切换。

反观FTW,虽然站着四个人,除了陆封满神装,连卫骁都差了半件,更不要提越文乐和白才。冰猎经济不行,只有等死的份。

白才又刚刚用了大招,现在只有三个技能可用,奶量骤减。

怎么办?上还是退?

卫骁看了眼小地图:"上!"

陆封:"嗯。"

无路可退了。

他们能做的——只有做好一切!

越文乐轻吸口气道:"菜哥,别管我。"说着他一套技能全部扑向VIVI,试图用自己的高爆发伤害带走L&P的核心输出。

可惜VIVI手速惊人,连招起跳,大招云中飞免疫巨额伤害同时降下无数雷光,全部击中越文乐,越文乐倒地。

卫骁半个字都没说,直冲上去,在仙术士落地前一剑刺死他。越文乐屏幕暗了,心却揪到了嗓子眼:"小心元泽绕后!"

对方的行动比越文乐的声音还快,卫骁一段位移还没用出来,元泽的鲜红血刃已经刺向他的后背。白才冲上去,所有技能全部丢出来,疯狂给卫骁加血。他用的是指向性技能,给卫骁加奶就顾不了自己了。

Gary镰刀飞来,锁住白才,将他送回老家!

解说:"2V2了!双方都只剩下上单和打野。这两个上野至强的队伍,迎来了终极对决!"

比他们的解说还快的是赛场上的四个人。不久前的双人赛,元泽和Gary输给了陆封和卫骁。这次的5V5,曾经的上野神话会被击败吗?

四个人的团战,技能光彩夺目,绚丽的特效下是精妙的走位和操作。狂贼锁住了仙贼。卫骁等着老G将他拉过去,近身的瞬间他三技能解控,甩技能接平A……快到

027

让人花眼的操作下是仙贼的大招——万剑破空！

很美的技能，特效全部开启并不比暗贼的八道弧光差多少。闪烁着银芒的长剑落下，老 G 的血条瞬间跌至重伤。再接一个普攻，卫骁就能击杀他！

这么关键的时刻，卫骁当然不会犯错，他剑花一扫，刺穿老 G，老 G 倒地。

白才："Gary 有复活甲！"

卫骁："嗯。"

他紧接着又喊："队长救我！"用光技能的仙贼绝不敢和原地复活的狂贼硬拼，所以……他找陆封救命。

陆封一直在和元泽换血。两人打得不可开交，不相上下，按理说陆封如何都抽不出身。

但他击飞元泽，利用这半秒钟不到的空隙，挥刀劈向不远处的狂贼，距离拿捏得刚好，狂化后的狂战因为增强了攻击距离，可以够到 Gary。

Gary 心一惊，他凭借复活甲站起来，血量只有三分之一，哪里受得住狂战的刀锋。可惜他的队长不救他。

元泽："等着，我给你报仇。"他突进加减速，绕到陆封身后，一刀刺进了卫骁的胸口。

仙贼白衣飘飘，受到伤害后会有血迹加成。猩红和雪白形成了鲜明对比。卫骁血条暴跌，眼看要死了，他利用最后的技能圈住了元泽："队长，杀他！"狂战的狂暴状态即将消失，击杀了 Gary 的陆封丝毫没浪费时间，技能强化普攻，全力劈向元泽。

元泽躲无可躲，和卫骁几乎是同时死亡。

激烈的战场，斑斓的峡谷，只剩下一个人，结束了狂暴状态，重甲破裂后满身伤痕的狂战士。

陆封活着。

FTW 输了。

最后的团战，FTW 击杀了 L&P 五个人，拿下了最后一次团战。可惜 FTW 却输给了 L&P。

因为早在团战开始前，拿下远古生物的 L&P 已经立于不败之地。

早在开战前，看了一眼小地图的卫骁就已经知道结果，无论这次团战他们赢还是输，FTW 的复活水晶都守不住了。九条巨龙的火焰，足以焚烧一切。

必输的局面，他们还是选择了死战到底。输赢没什么，重要的是有没有拼尽全力！

一场比赛，不留遗憾才是真正的胜利。

FTW 输给了 L&P，却迎来了全场的喝彩声。

太精彩了。这不屈不挠的精神，这不畏强敌的勇气，这死磕到底的毅力。

竞技的魅力是什么？

是每个人在赛场上拼尽全力后散发的绚烂荣光！

07

解说用超快的语速,对这场已经画上句号的战斗进行了简略复盘。FTW 输了,L&P 赢了。

但此时此刻他们都是真正的胜利者,享受战场的十个人,值得掌声与喝彩。

解说 A:"FTW 最后一次实在可惜,只要经济差小一点,卫骁满神装,胜负如何都不好说。面对那样的上野联动,心态没崩已经是后生可畏了。FTW 的中单 Silvery 十分关键,他虽然先倒地,却逼退了 VIVI,拦住了元泽,给队友争取到了击杀 L&P 射手的大好机会。"

整场比赛都很精彩,然而让大家始终忘不掉的却是 FTW 最后一次反攻。

防御塔全破,兵线被敌方完全掌控,远古生物根本碰不到,死守在高地,只有被"凌虐"的份。

既然输定了,不如打出去。走出去还有机会抢到兵线,走出去还有机会在他们抢下双龙 Buff 前打赢团战,走出去是用性命来博取一线生机。

FTW 也的确走出来了!他们优先击杀两人,撕裂了铁桶般坚固的 L&P,在绝境之中开出象征着希望的艳丽花朵。

可惜的是,他们面对的是 L&P,一支被彻底唤醒的全球冠军队。他们对时间的把控,对操作的理解,对战局的统筹,是稚嫩的 FTW 无法比拟的。

元泽和 Gary 分别拿下远古生物,闪耀在身上的远古祝福让他们的状态全面提升。L&P 高机动性的三人已经包围过来,此时此刻的 FTW 没有退路。

哪怕看到了兵线,哪怕知道巨龙会喷掉复活水晶,哪怕这场团战打与不打胜负都已成定局,他们仍选择了战斗。

撤退只会死得更惨,拼下去还有一线生机,这是当时卫骁做出的判断。

只要他们早三秒钟击杀 L&P,活下来的队长就可以利用冷却结束的传送技能赶回老家,守住复活水晶。

可惜……

倒也没必要可惜,他们已经拼尽全力,这最后"三秒"是他们的成长目标,这个目标是需要时间和磨砺来逐步达成的!

比赛结束,卫骁向后靠在椅背中:"太棒了!"

白才笑他:"都输了,还棒啊?"

宁哲涵轻呼一口气:"虽然输了,但是很爽。"

老越点头:"对,很爽。"比之前赢了的对局都爽。

卫骁乐了:"兄弟们不错啊,不如咱们回去 Solo,我让你们爽上加爽……哎哟……"

脑门被队长弹了下。

陆封:"走了。"

卫骁跟着起身，跟白才小声说："坏了，队长是不是吃醋了，我今晚不会进不了屋吧？"菜哥一个踉跄，差点在舞台上表演"大菜趴"："闭嘴吧你！"

L&P 的中单 VIVI 用力握住宁哲涵的手，小宁子硬气得很，反手握他，两人赛场拼操作，赛后拼握力，真男人哪儿哪儿都不能输！

按理说元泽应该和同为上单的陆封握手，但他站在了卫骁面前。

卫骁不情不愿地伸出手，元泽压低声音道："L&P 的大门为你敞开……"

卫骁："呵呵……"

不等他嘲讽，元泽先一步把话说完："随时等你来挑战。"卫骁眉峰一扬，懂了。

这老贼可算是做回人了。

卫骁一把握住他的手，用力道："等着，下次肯定让你拼尽全力。"

元泽手上一痛，暗骂一声臭小子力气真大，面上当然还得装："我很期待。"

另一边 Gary 也在用蹩脚中文跟陆封放狠话："折次捕蒜（这次不算）……"

陆封面无表情："你可以说英文。"

Gary："……"

元泽拎住自家傻大个儿，和陆封打了声招呼："回见。"

陆封怔了下，嘴角微扬："回见。"

卫骁探头探脑，察觉到些许不对，下台就问："队长，回见是什么暗号吗？"

正想给他们爱的拥抱的辰风一愣。

一旁的汤臣哈哈大笑："是元泽说的吧，以前在 FTW，他们每次 Solo 输了都会说回见，意思是下回一定打爆你。"

卫骁捕捉到重点："队长你以前经常和元老贼 Solo？"

陆封："嗯。"

卫骁一边抢到他身边坐下，一边问："有多经常？"

陆封："……"

卫骁追问："比我俩还经常吗？"

白才脑子痛："骁哥，这你就不用争了吧？"

卫骁理直气壮："我不管，我不能输给元老贼！"

陆封低声对他说了句悄悄话。

卫骁眼睛瞬间亮了："是哦，你俩就在一起战斗一年多，我们却要在一起战斗一辈子，那肯定是咱俩更经常了！"

白才一头磕死在椅背上。

辰风："……"

有了 FTW 和 L&P 的炸裂开场，之后的比赛就有点枯燥乏味，尤其是第二的黑骑士，屃屃的骑士们挑了第六的队伍，双方打得不瘟不火，整个宴会厅都有点昏昏欲睡。

直播间有位观众的弹幕很有意思："对不起兄弟们，我感觉到了激动后的倦怠。"

这位大兄弟说出了无数人的心声。

FTW 和 L&P 的对战高潮迭起，观众都跟着兴奋到不行，再看这清汤寡水的比赛，顿觉无味。

　　第三局还算不错，Pro 对 3U 也是真爱，又选了他们。阿睡和从逸拼命针对金成炫和李赫然，双方打得十分精彩。虽然最后 3U 输了，但观众给予了这支重获新生的战队极高的评价。

　　今年冬训赛，中国赛区的四支队伍都十分出彩。FTW 不用说了，犹如一枚深水鱼雷，炸开了 2021 年的荣光赛事。3U 也不遑多让，"睡衣"组合的亮眼操作，让中国赛区对全球双人赛充满希望。

　　RR 在 B 组的情况和 FTW 差不多，凭一己之力拉满全场仇恨，月夜更是和谢和打了个头破血流，搞得赛委会不得不策略性改规则。

　　TPT 看起来最低调，除了欧星和 Y1 的晏江出了点小曲折，没什么大动静，可熟知这个队伍的粉丝明白，TPT 的"数据帝"已经把整个 B 组所有战队扒了个遍，各项数据如果罗列出来，RR 的莫有钱怕是要倾家荡产冲来买买买……

　　积分争夺赛结束，大家各自散去，回了训练室，辰风教练拿到第一手录屏，回到训练室就开了投影仪。

　　他双手撑在桌前，看着首发的五人："……很棒。"毒舌王给出这俩字，饶是日常发呆的越文乐都受到了惊吓，宁哲涵有点兴奋，坐得腰板笔直笔直的。

　　平日里辰风复盘，都是挑着一个点往死里批，不把人说到垂头丧气决不罢休。宁哲涵虽然入队晚，但也体会过辰式攻击，那机关枪扫射，比对局被对手干翻还难受。今天辰风一句重话没说，整个复盘过程异常流畅，基本上都是在夸。

　　但这一局 FTW 问题挺多的，中下辅不提，连卫骁和陆封也有不少失误。

　　辰风对陆封也是从不客气的，大魔王又怎样，老板又如何，作为看着他长大的"辰妈妈"，他只对事不对人！

　　汤臣听得耳朵痒："你能好好说话吗……"

　　白才用力点头。

　　辰风："……"温柔了十分钟的辰教练麦毛了，"怎么，说点好话就皮痒？非得骂着来？白才你还好意思点头？下路那次你在梦游？传送音效都听不到？元泽突进来你连大招都开不出你玩个什么神牧啊！"

　　菜哥："……"

　　汤臣："嗯，有那味儿了。"

　　训练室哄堂大笑。

　　辰风一看这帮崽子心态不错，也不藏着掖着了，恢复本色把他们骂了个狗血喷头。骂到最后，他还是忍不住又夸了句："打得很好。"

　　真的好，是他当教练这么多年，看过的属于 FTW 的最好的一场比赛。

　　神之队的时候，他退役后还只是个数据分析师，并不是教练。神之队解散，教练组也散了个七七八八，陆封找到他时，辰风心惊肉跳："我能行吗？"

陆封说："我都能当俱乐部负责人，你为什么不能当教练？"

辰风看着这个比自己小很多的高个儿青年，一咬牙："好！"

风风雨雨的三年，辰风比谁都想看到一支完整的队伍。

今年他终于等到了。

一个在全球冠军队的手下，打出了气势的FTW！

台上紧张刺激，台下又何尝不是。辰风要不是爱面子，眼泪都能被逼出来。他舍不得说他们，哪怕有些小差错，这局比赛五人也拼到了最后。

经验不足没事，阅历不够没事，意识差了些也不要紧……

这些都不是问题，只要不放弃比赛，只要不躲闪逃避，只要有一颗想要胜利的心，他们就是最棒的！

复盘结束已经十点半，辰风的意思是，他们继续在国际服冲分。

卫骁手痒得很："我们来五排吧。"他眼巴巴地看着陆封，怕队长有事。

陆封顿了下："我可以。"

卫骁立马振奋起来："来来来，搞起来，上野联动是吧，咱们再研究下！"训练赛时就搞了一次，太不过瘾了，他还想再试试！

陆封没问题，其他人更没问题，只有白才道："等我下，我去蹲个厕所。"

卫骁急死了："你快点，我牺牲Solo时间来五排，你别搞我！"

没错，他连和陆封Solo的机会都放下了，来五排练阵容，这牺牲可是无比巨大的。

白才有理有据："我状态不好，你又得喷我菜。"

卫骁莫名觉得这对话有味道，摆手道："快去快回！"

等白才的空当，卫骁心里委屈，转头看陆封："队长……"

陆封："嗯？"

卫骁问："你今晚几点睡？"

陆封雷打不动十二点，但今晚大家状态好，他会晚一些："一点。"

卫骁心窝疼："你看我俩没空Solo了？"

陆封眼中染了笑意："的确没时间了。"

卫骁委屈死了："那可以存着吗？"

陆封："嗯？"

卫骁："把今晚的Solo存到咱们有空的时候……"

陆封纵着他："好。"

卫骁马上得寸进尺："那能收利息吗？"

陆封："……"

卫骁真是服了自己这聪明才智："今晚的一场Solo，存五天就变五场怎么样？"

对面的宁哲涵和越文乐蒙了：您这还是高利贷啊！什么利息这么疯？哦，卫疯牌利息。

陆封转头看他，卫骁才不怕他的冷脸，撒娇要赖一个顶俩："好不好？你看我今晚这么主动放弃Solo，全为了队伍……"

陆封那被发丝挡住的耳尖一颤："好。"

小宁子和老越："……"

他这"娇"还没撒完，队长就败了。

卫骁喜上眉梢："队长你太好了！我最……"

后面的话没说出来，陆封打断他："去补兵。"

卫骁："欸？"

陆封恢复大魔王本色："最后那次如果你满神装，结果会怎样？"

卫骁："……"熊孩子一秒变尿，陆封又有些心疼。

卫骁："对！如果我六神装，伤害肯定不一样！"至少能早两秒击杀元老贼，这样的话……FTW没准能赢！

卫骁在正事上从来不委屈，麻利地开了自定义，去补兵了。宁哲涵也赶紧跟上，老越放下薯片，补兵等菜哥。

白才回来后，五人五排到了一点左右。队伍的默契是要慢慢培养的，这不是一个人就能努力来的，尤其是卫骁和他们的黏性，更需要不断磨合来提升。

时间差不多后，陆封起身道："早点休息，明天还有自由匹配。"

四小只坐正："队长晚安！"

陆封："晚安。"

他先走了。

宁哲涵小声道："队长的生物钟真健康……"凌晨一点睡觉对于电竞选手来说，真的不晚。

"陆封吹"立马上线，卫骁道："队长不沉迷训练咱们都拍马不及了，他要是和咱们一样，那咱们……哦，是整个联赛的选手还有活路吗？"

菜哥："……"

小宁子很有陪卫骁说相声的潜力："不无道理。"

老越抽空吃个薯片都差点被呛到！

陆封走了，他们开始双排。卫骁拒绝带菜，他如今和菜哥的默契很好了，不需要再黏糊，所以他盯上了宁哲涵。

5V5里，中野联动是个大课题。

远的有EVE的神仙中单谢和，他和他家队长的那个配合，能把对面野区搞个鸡飞狗跳，近的也有RR的月夜和莫有钱，这俩能在B组和EVE干个不可开交，回国后也是劲敌一个。

宁哲涵个人水准非常突出，缺的是经验和磨砺，以及队友配合。卫骁作为带节奏的野位，和他培养默契是必须的。

白才和越文乐是老搭档，两人配合了一个赛季，自认默契还行，然而今天那局训练赛，他俩被人当成缺口突破，这会儿也是压了一肚子火，急于找感觉。

他们分头双排到凌晨三点。

白才道:"差不多了,白天的自由匹配不能耽误。"

宁哲涵和卫骁也刚好结束一局:"行,散了吧。"

小宁子和越文乐起身伸个懒腰,一起回屋,白才晚走一步,看卫骁:"你还不睡?"

卫骁打个哈欠:"马上。"

白才警惕道:"别熬夜,白天还有硬仗。"

卫骁摆摆手:"明白。"

白才不管他了,回屋洗白白睡觉觉。

训练室里空无一人,卫骁退出游戏,打开了昨天的视频录播,辰风已经带着他们做了复盘,四十分钟的比赛,复盘了一个半小时,不算长,但也把该讲的点都讲过了。

卫骁缩在电竞椅里,鼠标一点一点地看着这场对局。

陆封击杀元泽。

陆封击杀 Gary。

陆封击杀 Mo。

…………

十分钟,二十分钟,三十分钟,四十二分钟……

最后的团战比他想象中要长一些。

VIVI 击杀越文乐。

卫骁击杀了 VIVI。

Gary 击杀白才。

陆封击杀 Gary。

元泽和他同归于尽。

活着的只有陆封。

FTW 复活水晶爆破的那一秒,孤身站在峡谷里的狂战犹如远古战神,立在惨烈的战场,身后是破败的城池……

城亡将存,何其悲壮与无奈。

卫骁按下暂停键,定定地看着这一幕。

活着的陆封。

站着的陆封。

只有他自己一人的陆封。

他心里搅成一团,强压下去的懊悔翻涌上来,说好不留他一个人,说好不拖他后腿,说好要做配得上他的队友,可是……

卫骁盯着屏幕,脑中浮现出的是独自站在 FTW 大厅,望着队友远去的陆封。

十八岁的队长。

用年轻的肩膀扛起一切的队长。

冷硬的外表下比谁都温柔的队长。

他知道被留下的滋味，知道强撑着不能倒下的感觉，知道那种一旦垮了就一无所有的恐惧，所以他心疼陆封。越了解越心疼，越心疼越不舍得看他受丁点儿委屈。

哪怕他知道这局比赛已经尽了全力，可还是不想留他一个人。这么好的陆封，凭什么被留下？

"吱呀"一声。

训练室的门开了，卫骁一惊，关了视频。

门外站着披了件黑色睡袍的陆封，他领口敞着，修长脖颈下的肌肤在黑色布料的映衬下越发冷白。

"五点了。"陆封皱眉，让本就生人勿近的气质更上一层楼，寻常人估计早就低头躲开。

卫骁不怕，他只是有些惊讶："队长你还没睡？"

陆封："醒了。"他回去洗过澡就睡了，这会儿是睡醒了一觉，看到隔壁床没人，出来找他。谁知推开训练室门，就看到卫骁缩在电竞椅里，抱着膝盖盯着电脑屏幕。

从陆封的角度，他不知道卫骁在看什么，但他看得到卫骁的神态——

好像要哭了。

见惯了他天不怕地不怕的模样，冷不丁看到他这样，陆封心像被针刺了一下，他皱眉不是因为卫骁这么晚没睡，而是因为他这么伤心。

"怎么了？"陆封走过来，看他电脑。

屏幕上空荡荡的，没有游戏界面，也没有其他的。

卫骁不好意思说——他自己菜，跟不上队长，哪还有脸。"没什么。"

陆封盯着他眼睛，顿了好一会儿，温声问："……想奶奶了？"

能让卫骁这样的，只有他去世的奶奶了。

陆封还记得，拿着奶奶遗物的卫小小哭得有多凶。

卫骁："……"不提没事，一提他瞬间绷不住了。

他想奶奶，但刚才他不是在想奶奶，可陆封用这么温柔的声线提到"奶奶"二字，卫骁心中竖起的高墙瞬间坍塌，脆弱拥挤而出，霸占了他所有情绪。

陆封愣了："别、别哭。"

他心疼得厉害，又不知道该怎么哄。

卫骁绝对是那种不会哭的小孩，从小就没学会该怎么哭，所以只会流眼泪，无声无息地流，好像只需要自己难过，而不需要任何人知道。

——只有当哭声没用的时候，孩子才会把眼泪流给自己。

陆封赶紧安慰道："……小小乖，不哭。"

卫骁眼泪流得更凶了，这是奶奶写在日记里的话。

陆封心疼得不知该怎么是好："没事的，以后 FTW 就是你的家。"

卫骁声音温软："FTW 也是你的家吗？"

陆封微怔，半晌才低声道："嗯。"

卫骁比他矮了半头，下巴刚好到他的肩膀："那我们是家人吗？"

陆封心猛地一跳，他道："如果你想的话……"

卫骁立刻道："我想！"

陆封轻吸口气："那就不要哭了，以后我做你的家人。"奶奶是不可替代的，但卫骁会这么难过，更多的是因为自己没有家。

他明明有生身父母，却活得像个孤儿，有家不能回的滋味，有时候比没有家还折磨人。

陆封明白。

卫骁看着他："那队长，我该怎么称呼你？"

看到熟悉的笑脸，陆封的心放松了些。"嗯？"他惦记着卫骁，没太留意他说什么。

卫骁思考得很认真："家人嘛，不就是爸爸妈妈和兄弟姐妹。"

陆封隐约猜到了。

卫骁眼睛弯成月牙，满是戏谑道："你是男的，又比我年长，所以只剩下爸爸和哥哥了。"

陆封："……"

卫骁："哥哥？"

卫骁又皱眉道："不行，我爸不配有你这么好的儿子。"

陆封："……"

卫骁："那就只能是……"

陆封听不下去了，转身往外走："不睡觉的话，下午自由匹配让汤臣替你。"

卫骁惊了："晚上还有训练赛呢！"自由匹配是汤臣的话，那训练赛也得是汤臣上场。

陆封："汤臣上路，我打野，没问题。"

卫骁跟上来："那怎么能行，队长你不爱玩打野的！"

陆封冷笑："偶尔打一局，很新鲜。"

卫骁悲愤道："怎么回事？刚还说FTW是我家，这会儿就不要我了吗？！"

大魔王把人拎回屋，反手关门。

卫骁眨眨眼，投降："我错了，我以后一定早睡早起乖乖听话，别把我逐出家门！"

陆封把浴巾扔他身上："去洗澡。"

卫骁接住："好嘞！"

去了浴室，他又探头出来："哥哥！"

尾音轻飘飘的，叫得很不正经。

陆封忍了忍还是没忍住，大魔王破功了："闭嘴！"

难得能捉弄队长，卫骁乐死了，躲在浴室里笑得不行。

家人啊，他和陆封是家人，卫骁心里像抹了一层蜜，甜得他全是美梦。

08

陆封平时的起床时间在七点半到八点。今天醒来时已经快十点。陆封赶紧去叫卫骁起床："小小。"

卫骁似是在梦里听到了,梦呓道："爸……"安静的房间里,这声音清晰地传到陆封耳中。

陆封微怔,一阵阵的苦涩在他胸腔里蔓延,父亲再怎么不负责,再怎么被丢下被忽视,但哪个孩子不渴望爱。

父亲、母亲……这独一无二的亲情,谁不想要?

越是坚强越是脆弱,越是强撑越是不安,没心没肺的外表下往往藏着一颗异常敏感的心。

看卫骁睡得香,陆封自己出了房间。

十点半已经有不少人起床,陆封还是雷打不动地去跑步,酒店有健身房,虽然不如基地自在,但设备也还齐全、够用。

陆封刚到健身房,就碰上了运动完满头薄汗的金成炫。

金成炫微愣:"这么晚?"

陆封哪能说自己睡过头了,只道:"早上有点事。"

金成炫知道他作为一个俱乐部负责人,有很多事务需要处理:"悠着点,别仗着年轻就瞎折腾身体。"

陆封:"嗯。"

金成炫满身汗,急着回去冲凉:"你加油,我走了。"

陆封话少,从不管闲事,但这会儿他还是多问了句:"然神呢?"

金成炫嘴角瞬间绷紧,道:"他老毛病又犯了。"

陆封猜到了。

金成炫是懒得锻炼的人,平日里会来健身房全是李赫然催着,这会儿自己主动过来,肯定是……

金成炫有些烦躁:"队里跟了理疗师,养几天就好了。"

陆封应道:"嗯。"

金成炫心里烦闷,摆摆手回去了。

陆封进了健身房,出了满身汗。

Pro训练室,金成炫瞧瞧面色惨白的李赫然,心里难受,嘴上还冷冰冰地:"让你减少训练你不听。"

李赫然:"没事。"

金成炫又心疼又气:"你一个辅助,你这么拼干吗?不用你补兵,我一个都不会漏。"

李赫然:"嗯。"

金成炫知道理疗的滋味，本就受伤的手腕，这样拉扯按压，能把人疼到头皮发麻。

他声音低了，半蹲在李赫然面前看他："哥，说好一起退役的。"

李赫然苍白的脸上溢出一点笑："我记得。"

金成炫心里五味杂陈："还有三年。"

李赫然安慰他："没事，医生也说了不碍事。"

金成炫不想把自己的情绪带给他，点头道："你别下楼吃饭了，我一会儿带上来。"

李赫然："好。"

金成炫临出门又道："下午的自由匹配我给你请假了，你做完理疗好好休息。"

李赫然皱眉道："晚上的训练赛不是要约FTW吗？"

他不参加自由匹配就没资格参加晚上的训练赛。

昨天FTW和L&P的比赛看得金成炫眼热，当时就说了今天一定要约FTW，况且还有了新制度……

金成炫起身，慢声道："不用你上场，一样可以赢他们。"

李赫然顿了下："错过今天，再想和他们交手就得十天后了，我不碍事……"

虽说私底下也能约训练赛，但赛场上的感觉和私底下不一样，大家都明白。

金成炫看他："这只是一场训练赛。"

李赫然："可是你……"

金成炫轻吁口气道："以后有的是机会，你好好做理疗，我们以后有很多机会。"

李赫然："……"

金成炫下楼去餐厅，看着丰盛的自助餐，毫无食欲。李赫然的手腕不严重，打职业赛的谁没个职业病？颈椎、腰椎、肩周乃至腱鞘发炎，高强度训练和高难度的操作注定会透支身体，多少选手都在承受着这样那样的病痛。

金成炫心不在焉，Pro的打野朴贵志也不好多说。

金成炫和李赫然的情分不一般，他们是配合默契的双人赛冠军，也是从小一起长大的邻居，更是一起选择荣光走上职业电竞之路的伙伴。

李赫然的手伤，韩国赛区没人不心疼，要知道曾经全球最强的射手不是金成炫，而是李赫然。

如今Pro的辅助位，却是李赫然。

一觉醒来，卫骁精神抖擞，一想到队长把自己当家人，卫骁心里又乐开花了。

他是陆封的家人。FTW是他们的家。

他有陆封，还有FTW……

卫骁卷着被子，在床上滚了一圈又一圈。

咚。

卫骁牌蚕蛹把自己滚到地上了。

"哎哟……"

卫骁虽然裹着被子，可冷不丁从床上摔下来，还是摔疼了。

他揉着腰站起来，懊恼道："乐极生悲，奶奶'诚不欺'我。"

他正想打个电话，嘱咐下清洁人员给换床棉被……

"丁零——"

门铃响起了，卫骁去开门。老白惊呆了："你刚醒？"还吃不吃饭了！

卫骁揉揉腰："昨晚睡太晚。"

白才："咱们不是三点就散了？"

卫骁哪好意思说自己的矫情事，道："回屋后还有点事……"

白才："凌晨三点……队长早睡了吧。"你还有个什么事？！

卫骁瞪他："你管那么多干吗？我睡得很好，下午不会拖后腿！"

白才看他一直在揉腰，好奇地问："你腰怎么了？"

卫骁死也不能说自己滚到床下啊，含糊道："累到了。"

白才："昨晚累的？"

卫骁："嗯。"他要赶紧打电话给清洁人员，然后下楼吃饭。

白才："那个……你给前台打电话？"

卫骁已经拨通了，他用细长的手指比在唇边，做出嘘声的样子。

白才闭紧嘴。

卫骁一口流利的英文："你好，麻烦帮我换床棉被……嗯……好的……谢谢……"

菜哥英语稀烂，勉强听懂了一点："换被子？"

卫骁指了下椅子上："脏了。"

白才眼睛都瞪大了："怎、怎么就脏了？"

卫骁急着去洗脸刷牙："脏了就脏了啊，你管怎么脏的！"

白才一脸迷惑……

吃饭的时候，卫骁东张西望："队长呢？"

辰风："起晚了，还有点事要忙，之后直接去训练室了。"

卫骁急了："饭呢？"

辰风顿了下："给他送上去了。"

卫骁惦记着："这盘西芹你们都别动，我给他送上去。"

辰风嘴角抽抽："不用，他已经吃过了。"

卫骁叹口气道："都怪我，让他起晚了。"

白才："……"

吃过饭回训练室时，他们遇上了 L&P 的中单 VIVI。

这个满头金发的大男孩对他们扬起灿烂的笑容，问了好。

卫骁也对他打招呼，甚至补了句："有空约啊。"

VIVI 笑而不语："你们加油。"

卫骁怂恿他："你多跟你们教练组吹吹我们FTW，他们肯定会安排训练赛。"

VIVI还挺活泼："你们赶紧杀进全球赛，我们教练组天天给你们打电话。"

卫骁矜持道："到时候我们忙得很，你们L&P得排队。"

VIVI也会几句中文："所以我们应该……先下手为强？"

卫骁惊了："元泽还会正经教人说中文？"

VIVI遗憾道："我是自学成才。"

卫骁："……"

行吧，看看炫神和G神，就知道元老贼是不会做人的！

下午自由匹配时，卫骁和宁哲涵双排，老白和越文乐双排，昨晚玩了几小时，卫骁和宁哲涵已经有些默契。

卫骁道："咱们小宁子比较适合法刺。"

宁哲涵含蓄道："看阵容看阵容，我都行。"

卫骁："自信点，你法刺很凶的，再凶点我都想搞你了！"

宁哲涵："……"

陆封刚好推门进来。

卫骁瞬间被转移注意力："队长，吃饭了吗？"

陆封看了宁哲涵一眼，小宁子瞬间坐直，手还有点抖："菜哥，要不我俩双排吧！"

白才："我和老越已经进去了。"

宁哲涵的求生欲爆棚："我单排！"

卫骁看他："想什么呢，我俩要继续培养默契。"

小宁子快哭了……

陆封收回视线，回卫骁："吃了。"

卫骁满心满眼都是队长，又关心道："西芹吃了吗？"

陆封："……"

辰风清清嗓子道："吃了。"

卫骁："教练你怎么知道？"

辰风知道什么，他这不是努力救场嘛："我知道的比你想象中多很多，比如你队长不只爱吃西芹……"

陆封忍得了，辰风都忍不了了。

卫骁来兴致了："那队长还爱吃什么？"

一家人不了解口味也太说不过去了，他要好好记住。

辰风赶紧说："牛肉。"

卫骁："谁不爱吃牛肉？"

辰风："海鱼。"

卫骁："谁不爱吃海鱼？"

白才举手："我不爱吃。"

驰名"双标"卫骁上线："谁管你爱吃什么。"

菜哥："……"

卫骁继续追问："还有呢，队长还爱吃什么？"

辰风努力想了想："土豆？"

卫骁乐了："这些我都爱吃。"

陆封留意过，卫骁吃饭时的确是偏爱这些。

卫骁又遗憾道："可惜我不爱吃西芹，除了这点我和队长就全一样了。"

一家人一个口味，不愧是缘分啊。

辰风嘴角一抽：其实你家队长也不喜欢。

菜哥忍不住插话："不爱吃你还给队长夹？！"

卫骁："当时盘里就剩西芹了，我也是没的选，幸好队长爱吃。"

陆封："……"

卫骁宽慰陆封："没事的，以后咱们家……咯，FTW可以常做西芹炒牛肉，我吃牛肉队长吃西芹。"

他冲陆封眨眼睛，就差没当面来句："对不对呀哥哥！"

西芹这个坎怕是跨不过去了。

陆封按他脑袋："冲分。"

卫骁："好嘞！"

晚上六点时，新一天的积分排行公布了。

第一名：Pro。

第二名：L&P。

第三名：Tomorrow。

自从昨天新规则公布后，自由匹配瞬间凶起来，之前不少垫底的战队为了最后一天的奖池争夺战资格，开始疯狂冲分。

FTW在第四，成绩很不错，卫骁打得挺兴奋。果然全都认真起来，连自由匹配都更加有趣了。

看到第一名是Pro，白才挺惊讶："今天李赫然请假了，替补上位都这么凶啊。"

卫骁才知道："然神请假了？"

白才叹口气："听说是身体不舒服，这几天都是替补上了。"

卫骁听说过一些传闻："他的手腕还没好吗？"

白才身为卦帝，不正经的资料一堆："之前看过Pro给的报告，不严重，但怕劳累，冬训这十五天还是挺累的。"

别看赛程安排不多，就下午和晚上，但强队本身就有大量训练赛要完成，原本还可以在下午和晚上的时间打，现在全都挤到了晚上，FTW能三点睡觉真的算早的。

卫骁叹口气："然神不在，Pro今天应该不会约我们吧？"

他还是想和全盛状态的Pro打，昨天那么过瘾，今天也不能差。

辰风接话："Pro肯定约我们。"

卫骁怔了："为什么？今天约了，再交手可就要等最后的奖池争夺战了。"

李赫然状态不好，但几天后肯定会上场，到时候再打不更快乐？

辰风给他一个文件："赛委会刚下的完整版规则。"

拼命补Bug（漏洞）的主办方也真是很不容易了，在加了那么多条限制后，又补了一条。

卫骁念出来了："积分争夺战一个战队只能打四次？"

他们第一天被3U约，第二天约OD，第三天和L&P打，今天如果再被约一次，五天内就没的约了。

辰风道："我们排第四，L&P约不了，但Pro不约的话，Tomorrow肯定会约我们。"

到时候更没有和Pro交手的机会了。

卫骁火了："主办方搞什么啊？！"

辰风很淡定："争夺战是全球直播，每天看FTW成什么样子。"

卫骁："……"

不想说话，气成河豚了！

白才安慰他："你看3U也打三次了。"

不提还好，一提卫骁更气了："老睡和Pro打了两次，还是李赫然在的Pro！"

3U也是运气好，Pro昨天之所以能约他们，是因为当时赛委会还讲点道理，规则更改前约过的不算数，可惜今天的赛委会是彻底不做人了，积分争夺战打四次的规矩是包括之前的！

卫骁心窝疼："我看明白了，主办方就是故意搞我们！"

主办方的负责人打了个打喷嚏：哎，谁在骂我？肯定不是中国赛区的战队，为了保护他们，他们可是煞费苦心！

辰风敲他桌面，让他冷静："别掉以轻心。"卫骁瘫了，瘫成一条咸鱼。

辰风看他："你以为李赫然不在，Pro就不行了？"

卫骁撇嘴，他想和双人赛冠军打。

辰风冷笑："你可能不知道，李赫然不在，金成炫只会更凶。"

卫骁眼睛亮了些。

汤臣作为神之队的前替补，很有发言权："嗯，老李不在的话，你能看到当年在FTW时的金成炫。"

卫骁坐直了："当真？"

辰风翻个白眼："骗你干什么？我跟你讲，李赫然不在，金成炫才会原形毕露。"

卫骁有所耳闻："那个……'虐'打野的原形？"

辰风强调："是'虐'盗贼。"

全球第一射手炫神，有个不大不小的爱好，最爱在5V5中"虐"敌方打野。

众所周知，所有射手怕打野，尤其是5V5中的射手，作为后期的输出点，他们大多腿短皮脆，看到敌方打野只想求饶！

盗贼所有天赋都是刺客型的，无论是暗贼、狂贼、仙贼……都是所有射手的噩梦。

被他们近身，射手当场给观众表演血条消失术。

大写的惨！

可是金成炫不一样，他的射手能把敌方打野"虐"到求饶，这是在FTW时养成的毛病。

晏江的辅助是整个FTW的关键，射手想体会辅助的温情？

做梦。

在一堆禽兽中野蛮生长的金成炫，想要抢到经济必须硬上。

什么后期？不冲上去抢资源抢人头，他的队友能甩他十条街。

都是要强的性格，金成炫硬生生搞出了属于自己的打法，压住敌方射手算什么，压死对方打野才是你炫神。

09

卫骁有激情了："原来如此！"

正常人听说对手弱会开心，他不一样，他是听说人家狂化了才能兴奋起来。有病得治啊卫骁！

下午吃过饭，FTW一行去了宴会厅。他们来得不算早，常在的位子旁边有了人。

辰风一看队服，道："咱们换个地方坐。"

银灰色的L&P要多扎眼有多扎眼，这帮人坐那儿干吗？赢了比赛找碴儿吗？好像不太对——不是应该输了比赛才找碴儿？

卫骁这该死的胜负欲是无药可救了："不换！"

辰风："……"

卫骁跟教练解释："换了岂不是告诉所有人，我们怕了？"

辰风想说：并不会，你想多了！

卫骁又道："L&P的人都挺好的，我是说人好，非人的不算。"

白才看看那戴着黑耳钉，招摇帅气的元泽，顿时有点"同仇敌忾"：长得帅还招摇，过分了！

卫骁心里这小九九也是绕了十八绕："咱们和L&P搞好关系，等回国那训练赛还不是手到擒来。"

这戳中了辰风，辰教练大手一挥："走！"

卫骁开心了，又跟陆封说："队长，我挨着元老贼，他没法欺负你。"

陆封："不用。"

卫骁："啊？"

陆封："他想欺负的是你。"

卫骁："我才不怕他。"

怼人这事，他自信满满！

陆封："我不想。"

卫骁呆了下，赶忙跟上来："队长你不用担心，我不会去L&P的，我生是FTW的人，死是……"

陆封停下看他："我不想你只和他说话，不理我。"最后三个字他说得很轻。

卫骁心怦地一跳，堵在了嗓子眼，导致他说话都有些磕磕绊绊："我……"

陆封已经走向座位了。

卫骁回神，恨不得冲到陆封面前，当着全世界的人说：我只和你说话，我这辈子都只和你说话！

于是，双方坐下后，陆封左手边是元泽，右手边是卫骁，把这俩人隔开。

元泽万万没想到，自己带领全队换了座位，挨着的是个万年冰山。

谁要靠着小陆封啊！他宁愿靠着饮水机也不要靠着制冷机啊！

陆封面无表情地和他打了招呼。

元泽："……"

为了让队长不生气，卫骁别说是和元泽说话了，他连看元老贼一眼都没有。

全程队长东队长西，殷勤备至。

李赫然虽然不上场，但也到了现场。他把队服披在肩膀上，内里的短袖挡不住手腕上的纱布。不少人都看到了，但没人为此停留目光。

都是职业选手，都懂。

竞技比赛浪漫又残酷。

拼尽全力，燃烧几年，绽放出比烟花还要绚烂的光辉，无比浪漫；同时又极其残酷，飞蛾扑火般的执拗，千军万马过独木桥的悲壮，极有可能是倾付所有最后却一无所有。也正是因为这份残酷，让浪漫更加浪漫，让荣光更加闪耀。

没有任何悬念，在赛委会宣布了那样的规则后，Pro邀请了FTW。两个战队上台，大家看到了一个不太一样的金成炫。

相较于神之队其他成员，回国的金成炫一直给大家相对温和的观感。他生了一副精雕玉琢的高冷模样，尤其那颗傲慢的黑痣，更是让本就秀气的面庞添了几分目中无人的感觉，可稍微熟悉他的都知道，高岭之花①是表象，内里是Pro吉祥物。

回国后心里踏实的金成炫，早就敛了在FTW时的戾气，再加上Pro的阵容磨合，他鲜少用那些刚烈凶猛的天赋，个人气质越发像脆皮射手——娇里娇气，需要保护。

但今天，李赫然在台下坐着，他整个人的精神面貌完全不一样了。

直播间里FTW的老粉纷纷道："妈呀，是我们炫神没错了！"

---

① 原指高高的山岭上的花，现在用来比喻只能远观无法触及的东西。

"我有点心疼卫骁,炫神教做人系列又要添上新笔墨了。"

"心酸,有然神在的炫神才是真正的炫神啊。"

"可拉倒吧,当年金成炫在FTW有多强?Solo能力能排前三好吗,回国后弱成什么样了。"

"Pro弱?人家是去年全球季军,双人赛冠军,你说他们弱?"

"有本事拿冠军啊,金成炫回国后拿到过团队赛冠军吗?!"

弹幕上吵得很凶,金成炫在中国赛区也算是风云人物了。他是当年神之队唯一的外援,更是很多不知情群众"脑补"的让神之队解散的罪魁祸首。

金成炫刚回国那一年,中国粉丝就对他的选择极度不满,后来因为Pro的成绩不行,金成炫又被韩国赛区的粉丝嫌弃。

两年前,曾经的最强射手李赫然为了他转位置打辅助,更是把金成炫推到了风口浪尖。

批评的声音逐渐降下来是在Pro拿到成绩之后。虽然一直没能拿下全球赛冠军,但Pro连夺两年国内冠军和全球双人赛冠军,好歹让批评他的人声音小了些。

这些陈年旧事,因为李赫然没上场,加上金成炫对上老东家而全被掀了出来。

弹幕上你来我往的,场上十个人也已经各就各位,调试设备。

卫骁:"老越小心点,炫神看着都凶。"

越文乐很认真:"明白。"

他们都算新人,当年神之队驰骋荣光时,他们都还窝在家里偷偷看比赛呢。哪个射手不以金成炫为目标?越文乐也是。

辰风叮嘱道:"白才跟卫骁,这局他们肯定会疯狂入侵野区。"作为老队友,辰风很了解金成炫。

卫骁逮着机会用奇怪的语调说:"队长,帮我看看上野区!"

陆封:"……嗯。"

白才耳朵疼:"能不能好好说话。"

卫骁对菜就是疾风骤雨:"又不是对你说。"

菜哥:"……"

他知不知道还有个叫荣光炸麦王的玩意儿?这队内语音传出去,轰动全球啊!

白才好心被当驴肝肺,懒得理他了!

屏幕上已经进入BP环节,辰风考虑很久,还是没有选择针对金成炫。金成炫的英雄池太深,Pro的适配阵容又极多,与其和他硬碰硬,不如迂回着来。

Pro的软肋是什么?

替补的辅助位?

是,也不是。

替补的辅助肯定不如李赫然,无论是天赋领悟还是和金成炫的配合度,肯定都差一截，将珍贵的禁用给替补也未免太浪费了。

到底该怎么选择呢？

辰风的犹豫让 BP 速度慢了下来。

陆封开口："尽量争取我们的阵容。"

辰风笔尖在本子上一点，醒过神了："好！"

面对强队，BP 是非常"烧脑"的。就像下棋时，对面棋路太广，战略太多，很容易就会被绕进去，瞻前顾后的结果反而是乱了阵脚。

这种情况就该跳出来，转换一下思路，既然对面什么都可以，那不如只考虑自己。

拿下 FTW 成员最擅长的天赋，竭尽全力从对手那里抢下最强阵容，以不变制万变，反而是制胜之道！

经过激烈的争夺，双方阵容确定。

FTW：神战、隐贼、冰法、光牧、雨猎。

Pro：魔战、力贼、剑法、神牧、鬼猎。

解说的声音有些兴奋："好久没看到金成炫的鬼猎了！

"金成炫的鬼猎在 FTW 时期所向披靡，Pro 肯定也是留了这一手的。

"朴贵志拿了力贼，看来还是蓝领打野。"

蓝领打野是和卫骁、Gary、阿睡截然不同的一种打野类型。卫骁也好，Gary、睡神也罢，他们这些都是疯狂抢遍全图资源，"杀人越货"狂带节奏的核心型打野。

说得片面些，整个团队都要围着他们转，或者是被他们带动着转。

蓝领打野不一样，他们沉默寡言，节奏带得稳且扎实，大部分资源都让出去，是"吃着草挤着奶"的团队工具人。这种队伍一般有个大核心，比如 Pro 的金成炫，国内 TPT 的欧星，都是吸干全场经济，打出惊人输出的天才射手。

蓝领打野的目标是守住、稳住、拖住，等自家射手站起来，对手只能甘拜下风。

"陆封拿的是神战啊。"

"神战偏辅助啊，我大魔王怎么能用这个？"

"隐贼配神战不是很好吗？矫情什么？"

"难受……"

"果然走了上单，就没法为所欲为了。"

"呵呵，怎么算为所欲为？次次拿盗贼，次次惨败就是你们要的为所欲为？"

"阴阳怪气什么，不看比赛就离开！"

一言不合争执起来，是弹幕日常了。

这次 FTW 的阵容是有点冒险的。宁哲涵的冰法主控制，越文乐的雨猎是针对金成炫的权宜之计，能发挥成什么样是个谜。陆封拿了神战，为的是给全队开团，可也限制了陆封的自我发挥。整个团队的输出重心全压在了卫骁的隐贼身上。

隐贼是能担起这个重任的，他的大招有个无限刷新的机制，一旦飞镖落在敌方身上，只要操作牛，就能不断穿梭在人群中，打出爆炸伤害。当然这个前提是隐贼发育起来，如果被压死，那飞进去也是送命。

明知道金成炫会针对卫骁，FTW还是拿了隐贼。也不知道是过分信任卫骁，还是放弃"治疗"了。

开局隐贼是必须拿蓝Buff的，隐贼所有技能都很耗蓝，一旦法术池空了，他一个技能都用不出来，那就不是隐贼，而是死贼了。

况且蓝Buff还有冷却缩减的功效，对于依赖技能的隐贼来说，极其重要。

为了这个，陆封和白才全都守在了河道，一个神战一个光牧，犹如一堵坚实的城墙，护住了自家隐贼。

卫骁美滋滋："我真像个被捧在手心的小宝贝。"

白才："……"

陆封："嗯。"

FTW全员："……"

错觉吧？是他们耳朵聋了吧？！

"小宝贝"稳稳拿下蓝Buff，卫骁有些纳闷："Pro都不来看一眼吗？"

这太不寻常了，平常看到对面拿隐贼，哪个不是犹如饿狼扑虎，冲上来就是撕咬砍打，要么搞死隐贼，要么抢走蓝Buff。

白才一边小心插眼一边道："估计是猜到队长会护着你。"

卫骁又得意了："算他们聪明，知道队长疼我。"

白才："……"我就不该和你搭话！

卫骁顺顺利利清完上野区，转战下野区。上野区是陆封的范围，下野区就是陆封鞭长莫之处了。

陆封："小心些。"

卫骁一直盯着小地图："明白。"六级前的隐贼有些弱，不能在人群中隐来隐去的隐贼犹如一棵菜。

刚杀了下路的一个石头兵，卫骁就觉得后背发凉："老白！"

他十分信任自己的直觉，急声呼唤插眼的菜哥。

Pro下野区一个人没有，野怪全在，这意味着什么……

卫骁已经谨慎撤退了，影子一般飞过来的鬼猎还是一技能砸到了他。

鬼猎在现如今是个相当冷门的天赋，因为他团队适配性太差，比暗贼还单打独斗，5V5赛场上已经很少见到他了。可金成炫用了，并且霸道得要死。

鬼猎是少有的出门双形态的天赋。别人一个技能时，他两个；别人两个时，他四个；别人三个时，他六个……

如今卫骁才两个技能，鬼猎已经有了四个。鬼形态的一技能加二技能是强控加破甲，人形态的一技能和二技能是爆炸输出。

卫骁这脆生生的隐贼，立马原地蒸发。

系统公告：

Pro.Succe 击杀 FTW.Quiet！

金成炫在 FTW 下野区单杀卫骁！

观众是上帝视角，看得比 FTW 明白得多："牛啊！""这谁躲得掉？""视野都没有，金成炫是怎么拿捏准时机的？！""这真不怪 FTW 的射手，这谁能反应过来？"

按理说金成炫消失，越文乐那边该给出信号，让卫骁留意。

可要命的是，金成炫消失得太果决，他像是算准了卫骁已经清完上野区，来到下野区，所以捏好了鬼影，在越文乐以为他只是在塔下清自家野怪时，利用鬼形态的高机动性旁若无人地突到了 FTW 下野区。

鬼影消失的瞬间，落地强控加输出，一套连招带走卫骁！

干脆利落，毫不客气。

炫神出手，名不虚传。

Pro 为什么不去上野区搞卫骁？为什么放任卫骁拿下蓝 Buff？因为他们在下野区等着他。

拿了蓝又如何？一旦被杀，还不是给别人作嫁衣！

卫骁倒吸口气："够狠。"

陆封提醒他："别自己行动。"

卫骁秒懂："他还在下野区？"

陆封："嗯。"

卫骁惊了："他这么瞧不起我吗？"

陆封："……"

越文乐道："我来支援。"

陆封没说什么。

卫骁却觉得不对劲："别，这会影响你发育。"

越文乐："那我压他兵线。"

如果兵线进了 Pro 防御塔，金成炫肯定要回来守，到时候就不能针对卫骁了。

这个对策是没问题的，可是……

谁都没说，谁都明白，越文乐压不住金成炫，这才是金成炫的鬼猎敢这么肆无忌惮的根本原因。

卫骁道："你们别管我，好好发育，我小心点。"

白才："我跟着你。"

卫骁："嗯。"

身为一个打野，在自家野区这样小心翼翼，卫骁还是头一次体验。

金成炫刚才不只是击杀了他，还抢走了他的三只小野怪，无形中又压了他一头。

卫骁刚清完野怪，越文乐急声道："鬼猎不在线上！"卫骁神经紧绷，站位十分谨慎，想着这次无论如何要把鬼猎按在地上。刚才被打了个措手不及，这次怎么也得把场子给找回来。

五秒钟、十秒钟、十五秒钟……

卫骁忽道："小龙！"

白才一愣，反应过来了："着道了。"

卫骁隐身加速，眨眼间穿过自家野区，去了龙坑。他真是太能搞了。

金成炫这次失踪，根本不是来蹲他，而是去杀小龙了，前期争夺小龙至关重要，一旦被他们拿下，全队增长的经验和经济会让 Pro 三条线全部雄起。

本来中路宁哲涵就是勉力支撑，如果再被对面中单压一级，那……血崩啊！

卫骁顾不上白才的移速，率先冲到龙坑。这边因为不是 FTW 的领地，白才没敢布视野，只有英雄到位才能看明白。

果然 Pro 打野和金成炫在打龙，张牙舞爪的远古生物只剩下十分之一的血量了，一旦被金成炫拿下，FTW 还怎么打？

这雪球滚起来，无力回天！

卫骁意识到自己还是掉以轻心了，李赫然不在，他总觉 Pro 差了些，教练说的那些话引起了他的兴趣，可他还是低估了金成炫。

哪个打野会觉得自己能被一个射手压制？

直到遇上金成炫。

隐贼的隐身有时效性，尤其是靠近敌方，一个技能就能把他扫出来。金成炫没想到卫骁会来得这么快。卫骁已经六级，六级的隐贼有了大招——无风。他的飞镖落过去，借着自家野怪起跳，刷进龙坑。

龙坑里有三个可选定目标，一个是小龙，另外两个是朴贵志和金成炫。飞进去的隐贼最大的可能是死在里面。但卫骁来都来了，就没想活着出去！

金成炫瞳孔微缩："留技能！"他是对朴贵志说的，他看出了卫骁的意图！

可惜有些晚，卫骁起手一个聚拢，同时镖中了金成炫和朴贵志。金成炫立马切换形态，洗掉飞镖的同时，鬼影的利爪撕向卫骁。

卫骁不慌不忙，大招刷向朴贵志，完美躲开控制。朴贵志的技能接得也快，然而卫骁比他们想象中还要灵动，他再度起飞，向着小龙冲去。

解说惊呼："这套连招用得漂亮！完美躲开了金成炫和朴贵志的技能！非常亮眼的操作，可以纳入精彩集锦！"不是解说闭眼"吹"，而是卫骁这操作真的精细，连峡谷里的金成炫和朴贵志都愣了愣。

金成炫盯着小龙的血量，咬牙道："先杀隐贼！"

不能让卫骁活着，他的无风始终没断，这时候 Pro 还输出小龙，只怕要赔了夫人又折兵！

金成炫的判断是对的，他和朴贵志前后夹击，把所有伤害都砸向卫骁。卫骁这小身板哪里受得住，他看了眼白才的位置，知道来不及了……

"老白！大招！"

光牧的大招是一堵墙，能够隔离所有生物，包括友军。

白才不愧是和他南征北战过的老队友，卖他卖得毫不犹豫："好走不送！"他距离龙坑还有些距离，想要救卫骁是不可能，只能给赶来的越文乐创造时机！

光牧的光墙从天而降，把龙坑一分为二。墙的一边是龙，另一边是焦灼的三个人。没人有心思打龙了，龙的血量逐步回升。

Pro偷龙彻底失败，只能杀了卫骁解气。卫骁被白才困在龙坑，逃无可逃，躲无可躲，只有死路。但死路不是等死，卫骁将无风用到了极致，在狭小的空间里尽量躲避伤害……

越文乐的雨猎终于踩着雨点到了，卫骁一喜："老越，干他！"话音落，他被金成炫击杀。与此同时，越文乐的雨箭凉飕飕地飞来，击中了血量堪忧的鬼猎。

系统公告：
Pro.Succe 击杀 FTW.Quiet！
FTW.Le 击杀 Pro.Succe！

"酷啊！"弹幕纷纷喝彩，"死得不冤，这次卫骁立大功！""对对对，他不仅干扰了金成炫击杀小龙，更拼尽全力给队友创造机会拿下人头。""牛！都太牛了！""炫神还是你炫神，杀盗贼的手是真的稳准狠！"

不过半秒钟，系统公告再度响起：

FTW.Close 击杀 Pro.UU！

下野区打得不可开交，上路陆封单杀 Pro 上单！

卫骁虽然死了，但很兴奋："漂亮！"有队长在，太可靠了。

FTW一次团战打完，不管死伤如何，上路永远稳如磐石，这安全感真是绝了。

FTW队内语音里，陆封建议换路。

越文乐一愣。

陆封："我和金成炫对线。"

观众是听不到队内语音的，但是他们看得到实时动态。

神战和雨猎换路的动向让他们精神一振。

"陆封去下路了！"

"金成炫太嚣张，陆封看不下去了吗？"

"说真的，金成炫的射手压得住陆封的打野吗？"

"不知道，世界赛一轮游的 FTW 和 Pro 无缘交手。"

"啊啊啊，如果陆封拿打野多好，那就可以看看谁更狠了！"

"小声讲,总觉得大魔王生气了。"

"气什么?"

"自家小打野被杀两次,嗯……"

台下,元泽弯唇笑:"金娇花要哭了。"

10

FTW换线,Pro很快就能发现。按理说Pro的魔战该跟着陆封去下路,两人继续皇城PK。

Pro队内语音里金成炫坚持不换。

Pro上路UU道:"我可以牵制陆封。"他一个魔战被陆封的神战单杀,心里十分不爽。

金成炫:"陆封交给我,你把FTW的雨猎打崩。"

只是一场积分争夺战,再加上李赫然没上场金成炫心情不爽,而陆封又身份特殊,UU没再坚持:"好。"

所以金成炫依旧去了下路,和陆封的神战迎面碰上。

一个神战一个鬼猎,同框后是巨大的反差。

神战无愧于神之名,通体圣光,背后有白色六翼,手持巨剑,英凛的身姿是队伍的守护神。鬼猎的鬼形态是一抹飘忽的黑影,邪气四溢,鬼爪猩红,仿佛从地狱爬出来的勾魂厉鬼。

神之队的巅峰对决,是观众最爱的节目之一。尤其是反差如此大的两个天赋,更是让人脑补万千。

"说真的,神战在单挑时不一定搞得过鬼猎。"

"鬼猎太灵活了,神战追不上他。"

"这是5V5,能别满脑子都是Solo吗?"

的确,这是场团队赛,能2V1,凭什么1V1?

陆封抵达下路,和金成炫打了个照面后,卫骁已经隐了身形躲在草丛里。

金成炫时刻留意着小地图,听着自家辅助的动态:"野区没人,卫骁十有八九在下路。"

不用他说,金成炫也感觉到了,他左侧的草丛一派安静祥和,可闭着眼都能猜到那里蹲了个贼。

用技能把隐贼诈出来?金成炫不太敢,陆封虎视眈眈,他毫不怀疑自己一抬手,神战的剑就会劈在他身上。

躲在塔下?势必会漏兵。

"不用你补兵,我一个都不会漏。"

金成炫想到自己对李赫然的承诺,心揪了一下。

Pro打野朴贵志惊呼："别出去！"

鬼猎已经用了鬼影，他没理草丛里的隐贼，控制技能丢到了神战身上，人形态收兵，接着用小兵刷出的技能冷却，秒切鬼形态，眼看着就要回到塔下……神战比他想象中动得快，明明被精准控制，可神战凭着装备的免疫抵抗，早了那么一点点时间挣脱控制，六只羽翼夸开，圣剑裹着白羽，劈向金成炫。

金成炫心里咯噔了一下，果然是小陆封，这反应能力过分了！但是金成炫硬生生扛住了这一刀，鬼影形态一技能强控砸在了草丛里的隐贼身上。

卫骁一蒙，金成炫果然早感觉到他了，被前后夹击还敢出来补兵，这么瞧不起他吗？

事实上金成炫的确有瞧不起他的资本。他精准控住隐贼，让卫骁动弹不得后，利用鬼影的位移飞速回到塔下。塔下还有个小药包，金成炫恢复人形态，加药补血，本来被扫到半管以下的血恢复到三分之二。

解说夸道："不愧是荣光第一射手，对兵线的执着无人能及。作为核心位，必须这样斤斤计较，丢一个兵，少一块钱，都会影响战局。不漏一个兵，是多少选手的不懈追求！"

解说这边正吹着金成炫，忽地卡壳："陆封……"

战局瞬息万变，可不会给你废话的时间。

金成炫刚缩回塔下，卫骁身上的控制消失，陆封："上。"

卫骁："收到！"

满血的隐贼利用野怪做跳板，一个飞镖丢到了金成炫头上。金成炫倒吸口气。卫骁已经冲进塔里，一个聚拢拉住了他。金成炫难得爆了句粗。

朴贵志："等我两秒钟！"

两秒钟？鬼猎早成死鬼了！

果不其然，卫骁这一次冲进来只是为了顶住防御塔伤害，他利用金成炫身上的飞镖快速隐出去，同一时间神战进塔，长剑横扫，金色的特效撞向苍白瘦削的人形鬼猎。

系统公告：
FTW.Close 击杀 Pro.Succe！

实时弹幕多得快炸了："这配合绝了！""隐贼扛塔、撤离，神战突进、收割，谁说神战是辅助型上单！""果然大魔王用什么都是大魔王！""实不相瞒，我已经替策划想好了神战的冠军皮，来个堕天使怎么样？白色羽翼变黑色，太适合我们陆封啦！"

金成炫倒地，朴贵志和辅助同时赶到。

可惜……隐贼踪迹全无，神战凭借着自身回血机制，早就满血回塔。

想塔下强杀一个经济全场第一，状态极佳的神战？天还没黑，别做梦。

如元泽所说，金娇花被"蹂躏"了。

Pro辅助已经固定在下路，死保着金成炫，可惜陆封太会抓时机，每次叫卫骁来的时候都很准。

卫骁个人实力也确实惊人，对天赋的理解也好，对时机的把握也罢，甚至是对陆封的了解都太惊人。

这导致两人的配合默契无间，一两秒就能弄倒金成炫。

Pro多年来和L&P打训练赛，元泽对他很熟悉。李赫然不上场，金成炫必须挑大梁，一个射手挑大梁其实是有些难的。寻常队伍还好，一旦碰上上野特别强的战队，很容易被针对。

比如L&P的元泽和老G，就"凌虐"过无数次"娇花"。

陆封和卫骁这对组合虽然崭新，但潜力上可能比元泽和老G还凶，"娇花"哪里受得住。

这不……就被压死了。

Pro要输了吗？没有李赫然这个团队指挥的Pro要这样凄惨地输掉比赛了吗？

不会。

真正的强队，从来不是一个人的团队。

队伍指挥不在，固然杀伤力骤减，但Pro绝不是只有两个人的队伍，他们能杀进全球半决赛，凭借的是五个人的力量！

金成炫是队伍的核心，却不代表其他人菜。

恰恰相反，他们是守护核心的铜墙铁壁！

系统公告：
Pro.UU 击杀 FTW.White！
Pro.UU 击杀 FTW.Le！
Pro.Cui 击杀 FTW.Silvery！

在卫骁疯狂Gank（抓人偷袭）下路的空当，Pro上路在打野朴贵志的配合下双杀，中路Cui单杀宁哲涵！

三个人头入账，Pro瞬间扫清颓势，再度掌控战局。

台下辰风面色不变。

汤臣挠挠头："好强啊。"

辰风："嗯。"

刚才的对局他们一直在盯着看，无论是白才、越文乐和宁哲涵，都做得很好。操作上几乎没有失误，状态也很好，细节也没什么大错，但是……

打不过。

Pro上路的魔战和力贼奇袭，白才扛了成吨伤害率先阵亡也没能保下越文乐。这不是走位失误，也不是操作失误，而是英雄属性克制和游戏战略压制。

卫骁虽然压住了金成炫，但对方打野也不是摆设，他们当然也压得住越文乐！中路 Cui 的剑法属于刺客型法师，逮着机会就能击杀断腿的冰法，别说宁哲涵，就是 EVE 的谢和，在没有队友支援的情况下，能不能活着都难讲。眼下这局面，不是三个崽的问题，而是整个团队的问题。他们需要更多的配合，更多的磨炼，更多的适应和理解。

这些辰风都理解，所以他不慌。他们还有足够的时间，尽早发现问题，才能尽快解决问题。国内赛才是他们真正的起步！

上中路全崩，卫骁不能再死盯着金成炫，开始三路支援。如此一来，金成炫又解放了，陆封再怎么强，想从 Pro 手里压死金成炫也不现实。

金成炫不再到处乱跑，他只是沉默发育，疯狂在陆封手下抢经济。

一点点、一滴滴……

如此斤斤计较的射手才是峡谷里最可怕的存在。

战局拖到了后半场。

卫骁心里不安："拖到后期就没法打了。"

鬼猎已经开始放弃鬼影形态，专注人形态了。人形态的鬼猎没了灵活的位移和控制，但却有了惊人的后排输出能力。等金成炫六套神装加身，他一箭能把 FTW 穿个糖葫芦。

陆封："下塔放了。"

卫骁的心咯噔一下。没办法，极限了，队长能扛着两个人的攻击把防御塔守到这个程度，已经是破纪录了。

FTW 下塔一没，解放的金成炫才真正开始反攻之路。

Pro 的打法是显而易见的，所有人都是金成炫的后盾，他们不是陪衬，不是绿叶，不是摆设，而是守护金成炫的铜墙铁壁！哪怕李赫然不在，团队的默契也在。

比赛进行了四十分钟，FTW 已经是一面倒的颓势，金成炫彻底放弃鬼形态，人形态的满神装输出强得爆炸。

越文乐的雨猎却开始暴露短板，前期强势的雨猎到了后期很难找到输出的机会，高机动性的射手注定会牺牲高输出和射程，这是游戏平衡的基本规则。

冰法的伤害倒是起来了，可是 Pro 辅助一身魔法防御装，挡在队伍前面，逼得宁哲涵节节后退。

打又打不痛，走位被迫靠后又波及不到 Pro 后排，稍有不慎，Pro 的剑法还能御剑而来，一套秒杀他。难，真是太难了。

FTW 根本没法打团！

切不死金成炫，FTW 绝无赢得比赛的希望。道理大家都懂，可到底怎样才能碰到金成炫？

FTW 队内语音——

白才发狠道："老卫咱俩去搞金成炫！"他跟随射手这么多年，从没这么憋气过。

这哪是射手啊,这根本就是个祖宗!满峡谷都得供着的祖宗!

卫骁的声音是少有的认真:"你不能离开老越。"

Pro 最难处理的就是这点,看似全员护着金成炫,其实嗅觉比狗还敏锐,一旦发现肉骨头,立马咬碎嚼烂吃下肚。

越文乐和宁哲涵就是那最鲜美的肉骨头,白才只要离开,他们就会立刻出击。

射手和法师死了,FTW 要怎么输出?

即便搞死了金成炫又如何?

Pro 剩下四个人立马赢下比赛!

白才也懂,就是心里气:"难道就这样认输?"这话一出,队里一阵沉默。卫骁也不接话,其他人都有些心慌。

这局和昨天的比赛不一样。全盛状态的 L&P 有多强,他们是有心理准备的。输赢如何都能坦然面对,可眼前的 Pro 是缺少指挥的,这样他们输了,那……

陆封道:"我去……"

卫骁打断他:"不行!"

陆封盯着屏幕中的隐贼。

卫骁异常冷静道:"神战后期的输出是杀不死金成炫的,而且队伍需要你开团,你死了老白一个人扛不住。"

光牧偏脆,没了神战这个前排,FTW 仍旧很难打团。

白才焦虑道:"那怎么办?搞不死金成炫,我们打什么?!"

卫骁沉声道:"我去。"

白才拧眉:"你太脆了,够不到金成炫。"卫骁看了眼兵线和远古生物的刷新时间,心中默算了一下:"只有一次机会。"

他们只有一次机会,眼下的时间不允许卫骁失误。后期英雄死亡后复活时间太长了,如果卫骁不能切死金成炫,那么 FTW 全盘皆输。

远古生物会刷新,兵线会到位,仅余四人的 FTW 是无论如何都扛不住的!

陆封低声道:"上吧,我们拉扯,你找机会。"

卫骁点头:"嗯!"

白才、越文乐和宁哲涵的心都提了起来。只是一场积分争夺战,输了的会奖池清空。FTW 现在是奖金排行榜第一名,输了的代价很大。但并不是死局,因为整个集训真正的争霸是在最后一天,这局输了也有希望翻盘,这局赢了也可能只是一时灿烂。

可是……

不想输!

不愿输!

无论代价如何,无论结果重不重要,他们此时此刻只记得自己的队名——FTW。

For The Win.

为了胜利!

卫骁一声不吭，连呼吸都慢下来了。他脑中回荡着的是陆封的无数场对局。这种情况下，陆封会怎样？拿着隐贼的陆封会如何击杀金成炫？

陆封能做到，他也能！接替了陆封的打野位，就绝不能让他失望！

后期的团战，一触即发。宁哲涵和越文乐竭尽全力远程骚扰，白才护在他们身边，补充血量的同时格挡对面的技能。陆封牵制住了Pro跃跃欲试的魔战和力贼。

两三分钟的拉锯战看得人眼睛都不敢眨。无数人的心都提到了嗓子眼，等待着最终结果。

陆封："机会。"

在他话音刚起的时候，卫骁已经动了。时机转瞬即逝，他绝不能错过这个队友努力争取到的机会。

Pro辅助交出控制技能，魔战最高伤害打在了陆封身上，力贼走位偏前，金成炫身边只剩下一个剑法。卫骁隐去身形，浑身血液都涌起来了，唯独手指稳得不行。不能失误，不能暴露，不能让金成炫察觉。

金成炫："隐贼！"

他什么都没看见，但是他感觉到了。直觉告诉他，那该死的臭小子要阴他。

他们的行动比言语还快，Pro的剑法挡在前面，毫不犹豫地"开大"，无数光剑横扫，形成了一道密密麻麻的剑墙。

不能被扫到，后期剑法的伤害爆炸，最多四五剑，卫骁必死。可躲开光剑就意味着远离金成炫。朴贵志已经在回援，Pro辅助的控制技能也马上冷却结束。错过这一秒，FTW只会被团灭！

心怦怦直跳，胳膊上鸡皮疙瘩都起来了。卫骁感受到了前所未有的冷静，所有声音都远去了，所有思绪都放空了，他眼前只有那苍白瘦弱的鬼猎。

光剑是有缝隙的，常规情况下极难躲避，但卫骁盯准了这个缝隙……他的移速比剑法快，他能看穿剑法的走位，只要跟上轨迹，光剑会有足够长的延迟！

卫骁迎着光剑冲上去，飞镖钉上金成炫。

金成炫心一抖，卫骁弯唇，一套连招砸在金成炫身上，立马让他血条见底。

金成炫："我有复活甲，杀了隐贼！"他倒下的同时，卫骁也被集火倒地。然而金成炫有复活甲，卫骁也有！

站起来的瞬间，卫骁复活甲换"无敌"，扛住一次伤害后，撞向金成炫，金成炫不比他差，同时开了"无敌"，挡住了致命一击，及时切换鬼影形态，想要脱离战场。

卫骁嘿笑一声："中计了。"金成炫明明听不到卫骁的语音，明明不知道这小子说了什么，可仅仅是看着屏幕里的隐贼，他都仿佛听到了……

神战从天而降，一剑刺中鬼影，圣光击碎了魑魅魍魉，鬼影被神战撕成缕缕黑烟。

系统公告：

FTW.Close 击杀 Pro.Succe！

金成炫死了，拼命逃脱隐贼的暗杀，最后却死在了神战剑下。

直播间弹幕也沸腾了。

"帅炸了！"

"我的妈呀，你们看到没，镜头刚才切到了卫骁脸上。"

"看到了看到了，好帅啊，小哥哥的眼睛里有星星！"

"金成炫化成鬼影逃脱的那一刻，卫骁笑了。"

"笑得太'苏'了，什么时候有回放啊？我能看一百遍！"

"牛，FTW 真厉害！"

金成炫死亡，卫骁也倒地了，但 FTW 气势大胜！

越文乐踩着雨点飞过去，雨箭铺天盖地落下，没了技能的剑法立马魂归水晶，宁哲涵发挥了自己完美的控制技能，一下冻住三人，神战一剑扫过去，三人半血以下。

系统公告：

FTW.Le 击杀 Pro.UU！

FTW.le 击杀 Pro.Cui！

FTW.le 击杀……

FTW.le 四杀！

最后，越文乐用雨猎豪取四杀！

Pro 团灭。

FTW 赢下比赛。

全场尽是喝彩声，为这精彩绝伦的反扑，以冷淡著称的辰风激动得猛拍汤臣大腿，嗓音直哆嗦："赢了，他们赢了！"

汤臣："哎哟，哎哟，赢、赢了。"

国内直播间更是爆了。

满屏都是——FTW 牛！

这似乎是时隔三年的第一次，在 FTW 的比赛中，粉丝不是只刷陆封牛，而是换成了 FTW 牛。

虽然他们赢的是一个不完整的 Pro。

虽然他们拿下的只是一场无足轻重的积分争夺战。

但是他们五人齐心合力爆发出的耀眼光芒，点亮了中国赛区无数粉丝的心。

渴望冠军，渴望胜利，渴望赢！

结束比赛，双方握手的时候，金成炫死死握住卫骁的手："很棒。"这俩字说得要多咬牙切齿就有多咬牙切齿。

卫骁笑容满面："十天后，等一个真正的金成炫。"

金成炫一愣，眼里带了笑："臭小子。"

他们松了手，金成炫看向陆封："回见。"

陆封平静的黑眸轻闪了一下："回见。"

曾经的神之队，曾经的队友，曾经并肩作战的伙伴，如今的对手！

回见。

下次一定是我赢。

回见。

下次我也不会输。

他们不再是队友，他们是值得尊重的对手！

回到台下。

元泽微笑："漂亮。"

卫骁挡在陆封身前，扬眉："那肯定比你的神战漂亮。"

元泽意有所指："我是说……"

陆封拽过小孩，把他按到了座位上，隔开这俩人。

元泽："……"

卫骁探头："你不用说，我队长什么都玩得比你漂亮！"

陆封挡住他的视线："不是说要去洗手间？"

卫骁："哦对！"

他起身，从另一边出去，去洗手间了。

元泽啧啧道："至于护这么紧？"

陆封没看他："你不懂。"

元泽："嗯？"

陆封弯唇："你身边没有这么好的小朋友，当然不懂我为什么要护这么紧。"

元泽："……"

刚刚的比赛，最后那一次卫骁率先倒地，他屏幕暗了，嘴巴却来劲了。

刚才的冷酷杀手瞬间消失不见，取而代之的是FTW贫嘴王："兄弟们搞快点，我要憋不住了！"

白才："……"

卫骁："杀杀杀，老越你赶紧，我要去上厕所！"

越文乐差点死在台上！

天知道拿下四杀的老越一点都不快乐，甚至还觉得后颈发凉，仿佛悬了神战的那把圣剑！

比赛结束，卫骁慢腾腾去解决生理问题，他进去没一会儿，听到外头的对话声。

是金成炫的声音，说的是韩语。卫骁英文不错，韩语就算了，也就念书的时候听妹子们喊过"欧巴"，其他的都不懂。

赛委会给大家准备了同声传译的耳机。

但这玩意儿准确度差得要死，不是逼不得已，大家基本不戴。

卫骁来上厕所，哪里会戴那玩意儿，再说戴了也不该听，这种可以避免的墙根，能不听就不听了。

所以他完全不懂外头俩人在说什么。

他可以确定的是，一个是金成炫，另一个是李赫然。卫骁想出去，却听到金成炫拔高了声音，似乎很生气。这就尴尬了。

他刚把队长没上场的金娇花捶倒，就又撞见人家吵架。卫骁只能忍着，晚点再出去。

虽然不知道外面两人在争吵什么，但金成炫和李赫然的情况，卫骁是知道一些的。当年金成炫会被卖到FTW，好像就是为了李赫然。具体什么事不清楚，他只知道金成炫在FTW发光发热后，回国第一件事就是找李赫然。

可当时李赫然已经要退役了，射手是个最伤身体的位置，补兵是一件嘴上说说容易，做起来绝不容易的事，右手不停地点击鼠标，机器人都会出毛病，不用说人手了。

李赫然连续一个赛季状态不稳，曾经的第一射手沦为末流。金成炫找到他，拼命将他拉起来，带他进了Pro。从那之后李赫然转了辅助位，金成炫成了射手。

听说最早两人刚出道那会儿，李赫然是射手位，金成炫是中路法师位，他们的双C组合强得爆炸，整个团队成绩非常好，后来金成炫到了中国，转射手位，李赫然如今又转了辅助位。

兜兜转转，好不容易磨合起来的Pro，面临的却是新的灾难，李赫然能撑多久，能撑得到他们拿下世界冠军吗？

卫骁恍惚了一下，忽然冒出个荒谬的念头，如果队长也像李赫然这样……他该怎么办？

无法形容的恐惧攫住了卫骁的心脏，他鼻尖一酸，眼眶红了。

不敢想，完全不敢想。

卫骁攥紧了拳头，努力压着仿佛要把心脏搅烂的剧痛。

五杀到手

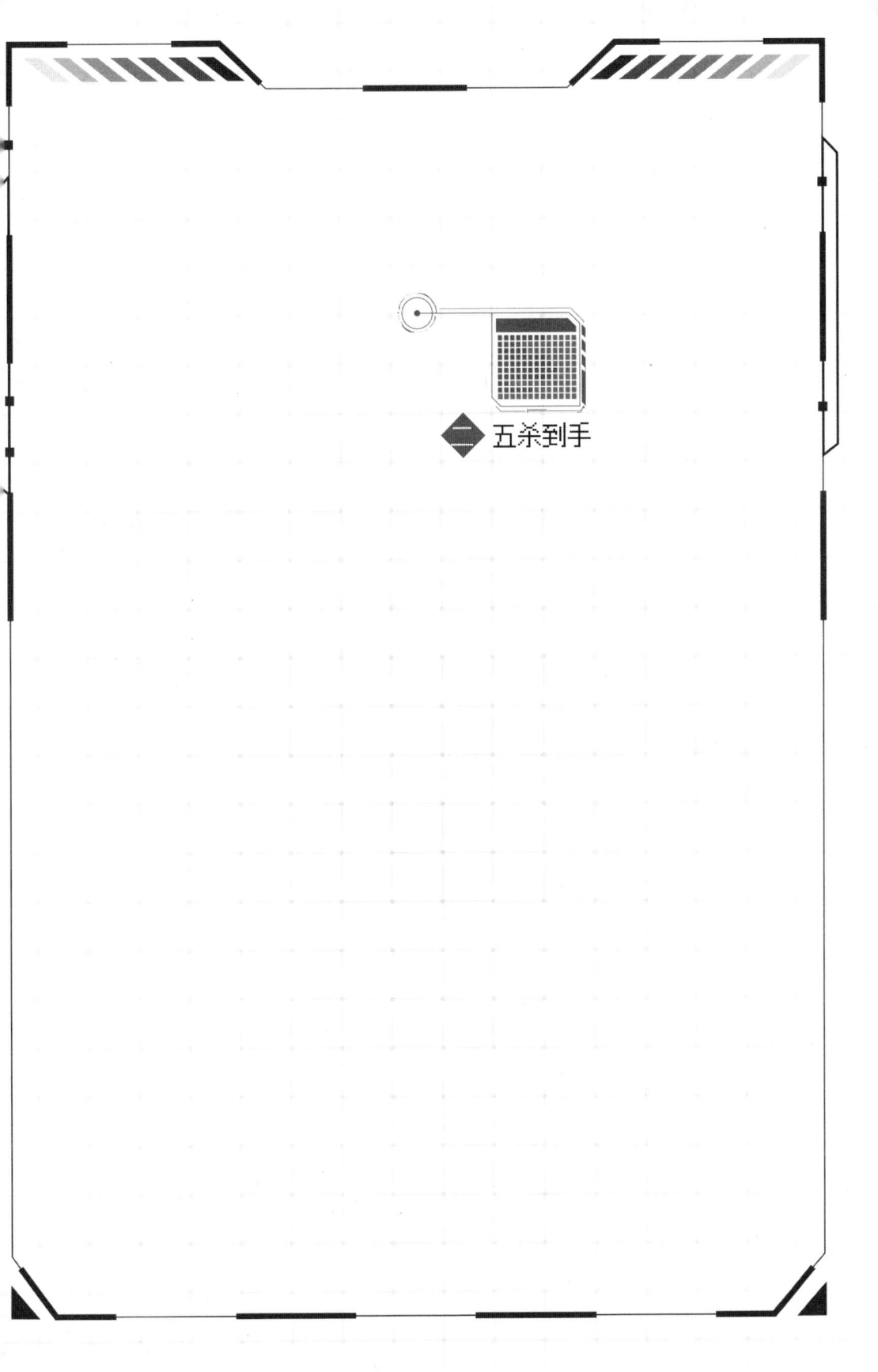

11

等到外面传来离开的脚步声,卫骁才从隔间走出来,洗手池这边没了人,卫骁一眼看到镜子里的自己,眼眶通红,要哭不哭的,活像个没人要的小狗。

卫骁开了水龙头,洗手后又捧了一把水,捂在脸上。沁凉的水冷了眼睛,也让他的脑子冷静了下来。

他太依赖陆封了,奶奶去世后,没了依靠的他,冷不丁遇上队长,哪里招架得住。

队长真好,特别特别好。卫骁轻叹口气,压住了那没有逻辑的恐惧。

想什么呢,队长才二十一岁,李赫然都二十三岁了,不一样!

差了两岁呢!

两岁……

卫骁又觉得这年龄差距有点小。

不对!

他想起队长是十二月的生日,这么晚的生日,四舍五入现在也就二十岁,二十岁也就比他大一岁,他现在都活蹦乱跳的,队长还能再战五百年!这下卫骁可算是找到安慰了。

他舍不得陆封,他珍惜生命里每个对他好的人。

这厕所上得有些久,回到座位时陆封看他:"身体不舒服?"

卫骁心想,队长真是文雅,问他是否拉肚子都问得这么含蓄。

卫骁:"没拉肚子。"

陆封放了心:"怎么这么久?"

卫骁凑近他道:"我撞见金成炫和李赫然吵架。"

他俩旁边就是元泽,竖着耳朵的老贼可算找到切入点了:"他俩天天吵架,以前在FTW,打国际长途都能骂起来。"

卫骁好奇了:"李队看起来脾气很好啊。"而且很纵着金成炫。

元泽:"这你就不懂了,越是看起来脾气好的人越是不一般。"

卫骁不乐意了:"我怎么就不懂了?瞧你整天笑眯眯,其实坏透了,瞧我队长看着像冷面冰山,其实对我可好了。"

元泽:"……"

陆封按住他:"一会儿元队要上场了,别打扰他。"言下之意就是可以结束话题了。

元老贼浑然不觉，还在挑拨离间："你又没来 L&P，怎么知道我对你不好？"

卫骁心一热，正要转头戗他。

陆封慢条斯理地开口："他没来 FTW 的时候，我对他也很好。"

元泽："……"

卫骁要是有尾巴，这会儿就翘上天了："听到没，听到没，听到没啊，元队？！"

元队听到了，听到了自己脚踢铁板的声音。

中文一般的老 G，听了个懵懵懂懂就来给自家队长解围："别看我队长笑眯眯的，其实肚子里全是坏水！"

中文十级的 FTW 众人："噗！"

老 G 一脸蒙，用英文道："我说的不对吗？这不是形容队长聪明吗？他们笑什么？"

元泽这下不只踢到铁板，还搬起石头砸自己的脚了！

卫骁英语好，和他搭话："没错没错，是形容你队长聪明的，可聪明了，老 G 加油，每天夸他三十遍，你队长爱你一万年。"

老 G："……"

他中文不好，但人也没那么傻，看自家队长那张臭脸就知道自己说错话了："那个……"

元泽拿起外套盖他大脑门："走了，还打不打比赛了？"

哦，轮到 L&P 上场了。

这一局和 L&P 对阵的战队下台时快哭出来了，为什么元泽和 Gary 这么凶！被捶得满头包的战队敢怒不敢言。

看完比赛回了训练室，辰风照例做了复盘。赢了的比赛，复盘做起来最舒服。有问题直接讲，队员心里不会有什么负担，而且接受度良好。当然也有那种赢了比赛就不乐意复盘的，觉得自己已经赢了，那就没有错。这种队员别队可能有，FTW 是没有的。连陆封这个首席加负责人都尊重辰风，其他人自然都乖乖巧巧的。

每次复盘卫骁都看得很认真，自己有错误他甚至比辰风都发现得早，而且不怕被训，自己骂自己可能比辰风动嘴还凶。

不过今晚他一直很沉默，他没怎么看自己，反而全程盯着队长的神战。

这一场对局，如果只看最后的战绩，神战不是最出彩的。人头数最多的是越文乐，最后那次四杀让他一飞冲天。输出占比是宁哲涵最高，他虽然没拿到人头，但凭借着冰法的强 Poke（远程消耗），打了不少输出，承伤最高毫无疑问是"奶爸"菜哥。

卫骁这局被金成炫压得太惨，战绩不好看，但最后的以命换命是制胜关键，不是简简单单的数据面板能够交代的。唯独陆封，这局似乎有些不打眼。

的确不打眼，可却至关重要。

卫骁纵观全局，从神战身上看到了无数细节。前期压制魔战，中期压制金成炫，最后如果不是神战蹲到了化作鬼影打算逃跑的金成炫，那 FTW 就完蛋了。

所有重要的环节中，都有神战的身影，只是他不像以前那样锋芒毕露。他沉默地隐在团队中，如同一双凌驾于峡谷之上的眼睛，悄无声息地弥补了团队的不足——控场。

一阵战栗席卷卫骁的神经，原来大魔王的控场，在不对敌时，可以这样温柔。

他偷看了陆封一眼，陆封似是留意到了，视线挪过来，卫骁又赶紧转头，盯着屏幕。他心里窃喜，因为自己是最先发现这个秘密的人。

复盘结束，照例开始五排，团队默契这东西是无法讨巧的，只能踏踏实实地靠一场场对局来磨炼，急不得。

时针指向十二点，他们刚好结束了一局。陆封是房主，他点了匹配，卫骁却取消了准备。

陆封看他："嗯？"

卫骁道："十二点了，队长你该休息了。"

他话一出口，大家都一脸惊讶地看他：啥？我们幻听了吗？这是卫骁会说的话吗？

陆封也怔了下，反问他："累了？"

卫骁才不累，他道："队长好不容易养成的生物钟，别打破，赶紧去睡觉。"

白才吐槽他："也不知道是谁没日没夜缠着队长 Solo。"

卫骁瞪他："我年少不懂事，你不知道拦着点儿啊。"

白才无奈：是我多嘴，我活该！

陆封感觉到卫骁是在关心他，眼睛微弯问他："那我去睡了？"

卫骁催促他："快去快去。"

陆封轻声道："本来还想睡前和你 Solo 的。"

卫骁："嗯？！"

陆封含笑看他。

卫骁凶菜哥："愣着干什么？抓住我啊！"

菜哥："啊？"

卫骁把自己胳膊递到菜哥手里："要你有何用！"

菜哥懂了，敢情是让拦着他啊？

卫骁你真是戏多！

"被拦住"的卫骁冲陆封摆手："别'勾引'我，我怕我把持不住。"

菜哥手一抖，恨不得掐死他，说人话能死啊。

陆封已经习惯了，又故意问道："那我走了？"

卫骁痛心疾首："拜拜再见晚安！"

陆封真的出了训练室，卫骁仿佛被掏空的咸鱼，瘫在电竞椅上。

菜哥瞅他："又发什么疯？"

卫骁忍着心口的剧痛，有气无力道："队长能和咱们一样吗？"

菜哥："什么？"

卫骁语重心长道："他不仅是在职选手，还是俱乐部负责人，每天上午都有很多事要处理的好吗，像我们一样熬夜，累不累？"

白才狐疑地看他："你怎么忽然这么懂事了？"

卫骁哪好意思说自己是被李赫然吓到了，只贫嘴道："爱之深关之切，大概是我越来越成熟了吧。"

菜哥、老越、小宁子："……"

听多了都有免疫了呢！

虽说是为了陆封的身体，但卫骁一想起自己丢失的Solo，心头就直蹿火。

"啊啊啊！"卫骁暴躁道，"菜哥来双排！"

他必须找点刺激发泄下，要不然他怕自己跑回屋里赖上队长。

凌晨两点，辰风把四小只都赶回去睡觉。

卫骁睡不着，辰风冷笑："不想打自由匹配了？你汤哥正无聊呢。"

卫骁惊了："我走了！"

这个点回屋，陆封肯定睡了。卫骁轻手轻脚的，洗澡的时候都不敢开大水流，只匆匆冲了下，裹上浴袍出屋。

屋里亮着地灯，一点都不刺目，并不会吵醒陆封。

卫骁的眼睛适应了昏暗，看清了睡在床上的队长，这么仔细一看，发现队长的身材非常好，一看就是坚持运动的成果。

咦，卫骁这小脑袋瓜又转起来了。

运动啊。

运动好啊！

强身健体，延年益寿啊！

卫骁把自己蒙在被子里，忍着燥热点开手机，开始搜索运动的好处。入目的一行字让他眼睛瞬间亮起："强健人体的骨骼，促进肌肉的生长……"

队长这么爱运动，骨骼肯定健康，肌肉肯定有力，职业病就找不上他了！

闭眼闭眼，睡觉睡觉。

第二天，定了闹钟的卫骁醒来时已经八点半。

卫骁蒙了蒙，看向手机："明明定的七点半，怎么没响？什么破玩意儿！"

他抓了抓头发，房门开了，光线顺着门照进来，穿了运动背心的男人一身薄汗，声音比往常还要低沉："醒了？"

卫骁懊恼道："你都回来了！"

陆封进屋，顺手开灯："怎么？"

卫骁本想早起陪陆封一起跑步的，结果……这破闹钟为什么不响！

陆封拿了浴巾道："我先去冲个凉。"

卫骁盘腿坐起，看向陆封："队长你明天醒了喊我一下。"

陆封转头看他："有事？"

卫骁道："我陪你跑步！"

陆封顿了下："怎么忽然想跑步了？"

卫骁眼珠子转悠，落到他那藏在薄背心下的小腹，道："你不是说多练练，我也能有腹肌吗?"

陆封:"……"

卫骁盯着他看得大刺刺:"我也要锻炼出肌肉。"

卫骁见他不出声,以为他不当回事,强调道:"我是认真的,我也要锻炼身体!"

说着他掀起衣服,把自己平坦的小腹露了出来。

陆封:"……"

卫骁看着自己的小腹十分嫌弃,抬头道:"你看我……就一块腹肌……欸……队长呢?"

陆封的声音从浴室里传出来:"明天我叫你。"

卫骁满意了:"好!"

卫骁睡得太晚,起得太早,结果就是又睡了个回笼觉,醒来时陆封早去忙了。他打着哈欠去找老白吃饭。

今天的训练赛虽然和FTW无关,但大家也准时到了现场,都是各赛区的强队,指不定什么时候就会碰上,多了解些总没错。

晚上依旧是五排,到了十二点,卫骁又赶着陆封去睡觉。

辰风刚好在训练室整理资料,听这动静抬头看了眼。

卫骁送走了陆封,跟辰风说:"教练,我今晚也想早点睡。"

辰风扬眉:"你转性了?"

网瘾少年没有夜晚,这是卫骁的座右铭。

卫骁解释:"我早上要陪队长跑步,我也要锻炼身体。"

白才缓了口气:"你连毛豆都懒得遛,还能锻炼身体?"

卫骁劝他:"身体是革命的本钱,不如明早菜哥也来……"

白才摆手如风:"不了不了。"

他睡个懒觉不好吗?何必跑着去"找虐"。

卫骁又动员宁哲涵和越文乐:"你们见没见过队长的腹肌,啧啧啧,帅爆了,你们就不想要吗?"

小宁子和老越头儿疯狂摇头:"没见过,不想要,别约!"

见这四人都不为所动,操碎了心的卫骁叹气:"年轻任性,不把身体当回事啊。"

辰风听不下去了:"才十九岁。"

装什么老气横秋,他这个二十六的都没吱声。

卫骁一点半左右就去睡了。

陆封叫他时,卫骁抱着枕头嘟囔:"毛豆别闹。"一翻身,白晃晃的长腿夹住了被子。

陆封:"……"

陆封轻吸口气:"你再睡会儿,我先走了。"

他声音说得很轻,不舍得吵醒他。

卫骁耳朵动了动,忽地睁开眼,陆封正眼睛不眨地看着他,冷不丁对视,愣了下。

卫骁蒙蒙地:"队长……"尾音拖着,软软绵绵的。

陆封见他醒了:"三分钟。"

卫骁醒了些:"啊?"

陆封别开眼,尽量让声音冷淡平和:"我等你三分钟。"

卫骁彻底清醒了:"跑步!"他跳下床,飞速洗漱,三分钟出屋。

经过不懈努力,卫骁可算是达成了陪队长跑步的目标,刚出门,卫骁兴致勃勃:"早上的景色真美啊。"毕竟是度假岛,他们绕着酒店花园跑步,旁边就是海,美得让人心旷神怡。

"嗯,很美。"陆封直视前方,仅仅是余光瞥到卫骁,心里都暖洋洋的,仿佛远处的朝阳落进了胸腔里。

卫骁跑得还挺来劲:"也不怎么累嘛,队长你平时跑多久?"

陆封:"五十分钟。"

卫骁的计时方式很电竞风:"一局5V5吗?"

陆封:"……差不多。"

卫骁斗志满满:"问题不大,我以后每天陪你5V5一局!"

如此有信心,如此天不怕地不怕的卫骁在半小时后——

"队长队长,我不行了!"

陆封:"……"

卫骁气喘吁吁:"慢点,队长你慢点,我受不了了,真的……不行了……"

12

卫骁本来就跑不动了,眼看队长越来越远,顿时傻眼了,道:"队长,你太快了,我……我……"

陆封:"……"

陆队轻吸口气停下脚步:"累了就回去吧。"

卫骁追上来,喘得都带哭腔了:"不……我要……要和你一起跑完。"

陆封跑不下去了:"今天先到这里,你太累了。"

这话捅了马蜂窝。卫骁自己可以说自己一千遍不行,别人暗示下都不可以,尤其是陆封,这立马激起了他的胜负欲!卫骁一把抓住陆封小臂。

卫骁看看队长那块七位数的手表,道:"才……才三十分钟?"

他小腿都哆嗦了,站都站不稳了,竟然才三十分钟?

陆封不动声色地拿下他的手:"刚跑得有些快。"其实比他自己跑时慢了许多。

卫骁真要哭了:"我就说你跑太快了,这么快谁受得了嘛。"

陆封继续向前跑,没一会儿就和卫骁拉开了四五米的距离,海岛轻柔的风吹在卫骁身上,像俏皮的蝴蝶般轻拽着他轻薄的衣衫。

陆封："要么跟上来，要么先回去。"

卫骁眨眨眼，再回神队长已经大步跑出去十几米远。

队长怎么跑这么快？

用闪现了吗？！

卫骁心头那一丝丝旖旎的感受被迎面而来的海风吹散，只有满满的想要追逐的冲动，想要追上前面的人，想要和他并肩，想和他一起登至巅峰，看遍世间美景。

早上过度运动的后果是，卫骁下不了床了，白才来敲门时，卫骁拖着疲倦的身体开门。

菜哥吓了一跳："你……怎么了？"

卫骁腿直打战，瘫在床上："累……我早上陪队长跑了五十分钟，整整五十分钟！"

白才面如菜色，沦为菜哥本菜："哦。"

他这不痛不痒的语气让卫骁很不满："你这什么态度？别以为五十分钟很轻松，不管什么运动，搞个五十分钟都会累死人的！"

白才："呵呵……"

卫骁摆摆手："罢了罢了，就你那小身板，能死在半道。"

白才催他："吃不吃饭了？"

卫骁："动不了了。"

白才："给你送饭上来？"

卫骁狂点头："别忘了西瓜汁！"

白才翻个白眼："有什么拿什么，爱吃不吃。"

白才刚出门，迎面和陆封碰上，菜哥立正站好就差敬礼："队长！"

陆封看了眼房门："卫骁醒了？"

菜哥点头："刚让我给他送饭吃。"

陆封："不用，我叫了客房服务，一会儿送上来。"

白才想起屋里那大爷，道："他还想喝西瓜汁……"

陆封："点了。"

白才："……"

贴心好队长，连卫骁爱吃啥都一清二楚。

白才道："那我先下去吃饭了。"

陆封："去吧。"

陆封推开房门，就听屋里懒洋洋的少年音："菜哥你腿脚这么麻利呀，我腿疼，想吃肉，有没有拿牛……"

陆封："有。"

卫骁唰地起身，看到了将队服搭在胳膊上的队长："队长你忙完啦？"

陆封忙说："嗯。"

卫骁腿疼得打战，但绝不要在陆封面前露怯，所以他盘腿坐了起来："你刚说有什么？"

陆封看看他的小腿，反问："很疼？"

卫骁："……"

陆封："做拉伸了吗？"

卫骁："啊？"

身为一个宅男，骁哥能跑步都是奇迹了，哪懂什么拉伸不拉伸的。

陆封道："下来，不做拉伸的话，明天会更疼。"

卫骁一动都不想动，试探着问："怎么个拉伸法？"

陆封道："我帮你。"

卫骁对他说的话都深信不疑："拉伸后就不疼了吗？"

陆封："会减轻很多。"

卫骁："好吧。"

他不情不愿地扭下床，大腿根疼得直哆嗦。

啊，不过是跑个步，为什么浑身都像散架了。

队长是怎么做到每天跑五十分钟的？！

太不是人了！

陆封是真的担心卫骁，这小子平日里能躺着绝不坐着，能坐着绝不站着，懒得浑身软骨头，冷不丁跟着他跑了这么久，身体肯定吃不消。只是睡了个回笼觉都这么疼了，等明天会更严重。

陆封真的只是想帮他拉伸。

卫骁左手勾住脚背，右腿支撑，不过挺了三秒钟："不行不行……"

陆封扶住他腰，帮他拉伸："坚持会儿。"

卫骁闹死闹活："太疼了，队长别……别用力……啊……"

13

只是在给卫骁拉伸，却把陆封搞出一身薄汗。

完事后卫骁觉得身体舒服多了，他想想自己的鬼哭狼嚎，挺惭愧："队长，我平时没这么娇气的。"

真的，他长这么大，跟着奶奶吃不饱饭的时候都不叫苦，偏偏在队长这里……

陆封微怔。

卫骁把锅甩给队长："还是你对我太好了！"又体贴又厉害，他怀疑没什么事是能难倒队长的。

陆封看着眼前的十九岁大男孩，虽然只比他小了两岁，可卫骁真的还是个孩子，一个极度缺乏关爱，渴望被关怀的半大少年。

他小时候有多强撑着坚强，找到依靠后就会有多孩子气。

卫骁依赖他。这个认知让陆封嘴角勾了起来。

挺好的,他才十九岁,一切都可以慢慢来。

陆封起身道:"我去问问午餐。"超时十多分钟了,该送上来了。

卫骁活动了手脚:"我让老白送饭了。"这家伙是打算自己吃饱了再来吗?

陆封帮白才解释:"刚进屋时我碰上他了,我让他不用送了。"

卫骁懂了,他又问:"队长你吃过饭了吗?"

陆封:"还没。"

卫骁眼睛一亮:"一起?"

陆封:"嗯。"

卫骁的开心溢于言表:"太好了!"

陆封看着他的笑容,想问为什么这么高兴。

卫骁已经喜滋滋说道:"你吃芹菜我吃肉,完美!"

陆封大魔王被难倒了,卫小小加芹菜,这真的是太难了。

今天的积分争夺战,依旧和FTW无关,打满四场的他们沦为"板凳帝",只能眼巴巴地看着台上的人快乐。

卫骁看得眼热,左右勾搭:"老G,约训练赛不?"

老G就是痛快:"好!"

VIVI笑:"你说的不算。"

老G醒过神,遗憾地看向卫骁:"哦,我说的不算。"

卫骁哄他:"你去找你队长撒娇,他说的算!"

元泽不在现场,估计是出去了。

老G一脸迷惑:"撒娇?"

卫骁:"对对对,等你队长来了,你撒泼打滚,满地乱爬,他不让你约训练赛你就别起来。"

FTW众人:"骁哥您英文真好,这都说得明白!"

L&P众人:"卫骁英文不行啊,这说的是什么?老G怎么能像个熊孩子一样满地打滚?"

Gary显然也低估了卫骁的英文水准,以为他说错了,所以强调了一遍。

卫骁沉吟道:"你家队长如果不吃这套,你就哭到他点头为止。"

得了,这家伙英文很厉害,比老G的中文好多了!他很清楚自己出了什么馊主意!

老G严词拒绝:"怎么可能!"

他敢这样,马上被队长捶成猪头。

卫骁蛊惑他:"你不试试怎么知道?你队长可疼你了。"

Gary狐疑:"我怎么不知道我队长疼我?"

卫骁诧异:"你队长竟然不疼你?"

老 G："……"

卫骁："他都不疼你了，你还和他上野联动什么啊，赶紧……"

元泽："呵呵。"

策反到一半，元泽回来了。

不过卫骁这没脸没皮的，才不会尴尬，他扬起笑脸看元泽："元队回来啦。"

元泽瞧瞧他这毫无阴霾的干净澄澈的眼睛，十分不解陆封是怎么收服这个天使面孔恶魔心肠的小崽子的。

陆封把自家崽按了回来："看比赛。"

卫骁乖巧听话："好嘞。"

被晾在一旁的元泽："……"

更凄惨的是，他家拖后腿的还真用了卫骁的法子："队长，你当真不……"

也不知道是老 G 的"撒娇"生效，还是卫骁的挑衅给力，当天晚上 L&P 主动约了 FTW 训练赛，不是积分争夺战，是私底下开个房间五排。

卫骁乐了："不错嘛老 G。"

菜哥："呵呵。"谁都知道 G 哥是无辜的，卫骁才是罪魁祸首！

训练赛相对来说比较轻松，L&P 虽然元泽上场，但中路 VIVI 没上，换了个替补，估计还是练兵，FTW 不嫌弃，他们打一场赚一场，才不管那么多。

双方打了个 BO3（三局两胜），FTW 只赢了第一小局，果然换上替补也是强队啊，不过强队的替补本来也是非常优秀的一线选手。

L&P 训练室。

Gary 道："虽然说不过 Q 小疯，但打得过他！"

元泽嗤笑道："用不了多久，你就打不过他了。"

Gary 不服："他是成长得很快，但我们也不差！"

元泽笑道："回去加训。"

Gary 一点不怕："好！"

有危机感才能进步，哪个前浪甘愿被后浪拍死在沙滩上？元泽很期待今年的全球赛。

本以为卫骁跑个新鲜就完事了，谁知第二天又醒过来了。这次没定闹钟，也没让陆封叫，他听到动静自个儿就爬起来了。陆封看他迷迷瞪瞪的模样，还以为他又要梦游。

卫骁歪头，看向他的表情哭唧唧："队长！"

陆封被他叫得一大早就起鸡皮疙瘩："困了就继续睡。"

卫骁抓抓脑袋，搓搓脸，精神道："跑步！"

陆封："……"

有时候真是不得不佩服卫小小，一旦决定了的事，多苦多累都要咬牙撑，说要一起跑步，还真就努力早起跑上了。

晨跑第三天，卫骁还是跑得半死不活。

好在陆封已经免疫了。

卫骁体质是真的一般。陆封记得两年前他能精神抖擞Solo四十八小时，体力是有的。

卫骁怪不好意思："这两年过得晨昏颠倒。"

他说得隐晦，陆封却听懂了。

两年前奶奶还在，卫骁从小能干，哪怕不专门锻炼身体，每天做家务打工贴补家用也都是在锻炼。

可惜这两年，他放纵了，奶奶去世，梦想破灭，所有的快乐都是表面的。

白才带着他做陪练，钱赚到了却没处花，更何况那每一场陪练，每一局Solo对于卫骁来说都是变相的折磨。看着别人为比赛倾付努力，看着别人在赛场上燃烧自我，卫骁只有扎心的羡慕。

这浑浑噩噩的两年，卫骁除了学习就是游戏，运动是不可能有的，带毛豆遛弯已经是极限了。

想到这里，陆封是真的想带着卫骁运动了，十九岁很年轻，还糟蹋得起。可身体真的很重要，尤其是职业选手……

陆封的肩膀微微刺了下，心落了下去。

"跟着我呼吸。"陆封教卫骁。

卫骁懵懂："啊？"

陆封放慢脚步，跟在他身边："两步一呼，两步一吸……"跑步是有技巧的，之前他只以为卫骁是兴头上闹闹，没两天就回去了，谁知竟然跟了这么多天。

既然要跑，就科学地跑，这样才能起到最好的效果。

卫骁跟着他学呼吸，没多久就品到味了："这样好像不那么喘了。"

陆封："慢慢来。"

卫骁由衷道："队长你真的太厉害了。"

"Quiet？"旁边传来了金成炫的韩式英语。

卫骁回神，看到和他们隔了一截小草坪的炫神。

金成炫也在晨跑，他穿了件白色短袖黑色短裤，运动鞋是昂贵的限量版球鞋——用来做摆设比较好的那一种。

卫骁冲他打了招呼。

金成炫几步跟上来："你被你队长拎着跑步？"

卫骁理直气壮道："是我赖着我队长，非让他带我跑！"

金成炫被噎了一下："……你真行。"

卫骁和他唠上了："李队怎么样啦？"

一提这事，金成炫就叹气："好多了。"

卫骁："最后一天的奖池争霸能上场吗？"

金成炫冷笑："放心，捶爆你没问题。"

卫骁兴奋："好！等你们！"

金成炫："……"

总觉得和这小子放狠话很没意思，好大个气势全被他反弹了！

酒店花园挺大的，但出来跑步的就他们仨，金成炫一个人无聊得很，凑过来和他们一起，卫骁有一搭没一搭地和他聊着。

陆封提醒他："呼吸。"

卫骁赶紧稳住，呼吸了几个来回后又忍不住炫耀："我队长教我的，可管用了！"

金成炫："……"这谁不会，炫耀个什么劲啊。

金成炫看看陆封，心里酸了酸，三年前还和他一般高，如今高他半个头了，更不要提那速干衣下的身材，啧啧啧，小陆封你是想退役后出道当模特吗？

老金很酸："你家队长真行，再打十年也不会有职业病。"

这话卫骁爱听："我也觉得，能打的职业选手多了去，但论持久，肯定没人拼得过我队长。"

金成炫羡慕："要是老李也早点锻炼，哪还会像现在这么惨。"

卫骁挺关心："现在锻炼也来得及吧？"

金成炫："来得及，每天出出汗是能缓解症状的。"

卫骁听得揪心："理疗效果如何？"

金成炫道："发现得早，治疗也早，只要别太累着，问题不大。"

卫骁松口气："那还好。"

金成炫自信满满："放心吧，今年世冠杯是我们 Pro 的。"

这话卫骁就不服了："想什么呢，世冠杯今年姓 F。"

巧了，全联赛就 FTW 一家是 F 开头。

金成炫正想说姓 P，接着又想起联赛有三家种子队都是 P 开头……

陆封和卫骁早出来二十分钟，结果和金成炫一起回去。

卫骁还有底气嫌弃别人了："炫神你不行啊。"

金成炫累得不想说话："闭嘴！"

卫骁得意道："我队长这都放慢速度了，你不知道前几天，我被练得死去活来。"

金成炫："……"

陆封："……"

金娇花一时也不知道是该怜悯还是同情，还是怜悯加同情了："加油。"

他给予曾经的队友以鼓励。

卫骁帮队长回话："该加油的是你啦炫神，各方面都要加油哦。"

金成炫："……"

FTW"有毒"啊，当年有个元老贼，如今有个卫小疯！

中午吃饭的时候，宁哲涵听说了卫骁的"丰功伟绩"，十分佩服。

卫骁低调而又不失生动地开口："没什么的，跑步这件事很简单，只要两步一呼两步一吸，保证呼吸，提高速度，跟上队长的节奏，那就像路人队碰上职业队五排，跑就完事了。"

啃着龙虾的菜哥："你不去说相声真是白瞎了。"

卫骁看他："单口相声没意思，老白来给我捧哏。"

菜哥捧了："滚！"

陆封和辰风、汤臣过来时，卫骁已经在全队怂恿："来跑步啊，来快活啊，超刺激的！"

陆封："……"

辰风："……"

能说什么，他们这些成年人能和个熊孩子说什么！

汤臣迎上去："跑什么步啊，去游泳啊。"

他这话一出，卫骁马上被点醒："是哦！"

他们待在一个度假海岛，为什么要放着游泳这项运动不搞，去无聊地跑步？

辰风一个趔趄，真想捶死汤臣！少说点能死啊！游泳是人干的事吗！

卫骁怂恿道："兄弟们，咱不跑步了，去海里玩吧！"

宁哲涵心动了："我、我还带了泳裤！"

越文乐："……"

菜哥一点都不想去："我睡觉。"

卫骁瞪他："信不信我把你的行李箱丢海里？"

菜哥心一提："你敢觊觎我的行李箱，我和你拼了！"

他六万六的行李箱，要是沉入海底，他就跟着跳海！

FTW一半人被鼓动，做主的是那一人。

卫骁看向陆封："队长，去游泳好不好？"

他教老G那些管不管用不知道，反正他自个儿的撒娇技能是点满了。

陆封："……"

卫骁眼巴巴地看他："好不好吗？"

陆封："……好。"

这事就定下了，明天上午十点，FTW团队项目——海里游泳。

来这边集训也快十天了，出去放个风，玩一玩也是可以的，好不容易来到个度假胜地，不放松下也说不过去。项六安排了一下行程，甚至还找来了统一的泳裤。

六哥解释道："赞助商有准备，说是如果有游泳项目，建议拍个日常。"

别的战队不好说，FTW是出了名的颜值高，真搞个泳衣海报，官博流量能爆炸，赞助商的小商标能跟着原地升天。

可惜项六不敢乱来，先问陆封意见。

"别拍。"

大魔王一口拒绝。项六也不意外，FTW不靠这个吸引玩家，是一直以来的运营宗旨。

全队颜值高也都不是故意的，菜哥不用说了，老越当时是菜哥推荐的，FTW能有个靠谱的射手就偷着乐了，哪里还管长什么样；宁哲涵是FTW拿了国内冠军后最有底气时签约的，三百万高价买回来的是个未来法王，可不是买回来个时髦小伙。至于最后归队的卫骁，谁知道大师长这样啊，早些时候项六还脑补大师是个秃头胖子呢！

如今 FTW 五人，随便拍个照片都像明星大片，项六也是很为难的。他做的明明是电竞俱乐部经理，怎么这么像在带"男团"！

FTW 运营很累的好吗，为了让粉丝关注选手的比赛而不是脸，他们很不容易的！

第二天大家都起得挺早，陆封眼看着时针离十点越来越近，心情很复杂，他推开眼前的文件，向后靠在椅子里。

游泳，去还是不去？

自作孽不可活。万万没想到有一天这六个字也会贴在大魔王脑门上。

FTW 几人一起下楼时撞到了元泽。

元泽诧异道："这是……"

陆封："一起跑步，来吗？"

元泽一惊："不了不了。"心想 FTW 有毛病啊，大清早一起下楼跑步？

卫骁没听到他们的对话，要是听到了，一准得上来添油加醋多说几句。

既然 FTW 自己都不打算拍队员的海边日常，那就更不能让别人拍了。他们找了块清净的海滩玩水。大家都是穿着队服下楼的，泳裤直接穿在里面，脱了外衣就能下水。

宁哲涵不会游泳，抱着个海豚游泳圈，开心得很；老越一脱衣服皮肤白得惊人，不愧是荣光著名"小白脸"；菜哥是会游泳的，已经游兴奋了。

汤臣全队最黑，他抓抓后脑勺道："不对啊，我平时不觉得自己黑啊。"也就小麦色，怎么一对比这么黑？

卫骁的肤色不是越文乐那种苍白，也不是菜哥那种瘦弱白，他身体线条很好，没什么肌肉却绝不羸弱。

卫骁找一圈才发现队长，跑过来道："队长，快点，他们都下水了。"

陆封："你去玩，我在这儿等你们。"

卫骁一愣："你不来玩吗？"

陆封："……"

辰风救他一命："你家队长不会游泳。"

卫骁惊了："啊？"

陆封不吱声。

卫骁懊恼道："你怎么不早说？不会游泳的话我们还来海边玩什么！"

陆封心里一暖："你们玩。"

卫骁不甘心，又道："我去给你找泳圈。"

辰风继续救老板："别了吧，小宁子带个泳圈还行，你家队长带个泳圈下水，嗯……他不要面子了？"

卫骁："……"

他遗憾地看向陆封："那下次我们不玩水了。"

陆封心里想着不玩也好，嘴上却道："去玩吧，大家都在等你。"

卫骁依依不舍地离开，陆封坐在沙滩椅上，喝了一大口冰水。

虽说陆封没来，但FTW四小只都玩得很开心。都是半大少年，平日里除了训练就是训练，偶尔玩玩水要多痛快有多痛快。

卫骁很会游泳，一会儿蛙泳一会儿自由泳，末了还假装来个蝶泳。

汤臣给他加油，顺便暴露："陆封的蝶泳老帅了！"

卫骁从水里钻出来，把湿漉漉的头发向后撸："队长，蝶泳？"

汤哥把辰风教练出卖了个底朝天："对啊，可厉害了，那力量感绝了。"

卫骁二话不说冲向海滩，辰风正和陆封闲聊，冷不丁见他杀气腾腾过来，吓了一跳。

卫骁浑身湿漉漉的，整个人在阳光和水珠的映衬下，像在发光。

陆封拿起身边的浴巾扔他身上。

卫骁用浴巾擦把脸，悲愤道："队长你骗我！"

陆封："……"

卫骁太激动，脚下没踩好，"哎哟"一声……

陆封立刻起身，把人捞了起来。卫骁抬头，沾了水的眼睛比平常还亮："汤哥说你蝶泳可帅了，你还说你不会游泳！"

果然，队长没有不会的。

陆封轻吸口气："我没说我不会游泳。"

卫骁一愣，他想了下，刚才全是教练在说话，陆封的确没出声。

卫骁还是不满："那你不下水？！"

陆封嗓子微哑："我今天……不太舒服。"

卫骁听出来了，望他："感冒了？"

陆封扶他站好，道："有点儿。"

卫骁急了："早说嘛，身体不舒服就别逞强，快点回去休息。"

陆封用浴巾把他裹了个严严实实："你也早点回去。"

卫骁点头："嗯！"

因为惦记着陆封，卫骁没玩多久就回了楼上，他已经穿好衣服，只是头发还湿漉漉的："队长？"

陆封平静了："回来了？"

卫骁怪紧张："好点了吗？"伸手去碰他的额头。

陆封道："没事。"

卫骁："不舒服别强撑。"

陆封点点头，岔开话题："你这几天……是因为李赫然吗？"

一句话戳中了卫骁的心事，卫骁垂下眼眸。陆封见他这样，心软得一塌糊涂。早起陪他跑步，累得不行还要坚持，今天又带着全队一起活动……

陆封哪还会不明白，一切都是从李赫然不能上场开始的。虽然不知道卫骁这小脑袋瓜里想了什么，但可以确定是担心职业病。

卫骁小声道："我那天听到金成炫和李赫然吵架。"

陆封："嗯。"

卫骁心蓦地揪了起来，退下去的恐惧又蔓延上来："我就想，如果你像李队那样，我……"

陆封心一颤，无法形容的情绪氤氲了整个胸腔，猜到了一些，却没猜到是这样，卫骁是因为他才提心吊胆吗？

陆封温声道："不会。"

卫骁抬头看他："当然不会，你天天运动，身体倍儿棒，肯定打得比谁都久！"

陆封嗓子眼像被堵了什么东西，说的话有些酸涩："放心，我一定会陪你到最后。"

卫骁眼睛一亮："一起退役？"

陆封："嗯，一起退役。"

缠绕了卫骁几天的阴云霎时散去，他信任陆封，信任Close，信他说的每一句话。

"我现在才十九，怎么也能打六七年吧！"

陆封笑得轻柔："能。"

卫骁眼睛弯成月牙了："那，一言为定？"

陆封："嗯。"

很轻很轻的一个字，却分量极重。

卫骁胸腔里像挤满了棉花糖，此时因为陆封的眼神，棉花糖全化了，黏黏糊糊地填满了他整颗心脏。

陪你到最后。

一言为定。

14

"刚才摔那一下，脚没事吧？"陆封惦记着他在海滩时踩空的那一脚，虽然之后卫骁活蹦乱跳地又去玩水，但陆封总放心不下，怕他大大咧咧的，伤着了也不当回事。

卫骁猛地回神："啊？"

陆封道："坐下。"

被自己的念头搞了个翻江倒海的卫骁呆愣愣地坐到了床上，只见陆封弯腰，在他脚踝处按了按："疼吗？"

卫骁脑子嗡的一声。

陆封抬眸看他："嗯？"

卫骁跳下床道："不痛，没事啦，我吹个头发！"

卫骁打开吹风机，开了冷风直往自己头上吹，沾了冷水的头发加冰凉凉的冷风，卫骁打了个大喷嚏。吹风机是低噪音的那种，他的喷嚏声传到了屋里。

卫骁吹完头发出来，陆封递给他一杯热水："着凉了？"

卫骁接过热水，正想说没呢，又一个喷嚏打出来。

陆封眉心紧蹙："刚是不是冲冷水澡了？"

卫骁抬头，眼睛里溢满水汽："嗯……"

从海里出来，酒店有专门的淋浴房，卫骁不想把泥沙带回屋里，所以在下面冲了水。虽然国内是冬天，海岛却是夏季，水温温凉凉的，卫骁冲的时候还挺舒服。

陆封又问："水都没擦干就跑上来了？"

卫骁急着上来看看队长，简单擦了擦就跑上来了。

陆封想想他湿漉漉的头发，知道自己是全说中了。

"等着。"陆封把他按到床上。

陆封没多久便回来了，手里端了碗姜茶。项六那里有常备药，他带了些上来，不过先不急着给卫骁吃，只是受凉的话，喝个姜茶暖一暖，应该能减轻。

卫骁听到开门声，索性闭了眼。

陆封动作很轻，声音温和，像响在他耳边："睡着了？"

卫骁唰地睁开眼，眼巴巴看他。

陆封哄他："喝碗姜茶，好好睡一觉，下午就好了。"

卫骁坐起来，看着氤氲着热气的茶碗，心情复杂："队长……感冒的不是你吗？"

陆封把这茬儿忘了，他刚才为了不下水，装病来着。

陆封假装咳了一下："你别再感冒了。"

卫骁不想喝姜茶，犹犹豫豫的。

陆封看出来了："怕辣？"

这小子吃东西挑得很，怕辣、怕酸、怕苦，还怕咸，就喜欢吃西瓜，脆甜脆甜的那种，一顿饭可以吃半个西瓜，难怪这么瘦。

陆封尝了一口道："放糖了，味道还不错。"

卫骁："……"

陆封又道："我再去拿点糖……"

哪舍得再让队长跑两趟，不等他把话说完，卫骁端过茶碗，闭着眼一口干掉。

辣……烫……还有点甜。

卫骁皱着眉放下碗："好了！"

陆封放下茶碗，给他盖好被子："你休息会儿。"

卫骁乖巧躺好，看他："队长你呢？你嗓子不舒服，吃药了吗？不休息会儿吗？"

陆封："吃了……"

卫骁还挺依赖队长："留下陪陪我？"

陆封在他脑门上弹了下："睡觉。"

卫骁被弹了不是一次两次了："你不走？"

陆封："等你睡了再走。"

卫骁嘴里泛起阵阵甜意："小时候我感冒，奶奶也这样陪着我。"

陆封见他还要继续说，忙制止："睡不睡？"

卫骁心虚得要死："睡！"

还真睡着了……

他晚上睡得晚，早上为玩水的事兴奋，起得早，况且这会儿是真有些着凉，迷迷糊糊地睡着了，卫骁做了个梦。

一个小时的工夫，他竟然做了那么长一个梦。他梦到自己站在灯光通明的舞台上，捧着耀眼的冠军杯，对陆封微笑。

万丈荣光，年少狂热，全交给这个人。

这个将他从泥泞中拉出来，给予他新生的人。

Close.

他的队长。

卫骁醒来时，陆封早走了，他看了下时间，松口气，才十二点多，不慌。白才来找他吃饭，卫骁心不在焉地摆弄着手机。

白才也补了一觉，打着哈欠："看什么呢？"

卫骁吓一跳，藏手机藏得飞快。

菜哥狐疑："神神秘秘的，搞什么？"

卫骁推他："快去拿吃的，我饿了。"

白才嘴上嫌弃他："自己没长手啊！"身体却很诚实地端了一堆好吃的回来。

卫骁忙得很，中午那个梦，他有些记不清了，唯一记得的就是——队长陆封。

这个梦让他确定陆封不只是自己的家人，更是自己生命中最珍贵的人。

首先，陆封是他的战友，战友情了解一下。

其次，陆封是他的家人，亲情了解一下。

第三，陆封是他的信仰，粉丝了解一下。

最后，陆封是他生命中最珍贵的人……

下午自由匹配时卫骁才见着陆封。

陆封看他状态不错："好了？"

卫骁赶紧道："有队长的姜茶，我哪敢感冒。"

陆封不听他贫，走过来探了下他的额头："仔细点，别着凉。"

卫骁："嗯！"

陆封总觉得他眼神有些奇怪，坐下后问："双排？"

除了这事，想不出还有什么能让这小子这么热切了。

卫骁喜上眉梢："好！"

陆封松口气："来吧。"

一打游戏，卫骁就开始疯了。他们运气不错，先撞上单排的元泽，后撞上双排的老G，倒数第二局竟然和金成炫成了队友。

对面一看这阵容，投降的心都有了。这怎么打？上路是大魔王，下路是炫神，打野是个小疯子。可怜的是，对面散队一支，连个撑场子的都没有！

要不是职业选手的傲气支撑他们，这会儿就说拜拜了。

游戏结束，卫骁嫌弃金成炫："炫神你晚点再匹配。"

他们仨一队太没意思了，上路不用他支援，下路不用他支援，他除了去揍中路就只能在野区采灵芝，毫无乐趣可言！

金成炫冷笑："没准下局是对手呢。"

卫骁："……"

"锦鲤"不愧是"锦鲤"，最后一局他们还真成对手了。陆封和卫骁撞上了单排的元泽和金成炫。

炫神："老 shi 好！"

元泽："……"

因为是公屏，卫骁乐了："老鼠屎是谁？"

元泽："……"

卫骁恍然大悟："原来是元队啊！"

元泽摁灭了烟："小朋友，躺好。"

卫骁："来啊，我等你。"

陆封这一局死盯着元泽，把他搞得砸键盘："陆封疯了吗？"他不就打趣了一下卫骁，至于报复心这么重吗？！

鉴于金成炫和元泽"内斗"严重，毫无默契，陆封又死死压制元泽，不给他喘气的机会，卫骁疯了一整局，拿了个"大杀特杀"的成就。

FTW 今天的积分挺高，可惜他们没机会打争夺战，只能坐下面看人家开心，仿佛只是眨眨眼的工夫，集训已经过去了十多天，距离最后的奖池争霸战只有两天了。

卫骁一直陪着陆封跑步，他雷打不动地起床，越跑越有劲，虽然每次跑完还是喘个没完，但比最初几天好太多。

这天晨跑，又碰上了熟人，卫骁连忙打招呼："李队手腕好啦？"

没错，迎面碰上的正是李赫然。

李赫然会一些中文，道："好了。"

卫骁很期待："后天见！"

李赫然："嗯，后天见。"

因为是反方向跑步，所以双方擦肩后就分开了。卫骁凑近陆封说："你看金成炫就不行，跑两天就坚持不住了，还是我靠谱。"

他逮着机会就夸自己一下。

陆封："你厉害。"

卫骁继续道："我可以一直和你晨跑的，等回基地也跑。"

陆封嘴角扬了下："好。"

卫骁觉得这不够掷地有声："真的，只要你跑我就跑，风雨无阻！"

陆封看他："那如果我不跑了呢？"

卫骁表忠心："你干什么我就陪你干什么。"

陆封岔开了话题："回国后很快就要开始国内赛了。"

卫骁打起精神："我知道。"

十多天的集训，对于 FTW 来说，成长是惊人的。卫骁和陆封已经完全适应了各自的位置，认真起来的老白让团队阵容有了更多可能性。

小宁子还稚嫩，但他成长空间大，只要磨炼，未来绝对是新一代法王。越文乐唯一的毛病就是爱"上头"，训练赛打久了就能发现，这个安安静静不爱说话只嚼薯片的娃娃脸，一旦游戏进入逆风，就开始"上头"，越被捶越起劲，越是要输了越冲动，和其他射手一点都不一样！

辰风批评了他好几次，越文乐老实听着："下次注意。"

下次还是一样，不服输是好事，不厌也是对的。可要保持理智啊！打得过才打，打不过就该谨慎发育别浪！

对此，卫骁还挺惭愧的，跟白才私聊过几次："老越这别是被我打出后遗症了吧。"

菜哥一语中的："被你打出后遗症的人是真不少。"

近有老越和阿睡，远有月夜和欧星，今年冬季集训赛，最靓的崽全在中国赛区。

最后一天的奖池争霸赛，游戏里已经提前开了应援渠道，四个神队不提了，应援高得惊人。其次就是远在 B 组的 RR，月夜这次真是牛透了，赢了谢和让他一举成名，成了整个 B 组最强黑马。

然后是 A 组的 FTW，陆封放弃打野转上路，卫骁横空出世，和 L&P 打了个旗鼓相当，甚至夺下 Pro 的积分，强得惊人。

中国赛区的 TPT 前期不声不响，等 RR 没了积分战机会，他们开始大秀特秀。换个闷不吭声的队伍网罗了其余十七个战队的所有数据，在 BP 上一步七算，算得人心态崩塌。

相较来说，3U 似乎被压了风头。直到某天自由匹配，阿睡和从逸在双人赛撞上了李赫然和金成炫。起初粉丝是来看"锦鲤"组合的，后来完全被"睡衣"带跑偏了。

这辅助牛啊，和李赫然不相上下。这打野酷啊，中国赛区盛产"疯狗"吗？这一个两个的新人，怎么都属"疯"的！

在双人赛赢了"锦鲤"，"睡衣"声名大噪，虽然李赫然几天没打，是在热身，虽然金成炫只是随便拿了个笨拙的短炮手，但赢了就是赢了！

3U 的阿睡和从逸，让中国赛区看到了更多希望。今天的双人赛冠军，赶紧畅想一下！

陆封跟卫骁提国内赛，不是为了分析战队。陆封说："回去我陪你先把休学办了。"

卫骁一愣。

陆封温声道："手续不麻烦，你不用担心。"

卫骁知道陆封为什么提这个。

他跑着步，热起来的身体让心里没那么凉了："需要家人出面吗？"

陆封："虽然你成年了，但这么大的事，还是需要父母同意。"

卫骁："……"

他有父母，一对他见都不想见的父母。

陆封放慢了脚步，轻声说："你不想回家的话，我出面和他们……"

卫骁摇头道："没事，我能办好。"

陆封心疼他："今天就跑到这儿吧。"

卫骁点点头，跟着他回了客房。

两人分开冲凉，卫骁脑子乱哄哄的。他小时候有多思念爸妈，长大后就有多厌恶他们，尤其是奶奶走后，卫骁想起他们就钻心钻肺地疼。

他的父亲，为人子，不孝；为人父，不慈。

他的母亲，眼中除了丈夫什么都没了。

卫骁总是想不通，既然他们不需要他，干吗要生下他？既然他没有父母，又为什么要时常受他们折磨？

奶奶走了。

他们回家了，忏悔了，道歉了。

有什么用？

他们凭什么得到原谅？！

卫骁闭眼，仰头对着花洒，让没出息的眼泪被水冲走。

他待在浴室的时间有点久，陆封敲了下门。

卫骁回神："马上！"

他想都没想便把门打开，陆封见他还没洗完。

陆封怔了好一会儿才开口："你、慢慢洗，我去隔壁。"

卫骁听得到他说了什么，但一时间也理解不了，乱七八糟应道："好！"

外头没声了，卫骁看着镜子里光溜溜的自己……想死的心都有了。

卫骁头发都没吹，套了个T恤就出门了，谁知刚出门就看到了陆封，陆封靠在墙边，脸上薄薄的细汗从下颌滑落。

卫骁："……"

陆封一怔，转头看他，两人相顾无言。

卫骁忽地忍不住了，压在心口的话怎么也压不下去了。

他要告诉陆封，陆封才是自己的家人，才是自己生命中最珍贵的人。

他等不及了，他要告诉陆封。

"队长，你才是最有资格帮我办理休学的人！"

昏暗的楼道里，靠在墙边的男人只有一个深深的剪影，修长的身形，微蜷的长腿，帅得一塌糊涂。

他面前的是个瘦削的高个青年，宽大的黑T恤映衬着雪白的脖颈，湿漉漉的短发下是小巧的耳尖，脆生生的少年音响在整个楼道。

陆封低声应道："嗯。"

15

陆封惦记着他的感冒，很快就冲完凉出来，擦着头发看卫骁。

卫骁脸上红晕褪去，恢复了光洁白皙。

"叫姜茶了？"

卫骁一个鲤鱼打挺坐起来："我没事，真没事，不信你试试我额头。"

他自己把额间头发捋上去，露出额头。

陆封快速伸手，碰了下他额头："嗯，没事就行。"

卫骁也胡乱应道："真没事。"

两人静了一两秒钟。

陆封忽然问道："刚刚怎么忽然那么激动？"

卫骁的心理状态就是那豆腐渣工程，立刻土崩瓦解："想说就说了。"

卫骁理直气壮道："你就是我生命中超过家人的存在，想起就说了，不行吗？"

他直晃晃地看着陆封，毫不掩饰自己的热切。

陆封盯着他，看了半响后温声应道："嗯。"

卫骁："嗯？"

这又是什么意思！

卫骁又强调："队长，我说的都是真的……"

陆封微怔，展颜笑了："行了。"

卫骁屏住呼吸：行了是什么意思，好像和我想的不太一样。

陆封揉揉他乱糟糟的黑发，道："我也就比你大两岁，当不了你爸。"

卫骁："……"

陆封起身道："下去吃了早饭再睡，我还有点工作，先去会议室了。"

在热热闹闹的训练赛中，卫骁迎来了集训赛的最后项目——奖池争霸赛。

最后一天晚上没了积分争夺战，而是筛选积分淘汰战队，抽签对阵，达标的战队有十二个，总奖池已经有七百多万，资方为了扩大影响力，点燃战火，四舍五入增加到了一千万。

十五天集训，最终冠军能捧得一千万奖金，这冬训赛硝烟四起，可以预见今后几年都会大热特热了，不仅能训练，还有全球曝光，更能赢取奖金，比正赛也没差多少了！

抽签是要提前根据积分优选出种子队。排名第一和第二的 L&P、Pro，作为第一梯队，不会在第一轮抽中彼此。3U 和 FTW 作为第二梯队，同样被分开，不会抽到对方。剩下的八个战队就是自由混搭了，这样保持了相对的公平性，否则强队抽强队，第一轮就必须淘汰一个也太可惜了。

　　明天是 BO1（只打一局）淘汰赛，十二个战队分作六个小组，两两对战，胜者晋级，败者淘汰，胜者掠夺败者所有奖池，进入第二轮对战。第二轮是六进三，仍旧是胜者晋级，败者淘汰。

　　最后将会有三个战队冲到半决赛。因为符合标准的只有十二支战队，十二进六，六进三，最后留下三个战队是不可避免的，而奖池争夺战只有最后赢家，第二第三没有区别，所以赛委会直接安排抽签。

　　三个战队，抽中彼此的打一架，输的淘汰，赢的继续掠夺最后的战队，争夺最终冠军。

　　整个赛程都挤在一天，虽然只是 BO1，但连打几场也够累的，况且一千万不是小数目，谁不想拿下这丰厚的奖金！

　　因为没有训练赛，各家战队都早早回了训练室。辰风做赛前士气鼓舞："我们的规矩是，赢了奖金平分。"

　　菜哥的小眼睛比白炽灯还亮！一千万，五人平分就是每人两百万。

　　菜哥斗志满满："兄弟们，拼了！"

　　这是小宁子入队后的第一场正经比赛，他有点紧张："拼、拼了！"

　　老越淡淡地应道："哦。"

　　卫骁给他一句："赢了二百万，能买四十万包薯片。"

　　越文乐一蒙，立马揭竿而起："干！"

　　辰风："……"

　　以后鼓舞士气这种事还是交给卫小疯吧，一个顶辰风十个。

　　为了明天的比赛，大家今晚要养精蓄锐，都早早回屋了。

　　卫骁鼓舞别人是一把好手，自己心里却是装满事，越是朝夕相处，越是觉得队长好；越是觉得队长好，越是依赖。

　　陆封等人都走了："Solo？"

　　卫骁瞬间打起精神："好啊！"

　　两人开了一局。一打游戏卫骁就想不起那些乱七八糟的事，只想着走位、操作和赢，陆封没手下留情，把他摁在地上摩擦，不给他还手的余力。

　　卫骁越打越热，他之前的十七年，全心全意地记挂着奶奶，只想好好照顾她，好好报答她，让她享享清福，奶奶走了，他无依无靠了两年多，直到遇到陆封。

　　欣赏他，依赖他，更怕失去他。

　　卫骁的一切战战兢兢都源于陆封，因为太看重他，以至于束手束脚。

　　陆封见他状态不对，放下鼠标看他："怎么了？"心想会不会小疯子还担心明天的比赛？

卫骁转头看他："队长……"嗓音里全是委屈巴巴。

陆封哪受得了他这样，问："有心事？"

陆封轻吸口气："说给我听听？"

怎么说？

说我越来越依赖你？

16

谁都不能说，心事又反复出现，卫骁只能去海边吹吹风。

夜里的海岛和白天截然不同，湛蓝色的海水变得一片漆黑，银白色的沙滩也退了光泽，只留下呼啸的海浪声。卫骁穿着队服倒不觉得冷，心情反而平静了许多，他随便找了块礁石坐下，呼吸着海风里的咸腥味。

"卫骁？"

卫骁微怔，转头发现身边早就坐了个青年。

海蓝色的队服，被风吹乱的黑发，单眼皮，泪痣，倨傲的神态。

卫骁诧异道："炫神？"

坐在这儿吹海风的是 Pro 的金成炫，他微微颔首。

卫骁瞧见他指尖亮着一点星火。

金成炫留意到他的视线："要吗？"

卫骁摇头："我不会。"

金成炫勾唇："乖孩子。"

这语调像极了元老贼，不愧是元泽教出来的中文。

卫骁："元贼退散！"

金成炫一愣，悟了："他以前总这样说我。"

卫骁猜得到："他比你大很多吗？"

元泽年纪成谜，说话像个老滑头，安安静静的时候又似乎刚二十，年龄起伏全看他做不做人。

金成炫："比我大五天。"

卫骁惊了："那他怎么有脸这样说你？"

说完他自己懂了，欺负金成炫不懂中文。

金成炫也不知道在这儿坐了多久，瞧这样子还挺想聊天："我刚进 FTW 那会儿，一句中文不会，全靠他给我翻译。"

关于这点，卫骁挺服的："元队真的精通八国语言啊。"

金成炫："八国不至于，五六国是有的。"

卫骁也很服了："他……怎么做到的？"

金成炫比陆封大两岁，他比陆封早一年去FTW，也就才十八九岁，元泽只比他大五天，算是同岁了。

十八岁的元老贼怎么做到精通五六国语言的？！

金成炫道："你别看他生了一副中国人的模样，其实是个混血。"

这真是头一次知道，卫骁问道："总不会是五六国混血吧？"

金成炫："差不多……"

卫骁呆了。

元泽的父亲是个纯正的中国商人，妻子却是个四国混血的韩国人，这一交叉，元泽还真就是个五六国的混血儿。元泽姥姥是日韩混血，姥爷是英法混血，所以他精通日语、韩语、英语、法语和中文，其中说得最好的是韩语，因为元泽小时候在韩国生活过。

这太神奇了，卫骁惊讶道："元队这人生，小说都不敢写。"

金成炫笑了下："这算什么？他爸妈后来离婚，各自重组家庭，他十岁前跟着母亲在韩国，之后又在美国，十四岁才回国跟着父亲，后来……"

这似乎涉及个人隐私，金成炫略过去道："他和我同年去的FTW，我人生地不熟的，只能和他交流。"

可以想象当时的景象，十八岁的金成炫来到陌生的中国，碰上一个韩语说得如此顺溜的元泽，不亲近才有鬼了。

卫骁顿了下道："那你们感情挺不错。"

虽然日常互怼，但那种一看就是感情深怼得深，真不熟就只剩点点头了。

金成炫盯着指尖的烟道："可不，这都是他教的。"

他虽然点了烟，可一直都没抽，只是任它自己燃着。

卫骁吐槽他："就不能教点好的？"

奶奶说了，抽烟有害健康！

金成炫乐道："陆封就不学。"

一听陆封，卫骁眼睛瞬间明亮："他也引诱我家队长啦？"

金成炫："当然，你队长刚入队那会儿寡言少语，阿泽怀疑他有社交恐惧症，心理书都翻了好几本。"

卫骁想了一下，有点想不出来："我队长哪里社恐了！"

陆封千好万好，卫骁眼里容不得半点沙子。

金成炫和他说道："你又没见过十七岁的小陆封。"

卫骁突然羡慕了，可是又没招，他的确没见过，队长十七岁，他才十五岁，当时虽然也玩荣光，但只是陪着同学打，毫无竞技乐趣可言。

"能说给我听听吗？"卫骁压住心口的酸涩，好奇地问金成炫。

金成炫摁灭了烟，给他说道："那时候啊，你队长比我还矮一点，帅是帅，就是气场太冷，一副生人勿近的模样，我刚开始那半个月和他说的话不超过五句。就连我们打训练赛,他都一声不吭。"

卫骁愣了愣:"他是打野位,不交流能行吗?"

当初FTW神之队的指挥是辅助位的晏江,虽说陆封不是指挥,可作为带节奏的打野位,也是需要和队友时刻保持交流的。

金成炫叹口气道:"所以阿泽才怀疑他有社交恐惧症。"

十七岁的冷峻少年,除了最简单的单音节词,多余的话一句不说。沉默,安静,拒人于千里之外。

元泽贼归贼,却是个热心的,他能教金成炫适应中国生活,也想带小陆封走出心理障碍。

他熬夜翻了几本心理书,试着去接近陆封。

理论知识搞了好几圈,陆封终于开口,问他:"有事吗?"

元泽:"……"

陆封:"我不喜欢和人聊天,你寂寞的话能去找别人吗?"

元泽:"……"

这不是社交恐惧,这小子纯粹是目中无人!

17

卫骁被逗乐了。

金成炫也笑起来:"他碰了一鼻子灰,还不死心,跟我说小陆封只是在硬撑,晚上肯定偷偷掉眼泪……"

卫骁一点不信,但好奇心完全被吊起来了:"然后呢然后呢?"

然后凌晨一两点元泽拉着金成炫蹲在陆封卧室外,等了半小时。

金娇花当年天真无邪:"有哭声吗?"

元泽蹲得脚都麻了:"可能是只流眼泪不出声。你瞧那小子的跩样,估计连哭都不会。"

金成炫怪担心:"那怎么办,哥,我们要进去吗?"

元泽纠正他:"在中国别用哥这个称呼!"

金成炫改口:"阿泽!"

元泽点头:"叫老师!"

金成炫顿了顿:"阿泽!"

元泽:"……"行吧,老师这个发音是有点为难他。

他俩这声音压得不低,FTW当年的基地可不是现在的"豪宅",隔音效果也就那么回事,屋里的陆封听了个七七八八。

他推开门,吓了金成炫和元泽一跳,金成炫脸皮薄,半天接不上话。

元老贼没脸没皮:"喀,还没睡?"说完还仔细盯着陆封,想从他这张俊秀的脸上看到泪痕。

然而……除了黑眸中的冰碴子，他一无所获。

陆封："我会哭，但没必要哭。"

金成炫和元泽呆住——他听见了！

陆封继续："你们可以别在我门口吗？"

小金和老元："……"

这分明是腹黑！

听到这，卫骁笑得前仰后合，完全脑补出来了。果然大魔王小时候也还是大魔王，真是绝了！

金成炫想起这些往事也眼中带笑，语调越发轻快。

他又讲了一些零碎的趣事，卫骁一直惦记着："为什么你们会那样担心队长？"

从这话里话外，可以看出元泽对于刚入队的陆封是很担心的。

是因为不爱说话？是因为不擅交际？还是说陆封年纪太小，他们有意照顾？

卫骁觉得都不是，十九岁的元队和炫神也不过是半大小子，哪里会那样心思细密。

他这一问，金成炫怔了下。陆封的这个新队友，看起来又皮又浪不着调，可心里是真的关心自家队长，这样的玩笑话中的细节也捕捉得到。

金成炫轻声道："你没见过十七岁的陆封。"

这话他刚才说过，可惜语气完全不同。卫骁再听一遍，仍觉得心里酸，为十七岁的陆封心酸。

"那时候的陆封，好像被所有人抛弃了，而他不在乎身边的一切。"

元泽嘴上说着怕他社交恐惧症，其实心里担忧更甚。那样一个冷到近似机器人的少年，下一秒从楼上跳下去也不会让人觉得意外。

何止是社交恐惧，元泽翻心理书是怕这孩子会想不开。

金成炫说得很隐晦，卫骁却感受到了沉重的闷痛，压在五脏六腑上。

"当时我们都怀疑是他家里……嗯……"金成炫道，"不过后来好多了，陆封还是不爱说话，冷冰冰的一个人，但好歹能交流了，虽然是用单音节。"

卫骁听得怔怔的，陆封的单音节，时常被粉丝拿来玩哏。

什么大魔王的审判"嗯"，陆封的冷漠"嗯"，谁能听到他温柔的"嗯"一声死了都值得之类的。

卫骁无法想象，十七岁的陆封，努力用单音节和人交流的画面，密密麻麻的刺痛布满神经，他手指微微缩了下。

卫骁不知道十七岁以前的队长经历了什么，但在 FTW，队长找到了新的归属，找到了新的家人，逐渐开始接受别人了。

可惜短短一年光景，FTW 散了。

站在废墟上的陆封，在想什么？

叮——打火机清脆的响声拉回卫骁的心神，金成炫又点了根烟，让细碎的星火燃在手指间。

"过去是哥哥们对不住他。"金成炫看向卫骁,"你以后……"

卫骁大声道:"我绝对不会离开他,我会一直陪着他!"

金成炫笑道:"你哪能一直陪着他。"

卫骁:"我……"

听了半天队长的过去,卫骁转移了话题:"炫神你一个人在这儿吹什么冷风?害怕明天的比赛?"

金成炫斜他一眼:"怕什么?"

卫骁大剌剌道:"怕输给我们呗。"

金成炫"喊"了一声。

卫骁强调:"你们不久前才输给我们一次。"

金成炫微扬下巴时,那颗泪痣尤其明显:"我菜成那样,你们再赢不了,还配得上FTW吗?"

这话卫骁爱听,他嘿嘿一笑:"等你明天站起来!"

金成炫服了他这性子:"肯定让你满意。"

卫骁道:"我绝不会手下留情。"

金成炫摆摆手:"滚回去睡觉……"

他话没说完,卫骁手机响了。

卫骁一看,喜上眉梢:"是我队长。"

金成炫:"……"这有什么好炫耀的,谁还没有队长似的!

卫骁接了电话:"队长!"

金成炫耳朵一抖,十分纳闷,陆封怎么忍得了。

也不知道电话那边说了什么,卫骁蹦起来道:"炫神,我回去啦,拜拜。"

金成炫冲他挥手,卫骁跑得飞快,恨不得点个传送,两秒内抵达队长身边。

金成炫看他这模样,嘴角的笑容慢慢淡去,看着现在的卫骁,金成炫总会想起过去的自己,十七岁时他刚入荣光,野心勃勃,像卫骁追逐着陆封般紧跟着李赫然。

当时李赫然是锋芒毕露的韩国第一射手,他是李赫然的队友。

当时李赫然是拿下全国MVP的闪亮新星,他是李赫然身边的陪衬。

光芒照耀着李赫然,金成炫站在光的背后。

大家提起李赫然,想不起金成炫,提起金成炫,才会想起"双子星"。

当时金成炫很不甘心,想要追上李赫然,想要和他并肩而立。后来他去了FTW,拿下了世界冠军,击败李赫然,同他握手时,李赫然对他说:"很棒。"

金成炫死死握着他的手,红着眼眶:"我赢了吗?"

李赫然:"嗯。"

可他没赢!他输得一塌糊涂!

被卖去FTW时他恨李赫然,得知真相后他只想把李赫然找回来。

可是他辛辛苦苦回国，见到的却是满身旧伤、颓靡不振的李赫然。

从小一起长大，样样比他优秀，无论何时他都只能看着他后背的李赫然，颓唐得像一只丧家犬。

金成炫骂他："为什么要骗我去FTW？！"

李赫然不出声。

金成炫嗓音直颤："你知不知道我一个人在中国，有、有……"

李赫然轻声道："成炫，你现在不一样了。"

去了中国的金成炫拿下了全球总冠军，荣登荣光神殿，成了韩国赛区第一射手。留在国内的李赫然，终究被俱乐部吸干了血，落下一身病。

金成炫一把揪住他的衣领："我不要你的施舍！"

李赫然："是你努力的结果。"

金成炫咬牙道："你……我……你一直在骗我！"

李赫然低头："对不起。"

金成炫不要他的道歉，他要他站起来，他要他像从前那样，永远走在他前头，永远比他强，永远比他优秀！

李赫然不该是这个样子，更加不该因为他变成这个样子。

金成炫用了两年时间，支撑起了现在的Pro，用了两年时间打回全球总决赛，用了两年时间和李赫然拿下了双人赛总冠军。

站在那炫目的舞台上时，粉丝高呼着金成炫的名字，没人记得曾经的第一射手李赫然，没人记得这个站在金成炫背后的沉默男人，曾经是那样耀眼夺目。

金成炫不甘心，心里全是不甘。

他想要冠军，想要真正的冠军，想告诉李赫然——年少时的誓言，他从没忘记。

一起拿冠军，一起站在世界第一的舞台上，一起成为被全世界认可的最强选手！

他没忘，可是李赫然还记得吗？

金成炫点了一整盒烟，却一根也没放在嘴边，元泽告诉他，不开心的时候点根烟，它会烧光你的坏心情。

金成炫将烟灰缸丢进了垃圾桶，起身回屋，明天的奖池争霸赛，他要赢，他不知道怎样才能找回曾经的李赫然，他唯一能做的只有赢。

不断去赢，不断取得胜利，直到达成他们的誓言。

回到楼上，卫骁一进屋就看到了从浴室出来的队长。

陆封问："去哪儿了？"

卫骁回神："睡不着去楼下溜达了一圈。"

陆封没想太多，这个时间点，的确不是卫骁睡觉的时候："明天有比赛，早点睡。"

卫骁点点头："嗯！"

要早点睡，要好好睡，养精蓄锐，明天拿下一千万！

卫骁美滋滋地去洗澡，出来时陆封正靠在床头翻着一本书。

卫骁好奇地问："什么书？"

陆封合上书，关了灯道："睡觉。"

卫骁好奇，跳到他床上瞧书名："《刀锋》？毛姆的书？"

陆封："嗯。"

卫骁皱了皱眉，没说什么。

陆封却懂了他的心思："不喜欢《月亮与六便士》？"

卫骁声音闷闷的："没看过。"

陆封道："早点睡吧。"

卫骁不喜欢《月亮与六便士》，这本也算是高中必读书目了，可是卫骁没看，他看不下去，主人公抛妻弃子去追逐梦想狠狠地刺中了卫骁。

思特里克兰德很酷，放弃了地上的六便士，仰头看向遥远的月亮，卫骁的父亲也盯着天上的月亮，以至于忘记了自己还有个年迈的母亲和年幼的孩子。

卫骁摇摇头，不愿想这些乱七八糟的，他侧身对着陆封："队长……"声音小小的。

陆封平躺着："睡不着？"

卫骁道："我在海边遇到了金成炫。"

陆封转头看他："嗯？"

卫骁想起陆封就忘了所有糟心事，他声音轻快了些："他和我说了很多你小时候的事。"

陆封："小时候？"

卫骁："十七岁。"

陆封："不比你小多少。"

卫骁有模有样地学道："我不喜欢和人聊天，你寂寞的话能去找别人吗？"

陆封："……"

卫骁夸他："太酷了！"

能让元老贼吃瘪，队长牛！

陆封嘴角弯了下，卫骁兴致来了，把枕头压在胳膊下，托腮看他："他们还以为你在屋里偷偷掉眼泪。"

陆封："不至于。"

卫骁眼睛不眨地看着他，放软了声音："队长，你不讨厌他们吧？"

陆封："……"

卫骁道："元泽、金成炫、谢和、晏江，你是喜欢他们的，对吗？"

哪怕最后曲终人散，陆封还是喜欢曾经的FTW的，喜欢并肩作战的队友，喜欢这些关心他的人。

不喜欢，又何必拼命买下FTW。

不喜欢，又何必强撑着一个行将就木的FTW。

神之队散了，陆封守住了他们曾经的FTW。

他留给所有人一个归处。

只是没人回来。

卫骁眼眶发烫，没办法再说下去了，越是了解，越是心疼。所有人都以为，留在FTW的陆封一定恨死了离开的队友，其实不是，他不恨任何人，只是做好了自己能做的。

曾经的神之队给了他温暖，他守护住了这份温暖。

仅此而已。

陆封怔了怔，轻叹道："也没那么喜欢。"

卫骁眨眨眼："嗯？"

陆封侧身，一双黑眸平静地看着他："和你比差远了。"

卫骁还是乐开了花，开心到想去海边跑上三圈，开心得想拽着金成炫和元泽，大声告诉他们："队长更喜欢我！"

卫骁不知道自己是几点睡的，陆封也不清楚，只有一件事是肯定的，他们心跳的频率是一样的。

一样地快，一样地强烈。

第二天所有战队都起得很早，八点半用完早餐，九点在宴会厅集合。

十二进六是分两个批次同时间进行，否则一场打一小时，一天时间是打不完的。

FTW、L&P、Pro 都在第一批次，3U 在第二批次。

FTW 昨天是由辰风去抽的签，没敢用队里的"小黑手"菜哥，自由匹配也就罢了，正赛还是谨慎点，第一轮遇强敌，不利于后续发展。

辰风手气不错，抽到了日本赛区的一支队伍，不算特别强，但也不太差，和以前的 FTW 旗鼓相当。

可 FTW 今非昔比，短短一个集训赛，他们成长太多了，为什么那么多战队都想和强队约训练赛？因为效果显著，一场训练抵得过三场常规赛，进步速度真的不一样。

竞技大多是遇强则强的，有更好的训练机会，选手的眼界、素质、心态都会有很大的提升。

FTW 这几天可没少和 L&P、Pro 约训练赛，一开局气势就不同凡响。

日本赛区的这支战队还是个野核[①]。

野核对野核……

点击观看卫小疯有多疯。

三十八分钟结束比赛，卫骁更是拿下四杀，摘取"天下无双"的对局成就。

他们拿下比赛时，L&P 和 Pro 也赢了。

卫骁扫了一眼，发现两队状态都很好，尤其是 Pro，金成炫估计是憋久了，也不管这是不是个弱队，开局拿金猎，全图大招（全地图放大招）准得惊人，直把对面打到

[①] 游戏术语，意为以打野设置为核心，是一种常见战术体系。

"自闭"。

结算界面弹出来的时候全直播间都目瞪口呆。

金成炫的输出占比高达百分之五十九。

卫骁也呆了呆:"这破纪录了吧?!"

菜哥也蒙了:"炫神是打鸡血了吗?"

卫骁凑近他小声说:"我觉得你小号可以营业了。"

多带劲,"锦鲤"组合复活!

菜哥心都提到嗓子眼了:"少说几句。"

他要是"掉马",他就拖着卫骁同归于尽!

卫骁:"放心,没人听得见。"

菜哥心惊肉跳:"闭嘴!"

卫骁哼哼唧唧:"这大好流量,你……"

菜哥捂他嘴。

卫骁掰开他手道:"干吗呢,动手动脚的。"

菜哥:"……"

六进三就只有一个限定条件了,总积分第一的 L&P 不会和积分第二的 Pro 撞上,至于剩下入围的四支战队,那就看运气凭本事了。

辰风去抽了签,看到战队名时他愣了下。

台下小宁子很紧张:"看教练脸色不对,莫非我们中头彩了?"

卫骁不屑:"打倒一个少一个,早晚的事!"

然后辰风宣布了对阵。

FTW 的对局战队是……

白才眯起了眼睛,卫骁扬了扬眉,小宁子把战队名念出来了:"OD."

还真是冤家路窄,他们竟然又碰上了周兴飞的战队。

卫骁笑了下:"老白,天赐良机啊。"上次赢了也不过是拿下 OD 当日的积分,今天赢了可是能一举击碎他们的千万美梦。

OD 战队的人也看到对阵名单,一群人眼睛瞪过来,还没开打,火药味已经扑面而来。在场的战队都知道这俩战队的恩怨,此刻能看他们再打一架,颇有兴致。

全场最难受的莫过于周兴飞。

上次吃瘪,他熬了十多天才把自己的形象扳正,如今……周兴飞死死盯着白才,誓要一雪前耻。

六进三只有三场比赛,这次不再是同步进行,而是一场一场地接着来。直播开启了,解说到位,规模和十二进六截然不同。这要是输了,丢脸丢到全世界。

卫骁摩拳擦掌:"走吧。"

大家气势十足:"好!"

上次 FTW 打 OD,是卫骁和陆封第一次换路,如今十多天过去,是时候让他们见

093

识下 FTW 真正的上野联动了。

刚进入 BP 界面，陆封低声道："想不想试试力贼？"

卫骁一愣。

辰风皱眉："卫骁的力贼没怎么用过吧？"

陆封余光看向卫骁。

卫骁懂了："好！"

陆封："我用血战。"

辰风沉默一会儿："轻敌会输。"

卫骁双目炯炯有神："不会。"

他绝不会输，他的目标可是最后的一千万！

上次 FTW 和 OD 对阵，FTW 上路用的是飞战，打野是仙贼；OD 上路是血战，打野是力贼。

FTW 赢了。

有些人说，FTW 赢在阵容上，仙贼和飞战太灵活了，OD 的力贼是功能型打野；周兴飞不是输给了卫骁，而是输给天赋克制。

如果给他拿到强势打野，他一样能压着卫骁打。

就这点破事，有人说了小半个月，甚至还有人说 FTW 锱铢必较，毫无大将之风，实在有失体面。

这些话，卫骁理都不理。不在乎不等于不知道，苍蝇嗡嗡得很烦人，全部拍死是不可能的，但把这一只往死里拍却是可以的。

周兴飞不是想借着天赋克制说事吗？卫骁拿力贼了，有本事他就拿仙贼。看天赋克制还背不背这个锅！

看直播的观众马上懂了："FTW 这么自信吗？""'翻车'就有趣了。""卫骁用力贼能行吗？"

卫骁的确没在 5V5 用过力贼，但他在 Solo 里用过太多次了，熟悉得不能再熟悉，尤其是力贼对仙贼的 Solo，他不知道被陆封打输哭过多少次。

18

双方 BP 结束，阵容出炉了。

FTW：血战、力贼、火法、巨人萨满、金猎。

OD：飞战、仙贼、冰法、大地牧师、狂炮师。

很明显，FTW 直接拿了上次和 OD 对阵时 OD 用的阵容，连一个天赋都不带差的，完美还原。

相较来说 OD 这边就不行，他们的上中野是 FTW 上次用的强势英雄，可射手和辅助却换了。当初白才用药术士强势翻盘，极其亮眼。这次 OD 的辅助却不敢拿药术士，那不是谁都能玩的辅助,更不是谁都能用它赢的。OD 这次的阵容取了 FTW 上次的长处,弥补了短板,比 FTW 之前的阵容更强。

直播间一片唏嘘。

"OD 不行啊,人家 FTW 都正面刚①了,他们怕什么啊?"

"拿天赋克制说了半个月了,FTW 给他机会了,还不赶紧复刻?"

"用了比上次 FTW 还强的阵容,输了就好看了。"

"OD 这次选择有问题啊,他们就不怕奖池争霸赛撞上 FTW?"

"奖池争霸赛又不是循环制,一轮游的比赛,周兴飞没准觉得 FTW 能被淘汰。"

"嗯,坐等 OD 淘汰 FTW。"

"楼上的反讽用得妙啊。"

观众也不是傻子,周兴飞这些小心思明眼人都看得懂。

十多天前他被 FTW 捶了个头破血流,最丢人的是那声道歉——坑害白才让他名誉扫地。

他为了挽回点颜面,把聚焦点拉向比赛,借着 OD 的阵容弱势,说自己输得委屈,输得不平。

周兴飞想的是,OD 和 FTW 下次比赛应该就是全球赛了,到时候风头过去,经历了一个欧洲赛的 OD 绝对有实力干翻 FTW。

电子竞技,"菜"是原罪。

只要赢了,他就有绝对的话语权!

然而 FTW 成长得比他想象中还要快,奖池争夺他们轻轻松松十二进六,六进三还抽到了 OD。

眼看着 FTW 选天赋,周兴飞的队友:"既然 FTW 拿我们的阵容,我们就拿他们的!"

周兴飞还是怂了,他不想输,绝对不想再输第二次。所以他道:"不和他们较真,我们的目标是一千万。"

这话说得大义凛然,他的教练认可道:"别意气用事,他们既然不想赢,我们就毫不客气地赢下比赛!"

周兴飞咬牙道:"对!"

FTW 意气用事吗?FTW 不想要一千万吗?卫骁想它想得快疯了!他这辈子都没这么把钱当回事过。

开局力贼直接蹲在中路。

解说 A:"FTW 开局抢一血?OD 的冰法前期的确弱势,如果力贼能够拉中他,火法的高爆发是有希望击杀他的。卫骁没怎么玩过力贼吧,这个英雄还是很看手感的。尤其是一技能的地刺,能不能预判到敌方走位是极其关键的。"

中了!

---

① 网络用语,面对面对打,硬拼硬碰的意思。

大荧幕上，蹲在草丛里的力贼在冰法出线时将捏在手里的地刺甩了出去。这个技能是力贼的核心技能，一旦刺中敌人，会在脚下生成藤蔓，被蛊惑的英雄会失控，向着力贼的方向走去。

卫骁："小宁子！"

宁哲涵早就等好了："收到！"

火法开的是一技能，九颗火球以三道射线的形式散开飞去。至少六颗火球击中了冰法！火球伤害有叠加，中得越多伤害越高，冰法这脆弱的小身板瞬间空血。

卫骁及时补了一刀："拿人头。"

宁哲涵毫不客气地一记平 A，带走了冰法。

FTW 开门红！还是相对来说弱势的中路法师拿下一血！

直播间弹幕一片沸腾：

"卫骁有东西啊，最后一刀的伤害控得好狠。"

"我以为他要拿一血，还以为这小子打力贼也要抢经济。"

"最后火法蹦蹦跶跶地平 A 收人头，莫名喜感。"

"嘤嘤嘤，我也想要这样的力贼给我让人头。"

队内语音，卫骁笑了下："队长，你想不想拿五杀？"

陆封："嗯？"

卫骁想起了他第一次真正意义上的陪玩，队长用 LU 的 ID 玩了个火法，全图蹦蹦跶跶，又乖又可爱，演新人演得出神入化，当时卫骁送他一个五杀。

这会儿卫骁看到宁哲涵的火法，想起了队长的火法。

卫骁接着说："整个冬训赛，还没人拿过五杀吧？"

菜哥："没。"

冬训赛十五天，每晚三场积分争夺战，因为规则的改变，强队也只能上场四次。FTW 没机会后，L&P 和 Pro 也很快失去了机会。

职业赛场上，五杀不是那么容易拿的。水平再怎么有差距，都是职业选手，即便是特别压倒性的局势，拿五杀也不容易。

整个奖池争夺赛，都没人拿过五杀。卫骁想帮陆封拿一个。

Close 值得世间一切荣光。

卫骁盯着屏幕，侧脸是前所未有的认真。

直播间弹幕也在讨论：

"FTW 队内说什么了，为什么卫骁这么认真？"

"啊啊啊，我好喜欢卫骁的长相啊，笑起来甜到人心坎，不笑又酷到爆，怎么会有这么可甜可盐的小哥哥。"

"我有点慌啊，咱 FTW 是优势吧，为什么一脸严肃？"

"也不算优势，虽然蹲到了中路一血，但也丢了小半个野区，OD 还是稳的。"

可惜冬训赛一直没把队内语音放出来，观众始终不知道 FTW 的队内语音，等集训彻底结束，剪个特辑出来，卫骁怕是要多几个封号。

什么荣光贫嘴王、荣光撩神、荣光最野的野王啊，都可以上"热搜"。

力贼是与暗贼、隐贼、仙贼完全不同体系的盗贼。甚至有战队另辟蹊径，用力贼打辅助位，足以见出他的属性——坦度（生存能力）高，输出差一些，功能性极强。

力贼有个盗贼的所有天赋都无法比拟的优势，他不需要太高的经济。

装备对他的加成远不如他的"同胞"，一件神装可以让仙贼完成蜕变，对力贼来说却只是从二哥到大哥，意义没那么大，同时没有这件神装也不会拖后腿，所以大多数拿力贼的都是让经济的。比如Pro，如果朴贵志拿力贼，那整个野区的资源几乎全是金成炫的。

把自家核心输出位喂饱了，力贼就发挥了巨大价值。

卫骁的性格是典型的C位，敢冲，敢上，敢带节奏，同时技术也过关，失误极少，秀得起来。他热血却又可靠能担事，放眼整个荣光，有这脾性的选手全都挑起大梁，站得极高。

可这种选手也有个致命缺陷，那就是自负。习惯了以自己为核心，习惯了抢经济打输出，习惯了所有队友都支持他，也就用不了这种功能性天赋。

卫骁以后如何不好说，至少现在他还没定型。他的力贼是"谦逊"的。中路帮着宁哲涵压出一片天，接着又去下路帮助越文乐击杀对面射手。白才固定在了下路，一直保着越文乐，卫骁成了战队的另一个辅助，开视野，报敌情，同时疯狂抓人。

这节奏带得太凶，OD有些沉不住气。周兴飞死死盯着屏幕道："别慌，他的下半野区是我的，咱们的资源是稳的！"

卫骁到处抓人的弊端是控不了自己的野区。

周兴飞死死盯着经济面板，看着自己的仙贼不断地积累财富，慢慢地超越力贼。只要他的金钱比力贼多两千，他就可以打败这个嚣张跋扈的卫骁！

熬到三个大件，出了暴击神装的仙贼，绝对能力挽狂澜。周兴飞不想输，他已经输过一次了，如果这次再输了……

绝对不能输！一个从没上过战场的过气新人王，凭什么比他强！

周兴飞是厌恶卫骁的，不只是因为上次被套路，更是因为两年前的旧怨。

他刚认识白才时，白才对他说："去年的新人王，比你强很多。"

周兴飞当时就在心里硌硬卫骁，只是为了巴结白才，拼命忍了下去，还违心地哄白才："我会努力的，会像他一样强！"

强什么强？一个临阵脱逃的废物，一个连赛场都不敢面对的垃圾！

他怎么会输给这样的家伙。他怎么会输给白才那个蠢货看重的人！

终于，周兴飞的金钱累积到位，足够击杀卫骁了。他不再疯狂刷野抢线，而是蹲在了力贼的必经之路上。

他比卫骁经济高了两千。

他比卫骁装备多了一个大件。

他提前埋伏好了，一定可以击杀他！

刷弹幕的观众心都跟着揪起来了。

"完了完了，周兴飞要阴我 Q 神。"

"力贼比仙贼少了两千多块钱啊，打不过的！"

"这局卫骁真的很棒了，资源全给队友，宁哲涵和越文乐都快被他养成猪了。"

"所以他要被周兴飞按在地上捶了。"

"不想看了，委屈。"

"周兴飞欺软怕硬，有本事去上路搞我大魔王啊。"

"楼上冷静，周兴飞只是坏，不蠢。"

"大魔王全场经济第一，比仙贼还高了两千多，去搞他？周兴飞不如直接去太平洋喂鱼。"

"说真的，我觉得周兴飞已经失去了理智，他一直盯着卫骁，可这局 OD 明显凉了啊……"

三线全崩，一个周兴飞能绝地翻盘？击杀了卫骁又怎样，他还不是被围殴致死。更何况，他杀得了卫骁吗？

卫骁走到了禁区。

周兴飞等了太久，手指都微微颤抖了，他一段位移突脸，二段撞晕力贼，压了许久的连招噼里啪啦打了出来，瞬间将力贼杀到残血。

镜头给了卫骁，卫骁脸上连丁点儿的慌乱都没有，他手指如飞，娴熟地操纵着英雄，躲避伤害，走位反击，哪怕血量飞快降到红线，他也临危不乱，依旧是冷静自持的模样。

这张脸太上镜了，加上这个神态，瞬间拉满了观众的好感度。帅啊，小伙子！

屏幕里，力贼只剩下一丝血，仙贼却仍有大半管血。按理说，只要仙贼轻轻扫一剑，力贼就"凉"了。谁知这个关键时候，力贼甩出了地刺。

解说立刻反应过来："他要反杀！

"仙贼已经打空了技能，显然他低估了力贼的坦度，没想到一套技能用完还没杀了他。

"仙贼的一剑没有接上，被地刺钩住了！"

有了大招的力贼，可以强化地刺，仙贼完全失控，整个人贴向了力贼。

刷弹幕的观众的心也提到了嗓子眼。

"这不行啊，一旦仙贼靠近，轻轻一下就能戳死力贼。"

"大魔王点了传送！"

"OD 的上路也过来了！"

"这下热闹了，FTW 和 OD 全部聚齐！"

"仙贼即便杀了力贼，也是必死无疑。"

"何止啊，这是一次大团战啊！"

几乎是眨眼间，仙贼靠近力贼，失控还在持续，但周兴飞不慌了，因为他现在的血量以力贼的输出是绝对不可能击杀他的。他能杀了卫骁，他可以。

金光一闪，陆封从天而降。

周兴飞心一提，队内说道："我死定了，但我能换走卫骁，陆封的血量也不健康，这团战可以打！"

他做出的判断，正常角度来看没问题，可惜他的对手不太正常。仙剑解除控制，一剑横扫，只剩血皮的力贼倒地。陆封的猩红长刀刺出，仙贼被击杀。

与此同时，力贼又站起来了。

解说看得远比观众清楚："复活甲！比仙贼那一剑更快一秒，力贼卖了黑刀，强行出了复活甲。这损失很大啊，站起来也打不了输出。难道……FTW想一次性攻下OD水晶？！"

过来支援的OD队员，起初不心慌。虽说前期丢了很多人头，但经济没拉开太多，周兴飞蹲到了卫骁，不仅击杀了力贼还逼出了血战的大招。

这怎么看都是OD有优势。团战赢下，OD能转颓为胜。

可是力贼没死，他竟然卖掉了核心输出装备，提前出了个复活甲。这很疯，太疯了。

要知道在对局中卖出成品装备是会损失一半金钱的，比如力贼用两千块买了黑刀，卖出去只有一千块。

他本来经济就很低，没有输出，又糟蹋了一千块钱，站起来又有什么用？一个穿着草鞋，背着复活甲的力贼有什么用？

卫骁用实际行动告诉大家——有大用处。他一个地刺，聚拢了OD三个人。

宁哲涵和越文乐所有输出都砸过来，OD三人一脸蒙。

卫骁兴奋道："队长，我要看你拿五杀！"

陆封："好。"

血战浴血而立，通体血雾环绕，猩红长刀已经趋向于深黑色。全场经济最高，装备全部是强输出的血战，一刀劈向OD三个人。

本就吃了一次伤害的OD彻底蒙了。这哪是血战，这分明是魔鬼啊！

系统公告：
FTW.Close 双杀！
FTW.Close 三杀！
FTW.Close 四杀！
FTW.Close 五杀！
OD，团灭！

不提直播间弹幕如何，整个会场的战队都倒吸口气。

解说扬声道："恭喜陆封五杀！冬训赛第一个五杀！恭喜 FTW 赢下比赛！"

OD 团灭后，FTW 一举推掉 OD 水晶，漂亮地冲进奖池争夺赛前三。

19

全场的喝彩声中，夹杂着解说对最后一次团战的精彩分析："卫骁将功能型打野发挥到了极致。穿着草鞋定胜负，这个力贼很行！"

弹幕更是讨论得热火朝天。

"FTW 这打野有东西啊。"

"这个地刺可以归到精彩集锦了吧！"

"绝了，复活甲站起，一下蛊惑三个人，这是力贼吗？"

"这是海妖吧！"

"哎呀，别说，卫骁这小模样长得不比海妖差。"

"大魔王的五杀是力贼创造的机会啊！"

赢了比赛，FTW 给予了足够的绅士风度。对 OD 队员握手、拥抱全都有，唯独不给周兴飞。被冷落的周兴飞，在镜头下完全管理不了表情，整个儿一气急败坏。

前三的名额已经出来了，L&P 和 Pro 毫无悬念，FTW 也在刚才杀出重围。

3U 败给 L&P，但因为打得太漂亮，虽败犹荣。

最后突围出来的有三支战队。因为有奖金的只有第一名，所以车轮战的意义不大。直接抽签，抽中的打一场，赢了进决赛，输了淘汰。没什么问题，毕竟第二和第三没什么区别。

输了就是输了，不需要其他机会。

辰风问谁去抽奖，其实是想看看卫骁的意思。

理智上，辰风对于最后的奖金不抱希望。L&P 和 Pro 都不是现今的 FTW 能够挑战的。

赢的概率太小了，不如把握千载难逢的机会，好好练兵。赛场上，为了胜利而拼搏的每一次正规战役，都比训练赛强无数倍。情绪不同，状态不同，氛围不同，渴望赢的心境更加不同。说再多，练再多，总结再多，都不如真枪实弹来得快。

辰风很想让他们打两场，输就输了，打一场赚一场！他本以为卫骁会去抽签，没想到是陆封开口了。

宴会厅的直播间里全球无数双眼睛都在看着他们。

当务之急，FTW 要做的是赢下比赛。一场也好，两场也罢，全都要拿下！

陆封渴望赢，比之前的每一场比赛都要渴望。

L&P 上台抽签的是元泽，Pro 是金成炫。神之队的三位首发以这种形式齐聚舞台，着实惹人唏嘘。

镜头全部聚焦在他们身上，本就容貌出众的三个人，在聚光灯下尤其出彩。

漂亮的主持人小姐姐声音都有点虚："来，让我们看一下结果……"

说好的电竞圈全是"宅男"呢，为什么这仨气场这么足，一个赛一个像巨星？金成炫和陆封都冷着脸，一个是高岭之花式的傲慢，一个是不近人情的冷漠。元泽的桃花气场和他俩格格不入。

　　元泽离他们近，感受更深一些，心里直犯嘀咕：这俩臭小子发什么疯？

　　没发疯，只是想赢。金成炫想赢，陆封也想赢！

　　结果公布了，元泽抽了白签，对阵的是FTW和Pro。

　　卫骁提了口气，他身边的菜哥感受到了："咋，你还紧张了？"

　　卫骁认真道："老白，我想赢。"

　　白才："……"

　　卫骁轻吁口气道："辅助我，这局我一定要赢！"

　　他对白才说话，眼睛却死死盯着陆封。恰好，陆封也在看着他。隔着舞台，隔着灯光，隔着无数看不清摸不着的东西，他们望见了彼此。

　　那一瞬间，卫骁胸腔里叫嚣的只有拿下比赛，胜利成了挤压到极致的情绪的唯一宣泄口。

　　他忍不了了，忍不住了。

　　拿下这个冠军，他想给陆封这个冠军，就这么简单。

　　再度上场，FTW和Pro双方的气势都很强。这是肉眼可见的认真，是毫无保留的热血战意。

　　这场比赛，离冬训赛的冠军仅有两步之遥。赢了有望冲击第一，掠夺全场战队用长达十五天积攒的千万奖池，胜利归来。输了就只能遗憾退场，想再交手只能等数月之后的全球赛。

　　这是FTW和Pro最后一场正规比赛，也是他们的第二场比赛。

　　第一场，队长李赫然因为手伤缺席，Pro输给了FTW。

　　第二场，李赫然稳稳地坐在台上，长袖队服下的右手腕已经没了碍眼的白条包裹。全盛状态下的Pro会输给FTW吗？毫无疑问，这是Pro一雪前耻之战！

　　开局的BP很快，Pro放出了大量刺客英雄，十足的挑衅。金成炫不畏惧任何盗贼，他用BP向全世界传达这个消息：尽管放马过来，Pro就是百分之百的射手核心，有本事就来切死他！

　　辰风瞄了卫骁一眼："暗贼？"

　　卫骁："嗯。"

　　好久没用暗贼了，这无疑是卫骁最拿手的英雄。

　　观众看到FTW拿暗贼，恨不得在电脑前吹口哨。陆封的暗贼，是多少人的信仰。卫骁的暗贼，能承接下这份荣耀吗？

　　陆封拿了死亡骑士。

　　解说："火药味很足啊！死亡骑士加暗影盗贼，这是要把金成炫往死里针对了。针对金成炫是对的，不过Pro这支队伍，最不怕的就是炫神被针对了吧。到底是FTW的刀硬，还是 Pro 的箭狠，让我们拭目以待！"

BP 结束，双方毫不含糊，抢下了优势阵容。

FTW：死骑、暗贼、仙术士、光牧、雨猎。

Pro：神战、力贼、冰法、元素萨满、金猎。

从这阵容就能看出这局比赛有多刺激，FTW 整个一突脸[1]阵容，上路和打野不用说了，一旦有机会，秒杀一切；中路仙术士也是个法刺型天赋，找准机会一套带走敌方 C 位；雨猎更是出了名的千变万化，一旦秀起来，对面的金猎能死到"自闭"。

FTW 的用意全写在脸上了——搞金娇花，往死里搞。

Pro 也很直白，神战偏辅助，力贼功能型打野，冰法强控，元素萨满更是李赫然的拿手英雄，技能用准了能让队友不断地仰卧起坐（复活）。

金成炫的金猎更不用提了。去年全球淘汰赛的一场精彩对决，大家都怀疑金猎的"金"压根就是取自金成炫的"金"。

太神了，全图大招用得那叫一个准，多少选手都被他射"自闭"过。

游戏开始了。

BO1 的赛制，让比赛异常紧张。不允许失误，不允许慢热，上来就必须是全盛状态。要么赢，要么被淘汰。双方都只有这么一次机会。

卫骁："队长，反红。"

陆封："嗯。"

菜哥的光牧要全程跟着卫骁了。其实白才对今天的争霸赛兴趣不大。虽说赢了有一千万，但希望太渺茫了。大家都懂，这次的冠军绝对诞生在 L&P 和 Pro 之间。

FTW 赢了之前状态奇差的 Pro 还说得过去，想赢全盛状态下的 Pro，太不可思议了。不是自我贬低，而是理性分析。也许全球赛 FTW 能赢。但只不过短短磨合了十多天的 FTW，想要击垮强队 Pro，很难。

白才是抱着学习的心态来参加比赛的，可是卫骁太认真了。他本就是个对所有对局都认真的性子，这一次，比之前还要认真，认真到白才都被拎起了神经，不敢有丝毫松懈。

完美反红后，卫骁快速返回，清理自家上野区，转向下野区。

白才一路开视野："感觉金成炫在。"

卫骁："抓他。"

白才心提到了嗓子眼："你……"

卫骁知道他好奇什么："我想赢。"

白才："我知道，可是你这状态……"也未免太想了。

队内语音是全队都能听到的。

卫骁没避讳，直接说道："赢了我有件事要做。"

---

[1] 选择的英雄技能需要近身、近距离输出。

菜哥忍不住问道："什么事？"

卫骁看到了金成炫的身影，嘴角勾起："人生大事。"

20

话音落，暗贼隐上前，影袭扑到金猎背后，短刃刺向他腰间。金成炫反应极快，虽然挨了一刀受了伤，但马上交出闪现，和暗贼拉开了距离。这操作有一丝犹豫，金猎就会死。

李赫然的恢复图腾插到了金猎身上，将他损失的血量立刻补了上来。

白才被卫骁的话吓了一跳，出手却不慢，他太了解卫骁了，这种关键时刻失误，他能被吃了！光牧的一技能飞出去，探出草丛视野，同时定住了最近目标。李赫然挡在金成炫面前，吃下了这记控制。

卫骁："啧。"

暗贼连一丝停顿都没有，技能冷却一过，立马又突了上去，虽然没有大招，刷不出来弧光，但凭借着一技能和二技能的连招，也足够打出爆发伤害。

李赫然不慌不忙，手里的图腾切换极快，砸了暗贼满头包。金成炫躲在队长身后，金色光箭像雨点般坠落……

要出现第一个人头了吗？一血究竟花落谁家？

所有人都紧张地盯着屏幕，看着这初生牛犊不怕虎的暗贼，以及常年将盗贼踩在脚下的金猎。

究竟谁……

弹幕一片鬼叫。

"还以为是干柴烈火，你死我活，怎么就散开了？"

"我赌注都押好了，你们不打了？"

"暗贼上去搞金猎啊。"

"射啊，金猎弄死暗贼啊！"

两两相遇，换了一套技能后，双方都理性撤退，选择了避战。

解说："这局双方很谨慎，看来前期不会有厮杀了，应该会发育一会儿，毕竟暗贼也很依赖大招……"

他刚说完，就被屏幕上的景象疯狂"打脸"。

谁理性撤退？谁去避战？这四个人分明是战术性演戏。

假装后退，实则诱敌深入。金成炫没想到卫骁这么谨慎。卫骁也没想到金成炫这么尻。

双方演了一半，眼瞅着对方要"逃"，又快速反扑，厮打到一起。

弹幕观众："……"

解说A："……"

解说 B 救同事一命："暗贼的技能刷起来了，元素萨满的保护十分周全，金猎伤害可观！"

解说 A 这口气好歹顺了下去，也跟着说起战况。

理性后退是不可能的，见面不打一架，怎么对得起海边一起吹冷风的情意。卫骁盯准了金成炫，金成炫也锁定了卫骁。暗影盗贼走位躲避伤害，金猎也谨慎地保持最远距离输出，绝不给暗贼机会。

白才也不是摆设，他一边给卫骁灌"奶"，一边找机会："我控住李赫然，你去搞金成炫。"

卫骁："等着呢。"

平日里嬉皮笑脸的家伙，一旦沉入比赛，比暗贼还要冷酷镇定。玩刺客的，没有猎豹一样伺机而动的秉性，是杀不死人的！

白才死盯着屏幕，终于找准了时机："稳了！"

卫骁已经冲了上去。白才的控制只有短短零点五秒，这个时间太短，如果不能趁着李赫然动不了的时间杀死金猎，卫骁和白才就是个死。

卫骁借着强化普攻的短距离位移，影袭到了金猎背后。金成炫十分镇定，一点不慌，一个没有大招的暗贼，想杀死他？做梦。

卫骁三个技能全砸在金成炫身上，金成炫血量骤降，立刻跌到重伤。可是他不急，反手就是铺天盖地的箭雨，射向卫骁。

白才的控制没了，李赫然手速惊人，一沓图腾落在金成炫身上，立刻让他回到半血状态。暗贼还在刷，凭借着完美的走位，连招在不失误的情况下能用到蓝条全空。

"老白！"

"明白！"

难道只有李赫然有"奶"？我菜哥也有！

暗贼被金成炫消耗下去的血量又被抬了起来。选手们临危不乱地秀操作，观众却是紧张得鸡皮疙瘩直蹦跶。

"这都不死？！"

"这都没死？！"

"还没到六级，这四个人怎么打出了后半局的威势。"

"我没想到菜哥这么强，居然跟得上这节奏。"

"你还没发现吗，辅助卫骁的菜哥和辅助陆封的菜哥不是一棵菜。"

看着像过了一个世纪那么久的厮杀，其实也不过才几十秒，中路宁哲涵死命拖住了冰法，不让他去支援。Pro 打野蹲着越文乐，不让他去补伤害。双方上路都离得太远，赶过来支援势必会丢塔，得不偿失。

这是卫骁白才和金成炫李赫然的战斗。谁胜谁负，全看四人发挥！

系统公告：

FTW.Quiet 击杀 Pro.Succe！

暗贼击杀了金猎！卫骁拿下了一血！

系统公告：

Pro.Ran 击杀 FTW.Quiet！

只有丝血的卫骁被李赫然带走。

直播间的弹幕十分理智。

"不亏，这回合 FTW 血赚。"

"没错，拿下一血不说，暗贼的人头还给了对面辅助，稳赚不赔。"

拿下人头才有经济，队伍里最不需要经济的就是辅助，李赫然杀了卫骁，对于 Pro 来说毫无意义。反倒是卫骁击杀金成炫，拿下一血的金钱加成，瞬间经济成了全场第一。

开局如此顺利，FTW 气势大增！

韩国赛区的粉丝们很紧张。

"李队的手还没恢复吗？"

"这一回合元素萨满没有失误，是最后半秒钟金猎急了，走位靠前了些。"

"炫神状态不大好啊……"

"不会吧，我们要输给 FTW？"

"急什么，这才开局几分钟，拿个一血又怎样？等金猎站起来，暗贼哭着求饶都得死。"

中国赛区自然是一片喜气洋洋。

"爱了爱了，卫骁总能给我惊喜。"

"一个从炫神手下活下来的盗贼，卫骁牛！"

有些观众也给自己加戏："冬训赛 FTW 能拿冠军，我转粉三分钟。"

叮……

死骑升到六级，成为可以切换形态的死亡领主。一形态突进，二形态黑雾缭绕，空气中氤氲着杀意，犹如从地狱中走出的死神。

系统公告：

FTW.Close 击杀 Pro.UU！

继卫骁抢下一血后，FTW 再下一城！

直播间的观众也纷纷表示——

"大魔王稳啊！"

"FTW早该换路了，陆封这强Solo能力，放到上路就是铜墙铁壁好吗！"

"真的，这上路就是铁板，谁撞谁头破。"

解说们开始疯狂吹FTW，观众也觉得FTW这次很有希望赢得比赛。

台下的辰风向后靠在座椅中，神态冷静。他不紧张，因为早就做好了心理准备。赢了未必是好事，输了未必是坏事。

开局两个人头的优势，FTW狠狠抓住了。Pro的阵容本来就偏后期，中路的冰法对上宁哲涵的仙术士，就一个惨字。

小宁子法刺类英雄用得很猛，这局状态又奇好，居然能压着对面打。越文乐是不懂厌为何物的，再加上卫骁的疯狂骚扰，金成炫被死死压在塔下，躲着清兵。

这局势怎么看都是FTW压着Pro打，怎么看都是FTW有赢得比赛的希望。

然而冷静的人一看经济面板就知道，输赢还不好说。

局面上如此有优势的FTW，始终没有在经济上领先Pro，一直被压着打的金成炫的金钱数甚至比卫骁还多了一点。

除了Pro上路死了两次，经济落下去，其他路都稳稳的，与FTW始终持平。这不是个好兆头，如此大的优势，还没有滚起雪球，后期怎样真的不确定。

Pro队内语音一直很安静，除了正常的信号交流，没有半句废话。

金成炫死盯着屏幕，手上操作得完美无缺，一丝一毫的资源都没有落下，一点一滴的输出都没有浪费。很精密的操作，不知道磨炼了多久，也不知道付出了多少心血。

射手是一个依赖普攻的位置，需要不断地点击鼠标，操作走位。别的不说，普通人只是机械性地盲点鼠标，手指都会受不住，更不要提他们要精准操作，多少射手的手，都是毁在这无休止的过度劳累下的。

对局进行到中段，在一次远古生物的争夺中，卫骁再度缠上金猎，两人同归于尽！远古生物被陆封一刀收下，Pro又亏了。

游戏越往后，复活的时间越长。金成炫盯着昏暗的屏幕："我想赢。"

三个字，响在四个人的耳麦里，让他们握紧了鼠标。

李赫然："……"

金成炫绷紧了嘴角，声音闷哑："哥，我想赢。"

不知道过了多久，也许只有一秒钟，但仿佛漫长的三五年。

李赫然低声道："好。"

拿下双人赛世界冠军，在全球总决赛里驰骋厮杀的Pro，醒了。

白才紧张道："李赫然开始游走了！"

陆封："暗贼小心。"

卫骁来不及开口，破空之声传来，他看着扑面而来的金色光箭，怔了怔。

"砰"一声，光箭击中他，长达三点五秒的强控让他动都动不了。

白才："坏了！"

卫骁立刻道："别过来！"

白才收住脚步，知道已经晚了，过去就是送死。元素萨满给队友插满了加速图腾，飞扑过来的力贼一套技能砸在卫骁身上。脆皮如暗贼，哪里受得住这样的集火攻击。

朴贵志击杀了卫骁，Pro 终于拿下一个人头。

全程金成炫没有露面，但这个人头是他的功劳。金猎大招是全图攻击，敌人离他越远，中箭后被控制的时间越长。

三点五秒意味着什么？一套技能打完也就才一两秒，三点五秒能死两回了！

Pro 开始反击了。全程跟着金成炫的李赫然不可怕，一旦他开始游走，才是真正的恐怖。双人组的默契是惊人的，李赫然给视野，金成炫的金箭，箭无虚发。

为什么说金成炫能把盗贼按在地上摩擦？有李赫然配合，他能让所有打野崩溃。

一箭射中，随后就是击杀。金成炫一个人头没拿，卫骁死了三次。

直播间的观众惊呆了。

"金猎是真的姓金。"

"这预判神了，怎么做到每箭必中的。"

"关键不是金成炫，而是李赫然。"

"李赫然对金猎太熟悉，他给出的信号是预估了起手时间和弹道的。"

"李赫然……"

"毕竟是曾经的第一射手。"

换到辅助位，他也是最了解射手的人。

短短十分钟，场上局势逆转，Pro 豪取五个人头，甚至推掉下路一塔，他们经济领先 FTW 三千，开启了绝对压制性的攻打之路。

Pro 的战术够狠，中路和上路两人牵制陆封，金成炫一人守住下路，李赫然带着朴贵志游走抓人。

所有的杀戮都起于那金色的一箭，只要中了，力贼就能一套技能将其带走。卫骁和宁哲涵分别死了三次和两次，完全想不到反击的招数。破不了这个三点五秒的强控，他们就只能任人宰割。

怎么办？怎么才能扭转这不断走向失败的局面？

卫骁手心沁出薄汗。他想赢，他要赢，他赢了之后有必须做的事！

耳机里传来陆封的声音："把人引到龙坑。"

卫骁一愣："队长……"

陆封："信我。"

卫骁一咬牙："好！"

上路被两个人缠住的陆封轻吁口气，盯准了冰法的走位失误。

这是一个机会，死亡骑士切换至灵巧形态，一套连招刷出免控被动，无视了 Pro 的神战，突到了冰法脸上。

Pro 中单大叫一声："不好！"被卫骁拖到龙坑的朴贵志根本赶不过去。

支援是来不及的，周身散发着浓浓死气的地狱使者撕裂了冰法的灵魂。冰法倒地，神战的威胁扑面而至，死骑走位躲避，再度切换重甲形态，长刀劈杀而去，神战瞬间半血。

系统公告：
FTW.Close 击杀 Pro.UU！
FTW.Close 击杀 Pro.Cui！

被两个人围堵，陆封拿下双杀！

FTW 未来可期

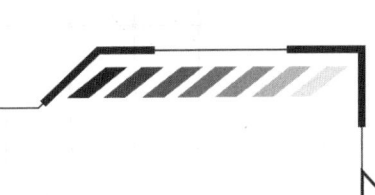

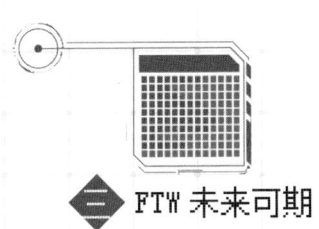

21

陆封终结了Pro的优势，大魔王再次将FTW从泥沼中拉了起来！

卫骁深吸口气，神经绷紧："机会！"

这的确是个绝妙的机会，是队长一挑二用长刀破开的机会！

Pro死了两人，他们五打三，只要能够杀了金成炫，FTW甚至能一举终结比赛。

想赢，要赢，一定得赢。身体里的血液越是火热，卫骁越是冷静，他扫了一眼小地图，脑中已经有了清晰的脉络。

越文乐在下路，有点远，不能等他。小宁子马上就位。队长虽然一杀二，但他自己的状态也不行了，很难参战。

卫骁、白才、宁哲涵对金成炫、李赫然、朴贵志。

三打三，能行吗？

"上了！"能不能也必须把人留下，哪怕他们三个全死了，赶过来的越文乐也能收割人头，更不要说还有队长。

状态差不是事，只要找准机会，一样能够捅敌方一刀。宁哲涵已经飞上云端，率先将一套技能砸向了朴贵志。

Pro的思路十分明确，保金成炫。朴贵志一个打野位，出的是半肉装备，一身铠甲的结实程度不比李赫然的元素萨满低。李赫然又给他插了防御图腾，所以宁哲涵这一套伤害像雨点般落在他身上，效果却不明显。但小宁子这一招本来也没想着能杀了朴贵志，他是在"调虎离山"！

云上飞的仙术士吸引了Pro三人的注意力，白才一套增益技能甩到暗贼身上，大叫一声："干他！"

卫骁一声不吭，仿佛连呼吸都随着暗贼隐没了，他悄悄绕到Pro背后，赤红之刃闪烁……

金成炫极其敏感，他立刻发现了暗贼的踪迹："哥！"

李赫然反应更快，治愈图腾、加速图腾全部插在了金成炫身上。暗贼已经刷起连招，八道弧光铺天盖地落下，饶是皮糙肉厚的力贼和萨满也都降到了半血以下。

菜哥："赞！"

这个伤害足够，金成炫能死。

陆封："撤退。"

FTW 三人都愣了下，卫骁意识到了不对劲。

菜哥："啊？这都没死？"

卫骁："复活图腾。"

元素萨满牺牲了自己百分之八十的血量，在那零点零一秒的间隙里捏出了复活图腾，插在了即将倒地的金成炫身上。

金成炫"死而复生"，金箭呼啸而出，控住的却不是卫骁，而是极远处的陆封。

只剩丝血的死骑，倒在了这个全图光箭下。阵阵寒意蹿上卫骁后脑。

下一秒，金猎的箭射向暗贼，卫骁火速拉开距离，可惜他太脆了，金箭只要选中，哪怕位移再远，也会追踪过来。

连续的两箭，暗贼血条清零。最后一秒，卫骁无敌换复活甲，刚站起来，力贼的地刺已经埋在他脚下。卫骁的心咯噔一下。

聚拢，回拉。光箭稳稳地刺中他心窝。

系统公告：
Pro.Succe 击杀 FTW.Quiet！

卫骁愣愣地看着屏幕，手心全是冷汗。暗贼倒地，金猎下一个目标就是仙术士。

宁哲涵被两箭带走，越文乐赶过来了，可惜他不是来收割的，而是被地刺蛊惑，将人头送给了金猎。

系统公告接二连三响起。

Pro.Succe 豪取五杀！
FTW 团灭！

这就是全球四强的实力，这就是双人赛冠军的默契，这就是全盛状态的金成炫带给对手的可怕压制力！

Defeat（失败）！FTW 的复活水晶爆破，输掉了比赛。

卫骁木木地看着屏幕，俊气的黑眸没有聚焦。菜哥向后靠在电竞椅里，仿佛被抽空了所有力气。宁哲涵和越文乐也怔怔的，完全被最后的团灭震住了。

怎么做到的？到底是怎么做到的？！

一连七八个图腾，李赫然是怎么做到的？站起来的金成炫是怎么确定陆封方位的？那一箭太致命了，如果他没有击杀陆封，谁输谁赢真的说不准。

卫骁必死，小宁子也活不成，可即便如此，只要陆封还在，加上越文乐、白才，3V3 还是有一战之力的！

可是金成炫的那一个大招，锁定的是陆封。

FTW 全盘皆输。

喝彩声唤回了失神的 FTW 成员。卫骁站起来时，察觉到了陆封的视线。他死命攥紧拳头，低着头走了出去。

握手，拥抱，怎么下台的卫骁都不清楚。他只知道自己坐下时，周身冰凉。

这感觉很熟悉。两年前，他得知奶奶病重时，也曾被这种感觉笼罩。这是将要失去最重要的东西的绝望感。是无可奈何、无助无力，能把人压垮的痛苦。

输了。

这么重要的一场比赛，他输了。

信誓旦旦的两百万，想要表达的心意，全都被扼杀在最后的一道光箭中。

"卫骁。"陆封轻声唤他。

卫骁耳尖颤了下，不抬头。辰风担忧的视线挪过来："一个冬训赛而已，你们已经很棒了。"

真的很棒，超出所有人的预料。即便是最苛刻的观众也无法责怪今年的 FTW。

五个首发里有两个毫无大赛经验的选手，还能够在众神云集的冬训赛中冲进前三。这够国内荣光圈吹上一年半载了。

刚才 FTW 和 Pro 的比赛也是可圈可点。开局 FTW 发挥极好，中期被压制后也打出了反扑的气势。最后一回合实在是让人揪心。

可也没办法，经验和阅历是需要时间来沉淀的，FTW 的成长速度已经十分惊人了！

汤臣拍了下卫骁肩膀："胜败乃兵家常事，你小子还怕输？"

卫骁不怕输，他从来都不怕，输了没什么，再赢就是了！

人生很长，赢回来的机会多了去了，卫骁从来都不畏惧失败。

只是这次，他很难受。好不容易为自己找到的勇气，没了。他不知道该如何面对队长。

陆封伸手，握住了他紧握着的拳头。卫骁猛地睁大眼睛。

"没事。"陆封低沉的声音响在他耳畔，"我们的路还很长。"

卫骁眼眶通红，除了死咬着嘴唇，他不知道还能做什么。

卫骁，你为什么连哭都不会？

卫骁，你没爹没娘，连眼泪都没有吗？

这孩子真奇怪，相依为命的奶奶走了，都不哭。

怎么哭，对谁哭。有人宠着，才有资格放声哭泣啊。

啪嗒！一滴眼泪落在了冷如白玉的手背上。陆封心一紧，用力握住他的手。

卫骁不想丢人，不想当着这么多人在这样的场合丢脸。

可是……可是……

陆封将他按在了自己肩膀上："小小乖，不哭。"

这几个字他说得很轻很轻，轻到卫骁都没听见。

他把额头磕在陆封肩上,垂下的黑发挡住了湿漉漉的眼睛。

"队长……"

"嗯?"

"你这样……"卫骁哽咽着,"我会恃宠而骄。"

陆封:"……"

他低笑,用只有两人能听见的声音说道:"没事。"

卫骁又道:"我要拿你衣服擦眼泪了。"

"嗯。"

"还有鼻涕。"

"……"

陆封捏了一下他的手指。

卫骁心里有无数热流涌进胸腔,挤得他快受不了了。

为什么会有这么好的队长?为什么会有这么好的陆封?为什么他对自己这么好?

如果真的有神明,此刻的卫骁,终于觉得自己被眷顾了。

最终对决的果然还是 L&P 和 Pro。

金成炫彻底打出了气势,趁着手热,开局就逼得 L&P 节节败退。元泽和 Gary 是他的死敌,平日里能把他抓"自闭",可今天,也不知道是金成炫状态起来了,还是李赫然压了十多天终于爆发。

这对双人组的配合神了。几乎没看到他们有言语上的交流,可屏幕里的辅助和射手,犹如一个人般,完全知道彼此在想什么。

Pro 以势如破竹之势拿下了最后的冠军。今年的 Pro 不得了。

金成炫释放出的这股压力,让所有人都感受到了。

他想赢,韩国赛区的 Pro 战队是真的渴望冠军!

荣耀是属于第一的。千万奖金、无数掌声和喝彩都属于今晚的 Pro。

金成炫拿下了 FMVP(总决赛最有价值选手),脸上却仍旧淡淡的。

主持人采访他时,他说:"希望下一次,拿到 FMVP 的是李赫然。"

李赫然沉寂的黑眸唰地扫向他。

FMVP 是总决赛冠军队的核心才能够拥有的称号。

金成炫说这句话,不只是想让 Pro 拿冠军,更是想让李赫然成为 2021 年全球荣光最具价值的选手!

让一个在役长达六年,如今退居辅助位的曾经第一射手,再夺一次 FMVP!

十五天的集训落下了帷幕。最后一场比赛,FTW 很有复盘的必要,但不急在这一时。

一天的奖池争夺赛打下来,时间已经很晚了,大家也都很疲惫了。辰风叮嘱了几句,看着他们各自回房。平常比赛结束,全队最不让人担心的是卫骁,今天反过来了。其他队员都还好,输了比赛也没怎么受打击,反而迫切地想训练,想变强。尤其是宁哲涵,经此历练,他心态有了极大的飞跃,慢慢退去紧张与慌乱。

最容易激动的卫小疯却安静得过头了，辰风怪揪心的，不过想到陆封是小疯子的良药，也就没凑上去多说什么了。估计两人Solo几把，卫骁就满血复活了。

22

隔壁菜哥正犯愁呢，比赛输了，卫骁那状态让他很揪心。按理说真的不该那样，他坐在卫骁身边，看到了他落在队长手背上的眼泪。

怎么就哭了呢？

认识了两三年，白才无法想象卫骁会哭。这小子天不怕地不怕，坚强得好像天塌了都能扛起来，竟然还有那样脆弱的一面。

菜哥心里火烧火燎的，又不敢多说什么。卫骁这么重视这场比赛，他是知道的，可他们却输了。

菜哥很自责。回到屋里他也不踏实，拿着手机总想给卫骁发信息，点开微信了又不知道该说点什么……

菜哥凝神戒备，做好了安慰脆弱卫小小的准备。

怎么安慰？要不要先搜点"鸡汤"？

菜哥深感棘手。

然后他就看到卫骁发来一连串的表情包。

哈哈哈哈哈（图片）。

嘿嘿嘿嘿嘿（图片）。

嗷嗷嗷嗷嗷（图片）。

开心得笑出双下巴（图片）。

兄弟我很快乐，你快乐吗（图片）。

可乐加冰加柠檬，三倍的快乐了解下（图片）。

无与伦比的快乐（图片）。

成熟的人不将快乐写在脸上，他们都大声说出来（图片）。

白才敲下了"终于疯了吗？"这几个字，但没敢发出去。

他不安啊，惶恐啊，无措啊。万一卫骁真疯了可咋整？

卫骁发了半天快乐表情包，对面没回，他不乐意了："睡了？"

菜哥看到这俩字犹如看到救星："你……没事吧？"

小心翼翼，十分谨慎，怕把他刺激到精神病院去。

卫骁见他回复，倾诉欲瞬间爆棚："我的确有点事。"

菜哥心里咯噔一下。

卫骁噼里啪啦地打字："我太开心了啊，太快乐了啊，我想给自己绑个火箭，一飞冲天，炸成烟花……"

白才真的在考虑要不要打120！

卫骁打字不足以倾诉喜悦，发语音道："这件事没法和你细说，但你只需要知道我很快乐我很开心，我高兴到要上天了就行！"

菜哥嘴角抽抽，忍不住问道："输给了 Pro，你很开心？"

刚才是谁在哭啊！你的眼泪是因为开心落下的吗！

卫骁诧异道："一场比赛而已，输赢很正常啊。"

白才："……"

卫骁后知后觉地发现菜哥不够快乐。

很快乐的卫骁品了品后，语重心长地安慰他："醒醒老白，这不过是冬训营，我们 FTW 才成立几天啊？就这样夺冠？人家 Pro、L&P 不要面子吗？哦，元老贼的确不要脸，但他们这么认真了还输给我们，他们还配当我的对手吗？！"

这噼里啪啦一大堆发过来，白才蒙了蒙。

几十秒的语音，他听了三遍。

十分确定。

万分肯定。

无比断定。

这家伙声音里没有丝毫阴霾，亮堂得比盛夏中午的太阳还要亮。

什么低迷、什么失落、什么哭唧唧，仿佛菜哥眼瞎了！

白才顿了顿，问他："你不难受？"

卫骁："有什么好难受的？人家炫神牛，神仙预判，定位大招，活该他赢！"

菜哥："……"

卫骁又道："菜哥你不行啊，这心理素质怎么打比赛？接下来的国内赛全球赛才是正赛啊，一场冬训营的比赛就颓了，以后的路还走不走了？"

白才："……"

"你啥事没有，你哭什么啊？"白才忍不住了。

卫骁一愣，有那么点尴尬："谁哭了？少熬夜多做眼保健操，眼瞎了可就只能退役了。"

白才没好气："到底发什么疯？！"

卫骁回归正题，心里又抹上蜜了："秘密。"

菜哥："嗯？"

卫骁美滋滋道："总之是天大的好事，现在不能说，以后再说！"

白才好奇了："什么跟什么啊？"

卫骁给他的最后一句话是："啊，队长洗完澡了，拜拜。"

23

陆封睡前开始和卫骁复盘："晚上比赛的最后那一回合，你是想刷九道弧光？"

卫骁："想。"

他们和 Pro 最后一次团战，卫骁是有想法的。当时他和老白还有宁哲涵对上 Pro 的三个人其实胜算不大，后期的仙术士伤害会被抵挡，白才的光牧也不可能框住那三个顶尖选手。

相反的是，朴贵志的力贼强控，李赫然的元素萨满很秀，再加上金成炫的金猎，这个配置放眼整个荣光，敢去 3V3 的也不多。

卫骁当时选择了上，看起来有些冒进。陆封击杀两人，给颓势中的 FTW 创造了绝妙的机会，倘若宁哲涵是谢和，白才是晏江，卫骁是元泽，那么 Pro 三人已经死得透透的了。

可惜不是。他们之间的差距是肉眼可见的。

陆封不想他难受："想也没错，那团战应该打。"

从上帝视角看，FTW 最后一场堪称猝死团。明明己方五个人，却被 Pro 三个人收拾得明明白白。输得有些难看。

其实仔细分析就能明白，那团战应该拼。卫骁的判断没有错。

如果他们选择撤退，最多五分钟，金猎将成为制裁整个峡谷的霸主。因为元素萨满升级，可以出核心肉装，他血量暴增后，图腾能捏得更多。一个插满了元素图腾的金猎，别说是卫骁了，哪怕是陆封的暗贼，也别想搞死他。

陆封："你做得很对。"

卫骁撇嘴："如果是你，金猎就死了。"

如果是陆封，刷出九道弧光，翻倍的伤害下元素萨满的血量是不足以捏出复活图腾的，不能复活的金猎，早躺下挺尸了。

陆封没接话。

卫骁却是懂的："好吧，如果是你打野，那我们连这样的机会都没有。"

没错，这唯一的机会，是陆封用死骑创造的，他打野的话，谁能在和 Pro 的对局中 1V2 杀了两人？汤臣不行，卫骁也不行。

陆封只有一个人，顾得了前，顾不了后。

想到这里，卫骁又有些不是滋味："我还是太弱了。"

陆封："别急。"

满血复活的卫骁是不会被这种事打倒的："下次我一定让炫神躺地上哭！"

队长说了他未来可期。等回国他一定要苦练暗贼，全球赛上，他绝不会再错失任何机会！

陆封见他情绪不错，松了口气。

"睡觉。"大魔王翻个身，不看他了。

卫骁睡不着，他今天实在太兴奋了，情绪跌宕起伏的，一点睡意都没有。

安静了最多三秒钟，卫骁又出声了："队长……"

陆封不出声，假装睡着了。

卫骁毫无睡意，从什么时候开始陆封变得这么重要？

也许是他孤零零躲在网吧，看到为了胜利，坚守到底的暗贼时——

心中就烙下了"Close"。

他甚至不知道他是谁，不知道这个ID下是怎样的一个灵魂。

因为那柄猩红短刃，撕开的不仅是阴霾的峡谷，更是他湿漉漉的内心世界。

陆封给了他一道光，一个方向。

这些话饶是脸皮厚如卫骁，说完也是满脸不好意思。

卫骁又总结了一句："之前要不是李队的伤给我吓醒，我不知道还要傻到什么时候。"

陆封不解："嗯？"

卫骁："你不知道，我那时候还做了个梦，梦到你胳膊断了，鼠标都握不住了，我醒后满头冷汗，吓死了！"

陆封："……"

卫骁看不到陆封的神态，他心有余悸道："放心，奶奶说了梦都是反着的，所以你肯定能健健康康身体倍儿棒干到八十岁！"

24

陆封低笑出声："行了，再不睡天都亮了。"

两年前，两年后，卫骁的一举一动都强势地侵入他的视线。卫骁的出现，让陆封看到了无穷的活力和无限的希望。

卫骁说两年前峡谷里暗贼给了他一道光，他又何尝不是从卫骁身上看到了光。

冬训营结束，他们马上要返程了，肯定有一堆事要忙。FTW的机票是下午三点左右，第二天卫骁慢腾腾地起床，吃了午饭去机场一定来得及。

谁知卫骁和菜哥刚到电梯，就碰上了陆封。

卫骁眼睛倏地亮了。

菜哥："队长早。"

陆封的视线从卫骁身上挪开，应了声："早。"

这时电梯到了，菜哥先一步进去："老卫？"怎么还不进来？

卫骁拽着陆封胳膊，不让他进电梯："你先下去，我和队长再等等。"

菜哥看着空无一人的电梯，满头问号。

卫骁："早上没跑步，我俩走楼梯。"

25

陆封和卫骁走到了吸烟区，看到了两个人，那两个人没发现他俩，脚步声停下，听到了一个男人熟悉的声音响起："来根？"

"不要。"

"李队又不在。"

"我又不是因为他戒烟。"

"哦——"这拉长的尾音，毫无疑问是元泽。和他对话的声音也很有辨识度，那发音略怪的中文，正是金成炫。

竟然是他俩，外头两人聊得随意。

元泽和金成炫的关系是真的不错，在FTW时金成炫"无依无靠"，真的把元泽当前辈尊敬，虽然这个前辈很不靠谱。

金成炫十七八岁的时候比现在还好看。那时候他稚气未脱，尖尖的瓜子脸配上泪痣，活脱脱一偶像剧男主角。长成这样，又有足够的实力和成绩，金成炫自然有无数粉丝。名气是把双刃剑，有人爱就有人妒，早年金成炫在异国他乡吃了不少暗亏。

幸好有元泽护着他，带着他，教他学会了普通话，也让他融入FTW。有这个情分在，哪怕分开多年，两人也是好兄弟。

他问金成炫："李队好了？"

这话问得意有所指。李队的手伤显然已经恢复了，昨天的比赛发挥出色，绝不会是负伤上场，他明明看到了还这样问，显然是有深意的。

金成炫听得懂，他模棱两可地应了声："嗯。"

元泽笑了声："你真是……"

金成炫看向他："如果你是他，我也不会放下你不管。"

元泽怔了下，接着他低笑一声："……"

金成炫似是被烟味呛到了，嫌弃他："少抽点吧。"

元泽叹口气："这语气真像陆封。"

听到队长名字，卫骁抬头看陆封，眼睛直眨巴。陆封食指在唇上比了下，示意他别说话。

金成炫："除了陆封，谁还会管你的肺是黑是红。"

元泽死鸭子嘴硬："他只是讨厌烟味。"

金成炫毫不客气道："他还讨厌你。"

元泽"啧"了一声。

金成炫的心情明显比前几天好了些，或许是因为赢了冬训营，或许是因为李赫然的认真，更或许是因为看到老朋友都越来越好。

元泽难得听话，熄了烟道："FTW今年不一般啊。"

金成炫："还嫩。"

"嫩？"元泽笑，"国内赛都不用打完，那小子你就摁不住了。"

他没说出名字，只是代称，大家都知道是谁。卫骁用手指自己，眼睛会说话——元老贼在说我！

陆封："……"

迟早被他可爱死。

金成炫顿了下，冷静客观道："现在的FTW还是太依赖陆封。"

元泽："这倒是。"

金成炫："卫骁的确优秀，可如果他始终待在陆封的庇护下，是成长不起来的。"

元泽顿了下，居然替卫骁说话："不一定，陆封变了很多。"

金成炫："一旦团队融洽，碰上强敌后，陆封会怎样我们都很清楚。"

元泽没出声。

金成炫："说实话，我觉得整个荣光，能让陆封在峡谷肆无忌惮的只有晏队。"

元泽声音淡了，语气挺讽刺："有谁是晏神不能配合的？"

金成炫："这倒是。"

晏江——FTW的前队长，完美的辅助位，一个站在最弱势的位置，却成为绝对核心的男人。

曾经的FTW，其实是可以拿下双人赛冠军的，而且是以绝对优势，强横夺下。很简单，只要晏江报名参赛。剩下的一个名额，无论是谁都可以。

金成炫、谢和、元泽，哪怕是最难配合的陆封，也可以。

元泽配合不了陆封，金成炫和谢和也无法和陆封打双人赛，唯独晏江，是可以的。

可惜谁都不会提这件事。

因为晏江从不参加单人赛和双人赛。别说选手了，连俱乐部的高层都不会开口。

如果管理层施压，晏江会参加。可有什么用？他可以做到一点差错不出，尽心尽力比赛，全心全意辅助，但就是不赢。你挑不出他的错，说不出他的不是，他表现得堪称完美。

只是输了比赛。

这太狠了，狠到让人无可奈何。所以FTW百般无奈，放弃了双人赛。

元泽敢说那句"谁能配合了陆封我就去直播吃键盘"也是有底气的。全世界的荣光圈，就一个晏江能配合陆封，而晏江不打双人赛。所以想让他吃键盘，没门。

看得出元泽十分偏爱卫骁，话里话外都是认可："即便不如晏江，卫骁也是最佳人选了。"

金成炫点头："嗯。"

元泽："总之，今年FTW差不了的。"

金成炫看他："L&P呢？"

元泽嗤笑一声："想什么呢，我还会再输给晏江不成？"

去年的冠军是 Y1，也就是晏江的队伍，L&P 只是亚军。

金成炫："是该换一下，可以输给 Pro 了。"

元泽："做梦。"

金成炫懒得和他贫，又问了句："今年单人赛，你参加？"

元泽："嗯。"

金成炫笑道："挺好，看看谁才是荣光第一人。"

连续几年神之队都只有陆封一人报名，今年元泽和金成炫都来了。

真正的世界第一人究竟会是谁？

这是曾经的 FTW 争不出的结果，现在有了机会。

直到这俩人走远，陆封和卫骁才出来。卫骁不是有意听墙脚，但却听了个明明白白。

尤其是金成炫的那句话，刺在了他心窝上——说实话，我觉得整个荣光，能让陆封在峡谷肆无忌惮的只有晏队。

卫骁忍不了，直接问了："队长，晏江很强吗？"

陆封道："没那么夸张。"

卫骁："听元队和炫神的意思，你一直在压着打是吗？"

陆封："……"

卫骁心揪起来了："你放开了，我们就跟不上了对吗？"

陆封摇头："5V5 是团队赛，好的配合比个人秀更重要。"

道理卫骁都懂，可他就是心里不舒坦："还是我太弱了。"

陆封忙说："晏江不强的。"

卫骁不信："你哄我。"

元泽和金成炫都那样说了，怎么会不强！再说了卫骁也不是没看过世界赛，Y1 铜墙铁壁，强得让人头皮发麻。

陆封轻声道："晏江只是很了解人。"

卫骁一愣。

陆封道："他了解队员，所以能够配合。"

卫骁："他很了解你。"

陆封："他了解所有他想要了解的人。"

卫骁："……"

陆封还想鼓励他，卫骁忽然道："那我不会输！"

陆封看到他眼中毫不掩饰的热烈情感。

餐厅里，菜哥孤零零一个人吃了六根帝王蟹腿，啃了半个澳龙，还吃了半盘子海胆刺身……

顺便发个微博："虽然孤独，但饱。"

留言瞬间爆棚。

"菜哥，陆神呢？"

"菜菜宝贝，你家队长呢？"

"白神，你家野王呢？"

菜哥也想知道，他家队长和他家野王去哪儿了。明明一起下楼，一起等电梯，怎么走着走着就剩他一个人了！他们客房在五楼，这么长时间，五百层楼梯也走完了吧！

白才回复了一个粉丝："我也不知道他俩去哪儿了……"

26

白才刷了会儿微博，可算是等来了二人组。

卫骁本来笑眯眯的，看到菜哥后不笑了："你还没吃饱？"

菜哥："……"还好意思嫌弃我！

卫骁是真嫌弃："半个多小时了吧，你还在吃？"

菜哥要不是怕队长，早歘回去了，怎么好意思说他，这半个小时你干吗去了？

白才不理卫骁："队长坐，我再去给你们拿些好吃的。"

卫骁："队长要西芹，我要西瓜。"

白才："……"

陆封："……"

卫骁乐了，对陆封说："咱俩爱吃的都和'西'有关，真有缘。"

卫骁接着打趣白才："少吃点吧，你又不爱运动，回头吃成个胖子。"

菜哥没好气道："要你管，我光吃不胖！"

说完他又意识到有诈："你管不住我，我是你白神！"

卫骁哄他："好好好，白神，吃饱了就回去呗。"

菜哥狐疑地看他："你想支走我？"

卫骁："没啊。"

菜哥："你分明……"

卫骁坦坦荡荡："我分明是在赶走你。"

菜哥："……"

陆封嘴角弯起："吃饭。"

卫骁眼中立马没了菜哥，对着陆封笑："好！"尾音轻扬。

白才深感自己多余，先走为妙，和陆封打了声招呼后，转身走人。

卫骁又道："菜哥你怎么回事啊，眼里只有队长，不和我说声再见？"

白才脚下一踉跄，走得飞快。

把人赶走，卫骁心里乐，嘴上还要叹息："儿大不中留，以前菜哥很尊敬我的。"

陆封在他额头弹了下："行了，吃饭。"

恰好这时传来说话声，有人端着餐盘到这边了。

卫骁立马坐正，规规矩矩的。

自助餐厅很大，每张餐桌都间隔开来，菜哥为了清静，挑的还是个有隔板的。

卫骁一眼看到了西芹，自己夹了一块："队长你怎么会爱吃这个？……"

说着他自己放到了嘴里，想尝尝队长的心爱之物到底有多难吃。

芹菜嘛，爱吃的很爱吃，不爱吃的犹如吃药。

卫骁被"毒"到了："啧……"

陆封把温开水递他："不喜欢就别吃了。"

卫骁喝了口水道："也没那么难吃。"

陆封："……"

卫骁又鼓起勇气夹了一块芹菜，打算让自己适应它。以后他要和队长在一起训练，必须习惯这种蔬菜。

谁知他刚要吃，陆封就说了句："我也觉得。"

卫骁微怔。

"你不喜欢吃西芹？"

"嗯。"

"是因为我当时夹给你，所以你才吃下去？"

"对。"

"我微博问你好吃吗？你……"

一时间，卫骁心里又甜又涩。甜的是队长怎么能这么好，太好了吧！涩的是他怎么这么蠢，害队长吃了那么多不爱吃的芹菜！

卫骁懊恼道："是我搞错了。"

还说要了解队长呢，结果连他爱吃什么都搞不清楚。陆封见不得他失落，道："我很开心。"

卫骁抬头看他："吃不喜欢的还开心？"

陆封垂下眼眸，轻声道："很少有人这样关心我。"

卫骁被他说得心里直颤。

长大以后，陆封用了很长时间才知道，原来人和人之间不全是恶意。加入FTW后，神之队成员对他是照顾的，但那种照顾是隐晦的，含蓄的，甚至别扭的，需要努力去体会。

陆封过了很久才懂。再后来，他成了顶梁柱、负责人，成了所谓的世界第一人。

陆封不需要人关心，没人会去关心一个站在巅峰的人。

只有卫骁是不一样的。他让陆封一眼就能看明白，看到他躯体里那个灿烂美丽的灵魂。

这样的关心陆封求之不得，又怎么会觉得难受。

西芹真的不难吃。

卫骁心疼坏了，连忙道："队长，以后有我，我……"

他想起了陆封对他说过的话，脱口而出："我也会做你的家人，你的朋友，你的……"

陆封压着声音道："吃饭。"

卫骁："嗯。"

饭后卫骁在洗手间碰上了元泽。元泽嘴里叼着个东西。

卫骁皱眉："元队，洗手间禁烟。"

元泽："棒棒糖。"

他拿出来，还真是根棒棒糖，草莓味的！

在洗手间吃棒棒糖，您真行，卫骁都快吐槽不动了！

两人一起洗手，元泽通过光亮的镜面看卫骁："昨天表现不错。"

卫骁："一般。"

元泽又来了："真的不想来L&P？"

卫骁挑衅他："我去了，老G怎么办？"

元泽："Gary一直想着陆封，让他去FTW。"

卫骁雷达竖起："想和陆封打的多了去了，FTW装不下。"

元泽："Gary不一样，好歹全球第二。"

去年Solo赛，老G拿了个亚军。

卫骁："那是因为我没参赛。"

元泽笑了，一双黑眸颇有深意地看着他："卫骁，相信我，和陆封做对手更有趣。"

卫骁想起了他和金成炫的对话，心里老大不乐意："那是你，我和我队长做队友更有趣！"

元泽没再多说："行吧，期待你在全球赛的表现。"

卫骁最不怕的就是放狠话环节："放心，FTW今年世界赛大满贯！"

什么单人赛、双人赛、团队赛，全是FTW的！当年的神之队做不到的，现在的FTW搞得定！

元泽笑眯眯道："别说哥哥没提醒你，你们FTW怕是一个冠军都拿不到。"

卫骁以为他说的是单人赛："得了吧，我家队长今年还会破纪录！"

四连冠后再拿个五连冠，这才是真正的冠军拿到手软。

元泽牙痒，一根棒棒糖很不顶用，可惜又不能抽烟："你还没看B组的排名吧？"

元泽故意卖关子："你猜第二是谁？"

卫骁翻个白眼："怎么，EVE干翻了Y1？"

B组和A组情况差不多，也是两家独大。冠军队Y1不用提了，强得过分，EVE作为全球四强也是横着走的。尤其这俩战队同在欧区，火药味十足，每次碰面都是你死我活。

元泽笑了下："RR。"

卫骁一愣。

元泽："没错，中国赛区的RR战队。"

冬训赛B组真是大爆冷门。

中国赛区的RR战队前期就凶得要死，中单月夜更是不断挑衅谢和，几次对战都干劲十足。

好不容易赛委会改了规则，消停了一阵子，谁知最后的奖池争霸赛，RR抽到了EVE。所有人都不看好RR，觉得EVE稳了。

RR的队长莫有钱发微博："宝贝们，给我家小月月打打气啊，这局他要是赢了谢神，我抽一辆保时捷卡宴，送大家兜风。"

然后……RR赢了EVE。

月夜的一番操作，搞倒了谢和。RR在2V2时还带走了EVE的辅助，剩余队员一起强势反扑，打了个漂亮的翻身仗，拿下比赛！

时差的缘故，A组这边的选手大多还在睡觉，只有国内赛区的粉丝立刻炸开了锅。

莫有钱是真有钱，立马又发了条微博："赢了Y1，再抽一辆法拉利。"这一上午的热搜全是RR和莫有钱，不明人士点进来就走不动路了。

可惜RR总决赛输了，要不奖池的奖金都不够他家队长"霍霍"的。

那边庆功宴过后，莫有钱一点时间都没浪费，直接开奖——中奖的名单一出来，全网哗然。

菜哥惨，菜哥真的惨。一大早被放鸽子，吃顿饭孤零零的，刚等来人又被赶走……惨，大写的惨。

白才百无聊赖地刷着微博，然后目瞪口呆。

什么？他中奖了，中了一台保时捷卡宴？

27

这真是意外中的意外。菜哥昨晚睡得不好，早上醒得早。因为时差，B组的赛事基本上是在A组这边上午进行的。

莫有钱发抽奖微博时，菜哥也在刷微博。都是一个赛区的同胞，菜哥和月夜关系还不错（大师赚了他很多钱），再加上莫有钱这个荣光"吉祥物"，菜哥对RR很有好感。

他只是纯粹礼貌性转发，客套性扩散，帮财大气粗的友军拉拉人气。

谁知……他竟然中奖了！

运气这事真是绝了，你越是想中头等奖，它越是不来；你想都没想，连那么丁点念头都没有，它从天而降！

不只白才蒙了，整个中国赛区都震惊了。

"要不是有公证，我就怀疑莫队黑幕了！"

"White？FTW的那个辅助？"

"财神是真的财神啊，这都行？"

"白——脸白，才——有财，妈妈，我现在换名字还来得及吗？！"

"见证历史了，荣光圈第一'豪'抽到了第一幸运儿！"

莫辉（莫队本名）对这个抽奖结果也很意外，他对着菜哥隔空喊话："白神，牛啊。"

菜哥："……"

莫有钱："放心，我直接把车开去 FTW。"

保时捷卡宴，怎么也得一百万以上，对于贪财的菜哥来说无疑是巨大的诱惑。

我们菜哥是有"人设"的，尤其在网上，还是有点偶像包袱的，于是他矜持道："莫队，这不太合适吧……"

莫有钱："没事啊，公证过的抽奖，是你运气好。"

菜哥爱听这话，他这运气是真的好到爆炸啊！

莫有钱还和他闲聊起来了："你们是不是今天回国？"

菜哥不敢暴露行程，含糊道："嗯，所有战队都是今天返程。"

莫有钱："行嘞，那回国见。"

菜哥："……"

此时洗手间的卫骁还不知道自家菜成了幸运儿。元泽给他说了 RR 排名第二的事后，卫骁懂了。

他挑眉："元队的意思是，我们连国内赛冠军都拿不了？"

元泽就喜欢他这天不怕地不怕的小模样，更喜欢泼他冷水："EVE 的水平我比你清楚，RR 无论是怎么赢的，实力都毋庸置疑。"

他继续道："这可和你们赢了 Pro 不同，EVE 是全盛状态，谢和可是半分都没轻敌。"

就这样 RR 还是赢了，足以见得这支战队今年有多凶！

卫骁才不会被他吓到，他反而更来劲了："这样才好。"

元泽扬眉。卫骁关了水龙头，转头看他："如果国内赛太弱，全球赛我哪有底气捶爆你。"

言下之意就是，国内赛越凶越好，中国赛区所有战队都是强队才好，FTW 从中厮杀而出，必能在全球赛破开一条光明大道。

不经历磨难，哪有彩虹？整个中国赛区崛起，夺下冠军的 FTW 才是真正的强队！

元泽嘎嘣一下，咬碎了口里的棒棒糖，他黑眸幽深，盯着卫骁："好。"

卫骁擦干手，向外走去："全球赛见。"

元泽："我等你夺冠。"

卫骁："你还会看着我夺冠。"

元泽等的是 FTW 的国内赛冠军，卫骁让他看的是 FTW 的全球赛冠军！

元泽盯着这劲瘦却裹着无穷活力的年轻背影，指尖又泛起微微的热意。

果然这小子总能激起人强烈的征服欲。

刚走远，卫骁就掏出手机，给被项六叫走的队长发微信："队长！B 组冬训赛 RR 拿了第二，月夜那小子赢了谢和！太刺激了，我们赶紧回国吧，今年国内有的玩了，常规赛啥时候开来着，咱们先约训练赛吧，一天和 RR 打十场怎么样？RR 不同意的话，我去找小月夜！"

陆封："……"

他发的是语音，这语速像小爆竹一样，噼里啪啦的。

陆封问他："还在楼下？"

卫骁："进电梯了。"

陆封："收拾下行李，一会儿去机场了。"

卫骁："马上！"

直到坐进保姆车，卫骁才知道了菜哥的天降卡宴："菜哥牛啊！"

刚惊掉下巴的小宁子和惊掉薯片的越文乐已经平复了心情。

菜哥矜持道："意外，都是意外，也就是平日里好事做太多，得了善果。"

卫骁是真的替他乐："行啊菜哥，我早看出你这小手有点好运在的，没想到会这么厉害。"

之前自由匹配，全靠白才抽大神，卫骁打得很快乐。他一说白才嘴角抽抽，隐约间懂了自己为什么能好运爆棚了。果然是人品守恒定律吧，他在整个冬训赛一直手"黑"到全程被"虐"，临走了送他一个豪华大礼包？

这买卖有点划算啊，菜哥想躺平等"虐"，十五天后再来一辆保时捷。

关于抽奖的事，白才已经和项六报备过。

这事其实挺微妙的，转发抽奖很正常，尤其白才是个人缘好的，他平日里也没少帮人宣传，给莫队转发这条微博是再正常不过的。

谁知这抽奖平台竟如此神奇，盲选到了菜哥。

菜哥欣喜之余也知道事情没这么简单。首先他们的微博号隶属于俱乐部，别看是他小手一动抽到卡宴，但 FTW.White 这个微博账号是属于 FTW 的，按照合同规定，这辆车其实属于俱乐部。

项六听他一说也是一脸蒙，满脑子都是——这都行！

这么大件事，他当然做不了主，打电话给陆封，说有重要的事需要请示。

陆封这才上楼，一听是这事，当即问白才："驾照学了？"

白才一年半前只想回老家养猪种地，哪有空学这高级玩意儿。

陆封道："想要辆车？"

菜哥连忙摇头："不需要。"

陆封："那这样，车子留在俱乐部，全款兑成现金给你。"

白才："啊？"

陆封问他："或者你想自己留着？"

白才剧烈摇头又赶忙停下，半响才找回自己的声音："不是，队长，这个……"

按理说这其实是俱乐部的，就算有他的功劳，俱乐部也没必要兑现金给他。

陆封道："别想太多，你抽到的就是你的。"

菜哥："……"

陆封嘴角极轻地扬了下:"运气不错。"

简简单单四个字,让白才心潮澎湃热泪盈眶,恨不得和 FTW 签下终身"卖身契",这辈子赖在基地不走了!去哪儿找这么好的队长、这么好的老板、这么好的俱乐部啊!

后来 FTW 直接给他凑了个整,平白多了一百二十万的菜哥每天早上都能数着账户的余额乐醒。当然这都是后话。

辰风等大家乐完后严肃道:"看了 B 组排名了?"

卫骁:"RR 第二!"

辰风唰的一下,把手里卷成纸筒的海报打开。

出现了——FTW 的灵魂画手,辰风教练的手作!

白才和越文乐是见识过的,都想捂眼睛。

卫骁和宁哲涵是新人,不懂,还挺有兴趣地看过去,然后……

宁哲涵:"……"

卫骁:"……"

汤臣捧场:"画得好画得妙,画得大家都看不懂!"

辰风一巴掌呼他脑壳上,汤神闭嘴。

这海报是真的神奇,怎么说呢,凡是看到这海报的人,心中涌上来的一定是心疼这张纸、心疼那支笔、心疼那些颜料,甚至心疼那张桌子……

没错,心疼一切材料,因为上面的画和字实在太丑了!这不是简简单单的画得丑,而是色彩阴暗,线条诡谲,透着森森寒意……

卫骁勉强辨认出来了:"这是……常规赛的队伍列表?"

辰风白他一眼:"废话。"

卫骁:"……"

他能辨认出来已经很了不起了好吗,竟然还被嫌弃。卫骁心里苦。

辰风画海报是有用意的,为了给队员们讲一下国内赛的险恶形势。

"别以为在冬训营拿了第三就可以骄傲了啊。

"今年的中国赛区异常霸道!

"看到没,这是 RR,赢了去年的全球四强……"

他指着一团乌漆墨黑的东西,说得头头是道。

卫骁举手。

辰风下颌微扬:"说。"

卫骁:"莫有钱那么有钱,RR 不该是金灿灿的吗?"

FTW 三小只没忍住:"噗!"

卫骁冲陆封眨巴眼:"是不是队长?"

陆队淡定:"嗯。"

辰教练:"……"

"嗯"个鬼啊，这么个惯法，孩子会越来越"熊"的啊！

辰风搞这出的原意是想让队伍冷静下，凉凉他们的热血，让他们知道国内赛是荆棘丛林，万不可掉以轻心。

为了营造这个氛围，他饭都没吃，辛辛苦苦画了张地狱风海报，结果……

有卫小疯这家伙在，一个个都牛上天了！

辰风说："RR 很强，赢了 EVE。"

卫骁眼睛铮亮："约训练赛！"

辰风："TPT 网罗了一手数据，差点掀了 Y1 老底！"

卫骁："约训练赛！"

辰风："3U 今年也很强……"

这次卫骁改口了："放心，阿睡那里的训练赛我已经约好了！"

辰教练："……"

全车的人都被他逗乐了。

两个小时的车程，疲倦的小孩们陆陆续续睡着了。卫骁坐在陆封旁边，睡得安静乖巧。陆封垂眸看他，嘴角溢出很淡的笑容。

冬训营结束了，FTW 只拿了个第三，这放到 A 组和 B 组都不算特别出彩的成绩。

他们输给了 L&P，输给了 Pro。

错失了千万奖金，在声势上也不如一鸣惊人的 RR。但是今年的 FTW 很不一样，他们拥有了新的血液，新的面貌，新的开始。

如陆封初见卫骁时说过的那句话："……你经验不足，但未来可期。"

现在的 FTW，也继承了这句话——经验不足，未来可期。

For The Win.

少年逐梦，才刚刚开始。

28

到了机场，卫骁还迷迷瞪瞪的。十五天的冬训，每一天都是高强度训练。卫骁又是个专注的性子，做事从不马虎，不要说比赛了，每一场匹配他都全神贯注倾尽全力。

之前绷着一根弦，再加上比赛的激烈，他一点都不觉得累，反而很兴奋。这会儿告一段落，困倦涌上来，总觉得睡不够。

他没带什么行李，一个背包搭在了陆封的行李箱上，手里没什么东西。

白才嫌他："你能不能自己走路啊？！"

卫骁打个哈欠："要你管。再胡说，你就来背着你哥！"

菜哥："……"

算了算了，不小心中了一台保时捷的菜哥不和他计较。

春风得意的菜哥去小宁子那儿当哥了，不理身后的小崽子。

过了安检后，距离登机还有点时间。休息室里有电脑，电脑里有荣光。

卫骁心动了："老白，来双……"排字没说完，陆封打断他："跟我来。"

菜哥："这么点时间排什么排啊，你能保证三十分钟结束比赛吗？"

这么说着，白才来到电脑前，准备登录，然后……人呢？

卫骁走远了："排什么排，就三十分钟，万一打不完岂不是坑队友？"

菜哥："嗯？"

卫骁遥声鼓励他："你实在想磨炼技术，可以去训练营补兵，加油啊菜菜！"

菜哥一个辅助，去补兵？补谁的兵？补了老越会打爆他的菜头吧！

卫骁已经溜了，白才一脸蒙，越来越看不懂这小崽子了！

卫骁跟着陆封出了休息室，到处看："有好地方吗？"

陆封故意道："有。"

卫骁兴奋道："队长你真厉害！"

陆封瞥了他一眼。

卫骁好奇地问："你之前来过这个机场吗？"

陆封："没。"

卫骁："那你怎么能这么快发现'好地方'？"

陆封："马上到了。"

说话间陆封领他进了一个大型玩具超市。

陆封提醒他："马上回基地了，不给毛豆带礼物？"

卫骁："对啊！"

只顾着打比赛，把狗儿子忘了个一干二净。之前几天卫骁还每天和毛豆通个视频，听它狗嚎。后来嘛，尤其是最后一天，卫骁眼里心里全是比赛，哪还记得豆哥。

出门前他还跟毛豆承诺过回去给它带礼物。如今……回去给它抓把狗粮，就是礼物了……吧？

陆封道："岛上也没有什么合适的店，机场这边好歹有玩具卖。"

宠物店是没有的，但有玩具店。某种程度上，狗儿子也算儿子，五六岁小孩喜欢的，它也喜欢玩。

卫骁惭愧道："是我不称职，不如你这位新爸爸。"

陆封弯唇："这么说的话，我更得好好表现下了。"

会中文的服务员看到俩大帅哥进店，喜滋滋地过来问："先生，请问是给几岁的小朋友挑礼物？"

卫骁想了下，对服务员说："今年刚两岁。"

服务员小姐姐："啊？"

卫骁对服务员小姐姐笑得灿烂："虽然它才两岁，但挺能闹的，有没有机器人什么的，最好是电动的。"

小姐姐素质极高，结巴了一下道："稍、稍等。"

后来挑挑选选，陆封选了个最大的。

卫骁很惊讶："这个还能编程吧？它哪会玩！"

毛豆很喜欢动来动去会发光的机器人，但这么高级的玩具，它那狗脑袋玩得明白吗？

陆封："我带它玩。"

卫骁默了默："是我输了，你真是个好父亲。"

服务员小姐姐："……"

卫骁回休息室时，手里拎了个超大礼盒。

小宁子看到了："给谁买的礼物？"

卫骁："毛豆的。"

小宁子恍然："咱们出去这么久，回去是该带个礼物！"

天降横财的菜哥如今很大气，看看这礼盒道："给我豆哥的？买了个啥？我报销了，咱当叔叔的偶尔也得宠一下大侄子。"

卫骁乐了："真的？"

不就是个狗狗玩具，看这礼盒挺大，约莫是个狗窝？一个狗窝而已，三四百顶够了，刚中了一辆保时捷的菜哥会瞧得上这点小钱？也未免太看不起我菜了。

白才："当然，说个数，我转你微信。"

卫骁干脆利落地把账单给了白才。

白才平淡地看了眼："……"

卫骁笑眯眯道："队长付的钱，你直接转给队长就行。"

说完他还向队长眨了下左眼：瞧我多么勤俭持家，这就把钱捞回来了。

陆封别开了视线。

菜哥手都哆嗦了："你你你……"

他也不敢骂队长啊，只能在心里咆哮：他俩疯了吗？给"二哈"买了个一万多的智能机器人？买回去干吗？

它会玩吗？

哦，它会拆着玩……

卫骁催促他："搞快点，我们马上要登机了。"

菜哥装死。

卫骁："怎么回事，说好的叔侄情深呢？"

菜哥："抱歉，没深到这个价钱。"

卫骁笑骂他："刚中了辆一百多万的车，连这点钱都舍不得给你大侄子？"

菜哥："我反思了一下，是我不对，我不该抢走队长对豆哥的爱。"

卫骁道："瞧瞧我们队长，再瞧瞧菜哥，果然人比人得扔。"

菜哥闭紧耳朵，什么都听不到，反正给钱是不可能的，超过三百就要菜哥老命了。

飞机上四个小时，车里又坐了两个小时，抵达基地后已经是晚上九点。

卫骁一下车，就听到了"二哈"的动静。别墅的大门一开，某黑白相间的大狗奔了出来。眼看毛豆这么热情，分别十五天之久的卫爸爸心中涌起了浓浓的父爱。狗儿子还是很想他的。

毛豆一路飞奔，干净的毛发随风而动，雾霾蓝的大眼睛炯炯有神，矫健的身体充满了思念与渴望。

卫骁站在原地，张开双臂等它："豆哥！"

毛豆嗷呜一声，扑向他身后。

卫骁："嗯？"

一转头，好家伙，他儿子的狗眼里全是陆封。

没错，毛豆飞扑而来，奔的却不是卫骁，而是他身后的陆封。豆哥扑了全场最帅的一个大满怀后，心满意足。

卫骁："……"

菜哥、小宁子、老越还有辰风和汤臣都哈哈大笑，难得看卫小疯吃瘪，异常快乐。

卫骁气急败坏："毛二豆，我要炖了你这只颜狗！"

"毛·真颜狗·豆"在男神怀里嗷嗷呜呜，这撒娇的模样很得某人真传。

29

回国后的时间一天紧过一天。

常规赛开幕战已经定下时间，参赛战队的名单也给出来了。十四支战队分成两组，分别进行两次组内循环和一次异组循环。

在两个多月的常规赛期间，每支战队将进行十九场比赛。如果全胜，积分将高达十九分。这是目前中国赛区常规赛的最高积分，还没有哪个俱乐部拿到过。

当年的 FTW 是常规赛大满贯，可那一届国内常规赛还是老赛制，也就是组内单循环加异组单循环，一共才十三场比赛。神之队全胜，拿到的最高积分也只是十三分。

常规赛是 BO3 抢分制，所有比赛结束后，统计两组的积分排名。每组排名前四的战队进入季后赛。

季后赛就是残酷的淘汰制了，输了提前放假，赢了继续战斗，直至夺冠！

关于赛制，FTW 众人都很清楚。卫骁也不陌生，2020 年的国内赛，他几乎是陪着白才一路走过来的。

粉丝口中那位菜哥背后的野王，说的就是卫骁。

国内赛是持久战，尤其是常规赛，不仅要抢分，更是得练兵。两个多月的比赛打完，会让一个职业选手产生巨大的蜕变。

RR 的月夜、TPT 的欧星、3U 的阿睡……这些被大师锤炼过且没有倒下的选手，在经历了一场国内赛后，全都突飞猛进。

没有国内赛的历练，哪有他们在冬训营的亮眼表现。中国赛区今年当真是气势如虹！

卫骁看着名单，喜滋滋："开幕战是我们和 RR。"

辰风点头："冠亚军揭幕是惯例。"

常规赛第一天有开幕战。所谓开幕战，其实是表演赛，输赢不计积分，只是为了打响全年赛事的第一战！

历年来，揭幕的都是冠亚军，各赛区的赛事由赛区冠亚军揭幕，全球赛的赛事由全球冠亚军揭幕。

这是冠军和亚军独有的舞台，彰显着过去的荣耀，也是放下包袱开始新征程的起点。

2020 年中国赛区冠军是 FTW，亚军是 RR。

2021 年中国赛区的第一场比赛，也将由他们奉上赛季首秀！

揭幕战就在十天后。

辰风把大体情况讲完后道："给你们最后三天的自由时间。"

FTW 四小只都竖起耳朵。辰风冷凝的视线扫了他们一圈后严肃道："这是今年最后的假期，好好把握，有什么事也尽快解决，之后直到夺冠都不会有空闲时间。"

菜哥和越文乐是经历过的，他们点头道："明白。"

小宁子已经热血沸腾了，声音很响亮："收到！"

卫骁对假期不感兴趣，他心里惦记的是另一件事——休学。俱乐部这边已经向学校提交了申请，但他还是得自己出面去处理一下，这三天肯定得抽一天去把这事办了。

休学不难。

虽说一个大学在校生去打职业赛听起来有些奇怪，但前头有南大的高才生傅黎撑场子，卫骁这个师范大学生也就没那么突出了。FTW 也不打算拿这个来给卫骁做"人设"，所以也没特意宣扬。

卫骁愁的是回家。需要父母签字的话，他肯定要见他们，无论是卫全还是李素，他一个都不想见。

如果说奶奶在的时候，他还对他们有一点期望的话，奶奶去世后，他的心就彻底凉了。父爱也好母爱也好，对于卫骁来说，亲情在奶奶去世那天就没了。卫全和李素，只是有血缘关系的陌生人。

解散后，大家都收拾了行李准备回家待两天。菜哥哼着小曲儿收拾行李。

卫骁心里不爽，埋汰他："怎么不拎你的六万六？"

菜哥的宝贝之一是那个六万六的行李箱，是他送给自己的夺冠礼物，大牌且昂贵，十分奢侈。

白才翻个白眼："你懂什么，我妈养了一窝鸡，我拖着我的小可爱回去装鸡屎啊？"

菜哥这两年赚到钱了，帮爹妈修了个乡村别墅。可惜白母热爱养殖，好好的别墅花园里种满时令蔬菜，顺便把泳池填了，改建鸡窝。

白才"衣锦还乡"，看到自己的别墅成了大杂院，崩溃得给卫骁打了半小时电话。

卫骁忍着笑："开视频给哥看看。"

菜哥开了视频。

卫骁一看，笑出鹅叫。

菜哥气死了："有没有点同情心？！"

卫骁笑得上气不接下气："挺、挺好的，很有生活气息。"

何止生活气息，还很有鸡屎气息！想起这一茬，卫骁乐了，拍拍菜哥肩膀道："加油！"

菜哥瞅他一眼："你呢？"

卫骁的情况他也都知道。

卫骁笑容淡了点："没事。"

菜哥想了下："要不我陪你回去一趟？"

白才左思右想，放不下这崽子。

别看卫骁万事不愁，可一旦和那糟心爹妈扯上关系，就会"自闭"。白才很担心。

卫骁哪会浪费他难得的假期，斜他一眼："你会开车？"

白才："……"

卫骁："你有我高？"

白才："……"

卫骁吊儿郎当道："你一不会开车，二没我能打，还想罩着我？想啥呢，我家又不是荣光峡谷。"

话锋一转，卫骁美滋滋道："我去找队长陪我！"

菜哥："……"担心你的我宛若一个傻子！

哄走了菜哥，卫骁却不好意思去找陆封开口。队长一回基地就开始忙，卫骁一上午都没瞧见他人……

卫骁揉着"二哈"的大脑门，嘟囔道："你爸不要你了。"

毛豆配合他："嗷……"

从早上忙到中午的陆封活动了一下，左肩动起来时，他眉心蹙了蹙。一旁的项六看到了，急道："要不要休息会儿？"

陆封摇头："没事。"

项六愁得慌："这半个多月都没有做理疗，要不要……"

陆封眼尾斜他，项六闭了嘴。

陆封低头看文件："我心里有数。"

项六作为唯一的知情人，时常担惊受怕。想说又不敢说，不说又总担心。

FTW好不容易有了新气象，如果这时候陆封出事……

后果太可怕了，项六不敢想。

熬了整整三年，从最初的一无所有，到现在的国内冠军。冬训营的战绩项六全看在眼里，卫骁的加入让FTW焕然一新，让所有人都看到了新的希望。

三年……

一个职业选手有几个三年？陆封已经等太久了，FTW也沉寂太久了。他们需要一个金灿灿的奖杯，一个代表着无限荣光的世界冠军。

这种关键时候，不能有任何差池。

可是……项六忍了忍，还是没忍住："两个多月的常规赛，之后还有季后赛，然后是全国赛……"

这比赛密度太大了。

不只比赛，训练赛也是排得满满当当，就像辰风说的，一旦正赛开始，首发选手就是连轴转，除非被淘汰，否则没有休息。多少身体健康的选手都熬不住，陆封的肩膀……

项六一咬牙道："还是去系统治疗一下吧，今年FTW肯定能杀进全球赛，到时候你既要打单人赛还要打团队赛，哪里……"

撑得住三个字没说完，陆封捏了下眉心道："项六。"

项六："……"

陆封："出去。"

项六到底是没敢再劝什么，长叹口气转身出门。

偌大个办公室没了人，陆封起身，站到了落地窗前。外面是FTW基地的峡谷花园，设计师还原了荣光峡谷，将游戏里的地图搬到了现实中。翠绿的草丛，精雕细琢的防御塔，还有那代表着双方阵营的红蓝水晶。

水晶爆破，游戏结束，多少场对局都是终止在那砰的一声巨响中。

陆封眼睛不眨地看着窗外，脑中回荡着项六的话："到时候你要打单人赛还要打团队赛……"

何止是单人和团队，还有双人赛。

少年清脆的嗓音早就在他心坎上扎根。

"队长，今年我们报名双人赛好不好？

"我们肯定比金成炫和李赫然还默契！

"单人赛冠军是我们的，双人赛冠军也是我们的，5V5还是我们的！

"一口气拿三个冠军，咱们是不是有点欺负人啊？

"不管，就要欺负他们！"

陆封低头，轻轻攥了攥拳头，指尖一阵酥麻，顺着小臂直直涌到了肩周处，刺痛扩散，犹如被针扎。他迅速松手，额间渗出细细的薄汗。

卫骁百无聊赖，扔下"二哈"准备去冲分，这时手机响了。卫骁赶忙掏出手机，一看来信顿时眉开眼笑。

陆封："在屋里？"

卫骁："正要去训练室，队长你忙完了？"

陆封："嗯，我去找你。"

卫骁："好！"

卫骁本来想去宽敞些的大训练室，这会儿嘛……当然是去双人训练室！FTW基地真好，竟然会有双人训练室。

卫骁刚进屋没一会儿就听到了脚步声，他故意躲在门后，屏住呼吸。门开了，陆封走进来。

训练室没人，但陆封看到了桌面上卫骁的手机，他嘴角微扬。

砰的一声，门被反手关上。

陆封转头，黑眸锁住了门后躲着的卫小小。

卫骁一惊："你……怎么知道我躲在这儿？"

陆封看着他："想不想Solo？"

一听这话，卫骁眼睛更亮了："现在？"

陆封："嗯。"

卫骁呆了下："怎么会不想？做梦都想！"

陆封低低的嗓音里全是纵容："这几天我没事，你想Solo多久都行。"

卫骁被这突如其来的快乐给击晕了："多……多久都行？"

陆封："多久都行。"

一局Solo平均半小时，眨眨眼的工夫天就黑了。

卫骁意犹未尽——各种意义上的意犹未尽。

两人一直玩到了半夜十一点。卫骁对此要多满意有多满意："队长你还要早起，睡觉吧。"

陆封问他："不来了？"

卫骁心痒死了："还能来吗？"

陆封："可以。"

卫骁："……"

一个小时后，卫骁心疼陆封，说什么也不玩了。当年年少无知，Solo了四十八小时，如今不急在这一时半会儿。

陆封见他尽兴，也退出了游戏。卫骁瘫在电竞椅里，有种兴奋过后的倦怠感。

陆封喝了口水，轻声唤他："卫骁。"

卫骁懒洋洋道："嗯？"

陆封盯着屏幕上的"荣光"二字，道："今年由你代表FTW参加单人赛。"

单人赛每个俱乐部只有一个人能参加。从加入FTW那天起，卫骁就没想过要报名单人赛。因为谁都知道，陆封是最佳人选。

三个单人赛冠军的他，是毋庸置疑的Solo第一人。

卫骁以为自己听错了："什么？"

陆封转头看他："今年的单人赛，你报名参赛。"

卫骁听清了，他嘴角的笑意淡去，挺直了后背："为什么？"

30

陆封的肩膀，没人比他自己更清楚。项六的担心不无道理，但却没什么意义。

这些年FTW离不了陆封。陆封别说倒下，一旦肩膀有伤被人知道，都将天翻地覆。不说别的，单单是投资商撤资都够FTW喝一壶。

这三年，FTW在5V5次次都是全球一轮游，凭什么能发展到现在的规模？凭什么直播平台签约费给出天价？又是凭什么成为赞助商争抢的宠儿？

只有一个原因——陆封。

这位全球最具价值的选手同时也是FTW的负责人。这对于合作方来说是一个巨大的吸引。

一个俱乐部的价值很大一部分取决于成绩和选手，两者相依相存，缺一不可。成绩是需要维持的，选手却是流动的，这些对于合作方来说都是变数。

唯独FTW不一样，选手即是负责人，双重身份将陆封和FTW绑在一起。是束缚也是安全感。

陆封绝不会离开FTW，FTW无论团队赛成绩如何都有着莫大的价值。这也是这么多年来，FTW蒸蒸日上的原因之一。

粉丝总爱说，大魔王一人挑起整个俱乐部，这话一点都不夸张，是事实。陆封对于FTW来说太重要了，重要到连陆封本人都不敢轻举妄动。

电竞选手最大的灾难就是职业病。高强度训练和严重缺乏锻炼，肉做的身体怎么会不出毛病？大多数俱乐部都安排了康复师和按摩师，常规赛启动后，选手们都会每天做预防性理疗。然而每年还是有那么多伤病出现。

电竞很看状态，一个细微的失误都会影响整场比赛。患病的选手为什么会一蹶不振？不只是因为他们的操作跟不上，更是因为心态废了。

李赫然从云端跌落，为什么这么难站起来？因为他耗尽了自信和勇气。手腕的伤对他的冲击极大，对粉丝的冲击更大。有多少人疯狂地爱着他，就有多少人为之心碎。

全网号哭的声音是很可怕的，那无数文字最终会化作实体，全部压向选手。

"别怪他，他手腕伤了啊。"

"漏兵了，以前的李赫然不会的。"

"没事没事，李队我们永远爱你！"

好的、坏的，同情的、嘲讽的，安慰的、谩骂的……全都是一样的，都在不断地重复一个事实——李赫然，你病了。

如果陆封孑然一身，他不怕这些。多大的重量压在肩上，他都能撑住。可惜他背后是一整个FTW，是经历了灾难重新站起来的FTW，看似强大，实则脆若薄纸。一旦舆论压过来，垮的不是陆封，而是FTW。这是陆封动弹不得的根本原因。

熬了三年，等了三年，努力了三年……

辰风、汤臣、项六、后勤工作人员和无数热爱着他们的粉丝，全在期盼着 FTW 王者归来。这种时候，陆封绝不会让 Close 有任何差池。

冬训营期间，因为场地原因，陆封是没法约理疗师的。回国后他肯定会坚持理疗，再加上够量的运动，5V5 是没问题的。

至于单人赛，陆封想交给卫骁。卫骁喜欢 Solo，也擅长 Solo，打磨一下，今年一定能给出很好的成绩。

至于双人赛，卫骁和白才很适合。然而这所有的一切，在卫骁问了一句"为什么"后，全都说不出口了。

卫骁绷紧了嘴角，亮着的黑眸暗了些，声音也静了："今年元泽和金成炫都会报名，他们想和你 Solo，你却不参赛了？"

陆封："……"

卫骁看着他，像是要透过这平静无波的表情看到他真实的情绪："你一直很期待不是吗？和他们真正地干一架！"

曾经的神之队留下了无数遗憾。陆封留在了 FTW，其他人却各奔东西。队友做不成了，而因为无谓的愧疚，他们连对手都不是。

被丢下的陆封，被遗忘的陆封，渴望得到认可的陆封。三年的单人赛冠军，也比不上今年的一场 Solo 啊！

卫骁不信陆封不想参赛！他不想向他们证明自己吗？选择了坚守，选择了留下，选择了守护 FTW 的陆封，不想用实力告诉他们自己的信念吗？！

等了三年，好不容易等来的机会，为什么要放弃？

卫骁紧绷的嗓音颤了："队长，我不需要你让着我。"陆封的心猛地一震，像被一个柔软的大锤击中——

不痛，只是很麻。

卫骁鼻尖酸了，眼眶也微微泛红："我不想参加单人赛，我只是喜欢和你 Solo。"

他想来想去，只能想到这个缘由了。

单人赛是有名额限制的，每个俱乐部只有一个人能报名。陆封报名的话，卫骁就不能参赛了。队长是想把机会让给他。

可是……

卫骁靠近他："我更想看你参赛，想看你赢元泽、赢金成炫，想看你拿下冠军！"

更想看你得偿所愿，想看你历尽风雨终见彩虹，想看你拼尽全力不留遗憾！

那些未尽之语全都化作心声，传达到陆封心底。

"我……"陆封嗓音微哑，每个字都像是从喉咙里挤出来，"我更看重团队赛，5V5 也会遇到他们。"

卫骁："你说谎。"

少年软软的嗓音，像猫儿一样的神态，击碎了陆封所有的伪装。

卫骁看着他："队长。"

陆封："嗯。"

卫骁："我知道你心疼我，但我也心疼你。"

陆封："……"

卫骁："今年你报名，明年我报名，好吗？"

陆封到了嘴边的话，却说不出来。他没法让对自己好的人失望。

卫骁压在心头的阴霾散了些，他又恢复了往常的声调，无所顾忌："你今年真的不能错过，元老贼都什么年纪了，没准打了今年，明年就退了，到时候你去哪儿捶他！"

越说卫骁越觉得自己很有道理："咱们不能让他这么嚣张，他还是2017年的单人赛冠军，你不赢他，他还真当自己是Solo第一人呢！"

"不能让他成天做白日梦，"卫骁仰头看他，"我们得让他清醒清醒。"

听了这一番话，陆封嘴角弯了下："你也能赢他。"

卫骁不乐意了："那能一样吗？！"

陆封："……"

卫骁清清嗓子，给自己解释："我不是怕他啊，只是你们真的该有个了断。"

了断。

曾经的神之队，是真的需要个了断。否则元泽和金成炫也不会在时隔三年后报名单人赛。

陆封垂眸："嗯。"

卫骁眼睛亮了："不钻牛角尖啦？"

陆封也没给他确切的答案。

卫骁晚上做了个噩梦。

梦里他站在一扇门外，死死地守着这扇门，进不去也出不来。门外是悬崖峭壁，门内空无一物。卫骁死死握着门框，不知道在努力什么。

向前是万丈深渊，向后是漆黑地狱。他到底在坚持什么？

从梦中惊醒，卫骁额头一片冷汗。怎么又做这个梦了？

果然还是被队长吓到了。

"啊啊啊……"卫骁抓了抓头发，让自己冷静些，"没事的没事的，不会有事的！"

卫骁一边刷牙一边给自己打气，等洗漱完毕已经摆脱噩梦。毛豆不在屋里，估计是出去疯了。

看了下时间，卫骁十分懊恼：又起晚了，没能跟队长晨跑，果然运动是电竞选手最大的天敌，真不知道队长是怎么坚持下来的。

卫骁溜达着去吃了点早餐，心里盘算着休学的事。

菜哥他们都回家了，偌大个基地空荡荡的，卫骁一个人坐在长餐桌上啃着三明治喝西瓜汁。

他跟白才说要让队长陪他回家，可临了他又开不了口。

还是算了。这点小事自己搞定吧！

队长那么忙，他不能事事都赖着他。卫骁反思了一下自己。大概是打小太缺爱了，队长又特别纵着他，更给了他得寸进尺的机会。

不能这样。卫骁觉得队长会想放弃单人赛，全是自己的缘故。他表现得太热切了，队长才会想让着他。

队长疼他，他也疼队长。这可不是嘴上说说的，而是要拿出实际行动的！卫骁有了主意，休学的事自己搞定，以后也得有个度，不能给队长造成负担。

卫骁一个人吃饭怪无聊，随手刷着微博。巧的是，他收到了一条关于自己的消息。

R.R.月夜：@FTW.Quiet，来Solo。

卫骁"啧"一声，回他："回国了？"

月夜："嗯。"

卫骁："好好休息，倒个时差。"

月夜："Solo?"

卫骁心痒痒，但他忍了："不。"

月夜："嗯？"

卫骁："以后都不Solo了。"

月夜："嗯？"

卫骁咬牙："戒了。"

说完这俩字，他自己心肝肺都直抽抽。

四 新一代野王

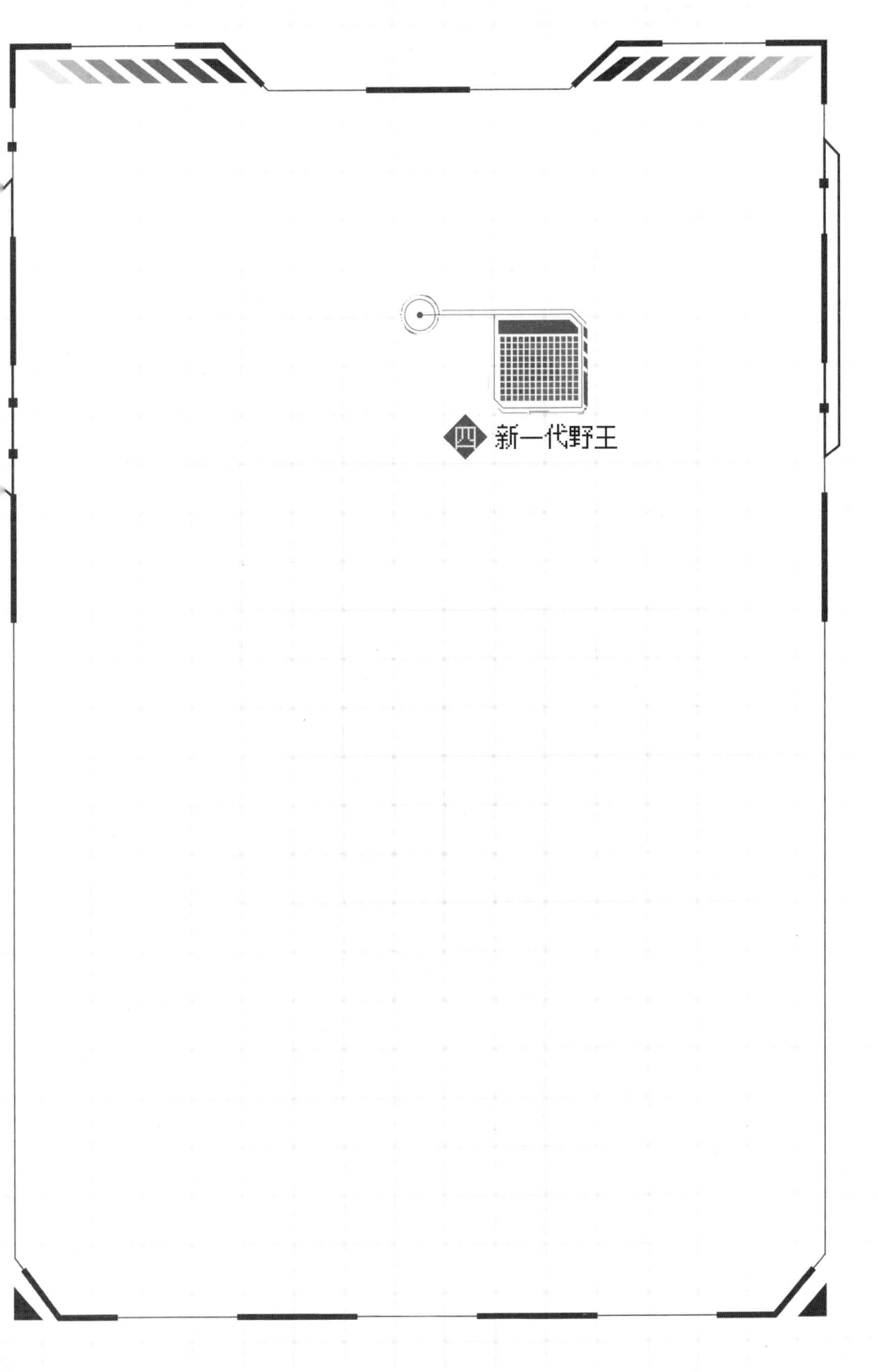

31

　　卫骁之前和月夜他们联系都是靠白才，他这个"大师"只是个打手。菜哥联系人，他去打，打完还有钱赚，关系单纯且简单。

　　这是卫骁单方面以为的，被他"打"过的选手都对他念念不忘，追着菜哥要联系方式。

　　菜哥想了想，答："商业机密。"不能给啊，倒不是怕这个中间商没法赚差价，而是怕大师被人线下打啊。

　　菜哥朋友不多，少了这一个，就没下个了。

　　后来卫骁马甲掉了，冬训营立马开赛。

　　整个中国赛区也就 3U 和 FTW 在一起，阿睡早就要到了卫骁的联系方式，发配到 B 组的月夜自然是没有的。所以月夜才通过微博向卫骁隔空喊话。本以为卫骁会答应，谁知竟然拒了又拒。

　　月夜寡言少语，微博境况和阿睡都有一拼，两边粉丝日常"攀比"。

　　"看到没，我家夜夜就说了两个字！"

　　"哼，我家睡睡只发了一个字母！"

　　这也能 Battle 起来，不知该心疼哪家粉丝了。

　　这么个"语废"选手对卫骁说了很长一段话："为什么不 Solo 了？为什么戒了？"

　　两句话，两个问号，夜家粉丝就像过大年！

　　卫骁直截了当道："别问，问就是我只想和陆封 Solo。"

　　卫骁心一横，转发了月夜的微博。干脆利落点，绝了自己的后路，他也不想和人 Solo 了！以后他就是队长的专属"沙包"，只给队长用。

　　FTW.Quiet：Solo 什么 Solo，以后专注团队赛，不 Solo 了 @RR.月夜。

　　发完这条微博，卫骁心里空荡荡的。算了，谁都比不过队长，哪怕是光速成长赢了谢神的月夜也比不过队长的一根头发丝！

　　卫骁明明不会抽烟，却莫名尝到了戒烟的滋味。好难，抓心挠肺地难。

　　他这微博一发，瞬间引来网友围观。冬训赛结束，常规赛还有几天，大家正闲得发慌，一看这微博瞬间乐了。

"大师怎么啦？"

"捶爆半个荣光圈的男人决定金盆洗手了？"

"大师尿了？"

"怕了就直说，拿团队赛说什么事？"

"啧啧啧，卫骁你首播时的气场呢？别尿啊。"

"我月神赢了谢神，大师你呢？哦，被炫神捶'自闭'。"

"知难而退，大师真不错。"

这些言论动摇不了卫骁。网上嘛，反正是键盘一敲的事，想说什么就说什么，当真就输了。

卫骁半点不生气，悠哉地喝着西瓜汁。

接着他的微博下开始出现"问号党"。

先是 3U 的阿睡："？"

接着是 TPT 的欧星："？？"

然后是新生代还没那么茁壮的 Blue 和夏旦他们："？？？"

职业选手是有认证的，他们一露面，本就闲得发慌的网友们又炸开了。

"大师真行。"

"荣光'白月光'，实锤。"

"那个……和他 Solo 有这么爽吗？为什么都念念不忘啊？"

"楼上的你搓麻将输了会怎样？"

"当然是赢回来啊！"

"所以……"

是的，这么多选手对大师念念不忘，还真和打麻将的心理差不多。输了一局，那必须赢回来啊！输了之后就散场，能不急吗？

卫骁该说的都说了，该戒的也开始戒了，索性关了微博。他一口干了西瓜汁，还是决定去把正事办了。回家，见卫全，办理休学。

也许是昨晚和陆封的谈话刺激到了卫骁，他对回家这事竟没那么抵触了。果然所有矫情都是因为有人惯着，回个家而已，有什么好难受的？卫骁毫不客气地唾弃自己：还是队长太好，搞得他娇里娇气的。

卫骁想着想着，心中就溢满了暖意，连因为恐惧回家而升起的寒意都退去了。

到了家门口，卫骁按响了门铃。

开门的是李素，乍看到卫骁，她愣了下："小、小！"

卫骁客气地喊了声："妈。"

本该是最熟稔最亲近最温暖的称呼，却冷淡得如此陌生。李素是惊喜的，还有些不知所措："回来了，那个，吃饭了吗？我……"

卫骁开门见山道："吃过了，我回来是有件事想请你帮忙。"

礼貌、客套，以及毫不掩饰的疏离。

李素神态暗淡下来："什么事？你爸去工作了，还没回来。"

工作二字对于卫骁来说尤其刺耳。十七岁之前，他做梦都想他的父母能像别人的爸妈那样朝九晚五正常生活，可他们一年到头不见人。

如今他彻底失望，卫全反而去工作了。

真讽刺。

卫骁闭了下眼，干脆利落地把文件拿出来："办理休学，需要家长签个字。"

李素愣住了，她识字，看得懂，但是这么大件事："要不还是等你爸回来，让他……"

卫骁不出声，一双黑色的眸子沉默地看着她。

李素心一揪，连忙道："我……我来。"

卫骁："嗯。"

签好字后，卫骁垂下眼帘："我走了。"

李素张张嘴，满眼都是挽留，可是却说不出口。卫骁没再看她。

门关上，李素颓然坐倒，双手捂住了眼睛："对不起，真的很对不起。"

FTW 基地五楼。

落地窗外是正午的阳光，洒在地毯上，像铺了一层耀眼的金子。屋里很亮，气氛却有些沉闷。辰风左手在沙发上轻点着，眉心紧蹙："单人赛你想让卫骁报名？"

黑棕色茶几对面是个单人沙发。坐在沙发里，陆封仍显得身高腿长，干净利落的面庞上有着和年龄不符的冷静沉着："对。"

恰好有一缕阳光落在他肩膀上，勾勒出深色衬衣藏不住的好线条。

辰风心事重重："我认可卫骁的能力，但他真的缺少经验。"

陆封平静道："经验是不断积累出来的。"

辰风："话是这么说，但他今年刚入队，又是团队赛又是单人赛又是双人赛，他撑得住吗？"

陆封顿了下："双人赛可以酌情。"

辰风心里是有想法的，他道："我的建议是单人赛还是你参加，卫骁要是有余力，可以和白才去报名双人赛。"

这对于现在的 FTW 是最稳妥的方案。团队赛不用提，FTW 做梦都想拿第一。单人赛只要有陆封，冠军是稳的。至于双人赛，如果队员有兴趣，可以报名试试，也是不错的历练。

可今天陆封给出的方案完全推翻了辰风的计划——卫骁参加单人赛。

这是放弃单人全球赛了吗？为什么？！

辰风轻吁口气，问陆封："你问过卫骁的意思了吗？"

陆封眼眸微垂，盯着茶几上凉透了的白茶。

辰风跟了他这么多年，哪会不懂："他不同意吧？"

他就知道！卫小疯虽然疯且痴迷 Solo，但天大的事都比不过陆封。陆封把单人赛的名额交给他，他肯定不会接受。

说实话辰风自己都接受不了。今年太不一样了。

元泽和金成炫报名单人赛，听说谢和也打算参赛。神之队聚齐，陆封却放弃了，这算什么？蝉联三年冠军的陆封怕了吗？以一己之力扶大厦于将倾的陆封退缩了吗？等待了这么久，终于迎来机会的世界第一人，逃了吗？

今年的单人赛没了陆封，FTW 怎么能甘心？不只是现在的 FTW，还有过去的 FTW；不只是 FTW 的选手，还有 FTW 的粉丝，怎么能甘心？

这么多人，这么多颗心，这么重的期待，除了陆封，谁担得起？！

"就这样吧。"陆封以毋庸置疑的语气结束了话题，他向后靠在椅背里，避开了阳光，神态比之前还要寡淡，"卫骁那边，我会去说。"

辰风："……"

陆封平静道："他会同意的。"

不能告诉所有人，他会告诉卫骁。无法让任何人知道的事，他得让卫骁知道。再怎么难以启齿，他也要说出来。

好在，还有时间，还可以慢慢来。

辰风长叹口气，起身出去了。陆封一个人坐在偌大的办公室，漆黑的眸子直勾勾地看着天花板。

辰风的未尽之语他都知道，可是——最不想放弃的人是他，最不愿让大家失望的是他，最怕惹哭卫骁的人还是他。

卫骁上了出租车，胸口憋着的那口气才勉强散了些。字签好了，剩下的就是去学校走程序了，这些得等后天的工作日才能去办理。最难的过去了，剩下的就很简单了。

卫骁虚脱般地靠在后座。

卫骁拿出手机，细长的手指差一点就要落在通话上了……

"有点出息！"

卫骁骂了自己一句，退出了通话页面。

叮——被他扔在后座上的手机响了。

卫骁拿过手机，看到了信息。

陆封："出去了？"

简简单单三个字，卫骁强行竖起的高墙土崩瓦解："队长……"

陆封的电话打了过来。卫骁立刻接通，隔着话筒陆封道："怎么了？"

卫骁不出声。

陆封坐直了："你回家了？"

卫骁撑起的情绪崩了个一塌糊涂："嗯。"

陆封向来沉稳的声线有些急："怎么不等我？"

卫骁嗓音颤了："队长……"

他什么都没说，一个字都没提，只是叫了一声队长，只是应了一个字，隔着电话隔着几十里路的陆封却知道了。

陆封知道他回家了，知道他难受，知道他想哭。

陆封已经下楼："给我发位置。"

卫骁："我在出租车上了。"

陆封："位置。"

卫骁："很快就到基地了。"

陆封："听话。"

这两个字说得极尽温柔，像冰天雪地里亮起的篝火，暖得人鼻尖泛酸。

卫骁给他发了位置。

这是卫骁这辈子做过的最任性的事。不过是一个多小时的车程，不过是几十里的路程，他甚至已经坐在了回去的出租车上，却任性地给陆封发了位置。

卫骁忽然记起小时候的一段记忆。那时候他只有五岁，刚学会打电话，他拨通了记在心底滚瓜烂熟的号码，听到妈妈的声音："小小乖，等过年了，爸爸妈妈就回去接你们。"

卫骁很期待，无比期待，每天都在掰着指头等着。等着爸爸回来，等着妈妈回来，等着一家人一起过年。可是对联贴了，灯笼挂了，爆竹放了，他始终没能把爸爸妈妈等回来。

从那之后，卫骁再没想过会有人接他。

32

位置共享中，在两人快相遇时，卫骁喊出租车师傅停了车。二月的天气还是冷的，卫骁穿得不多，他下车时吸入一口凉气，冷得哆嗦。

前方不算宽阔的省道上停着一辆银灰色的越野车。这款越野车线条刚硬，车身长且车顶高，寻常人站在旁边会被淹没，陆封却显得更加亮眼。

他穿了件深棕色的长大衣，内里是黑色高领毛衣，落在袖口外的手冷白修长，指间随意夹着黑色的手机。

冷冷的色调，不苟言笑的面庞，好像比冬天还要冷上三分。可当他的视线投过来时，卫骁瞬间被融融的暖意簇拥了。暖意和冷气在胸腔碰撞，蒸成了水汽，直往人眼眶里钻。

卫骁顾不上这是在马路边，顾不上来往车辆，借着越野车高大的车身的遮挡："队长……"

陆封声音很低："嗯。"

卫骁上了陆封的车。

陆封把车子停在路边，看他："想不想回基地？"

卫骁眼睛弯着:"不想。"

陆封扬眉。

卫骁:"想回家。"

他加重语气,咬在了"家"这个字上。不是回基地,而是回家。这个家是他们的家,是FTW。

回到基地后,卫骁把签好字的材料给了项六。之后他还得去一趟学校,休学的事就可以定下来了。卫骁有种松口气的感觉。该处理的都处理好了,剩下的只有放手一搏。

常规赛、季后赛、国内决赛乃至全球赛。今年的荣光赛事,卫骁一定要让FTW印在冠军奖杯上!

假期总是短暂的,三天工夫眨眼即过。卫骁除了去了趟学校,再没出过基地。陆封忙工作,他自己冲分;陆封下楼,他缠着陆封双排。偶尔心痒了就和队长Solo几局,绝不多玩。

菜哥推门而入打破了之前的和谐。

卫骁从没像现在这样嫌弃过这棵菜:"回来这么早干吗?"

念书的时候也不见你这么积极地返校。

白才惊了:"我热爱俱乐部,选择早早归队,你不夸我就算了,还嫌弃我?"

卫骁随手帮菜哥拎起一个袋子:"你里面装了石头?"怎么这么重!

白才翻个白眼:"给你的。"

卫骁:"嗯?"

菜哥:"不要拉倒。"

卫骁拉开拉链,看到了里面椭圆形绿油油的几个"黑美人":"我去,菜哥你行啊。"

白才矜持道:"路边看到的,随便买了俩。"

这小崽子爱吃啥不好,偏爱西瓜,这东西贵倒是不贵,就是重啊,鬼知道他怎么把这三个西瓜从老家背回来的。

卫骁戳穿他:"这是你家那边的特产吧?"

白才:"……"

卫骁心里美滋滋的:"谢啦白神,我去发个微博。"

菜哥:"……"

他累得要死,一边收拾东西一边上楼,全部忙完已经是半小时后。菜哥看看自己干净利索、井井有条的卧室,心里很舒坦。

妥了!

白才躺在床上,想睡一觉,然后他唰地睁开眼,莫名想起队长凉飕飕的视线。

菜哥雷达报警,冲去卫骁卧室:"别乱发微博!"

卫骁不在屋里,菜哥慌了,这小子可别给我拉仇恨啊,我没给队长带礼物啊!

找不到卫骁,白才只能点开微博,看看卫骁发了没。心想:"千万别发,千万别发，求你做个人吧！"

然后白才看到了，他嘴角抽搐，眼睛都快瞎了。

卫骁的确发了微博，就在一分钟前发的。

但是！

FTW.Quiet：菜哥带回来的西瓜真甜，是吧队长 @FTW.Close。

下面是一张配图，照片里没有人出镜，只有一只修长的手，指节分明，肤色冷白，轻巧地捏着银色叉子，像一个艺术品。银叉上有一块红艳艳的西瓜，水灵剔透，透着股馥人的甜意。

微博下面第一条热评是陆封，简简单单一个字："甜。"

总有那么一些人，少言寡语，惜字如金，却有着仅凭一个字就轰动全网的力量。

"陆封甜"——新的热搜词条，就这么光速升起。

卫骁一边吃着西瓜一边美滋滋："六哥牛啊，拍得绝了。"

项六："……"

项六拍的是全图，两个人都出镜了，但"营业鬼才"卫骁很懂得拿捏分寸。

卫骁看得爱不释手："队长，你的手也太好看了吧！"

陆封给他剔掉西瓜籽："少吃点，凉。"

卫骁连连点头："再吃三块！"

陆封："两块。"

卫骁："那我就吃一块吧。"

陆封："一块也别吃了。"

卫骁："欸……"

这时项六的手机响了，似乎是条微信。他看了眼后，对陆封说："陈医师到了。"

陆封放下银叉，应道："好。"

卫骁听到了，好奇地问："陈医师？"

项六解释道："我们队的理疗师，你还没见过吧？"

卫骁懂了："哦哦哦！"

在职业病横行的电竞圈，基本上每个俱乐部都安排了理疗师和心理辅导师。FTW这种财大气粗、爱选手如子的战队，当然也有。之前在冬训营，因为只有十五天，这些人都没有随行，但国内开赛后，所有后勤都会全面到位。

卫骁挺好奇："理疗疼吗？"

项六："……"

他余光偷瞄了陆封一眼，心里直打鼓。疼不疼他不知道，他没做过，但他见过。

之前陆封每次理疗都是避着人的，项六是唯一知情人。

陆封从来不吭声，连呼吸都是平稳的，只是当理疗结束后，他额间的细汗和苍白的面色会暴露疼痛。伤处被按压揉搓，说不痛是假的，康复性理疗，不痛怎么能有效果。

陆封起身，手指捏住了卫骁的手腕关节处。

卫骁"哎哟"一声："痒。"

陆封稍用力，指肚按在他一个穴道上："疼吗？"

酥酥麻麻的感觉蔓延了整个小臂，卫骁摇头："一点都不疼。"还很舒服。

陆封松了他："别怕，预防性理疗不疼。"

卫骁揉揉自个儿手腕："队长你好厉害，连这个都会。"

陆封："……"

卫骁觉得自己不能落后，心里想他也好好学学，给队长来个全身按摩！

卫骁是行动派。下午全队做预防性理疗时，卫骁虚心请教，问这问那。陈医师是位中年女性，对他这么个嘴巴甜又爱笑的帅气小伙很有好感，有问必答。

33

卫骁脑子好使，记东西快，一边被按着手腕、肩膀、颈椎，一边还真记下不少东西。

陈医师猛夸他："真聪明。"

卫骁弯唇笑："是您教得好。"

陈医师和他聊得更用心了。

旁边的菜哥听得目瞪口呆，心想你真是男女老少通杀啊，有谁是你撩不动的？！

他问卫骁："你学这个干吗？"

卫骁："技多不压身。"

菜哥："你还想退役后做理疗师？"

卫骁想了下："也不是不可以……"

菜哥翻白眼："您真是兴趣广泛。"

教书育人、电竞捶人、理疗治人……骁哥是个狠角色，专门和人过不去。

假期结束，团队理疗，这一切都预示着正赛的开始。随着训练赛的密集展开，网瘾少年的不眠之夜也正式拉开序幕。

辰风给选手们指定的训练计划是相对科学的。每天十点半训练室集合，领取当日的定制任务，用自由时间完成。下午一点开始是训练赛，看安排情况可能会打到晚上七点。七点之后是教练复盘，具体时间看队员犯错情况以及辰教练的心情。心情不好三小时，心情好的话两个小时五十九分钟。嗯，电竞是这样的，必须"争分夺秒"。

之后就是自由时间了，选手每月有直播时长。FTW对他们宽松得很，底线是十八个小时，缺钱就多播点（分成占比高），但一个月不许超过三十个小时。

虽说是自由时间，但辰风作为国内顶级教练，很有自己的一套法子。他每天都会给首发选手制订个人计划，每人都不一样，针对性强，且极其系统。

当年越文乐刚被白才拉入队，除了一股子莽劲，剩下全是缺点。辰风调教他不过一个月，乐神突飞猛进，一手冰猎在国内赛荣登禁用位。

卫骁跃跃欲试，很期待辰风给他的私人定制。直到他领到了第一天的训练计划。

卫骁："……"

辰风："怎么？"

卫骁甩甩手里的A4纸："就这？"

辰风："就这。"

卫骁的个人计划简单明了，具体可以分为以下三条。

第一，和白才双排。

第二，和越文乐双排。

第三，和宁哲涵双排。

卫骁不可思议："队长呢？"为什么他和谁都能双排，就没有和队长的！

辰风斜他一眼："你和陆封，还用我安排？"

你恨不得缠着他不睡觉，还用写到计划里？他打字也很累的好吗。

卫骁："……"

卫骁看看宁哲涵和越文乐那事无巨细密密麻麻的个人计划，十分不服："教练，我觉得你在敷衍我。"

辰风冷脸："拿来。"

卫骁眼睛亮了："就是嘛，这计划也太粗糙了，怎么也得……"

说着他就见辰风在他的计划表上写了一行狗爬字，其丑陋程度和辰教练的魔鬼海报一脉相承——第四，和陆封双排时间不得超过两小时。

卫骁："……"他怀疑教练在针对他，并且掌握了足够的证据！

客观来讲，卫骁的个人训练计划是教练组冥思苦想琢磨出来的。这小子优秀得过头了。整个冬训赛，他也打了不少比赛，其中不乏和强队的对抗。每一局、每一段、每个时间点他都做到了能够做到的最好。

这其实挺可怕的。一场对局四五十分钟，选手犯错是正常的，不犯错才是不可思议。偏偏卫骁就是这样的选手。刷野节奏极好，速度、效率都极高；Gank①意识、判断、时机都抓得很准；个人操作也很优秀，总能在现有经济下打出极高伤害……

硬要说问题，就是卫骁在对上元泽和金成炫时，暴露了一些短板。可这些短板，哪怕是精于计划的辰风，也没办法通过个人训练给他弥补。这些短板只能通过在大赛中不断试错来努力领悟，没有捷径。

最后教练组给出的建议是——避免让卫骁成为下一个陆封。

团队要一起成长。卫骁最需要的是培养和队友的默契。而队友也能够通过与他双

---

① 游戏术语，指打野抓边行动。

排，习惯他的节奏。作为 FTW 新的打野位，卫骁有掌控节奏的能力，队友也要有跟上他节奏的本事。

安排得满满当当的日子总是过得很快。似乎眨眼工夫，距离常规赛揭幕就只有两三天了。

经过长达八天的虚心学习，卫骁觉得自己对按摩这件事有了体悟。陈医师给他按着手腕："纸上谈兵要不得，手法是得练的。"

一旁的菜哥翻个白眼：卫崽子真行，愣是忽悠得陈医师收了他当"外门弟子"。

估计陈女士自己也搞不明白，她怎么开始教一个前途无量的电竞选手按摩手法了！

这话打动了卫骁："是哦，得练。"

菜哥歪头看他："骁爷行行好，别找我练手。"

卫骁嫌弃地看看他的细胳膊细腿："你想得美！"

FTW 的集体训练一般会在十一点左右停下，剩下的时间是自由的，不过辰风两点后会来训练室赶人。睡太晚不利于长久发展。

这些天卫骁都跟着陆封的作息走。队长离开训练室，他后脚跟出去。

晚上卫骁和陆封带菜哥三排，打完一局刚好十点半。菜哥是房主，问两位队友："再来一局？"

这个时间点略尴尬，要说队长该去睡了吧，好像还差了会儿；要说不去睡吧，好像打一局就超时了。陆封刚要开口，卫骁麻利地点了退出房间："不打了！"

菜哥："嗯？"

他怕不是幻听了？

陆封看他："累了？"

卫骁舔了下唇角："嗯。"

陆封："……"

卫骁捞起手机起身，先一步出了训练室："菜哥明天见。"

白才摆摆手，埋头发微博："孤独菜辅助，在线求野王。"

评论区的粉丝笑了。

"菜哥又被抛弃啦！"

"苦还是我们菜苦，队里俩野王，他还得去外面找'野'王。"

"我有点好奇，早退的俩野王干吗去了？"

白才还真求到了个野王。RR 莫队发来组队申请时，菜哥闻到了金钱的味道！

莫有钱："卫骁呢？"

白才："睡了。"

莫有钱："这么早？"

白才警惕："莫队你是来带我上分的，还是来打听情报的？"

莫有钱哈哈大笑："我是来给你们送钱的。"

听到钱这个字，菜哥竖起耳朵："莫队好大方。"车还在路上，又来送钱？

莫有钱沉吟道："是这样的……"

菜哥一听，还真是送钱啊！隔壁战队的基地怕不是用金砖盖的！

莫有钱："你看这事能成吗？"

菜哥拍胸脯："问题不大！"

34

第二天菜哥见卫骁下楼，招呼他："来来来。"

卫骁看到那一大杯西瓜汁："无事献殷勤，非奸即盗，老白同志，你想干吗？"

白才翻个白眼："好事！"

卫骁更谨慎了："你可别赖上我。"

白才一口气没喘上来："我就是死了，也不会赖上你！"

卫骁就是日常逗他："倒也不必去死。"

菜哥懒得和他贫，说正事："你真戒 Solo 了？"

卫骁一听这个，心里就不舒服："戒了！"

"为什么啊？"

"专注 5V5。"

"那也不用戒 Solo 啊！"

正常情况下，卫骁的确是没必要戒 Solo。谁都知道 FTW 的单人赛肯定是陆封报名，但这也不意味着其他队员就不能 Solo 了。要知道荣光虽然是个团队游戏，却很看重个人操作。而 Solo，无疑是提升自我最好的方式。放弃 Solo，等同于放弃了一个大好的训练机会。

卫骁烦躁道："我和队长 Solo 就够了。"

白才："真的？"

卫骁瞪他："谁能比得过队长？！"

白才："但队长是你的队友，赛场上你要干翻的可是对手。"

不得不说，菜哥非常了解卫骁。一字一句直往他心窝上戳。

卫骁不想 Solo 吗？他想得快死了！

自从他微博宣布戒 Solo，那帮浑蛋就开始不停刺激他。月夜也不知道是和战队签了什么"不平等"条约，趁着常规赛没开，几乎天天开直播。

他开直播也不干别的，就和人 Solo。一群人，约不到卫骁就去约月夜。

然后还把录播视频往卫骁眼皮底下放。

@FTW.Quiet，月神和阿睡的激情碰撞！

@FTW.Quiet，月神和欧神的 C 位对决！

@FTW.Quiet，点击观看月神暴捶自家队长。

起初还只是夏旦、Blue，后来粉丝来劲了，觉得十分有趣，跟风"召唤"他。只要是 Solo 录播，那下面必定有"@FTW.Quiet"的字样。

卫骁气得都要卸载微博了！

他为队长戒 Solo，结果全网都在诱惑他。

他容易吗他！

这会儿白才又在刺激他："你干吗这么想不开？戒什么不好戒 Solo。"

卫骁咬牙："我说戒就戒！"

白才："快别了啊，明天有大事。"

卫骁堵耳朵："只要是和 Solo 相关，都和我无关！"

菜哥眼里全是钱："真的，可大的事了，昨天莫队跟我说，他们要来个常规赛预热。"

卫骁耳朵漏出点缝："嗯？"

菜哥："月神要在直播间摆擂台，莫队注资，谁都可以挑战，赢到最后有三十万奖金！"

卫骁："……"

菜哥蛊惑他："我知道你看不上这三十万，但这是个千载难逢的好机会啊。你想啊，有钱钓着，他们 Solo 起来得多认真，能是私底下那状态吗？你可想好了，你不参加的话，就真是过了这村没这店。咱们队肯定是队长去单人赛，你就不想借这个机会过把瘾？"

卫骁："……"

白才拿出手机，本意想给他翻一下莫有钱的微博："队长……"

卫骁看过来："怎么了？"

菜哥直接把手机举给他看："队长加注了！赢下擂台，再添三十万。"

卫骁看到了。陆封转发了莫有钱的微博并留言。

加三十万，我不参加。

白才兴奋道："你还等什么？队长这是在鼓励你啊！"

明摆着了，陆封不参加，中国赛区在 Solo 上，谁比得过卫骁？那么大一堆钱，摆明是送给卫骁的！

35

菜哥眼里只有钱，一看这六十万巨款，恨不得自己提枪上阵。

"这都不上，骁哥你就……"白才怂恿他，觉得这事十拿九稳了！

谁知眼前的卫骁和他想象中不大一样。不兴奋、不激动也就算了，怎么还有些凉飕飕的？

白才住了口，谨慎地看着卫骁。

冬日的正午阳光很和煦，基地大厅的正前方是整扇落地窗，阳光透过玻璃照进来，暖得像个花房。可惜这花房里最艳的那朵，此时眉眼冷淡，仿佛深处冰天雪地。

卫骁的长相是那种干净俊秀型的，身高足有一米八，可身材偏瘦，队服随意披着，尤其显得腰细腿长。他笑的时候带点暧昧缱绻，坏坏的特别招人；不笑的时候眼角下压，精致的侧脸全是拒人于千里之外的冷漠，有些像陆封。

白才的心咯噔了一下，勉强活跃氛围："队长宠你，你怎么还不高兴了？"

他不说还好，一说简直是点燃了爆竹。卫骁一声不吭，转身上楼。白才满头问号，又不知道究竟发生了什么。

刚下楼的宁哲涵在楼梯上和卫骁相遇："骁哥……"招呼没打出来，他给吓了一跳。

卫骁极淡地应了一声，继续上楼。

宁哲涵侧侧身，眼神瞄向白才："菜哥，骁哥怎么了？"

白才一脸茫然："不知道啊。"

回基地这么多天，卫骁从没去过陆封的办公室。没什么特别的原因，只是卫骁不愿意打扰陆封工作。

除了峡谷相见，现实中任何地方，他只要看到陆封，总想跟着他，工作还骚扰队长，他就太不懂事了。

卫骁嘴上说着"恃宠而骄"，其实很有分寸。

也许是因为他骨子里的不安——这是连他自己都没有察觉到的害怕。

怕被讨厌，怕失去，怕好不容易得到的一切，成了海上泡沫。

卫骁停在办公室门外，抿了抿唇后按下门铃。

屋里传来熟悉的低沉嗓音："进。"

卫骁紧皱着眉，用力推开了厚重的实木门。

和想象中不太一样，陆封的办公室挺普通的。FTW 基地是出了名的豪气，从外到内，整体设计得非常有格调且舒适，连选手的宿舍都是精雕细琢，按理说陆封的办公室该是最用心的地方。

其实没有。除了每层都有的落地窗，这间办公室充满了素淡的书香气。环绕一整面墙的整体书架映在阳光下，前面的班台上有着办公用的一体机，文件工工整整地归放在一起，一支银色的万宝龙钢笔是唯一的亮色。班台前有一套组合沙发，不是什么名品，只是普通的黑色套装，连茶几也只是带了点巧妙的设计感。整体装修不会让人觉得寒酸，却也不是 FTW 一向对外展示的"华丽"。

陆封抬头，看到了呆在门口的卫骁。

"怎么了？"陆封起身，向他走过来。

卫骁反手关上门，他没往前走，只是靠在门上，背在身后的手用力抓紧了把手。

这情绪明显不对，陆封心里有数，声音低缓："生气了？"

竖起的高墙，因为他这三个字，塌了一半。卫骁抬头看他："我说了我不 Solo！"

白才看到陆封加注三十万，只当是队长宠他，想让他去玩个痛快。可卫骁只感觉到了翻涌而上的冰冷。明明说好了队长去 Solo。

队长都"嗯"了的，为什么……

陆封伸手到他背后，将他死死握着门把的手松开。卫骁用力握住他的手，抬头看他："你是不是还想让我参加单人赛！"

陆封："……"

还用回答吗？这个沉默已经代表了一切。

卫骁蹙着眉，眼神冷冰冰的，这是他从没对着陆封展现过的一面——是只剩自己的卫骁，在面对灾难时竖起来的强硬伪装。

陆封安抚着他的情绪："你报名参加单人赛不是我一个人的决定，是教练组共同商量的结果。"

卫骁盯着他："只要你定下了，教练组会拒绝吗？"

陆封看着他微红的眼眶，心像被刺了一刀："小小。"

卫骁："……"

他听不得陆封这样叫他。这世上会用这样温柔的声线叫他的人，只有陆封了。

他知道队长对自己好，他知道队长重视他。可是……他也想对队长好，他也重视队长！

卫骁低头，倔强道："我不会报名的。"他不要队长牺牲自己来成全他。

陆封："来这边。"

卫骁不吭声，任由陆封领着他坐到了并不算柔软的黑色沙发里。他不看队长，赌气的样子像个被家人骗了的小孩。

陆封弯唇笑了下："有件事，我没法告诉别人，但想告诉你。"

陆封以为自己永远不会有主动说出来的一天。其实所有无法说出口的话，都是因为没有遇到那个人。肩膀的伤连着耻辱的过去。陆封说出来，不仅是撕裂了身上残破的铠甲，更是揭开了流着脓血的伤疤。

"抱歉，"陆封垂下眼眸道，"是我没法参加单人赛。"

卫骁一愣，他没听懂。

陆封拿起他的手，在自己的肩膀处用力按了下。

卫骁睁大眼睛。陆封紧皱着眉，额间渗出一丝薄汗："这里，很痛。"

最后两个字他说得很轻，轻得像是从天边坠下的雪花，不经意、不显眼、轻飘飘。可下一瞬就是漫天大雪，给万丈天地带来化不开的冰冷。卫骁被埋在了这突如其来的暴雪中。

陆封仔细说了自己的情况，肩膀的伤，无法兼顾的三场比赛，不得不做出的选择。

遗憾和释然。

失落与希望。

"我很高兴你能来 FTW。"陆封完全向他展现了自己，"是你的到来，给了我希望。"

新的FTW，新的赛季。今年的团队赛，FTW一定会拿到真正的冠军！阔别三年，几经更替，崭新的FTW会迎来属于他们的夏天！

卫骁呆呆的，过了很久，他才颤着苍白的嘴唇问陆封："你一直在带病参赛？"

卫骁脑子嗡的一声，下一秒眼泪无声掉落。通红的眼眶，呆滞的面庞，除了不断落下的大滴眼泪，再没了任何声响。

陆封心疼："别哭。"他始终无法说出口，就是怕看到他哭。

卫骁一动不动地重复："你一直在带病参赛。"

如同快进的电影画面，从认识陆封那天起，所有细节都在卫骁的脑中无限放大。

自律的队长，坚持锻炼的队长，到了时间一定会休息的队长……

无数个卫骁以为只是陆封个人喜好的事被放大了。不是经历过伤痛，哪会执着于锻炼身体；不是有切实的威胁存在，哪会自律到那种地步。

所有热爱着竞技的人，所有抵达过巅峰的人，哪个不是在峡谷里拼尽全力。

两年前，陆封陪他Solo了四十八小时。他比谁都热爱荣光，比谁都沉迷其中，比谁都不可自拔。可现在的他，减少了训练，绝不熬夜，每天晨跑和锻炼，生活规律得像个老年人。

身体是本钱，这话陆封和他说过很多次。那时卫骁不以为意，现在却是扎心扎肺地痛。

在冬训赛时，卫骁曾因为李赫然的伤而感到害怕。现在，这恐惧降临，完全笼罩了他。

队长的肩膀有伤，他一直带病上赛场，他一直在强撑着。职业病对于电竞选手来说太致命了。忍着疼痛，顶着酸麻，得要多大的意志力，才能保证稳定发挥？一旦出错，无异于雪崩。崩的不只是选手个人，更是这个团队。

一蹶不振，落寞离场。

曾经的荣光第一射手李赫然都会沦落到无人问津的地步，陆封又……

阵阵寒意涌上后背，卫骁犹如掉进万丈深渊。金成炫的话涌上他心间，断断续续，支离破碎，最后只剩燃在海边的半截烟。

暗淡的光芒，照不亮漆黑的夜。

指尖的余温，暖不了冰冷的海。

金成炫心中的不甘与懊悔，全部扎进了卫骁心里。

卫骁直勾勾地看着前方，用着游离在思绪之外的声音问陆封："你只能参加5V5是吗？"

陆封："嗯。"

卫骁嘴唇颤着："要我报名单人赛是吗？"

陆封压着心中的不甘，闭着眼道："双人赛你也可以去报名。"

卫骁声音轻飘飘的："和谁？"

陆封："白才。"

他话音刚落，就感觉到一滴眼泪落在自己手上，很凉的泪水，却烫得他绷紧了后背。

也不知道过了多久，陆封担忧地看着他："小小。"

卫骁避开了他的视线："给我点时间。"

陆封到嘴边的话收了回去："好。"

卫骁起身，出了办公室。他面无表情地下楼，把自己反锁在卧室里。

毛豆本想扑向他，看他这样子立马刹车。它轻轻嗷了一声，乖巧地趴在床边。卫骁衣服都没脱，掀开被子上床。他蜷缩在被窝里，无法控制身体的颤抖。

上次这样，是两年前得知奶奶的死讯，卫骁只觉得天旋地转。鼓励他坚强活着的人走了，支撑他不断努力的人离开了。

卫骁没能表达的爱，没能回馈的爱，没能给予的爱，全部化作悲怆反压回来。太沉重了，压得十七岁的他喘不上气。

现在这种窒息感再度扑面而来。

陆封有伤，陆封病了。单人赛上的王者，因为这样无可奈何的事，摘下王冠。

信仰，信念。

追逐的光。

卫骁离他近了，看到他了，却也目睹了背后的鲜血淋漓。灯光璀璨的人前，支离破碎的人后。

卫骁眼前浮现出一幅怪异的画面，耀眼夺目的冠军舞台上，强大到无可比拟的陆封，背后却是不断吞噬着他的黑暗。

光芒有多辉煌，黑暗就有多深邃。

第二天，不只白才，FTW所有人都察觉到了卫骁的反常。平日里话最多的不出声了，平日里最爱笑的不笑了。卫骁从早上去训练室，直到晚上十点都没离开过。

辰风做完了今日复盘："自由活动吧。"

他看了眼卫骁，顿了下，还是说道："对了，RR的那个擂台，你们感兴趣可以去试试。"

听到这话，沉默得仿佛木头人一样的卫骁，眼睫毛颤了下。

这一整天，连白才都不敢和他说话。好不容易见他神态有些松动，他试探着问道："去试试？"

宁哲涵努力缓和气氛："我也去试试吧，我们队长可是资助了三十万。"

听到队长二字，卫骁说了今天第一句话："我去。"

白才余光偷偷瞄他，到了嘴边的玩笑话却压根说不出来。这个模样的卫骁也太吓人了。

一句废话都没有，卫骁登录游戏，申请了月夜的房间号。月夜那边刚好结束一局，接受了申请。

"Solo？"

"嗯。"

月夜开着直播，粉丝见到卫骁的 ID，瞬间沸腾了。

"大师来了！"

"大师行不行啊？我月神刚捶完人，这会儿手正热。"

"刺激了，这段要录屏，等揭幕战打完，我要好好回味！"

"我压三个炮，月神赢。"

"我压六个，卫骁赢！"

对局这就开了，看到他们双方拿的英雄，观众更加兴致勃勃。

"月神的仙术士啊，我爱他一辈子！"

"暗贼啊，FTW 的祖传暗贼啊！"

"虽然没看到卫骁出镜，但总觉得他今天杀气腾腾。"

进入狭长的单人赛峡谷，弹幕有那么一瞬间是蒙的。

"这……"

"这个……"

"这哪是杀气腾腾，这简直是魔鬼啊！"

开局不到一分钟。

FTW.Quiet 击杀 RR.Moon！

36

单人赛里，最短的首杀时间是四十秒。这是陆封创下的纪录。

十秒上线，第一拨兵线到位，一级击杀敌方。这还是在全球赛上的亮眼操作，震惊了全球荣光圈。巧的是当时的陆封用的也是暗贼，对面的选手拿出的也是仙术士。

就像现在的卫骁和月夜。

理论上，暗贼是可以开局击杀仙术士的。仙术士在开启大招前相对弱势，无论技能还是移速乃至血量和防御都拼不过暗贼。但职业选手对于自己的常用英雄是有思路的。

月夜几乎是中国荣光圈仙术士的代名词，他比谁都明白这个天赋的长处和短板。精妙的走位和谨慎的操作，都不至于让他前期被击杀。

可惜今天的卫骁不是人！一入场，暗贼那赤色的压迫力便弥漫了整个峡谷。兵线入场，暗贼出刀，月夜感觉到了什么，可惜他的所有动作都被看穿！

开局不到一分钟就交出闪现也太夸张了，然而就是这一秒钟的犹豫，他错失了逃命的机会，被暗贼带走了生命。

有人反应过来了。

"这真是卫骁吗？怕不是陆封代打哦！"

"一个线下娱乐，至于抬出陆封吗？"

"谁知道呢，瞧瞧月夜直播间这惊人的人气，没准是两个战队在炒作呢。"

观众多了，各种奇怪的人也开始出没。不过弹幕影响不了对局，游戏里的厮杀已近白热化。卫骁一分钟拿到首杀，这无疑刺激到了月夜。

直播间是月夜视角，大家看不到暗贼的动向，只能跟着仙术士的视角走。这和以上帝视角看比赛不一样，他们失去了纵观全局的优势，随之而来的代入感也更强了。

强到仿佛他们就在峡谷里，仿佛他们就是时刻警惕的仙术士，仿佛他们也正被暗贼的赤红刀刃所威胁。

一分钟首杀，导致复活后的月夜更加谨慎。他很了解卫骁，无数的 Solo 让他极其清楚这人有多凶。可今天的卫骁还很不一样，不仅是凶，更疯。

月夜捏准了闪现，小心提防着暗贼，誓要在六级前留住性命。一旦六级，仙术士的大招机制能让他完美翻盘。

然而卫骁比他更懂这个道理，他持续给予仙术士压迫，逼着他选择。要么把人头奉上，要么丢掉兵线。被击杀会损失巨额经济，可丢掉兵线也会影响发育。荣光是个看"钱"的游戏，对局中不知道攒钱，后期只有被打的份。

即便是个人操作优越如陆封，也不可能以自身三千经济，击杀对方八千经济。没钱没等级，任你操作再秀，也是巧妇难为无米之炊。

月夜就被这凶残的暗贼逼到了这个境地。卫骁一点都不"娱乐"，从开局就是态度端正，周身散发的都是往死里打的气势。

这么认真，月夜是喜欢的，但完全被压着，毫无还手之力也太憋屈了！不是操作不行，不是走位失误，而是对面压根不给你机会。开局月夜只不过犹豫了一秒钟，抢到绝对优势的卫骁就不给他喘口气的机会。

终于六级了，视角跟着月夜动的观众可算是能跟着喘口气了。

"刷大！月神赶紧刷大！"

"暗贼完了！他有弧光了也没用，我们仙术士的大招可以免疫百分之八十的伤害！"

"对，哪怕是八道弧光砸月神脸上，只要月神大招能刷起来，弧光就是个弟弟。"

"万一他搞出九道呢……"

"想什么呢，陆封全球独一份，百年难遇的天才好吗！"

"众所周知，九道弧光是策划都没想到的事。"

"只有陆封做到了。"

"卫骁即便师承陆封，也不可能……"

"…………"

观众在热情讨论，津津有味地分析，饶有兴趣地猜测。他们会这么轻松，是因为月夜终于开始反击了。有了大招的仙术士的确不一样，非常克制暗贼的弧光。

仙术士的大招云上飞，操作很难，一旦刷出来收益很高，首先是输出可观，再者是仙术士在云上飞的状态下会免疫高达百分之八十的伤害。

这意味着什么？

假如八道弧光有一万点伤害，那么全部覆盖在刷出大招的仙术士身上，只会造成两千点伤害。不计算仙术士的防御数值，单算血量也有三千点。正常的八道弧光能杀死三个仙术士，可惜却杀不死一个云上飞的仙术士。

仙术士的大招伤害比不上八道弧光，但足以轻松带走没有伤害免疫的暗贼。所以暗贼是没法和仙术士拼大招的。

当然其中蕴藏着无数失误点，不是所有人都能轻松云上飞，更不是所有人都能刷出弧光。

强者对决，更看细节。一旦两人都全神贯注，把细节把握到最精细，剩下的就是实打实地拼实力了。

如果暗贼刷出九道弧光，能将一万点伤害提升到两万点。哪怕仙术士减免百分之八十的伤害，也必死无疑。

所有人都认定了九道弧光是陆封专属，所有人都咬死了卫骁不可能用出九道弧光。

然而很多时候，所有人的观点并不代表真相。

当覆盖了大半个峡谷的漫天弧光炸起时，所有人都目瞪口呆了。月夜盯着因为死亡而灰掉的屏幕，眼中迸发出炽热的光芒。

仙术士倒地。

暗贼的赤红披风随着无数绚丽悄然落下，留下的只有那隐没于黑暗的身影。

蓝色水晶爆破。月夜输掉了比赛。

整个直播间一片静默。在月夜的第一视角下，观众同样受到了巨大冲击。不是所有人都有机会在峡谷中体验九道弧光的。且不提陆封很少用暗贼，即便用也是在正式比赛中。

上帝视角和角色视角的体验是完全不同的。前者只会嗷嗷尖叫，后者却是惊心动魄。

他们体会到了月夜的压力，感受到了月夜的无力，也感受到了两者的差距，甚至感受到了巨大的挫败感。当然他们不是月夜。面对压迫感，普通人会退却，顶尖职业选手却被激起满腔热血，会手指微颤，会目光炽热，会想要再决胜负！

不服输，才是成为顶尖选手的基本素养。

弹幕动起来了。

"这肯定是陆封啊！"

"至于吗，一场娱乐局，找队长代打？"

"呵呵，FTW真行啊，加注三十万，再让陆封上场？"

"不能吧，陆封说了自己不参加啊。"

"你信卫骁能刷出九道弧光？"

"不信。"

"不信+1。"

"不信+∞。"

别说是观众不信了，整个FTW的训练室都寂静无声了。从比赛开始，白才、宁哲涵和越文乐都停下手里的排位，凑过来盯着看。

直播间看的是月夜视角，他们看的是卫骁视角。如果说月夜视角是被压制，是被针对，是被按在地上摩擦，那卫骁视角就是截然相反的，压制、逼迫、强势偷袭。

原来"陆封"的第一视角如此让人头皮发麻！

没错，就连眼巴巴盯着卫骁、看着他操作的FTW队友们，都觉得这不是卫骁，而是陆封。

坐在这里的是卫骁，进入峡谷的却是陆封。

白才看得浑身鸡皮疙瘩直蹦跶。他早就了解卫骁，早就知道他极善于模仿陆封，早知道卫骁最痴迷的时候简直就是另一个陆封。

但这是他第一次看到卫骁彻底抛去自我，成为陆封。

菜哥在卫骁后半程试图刷弧光时，开了视频，将这一整串操作全部录了下来。

没人质疑最好，有人质疑，他就把这视频扔到他脸上！

让他们好好看清楚——

不是陆封。

是卫骁！

这场擂台已经摆了很久，每人只能输一次。月夜击溃了无数人，最终被卫骁击败。

主持人询问还有人挑战吗，全场鸦雀无声。

挑战什么？挑战如何花式挨揍吗？！

赢了擂台，赢了六十万，卫骁连嘴角都没扯一下。他退出擂台房间，继续去国际服冲分。

网上已经炸开了锅，各种阴谋论层出不穷。

"有意思吗？早知道陆封参赛，谁还来陪跑啊。"

"说是加三十万，其实是全想要。"

"啧啧啧，FTW越来越让人看不起了，人家莫队也没说不准陆封参赛，至于代打吗？"

"快得了吧，莫有钱也是心机深，三十万买个热度最高的直播间，RR今年的合作方签约费怕是要上天。"

"不愧是资深富二代，商业鬼才啊。"

白才见不得卫骁被人这样诋毁，将视频发给了项六。项六正在调取训练室监控，监控的清晰度还行，但远不如白才近距离拍的有冲击力。

"好样的！"

项六把两个都放到了官网，立刻洗清了代打嫌疑。

没有代打，只有FTW的新一代野王——卫骁！

白才的这段视频，项六也发给了陆封。陆封坐在电脑前，不断重复着这段仅有一分钟的视频。视频是从后面拍的，角度选得很好，既能看清楚电脑屏幕，又能看到神情专注地盯着屏幕的卫骁。

少年黑发微乱，白皙的面庞被满屏弧光映亮，一双黑眸像蒙了一层霜，隔开了峡谷的绚烂和内心的冷寂。

不久前，卫骁缠着他 Solo 时曾问过："队长，我什么时候能用出九道弧光？"

陆封记不清自己说了什么，他只记得卫骁弯着眼睛看他："我一定可以，因为全世界只有我最像你。"

陆封向后靠倒在椅子里，他抬手松了松领口，因为这突涌上来的憋闷感。

他比谁都渴望见到卫骁的九道弧光。可不该是这个样子。他想要的卫骁，是灿烂的，是肆无忌惮的，是没有丝毫阴霾的。

卫骁在国际服单排到了早上六点。他的私信响了一声，是赛区最强的特殊提示。

卫骁点开了，看到了元泽这个 ID。北美时间，这会儿刚好下午六点。

元泽："九道弧光，不错嘛小朋友。"

卫骁没有心情和任何人说话。元泽又发来一条："这么拼，是想踢开你家队长，自己报名参加单人赛？"

这话像刀一样刺进了卫骁的胸腔，把他憋了一天一夜的不甘全部激了出来："滚。"

元泽是那种滚了还能滚回来的人："听话，今年先把单人赛的机会留给陆封，等明年哥哥陪你玩。"

37

陆封的肩膀，卫骁不会告诉任何人。他知道轻重，知道这事有多严重。越是知道，越是明白，也越是清晰地看到了压在陆封肩膀上的重担。

一个顶级选手的压力，一个俱乐部负责人的责任，一个长达三年没能在全球赛取得成绩的队长的不甘……

太多了，太重了。哪怕强大如陆封，也会受伤。

卫骁想到这里，眼眶通红。他憋了一整天的眼泪，在这个无人的清晨彻底憋不住了。心疼队长，责备自己。无力感扑面而来，像浓雾一般遮盖了卫骁的眼睛。

怎么办？打完今年的比赛，队长还能继续吗？拿下了冠军，队长是不是就要退役了？

他才二十一岁，这么年轻，就……

卫骁想起两年前的自己，更加强烈的负面情绪席卷了他整个人。如果他早点入队，是不是队长就不会变成这样？如果他没有逃避，他是不是就可以和队长一起承担？

如果……

没有如果。

无限懊悔换不来时间逆流。更何况，即便回到两年前，卫骁就能摆脱奶奶去世的阴霾吗？他就能敞开心怀去打比赛吗？他就能发挥出该有的状态吗？

一切都是未知数。

卫骁胸口堵得慌，他只觉得命运在不断地向他开玩笑。为什么他要有那样的父母？为什么要夺走他的奶奶？为什么现在连对他这么好的队长都不放过？

卫骁长这么大，努力对得起任何人，努力做好任何事，为什么总有这样不可抗拒的灾难降临？

"队长……"卫骁轻声唤着他，心口像被刺了无数刀。

最温馨的低唤，给予他无数力量的名字，现在全成了恐惧。

害怕失去，害怕独自一人，害怕好不容易握住的幸福从指间溜走。

卫骁轻颤着，抱着膝盖缩在了电竞椅里。他会为了队长成为陆封。他可以做到陆封能做到的一切。

眼泪模糊了视线，卫骁看不清屏幕上元泽又说了什么，直到电话响了。

陌生的号码让他愣了下。卫骁擦干眼泪，礼貌地接了起来："你好。"

对面停了一下，接着是男人带着诧异的散漫声线："哭了？"

卫骁："……"

隔着电话，元泽都像是知道他想干什么："挂电话就说明你真的在哭鼻子。"

卫骁板着声音："元队怎么会有我的电话号码？"

元泽耳朵尖得很，平日里逗小朋友时贼得很，真遇上人情绪不对，又十分敏锐："找老 G 要的。"

在冬训营，卫骁和 Gary 越混越熟，尤其是打了不少训练赛后，便交换了联系方式。

当时卫骁嘱咐老 G："不要把我电话给你队长。"

Gary："好哒！"

元老贼真不是人，教个一米八六的大汉说这俩字，他的良心不会痛吗？现在看来是近墨者黑，老 G 嘴上说"好哒"，出卖人也出卖得真"好哒"。

卫骁轻吁口气道："元队有什么事吗？没事的话我要睡了。"

元泽"啧"了一声："私聊里和你说了一堆，你都没看？"

卫骁这会儿才看向电脑屏幕，果然私聊频道，密密麻麻全是元泽的话。

"把持住啊，别被你队长骗了，他其实比谁都想参加单人赛。

"我忽悠了老谢，他今年肯定报名，到时候陆封不来，哥哥们就三缺一了。

"小朋友乖，这次先让让队长。"

卫骁不看还好，一看心口的酸涩又压不住了。

卫骁闭了闭眼道："知道了。"

元泽的心理书不是白看的，虽然没用到陆封身上，这会儿倒是可以来忽悠下小朋友："怎么，和你队长吵架了？"

卫骁："……"

元泽笑道："你能和他吵起来，说明他重视你。"

卫骁接不上话，可是也挂不了电话，他想听和队长有关的事，他迫切地想要更加了解队长。而元泽，无疑是很好的人选。

元泽声音吊儿郎当，语调也不正经，却是在说人话："你啊，别被你队长唬住，别他说什么就信什么。陆封再怎么强，也不是十全十美的。你既然要留在他身边，就该学着查缺补漏。疯子和老汤不行的，这俩以前就盲目崇拜陆封。不管是哪个俱乐部，一言堂都不是好事。大家都是人，总会犯错。"

卫骁听得怔怔的，凝聚在胸腔的浓雾，竟有了松动的迹象。他分不清是元泽的哪句话触动了他，但却真实地撬动了压在心上的巨石。

队长也是人，队长也会犯错，队长的决定也不是永远正确的。

卫骁心间一震，有什么东西在脑中炸开了，捕捉不到，但却看到了光亮，是破开乌云的一缕炽热阳光。

元泽越说越不正经了："实在合不来也别强求，不如离开陆封，投奔我的怀抱？"

卫骁回神了。

元泽还在胡说："你看他都惹你哭了，来我这儿，保证天天让你笑。"

卫骁开口了："元队。"

元泽听出他语气和缓了："嗯？"

卫骁："告诉你个事。"

元泽眼睛一亮："说。"

卫骁："别撬我，没结果，除非你是陆封。"

元泽："……"

挂了电话，卫骁心里是有点感激元泽的，但让他说谢谢，对不起，这人不配！嗯，他只配在赛场上被队长捶到头破血流！

卫骁擦了把眼泪，从电竞椅上跳了下来。哭能解决什么问题！

老天爱和他开玩笑是吧，那他就告诉它，他不是那个坐在门口等着父母的三岁小孩了，不是那个看着奶奶去世而恐惧绝望的少年了！他是未来可期的卫骁，是FTW的奇兵！

这次，他不会枯等，不留遗憾，不再逃避。

这次，他要自己左右命运！

卫骁不服！他想知道更多，想了解更多，想找解决的办法。队长不想放弃比赛，队长想参加单人赛，队长想和真正的对手一决胜负。既然这样，他要帮队长想办法！

卫骁看看时间，现在是早上六点半，太早了。陈医师肯定还没上班。

等等……再等等，不差这两个小时。

卫骁睡觉是不可能睡觉了，他枯坐在训练室里也是度秒如年，卫骁登录游戏，继续单排冲分。心情极度迫切之下，他的水准也有点失常，远没之前那一天一夜狠辣。

快八点的时候，他忽地起身，明明什么也没听到，明明什么也没看到，可他就像是有所感知一般。卫骁丢下鼠标去了窗边。

这间训练室朝南，刚好能看到基地的峡谷。卫骁看到了毛豆黑白相间的身影，也看到了穿着黑色跑步服的队长。

他离得太远，只能看到队长模糊的背影。冬日的早晨，太阳出来得很晚，这薄得像是压不过寒冬的阳光轻轻地落在陆封的肩上。

温柔却残忍。

卫骁心揪了一下，关上了窗帘，他一定可以想到办法帮助队长的。

队长这么强健的身体，这么规律的作息，这样坚持运动，凭什么输在这该死的伤病上！

等待的时间是漫长的。这两个小时卫骁几乎是倒地一次看一眼时间，打完一局看一眼时间，到最后实在是撑不住了，关了游戏盯着时钟。指针落在二十九，卫骁实在等不了这最后一分钟了，他拿起手机，拨通了陈医师电话。

卫骁不敢直说，只含糊地问着职业病的治愈情况。陈医师一听就知道了，她知道陆封的肩伤。作为FTW的"御用"理疗师，她就是为陆封理疗的人。

"你队长告诉你啦？"

一听这话，卫骁顿住了。陈医师很喜欢卫骁，这么个活泼可爱的小伙子，太容易激发人的母爱。

卫骁不藏着掖着了，直白问道："陈医师，队长的肩膀，能治好吗？"

说出这句话，他的心提到了嗓子眼。他这辈子都没这么紧张过，连当年高考揭榜都没让他如此心脏紧绷。

过了很久。也许只有半秒钟，可这已经久到让卫骁辨不清时间了。

陈医师温柔的声音响在他耳畔："陆封的肩膀很特殊，他并不是单纯的劳损，而是被……总之这种情况反而是可以治愈的，不过需要系统性康复治疗，乐观些看，两三个月能彻底根除病痛。"

卫骁怔住了，他每个字都听到了，每个字都懂，可却不敢相信，他怕自己只是在做梦！

卫骁找回了自己的声音，他急声问："真的吗？陈医师你不要骗我，队长的肩膀是可以治愈的对吗？！"

他无法控制自己的声线，越说越拔高。

陈医师感觉到了他的激动，只觉得这孩子真暖心，难怪陆封会如此看重他："具体情况我也不好说，还得做详细检查后出方案……"

卫骁死咬着下唇："谢谢。"

他由衷说道："谢谢您！"

挂了电话，卫骁连一秒钟都等不了了，他拨通了陆封的手机："队长……"嗓音里压不住的哭腔。

陆封刚从浴室出来，一听眉心便皱了起来："怎么了？"

卫骁："你在哪儿？"

陆封还没开口，卫骁又问："在屋里？"

陆封："嗯。"

卫骁电话都没挂,也耐不住性子等电梯,直接从二楼爬到了五楼。等他推开陆封房门时,他气喘吁吁。

陆封穿好了衣服,走过来扶他:"怎么了?"

卫骁额头满是汗,握着他胳膊的手轻颤着,说话也因为喘息而断断续续的:"陈医师……她……"

陆封懂了。

卫骁抬头,一双眸子比外头的太阳还亮:"她告诉我,你的肩膀可以治好!"

陆封:"……"

卫骁死死盯着他:"两三个月而已,两三个月就能完全康复!"

陆封抬手,轻轻拂去他额间被汗水沾湿的发丝:"但是这两三个月,我必须住在医院。"

卫骁愣住了。

陆封继续道:"这两三个月我一场比赛都不能打。"

这就是困扰着陆封的难题,两三个月的时间,可以康复肩膀的伤,可是他没有这么长的时间,半年前陆封就知道了,但他走不开。

他是FTW的队长,是团队的核心,是整个俱乐部的负责人。他离开两个月,回来哪还有FTW?肩膀治好,他却什么都没了。

陆封温声对卫骁说:"所以你不要担心,我肩膀真的不严重。"

他继续道:"只是放弃单人赛而已,我已经拿了三个冠军,足够了。"

卫骁眼睛不眨地盯着他:"一个常规赛,只需要一个常规赛,你就可以完全康复!单人赛和双人赛的报名时间全在季后赛。"

荣光的赛制是这样的,各赛区的比赛分常规赛、季后赛和赛区总决赛,常规赛只有5V5,单人赛和双人赛并不需要循环抢分,上来就是BO1淘汰,所以战线很短,几天就能决出八强。因此单人赛和双人赛真正的报名时间在常规赛结束后!

卫骁看着他,几乎是用哀求的声音重复着:"队长,只需要一个常规赛!"错过一个常规赛,康复归来的陆封可以参加单人赛,可以参加双人赛,可以参加5V5!

2021年的全球总决赛,陆封可以和老队友重逢,可以殊死一搏,可以不留遗憾!

陆封心跳得很快,被卫骁这样看着,他几乎就要应下来了。

"如果FTW倒在了常规赛呢?"陆封声音低哑。

陆封不在,FTW栽在了常规赛怎么办?今年的中国赛区不容小觑,无论是RR、TPT还是3U全都虎视眈眈。最后能入围全球赛的名额却是有限的。常规赛的积分至关重要,如果FTW失利,他们可能会痛失全球赛的机会。

陆封难道要为了单人赛而放弃渴望已久的团队赛吗?

不可能。

FTW太需要一个团队赛冠军了。

卫骁已经冷静下来了,他知道队长所有的顾虑。队长的肩膀可以治,但是他没有时间。至少这个赛季,他没有。

　　国内常规赛有着近三个月的时间,陆封离队治疗,再回来似乎也不会耽误什么。前提是FTW在常规赛必须拿到好成绩!不是简简单单的小组前四,而得是小组第一!

　　只有小组第一,季后赛才能杀进胜者组,只有胜者组才有足够的积分加成。

　　赛区冠军是一定会入选全球赛的,剩下的名额,看的是整个赛季的积分排名。

　　常规赛、季后赛、总决赛都是环环相扣,一旦FTW在常规赛失利,后果不堪设想。

　　陆封不能冒这个险。他不想再一个人夺冠。

　　卫骁低着头,声音是前所未有的冷静:"我想看你打单人赛,我想和你打双人赛,我想陪你荣获三冠!"

　　陆封被他一字一句说得头皮发麻,他压着嗓音道:"小小……"

　　卫骁猛地抬头,直直望进他眼里。

　　"你不想吗?元泽、金成炫、谢和全都报名单人赛了,你不想和他们一决胜负吗?!"

　　"你不想打双人赛吗?你不想告诉全世界,卫骁能配合你吗?!"

　　"你不想FTW荣获三冠?你不想我们打破历史,成为传奇吗?!"

　　陆封一句话都说不出来了。

　　卫骁靠近他:"相信我。"

　　这个常规赛,我会撑起FTW。

38

　　陆封引他坐下,慢慢和他说道:"我相信你,也相信现在的FTW,但是我不能离开。"

　　卫骁急了:"为什么?!"

　　陆封没看他:"这个康复理疗,目前只有北美那边能做。"

　　卫骁僵住了,陆封心疼他,可有些话却必须说出来。卫骁是个较真的性子,不和他说明白是不行的,陆封也不愿瞒着他:"我这个肩膀其实并不影响正常生活,完全可以不管它。北美那边也还是临床阶段,成功与否不好说,离开两三个月,我放心不下。"

　　如果是在国内治疗,哪怕需要住院,陆封也不会这样犹豫。可去国外,太冒险了。这意味着他将要扔下的不只是战队,而是整个俱乐部,陆封走不开。

　　这是卫骁没想到的,他以为只是暂时不能打比赛,只是要去好好休养,没想到……

　　陆封:"听话,这个赛季我们……"

　　卫骁不出声了,他垂下眼睛,肩膀轻颤着。

　　陆封心疼道:"别哭,小小,别再因为我哭。"

　　陆封只想给他快乐,只想看他幸福,不想成为他的痛苦。

　　卫骁半响才抖着嗓子道:"我害怕。"

　　陆封怔住了。

　　卫骁抬头看他,把心里的隐忧、恐惧和不安全部倾倒出来:"越来越……越来越严重怎么办？打完这个赛季，就、就治不好了怎么办？以后你、你连5V5都打不了怎么办？！"

陆封心头一震，无数情绪涌到了嗓子眼，堵得他什么都说不出来。

卫骁薄唇颤着，陷入恐惧的泥潭："你总说不严重，可还有一年啊！这一年都要不断地打训练赛，不断地参加比赛，还要四处奔波……多少选手都是这样累出了职业病，你已经受伤了，再熬一年，还能治好吗？！"

这是卫骁最怕的。这是卫骁最不能接受的。这是卫骁最感到不安的。

"队长……"他眼中蓄着泪，模模糊糊地看着陆封，"难道你只想打这一年吗？"

陆封脸唰地白了，连嘴唇都淡得没了血色。卫骁呢喃着："我刚归队，你就要丢下我了吗？"

这是卫骁全部的心事了。他渴望陆封参加单人赛，渴望和他一起打双人赛，渴望拿下三个冠军。

但是他最渴望的是和陆封一起拿下这些荣誉，他害怕，怕的是陆封的肩膀更加严重；他恐惧，惧的是两人只能打这一年；他不安，不安的是一切还没开始就全部错过。

陆封不过才二十一岁，凭什么要这么早结束职业生涯！凭什么这么优秀的人要离开挚爱的赛场！凭什么努力了这么久，守护了这么久，付出了这么多的陆封要沦为一个旁观者！

过了许久，陆封哑声道："对不起。"

卫骁闭着眼："队长，求你……"

低到尘埃去的两个字，像重锤一样砸在了陆封的心脏上。卫骁像是用尽全身力气般说道："求你别丢下我。"

陆封忙说："我不会丢下你，我会和你并肩到最后。"

卫骁睁大眼，浑身颤抖着，最后一个字落下，卫骁的身心都感受到了无法言喻的快乐，在得到队长的承诺下，他睡得很踏实。

半年前，陈医师已经告诉过他，北美那边有最新的理疗技术，专门针对他这种外力造成的慢性损伤。

那时候FTW刚拿了国内冠军，刚冲进全球赛，陆封说什么也不可能去治疗的，后来FTW一轮游，陆封还要坚持到最后的个人总决赛，一晃就是年末。

休赛期只有一个多月，陆封可以去治疗吗？依旧不行。

这些年来，FTW风雨飘摇，陆封怎么可能离开长达两个月？更不要提，去这么久势必得给大家一个交代。

怎么说？说去治病吗？那整个FTW全散了。投资方撤资，合作方解约，FTW承受不住。

陆封只能撑着，撑到了宁哲涵入队，撑到了卫骁归队。冬训营无疑让FTW在国内声名大噪，卫骁的出色表现也吸引了无数人注目。电竞俱乐部最注重的是成绩，其次就是明星选手。毫无疑问，卫骁在这两方面都有着无穷的潜力。成绩好，人气足，俨然是中国赛区的一匹黑马。

陆封可以放下了吗？可以去治疗肩伤，可以摆脱旧疾，可以以全盛状态面对全球赛了吗？

在这之前，陆封以为不行。

但是卫骁的一番话唤醒了他。

——难道你只想打这一年吗？

——我刚归队，你就要丢下我了吗？

陆封不在乎和神之队失之交臂，不在乎双人赛冠军花落谁家，但他没法不在乎卫骁。他把卫骁带回来了，他不想只和他打一年。

卫骁才十九岁，他的赛场才刚拉开序幕，他不愿退场。陆封不想在台下看着卫骁荣光万丈，他想在台上和卫骁并肩而立！

继续拖下去，左肩会如何陆封心里是没底的。他已经拖了很久，哪怕坚持锻炼，哪怕自持自律，哪怕定期理疗，它仍旧在恶化。就像卫骁说的，打完这一年，肩膀恶化到无法治愈了怎么办？他甘心退役吗？他舍得卫骁吗？

不甘心，不舍得。

陆封拨通了项六的电话："联系一下教练组，我有事说。"

他要去治疗，必须摊牌。FTW势必迎来一场震荡。

但现在陆封不担心了，他脑中闪过卫骁明亮若骄阳的眸子，心口全是温热。孤独地走了这么久，他终于不再是一个人了。

会议室里，全场静默。陆封轻描淡写说出的事实，把在场所有人都震住了。辰风脸色雪白，一点血色都没了："什、什么时候开始的？"

跟了陆封三年，从新的FTW起，他就一直待在这里，竟然一直没发现陆封的伤。他精神恍惚，一时间都听不到周围的声音。汤臣反倒更冷静一些，他问陆封："治疗有把握吗？"

陆封："七成。"

全场轻吸口气。

项六担惊受怕这么多年，可算是能开口说话了："七成已经很乐观了，哪怕无法痊愈，也比现在强很多！"

辰风慢慢回过神来："这样的话……常规赛就……"

陆封看向汤臣："汤哥能上场吗？"

虽说汤臣退役了，但还没有走正式的流程。目前FTW一直缺个替补，辰风的意向是让汤臣再等个赛季。一个队伍不可能没替补，但FTW今年能招到宁哲涵和卫骁已经是惊喜了，哪还拎得出一个足够优秀的替补。

二队的人想要担事，怎么也得再过一年。眼下汤臣是最好的人选，所以辰风一直按着，不让他走程序。

汤臣道："可以。"

陆封点头。

平日里汤臣是全队最大大咧咧的，但这么多年走过来，他无疑是最有经验、最老练的。陆封不在，有他镇场，FTW要稳一些。

辰风深吸口气，冷静分析道："今年的常规赛和往年不一样，非常重要。"

这也是陆封之前最担心的地方。往年常规赛，只要入围小组前四就可以进入季后赛。季后赛是淘汰制，从八进四到四进二，再到最后冠亚军争夺。

但今年的赛委会，为了增强常规赛的激烈度，为了让比赛更加好看，给出了胜者组和败者组的概念。

常规赛小组前二是胜者组，第三和第四是败者组。

胜者组进入季后赛后优先开始比赛，一旦输了降入败者组。败者组再战，若是再输，则彻底淘汰，结束赛季。

所以胜者组进入季后赛是有两次机会的。不幸沦入败者组就惨了，不仅比赛场次增加，且每次都是生死搏斗，输了只能退场。

新赛制的确定，让常规赛变得更激烈。原本想在常规赛练兵的也不敢掉以轻心，因为每一分都至关重要，每次排名的变动都影响着最后的胜利。

第一和第二不一样，第三和第四仍旧不一样。常规赛的成绩不再是可有可无的摆设，而是和季后赛息息相关的重要因素！

说得直白点，如果FTW在常规赛拿下小组第一，那季后赛就是简单模式；如果FTW在常规赛沦为小组第四，那季后赛就是地狱模式。

更不要说前四也不是那么好进的。如果落到第五第六第七，还谈什么世界赛冠军？连赛区比赛都没了。

39

卫骁醒了。

遮光窗帘被拉上，屋里一片昏暗，只有角落里一盏小小的落地灯亮着，那儿放了把高背椅，旁边的柜桌上放着几本杂志。

等他好不容易缓过来，卫骁记起了正事——下午的训练赛！

不过只要想到队长的承诺，卫骁心里完全敞亮了，之前的阴郁一扫而空，满脑子都是光明大道。

只要队长去治病，只要能治好，一切都不是事。常规赛他一定能带着FTW冲到小组第一。季后赛他一定会将全盛状态下的FTW交到队长手里。

之后他不仅可以看到队长从神之队手里夺得单人赛冠军，更可以和队长打双人赛，还能一起站在5V5的决胜舞台上，书写荣光新的传奇！

想到这些，卫骁热血沸腾，恨不得现在就去干上几局！今年国内赛区厉害啊，小月月，欧星星，阿睡睡，都是他带出来的好汉。

终于，回国十多天的卫骁彻底振作起来了。

卫骁推开训练室门，被里面的寂静吓了一跳。教练和队长都不在，三小只各自坐在电脑前发呆。

门一开，他们都吓了一跳，尤其是小宁子，在看到卫骁的瞬间，赶忙避开了视线。

卫骁："嗯？"

越文乐低头，仿佛键盘上有无数薯片，等着他抠出来。

卫骁视线扫过，看向了菜哥。白才立刻正襟危坐。

卫骁走过来："怎么了？下午没开训练赛？"

白才："……"

宁哲涵头更低了，越文乐就差啃那一个键帽大几百的昂贵键盘了。

卫骁问："我没在，你们被捶'自闭'了？"

今天的训练赛约的是TPT，虽然今年TPT很强，但也不至于让FTW这么颓吧。从冬训营走出来的他们，什么大风大浪没见过，欧星星的射手再厉害还能厉害得过炫神？

白才嘴巴动了动，勉强开口："那个，你想不想喝西瓜汁？"

卫骁更蒙了："怎么回事？老白你把毛豆给炖了吃了？"

菜哥："……"

想什么呢，他怎么会对亲侄子下手！

宁厌厌实在怕了，起身道："我、我去给骁哥榨果汁！"

越文乐低头起身："我和你一起！"

白才并不想自己面对发疯的卫骁，拦住他俩："哪儿也别去！"

宁哲涵回头，快哭了。

越文乐："……"也离哭不远了。

卫骁看看这个，看看那个，严肃道："说事。"

白才心一颤。卫骁这会儿心情好，天塌了都能笑眯眯地扛着："怎么了，不会是因为我睡过头，教练就开除我队籍了吧？"

白才瞅瞅还能开玩笑的卫骁，心里扎心扎肺地疼。这一秒的卫骁还在浪，下一秒白才怕他号啕大哭。

菜哥不禁回忆起一小时前。辰风教练冷着脸宣布队长的肩伤，以及常规赛要去理疗的事，他们瞬间感觉天崩地裂。

教练说得云淡风轻："放心，陆队是早治疗早康复，以你们现在的实力，咱们国内常规赛就是小儿科。"

宁哲涵一脸茫然。

越文乐目瞪口呆。

菜哥率先想到卫小疯，想到卫骁知情后，得炸成什么样。整个FTW，谁敢说自己不是陆封的粉丝。

哦，卫骁不是。

他是资深粉,无药可救的那种。

这消息一出来,他们普通型粉丝都觉得天塌了,卫小疯这个病入膏肓的,得塌成什么样?白才想都不敢想。

辰风给他们交代完就道:"下午的训练赛推了,大家休息下吧。"

他们就这样呆呆地坐在训练室,直到卫骁推门而入。

一个小时,各自的情绪整理好了。可看到卫骁进来,三小只又紧张了。身为并肩战斗的兄弟,没有谁比他们更了解卫骁对陆封的感情了。

刚才卫骁也不知道去哪儿了,竟然错过了辰风教练的话。他们严重怀疑教练是故意的!故意把卫骁支开,让他们面对"疾风"!

小宁子是打定主意了,死都不开口。越文乐恨不得缩成个薯片,毫无存在感。唯独白才……他只是一个弱小无助且穷的小辅助,为什么要经历这样的刀山火海?

"那个……"

卫骁扬眉。白才心里直抽抽:"你先跟我做几个深呼吸。"

卫骁沉下脸:"说人话。"

白才是怵他的,尤其见不得他冷着脸:"这事你听了别发飙,我们也很震惊,但我觉得这未必不是好事,总归是有希望的,只要熬过两三个月,我们FTW就是虎狼之师,坚不可摧,无人能及……"

菜哥悔啊,当年不好好上学,现在词穷了!

卫骁:"……"

白才眼一闭,说了:"队长肩膀有伤,要离队去北美治疗,两个月,能治好!"

干脆利落戳重点,尤其强调了最后三个字,他恨不得再重复三遍,以平息骁哥的滔天怒火。白才话音一落,宁哲涵和越文乐都忍不住闭上眼。倒也不全是怕,更多是心疼。

他们听到这个消息所体会到的刺痛,放到卫骁身上无疑是十倍增加的。

陆封对卫骁有多重要,他们都很清楚。卫骁有多崇拜队长,他们也都看在眼里。

越是清楚,越是知道,越是心疼他。

训练室一片安静,闭着眼的菜哥没等到火山爆发,没等到狂风暴雨,他悄悄地睁开眼睛,瞄卫骁。

卫骁给他胸口一拳:"什么啊?"

白才:"……"

卫骁声调里带了些笑意:"你们是怕我伤心?"

他这语气太轻松了,大家都慢慢睁开眼,有些错愕地看向他。

白才直接问了:"你……早知道了?"

卫骁见他们这样,心里暖暖的,声音也越发温和:"嗯,早知道了。"

卫骁坐到椅子里,一双长腿搭在了桌角,懒散得没边儿:"都别丧啊,队长去治病是好事,等回来了,咱们FTW就是天下第一!"

三小只："……"

卫骁继续道："两三个月而已，一个常规赛嘛，兄弟们，大声告诉我，咱们要拿第几？！"

菜哥："……"

宁哲涵："……"

越文乐："……"

卫骁瞪他们。

三人犹如被土匪头头盯上，开口：

"第一……"

"大声点。"

"第一。"

"你们没吃午饭啊？"

"第一！"

卫土匪满意了："可以，我录音了。"

三人："啊？"

卫骁乐了："录在心里。"

白才疯了："不皮能死啊？"

小宁子噗的一声笑了。越文乐的神态也松下来了。

卫骁把腿放下来，胳膊肘拄在桌面，压低嗓音说："我跟你们讲，我身上有队长Buff。"

小宁子涉世未深，立马被忽悠："怎么说？"

卫骁冲菜哥使了个眼色。

菜哥："……"

卫骁拍桌子："小白子，赶紧给大家解释下。"

白才还真解释起来了："你们年纪轻，不知道，两年前卫骁在青训营，只要带队，一定会赢，无论队友是谁。"

这段历史，宁哲涵和越文乐都不太清楚："真的假的？"

白才也是戏多的，神秘兮兮道："真的……青训营你们也知道，组队都是随机的，捡到个拖后腿的队友，那真是能把你拖死，但卫骁不厌，他有次带了个'水货'，竟然还大获全胜！"

卫大爷点点头，示意菜哥继续，把他当年的"丰功伟绩"好好给宁哲涵和越文乐"科普"下，稳定军心。

训练室外辰风忍笑忍得肚子痛。陆封透过门缝看着那张扬恣意的少年，心中涌动着无穷的热量。

他们来的时候，白才刚把"真相"说出来。屋里这个氛围进去不太好，所以他俩停下了。

然后就听到了卫骁的声音——"大声告诉我，咱们要拿第几？"

"第一……"

"第一。"

"第一！"

外头是未见春日的寒冬，屋里却已升起炽热骄阳——整个基地都被照亮了。

三小只完全振作起来，连辰风都感觉胸口阴云散去。前路很难，可有什么好怕的？有这么一支队伍，有这么一群少年，谁也拦不住他们意气风发！

本来训练赛都推了。卫骁嚷着无聊，项六又去联系TPT，把训练赛提了回来。正在兴头上的FTW把TPT打了个头破血流。

TPT俱乐部，欧星星转头看自家队长："这是人？"

傅黎推推眼镜，精准点评："一群疯狗。"

到了晚上，才十点卫骁就催着陆封休息。

陆封："没事。"

卫骁一晚上都在给他端茶倒水，照顾得那叫一个贴心细致："一会儿你还要洗澡，洗完澡还要看书，是不是还有工作要处理……"

菜哥斜他一眼："婆婆妈妈。"

卫骁不理他，继续哄队长："走嘛走嘛，我也想睡了。"

菜哥又斜他一眼："你睡得着？"

卫骁盯他："再多说一句，我掀了你那紫砂壶。"

白才惊了，赶紧护住自己价值三千八百八十八的小宝贝。

搞定菜哥，卫骁继续眼巴巴地看陆封。这谁受得住，陆封薄唇动了下："好。"

卫骁还真"早退"了："大家早点休息，明天我们来个开门红！"

明天就是揭幕战了，虽然不计成绩，但能赢得比赛也很鼓舞士气。

40

终于迎来了常规赛揭幕战。等了许久的观众早早守在了体育馆！

FTW出发得不算早，比赛定在了六点，他们五点左右才到场地。

正式比赛应官方要求，是准备了化妆师的。毕竟选手们都要出镜，哪怕是个不看脸的行当，能帅点还是帅点好。FTW的化妆师对五位首发赞不绝口："皮肤真好啊，比化了妆的我都白，哎呀，卫骁你脸好嫩，不用上粉底了；陆封的眉毛也太有型了，完全不需要多此一举……"

后来就越文乐花的时间长一点。倒不是我们乐神不帅，事实上越文乐的肤色是最白的，比卫骁还要白一点点。卫骁是干净的暖白，越文乐是死气沉沉的苍白，化妆师为了让他有点血色，也是费了不少功夫。

历年揭幕战，其实都是娱乐大于竞技。反正不计分，而且是去年的冠亚军，打一场看个乐呵就完事了。

然而今年不一样。不知道为什么，FTW 五人一出场，整个会场的气氛都变了。

现场的观众颇为错愕：

"好认真啊！"

"不知为什么，我有种坐在总决赛观众席的错觉。"

"值啊，一个常规赛的票价，看场总决赛。"

"小声说，FTW 这队伍是靠脸选人吧！"

"现场看本人都一个个大长腿、高颜值，是要人老命吗？！"

不只现场观众，蹲在直播间的玩家们也发现了：

"这么严肃，FTW 是怕输吗？"

"毕竟今年的 RR 很不一样，冬训营拿下 EVE 让他们声名大噪。"

"FTW 有压力吧，不想输给 RR。"

"哪怕是揭幕战，不计分，也不愿丢了冠军的脸面吧。"

"啧啧啧，有点刺激。"

"我倒觉得 FTW 大惊小怪，这么看重胜负，输了才丢人吧。"

选手们调试设备，裁判例行检查的空当，解说正在台前大吹特吹。

吹完 FTW，吹 RR，吹完陆封，吹月夜。

末了还拿出保时捷一事博大家一笑。

解说 A："听说是莫队亲自把车开去 FTW 基地的？"

解说 B："可不嘛，FTW 还请吃了午饭。这午饭价格有点贵啊。没招，谁让 White 是幸运儿转世。"

接着又说到了之前的擂台赛，赞起了卫骁："九道弧光很不错，FTW 后生可畏啊！目前所有赛区的所有选手中，能够使出九道弧光的全在我们中国赛区。与有荣焉。"

弹幕上吵得凶的粉丝闭嘴了，在绝对的实力面前，任何言论都是纸老虎。

不管谁家粉丝，都必须承认，那天的卫骁帅炸了。尤其是 FTW 官博放出的直拍视频——冷酷少年在线秀操作，把人帅到腿软。

九道弧光，陆封的代名词。

如今他的继承者也能使用了。FTW 祖传暗贼，名不虚传！

弹幕上闭嘴了，FTW 队内语音却是另一番画风。

辰风："卫骁要不要拿暗贼？"

卫骁今天是个疯狂宠队长的崽："看队长用什么。"

他都可以，他要好好配合队长。

菜哥瞅他一眼："不想再秀一下九道弧光？"

之前只是 Solo，如果能在揭幕战秀出来，全程得炸。

卫骁："嗯……"

菜哥翻个白眼："行啦，全网都知道你卫骁牛，你就不用再装了。"

卫骁眨眨眼："那个……"他是认真的，"你们谁能告诉我，我是怎么用出九道弧光的？"

FTW 众人："……"

卫骁是真的在虚心求教："视频我看了，录播我也看了，可问题是……我真不记得自己是怎么刷出九道弧光了。"

他真的挺迷惑的，那天他刚知道队长的肩伤，难过得要死，怎么捶死的月夜他都记不清了。事后一群人说他牛，卫骁才反应过来自己刷出了九道弧光。

可问题是……怎么刷出来的？！

菜哥差点脸砸键盘："……"

这队内语音是会剪辑外放的。

卫骁："没事啊，这段可以播，我卫骁行得正坐得端，能闭眼刷出九道弧光，绝不承认是睁眼刷出来的。"

菜哥跪了："论装，我只服骁哥。"

五 荣光炸麦王

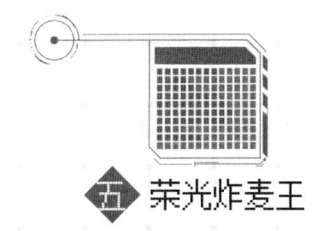

41

　　卫骁懒得解释了。解释就是掩饰，掩饰的就是事实。他的确是搞出了九道弧光，虽然他并不知道自己是怎么搞出来的。

　　第一轮禁用天赋结束，开始选择天赋。FTW 没禁仙术士，反倒是 RR 自己把仙术士禁用了。

　　卫骁："小宁子，人家是怕你用呢。"

　　宁哲涵："我……我哪里比得过月神的仙术士。"

　　卫骁："自信点，把'哪里'去了。"

　　宁哲涵："……"

　　全队都乐了，辰风瞪他一眼："就你贫。"

　　有这小子在，天大的事都不是事！等揭幕战结束，陆封离队的消息一放出去，粉丝怕是要心态全崩。回头再看这场揭幕赛就有意思了，你们队长要走了，你们还能笑出来？

　　该说 FTW 心脏大呢，还是心脏大呢，还是心脏很大呢！想到这儿，辰风竟觉得有点好笑。

　　"来吧，"他把注意力放到了 BP 上，"都想用什么？"

　　大家纷纷说了自己的拿手英雄，唯独陆封开口，让耳机里一片安静："我用暗贼。"

　　辰风愣了下："你要打野？"

　　正式比赛的每局位置是在开战前提交的，不可以临时更换，当然揭幕战没事，娱乐性质的比赛，不用那么守规矩。

　　卫骁："行啊，队长要打野吗？我可以走上路！"

　　这是陆封国内常规赛的第一局比赛，也可能是最后一局，他想用暗贼给粉丝一个交代，挺好！

　　陆封摇头道："不打野。"

　　卫骁："欸？"

　　陆封还故意重复了一下："我不喜欢打野。"

　　他说这个的意思，大家都懂。队内语音不是私聊频道，搞不好会被人恶意揣测。陆封从打野换到上路，至今还有人在骂卫骁，说他抢了陆封的位置。陆封这样说是维护卫骁，在为他澄清。

辰风冷哼一声，问陆封："用暗贼走上路？"

陆封："试试。"

辰风："可以。"

卫骁又憋不住了："那我拿力贼？"力贼相对坦度高一些，他可以"辅助"队长。

辰风盯他。卫骁火速闭嘴，给自己上拉链："一切听从教练安排，您指哪儿我打哪儿。"

不得不说，卫小小是真的会哄人。辰风也就冷脸三秒钟，之后就破功了："你用仙贼吧。"

卫骁睁大眼："这个……合适吗？"

辰风："你是信不过你自己，还是信不过你队长？"

游戏里刚好轮到卫骁选天赋，他秒选仙贼，说了句要多中二有多中二的台词："行，双贼临世，撑天掀地！"

且不提FTW队内语音有多让人耳朵疼，他们这一把选的，整个会场都炸开了。

起初FTW选了暗贼，大家并不意外，毕竟卫骁才展现了九道弧光，正式赛场上秀一秀也正常，大家都很期待。听不到队内语音的他们，根本不知道是陆封要用暗贼。

如果知道了，直播间早就先一步炸翻天。

双方波澜不惊地选了天赋，直到FTW最后一楼的卫骁拿下了仙贼。

弹幕也在蒙："那个……是卫骁手滑了吗？"

BP环节，各个选手根据随机的位置选天赋，不一定是拿自己要用的天赋。等到全部BP结束，会有三十秒钟的调整时间。眼下这情况，一局里面选出两个打野天赋，再怎么调整也是明显……不对劲啊！不会犯这样的低级错误吧？莫非是FTW的新套路？

万万没想到，陆封和卫骁只是两个人，却能给观众引出这么多遐想，搞出这么多组合。

解说席也很兴奋，他们用更加专业的语言，从更加犀利的角度分析着FTW的这个不按常理出牌的套路！

三十秒的最后调整结束，阵容确定了！

FTW：暗贼、仙贼、光法、五行萨满、冰猎。

RR：死骑、狂贼、灵法、白牧、白猎。

大家都顾不上分析阵容了，眼里心里全是——

"是陆封玩暗贼！"

"陆封用暗贼走上路！"

"暗贼可以走上路吗？"

"我鸡皮疙瘩都夯起来了，大魔王也太敢了吧。"

"仔细想想……上路就是一个有无限可能的位置啊！"

"期待了期待了，票价值了！"

这场揭幕赛有无数人盯着，各战队也都很好奇。2021年对于中国赛区来说是非比寻常的一年，新生代崛起，冬训营表现不俗，参加的战队都交出了漂亮的答卷，给了中国赛区的观众无限的期待。

总觉得今年中国赛区会有新的希望；总觉得今年中国赛区可以期待更多；总觉得低迷了数年的中国赛区要重夺荣光！

带着这样的信念，所有眼睛都盯住了这新赛季的第一场对局。他们想看看，中国赛区顶端的两支战队能碰撞出什么样的火花！

FTW不用提了，一直是支纯粹的野核战队。无论是陆封时代，还是如今卫骁入场，都是以打野为核心，四处点火的打法。

RR不一样，他们最大的核心是月夜。月夜是中单，以中单为核心的队伍并不少，比如最出名的EVE，谢和一手中单，带动起来秀翻全场。

莫有钱是RR的打野位，这位选手最著名的是属性是有钱，但不得不承认他是RR的灵魂人物。如果不是他去了RR，这支战队还是个末流队伍，毫无成绩。他入队后一眼相中了当时还在国际服"流浪"的月夜，他不顾战队反对，硬是把毫无经验的月夜带进了青训营，磨合了不到一个月就领回到RR，成为首席中单。

当时所有人都不看好月夜，因为同期的阿睡、欧星都比他强很多。可莫有钱只看中了月夜，千哄万哄把人哄到RR。事实证明，莫辉的眼光不错，月夜的确是最适合RR的。

一个缺少顶梁柱的队伍，太需要像月夜这样一根筋死磕到底的"刺儿头"了！

RR的打法，FTW这边也是研究过的。他们最强的是中野联动，也就是莫有钱和月夜的配合。

辰风嘱咐宁哲涵："小心些，他们第一回合肯定要搞你。"

宁哲涵："明白！"

辰风又看向卫骁。

卫骁先一步开口："小宁子，这局可能要对不住你了。我要和队长压爆他们上路。"

这句话他说得很平静，却狠狠地触动了宁哲涵。荣光新生代们谁不崇拜陆封，谁不期待着他的暗贼。一想到这可能是队长在常规赛唯一的一场比赛……

宁哲涵凛然道："不用管我！"

痛快地玩，敞开了秀，他会拼命守住中路！

卫骁："那我就不客气了。"

这局他想和陆封在一起，他想让所有人看看配得上陆封的打野是什么样，他要让全世界都知道什么是FTW的上野联动！

陆封："走吧，红开。"

卫骁盯着屏幕："好。"

这里的红开，指的可不是拿下FTW的红野怪，而是拿下对面的红野怪！开局不反野，怎么能炸翻全场！

观众站在上帝视角，看得明明白白。

"去了去了，暗贼和仙贼一起冲向了RR红野区。"

"真是活久见，暗贼和仙贼在同一阵营的场面，竟然还能在职业赛场见到。"

"讲真的，暗贼真的不能走上路吗？"

"没人用过。"

"那是因为陆封的暗贼太让人印象深刻了吧！"

陆封的暗贼几乎和打野绑在一起了。所有人看到暗贼想到的就是打野位，不只观众，连无数选手都形成思维定式了。可现在用暗贼秀出奇迹的陆封，把它带到了上单位！

解说们很含蓄地解说着："RR是红开，莫辉带着辅助在清三个石头人。这个走位，马上要踩到视野了。中路月夜在和宁哲涵换血，灵法清线慢，宁哲涵的光法可以拖住他！一级团，FTW上野对RR野辅！"

观众兴奋起来了。

"啊啊啊，大魔王的暗贼啊！"

"太帅了，我不行了，我对陆封的暗贼有八万里'滤镜'。"

"实不相瞒，我觉得莫队走远了⋯⋯"

"月月去救也救不了那种。"

"仙贼上了！"

正常情况下RR的辅助都是跟着月夜的，他们清完线就会开始上下路Gank，但今天的RR为了提防对面的双贼反野，跟紧了莫有钱。RR的辅助也很有心机，眼插得到位，雷达敏锐。可惜他低估了双贼的行动力。

卫骁点的是一技能，一段位移，二段突脸，三段接强化普攻就是一套爆炸伤害。

更不要说陆封的暗贼，他利用被动潜入草丛，在RR辅助提防仙贼之际，一技能扫中了莫有钱。

莫有钱："我要开门撒钱了！"

月夜："好走不送。"

莫有钱给自己配音："啊⋯⋯呃⋯⋯扑通⋯⋯哗啦啦⋯⋯"

被双贼围殴，莫有钱贡献了超级值钱的第一滴血。RR的辅助卖队长卖得毫不留情，眼看莫有钱无力回天，他溜得飞快，眨眼就去了中路。

卫骁察觉到了，提醒宁哲涵："小心些，月夜要搞你。"

莫队死了，月夜肯定不会甘心，他们的辅助去中路，显然就是想帮助月夜控一下宁哲涵。

宁哲涵："明白！"

陆封和卫骁快速瓜分了RR的上野区。

卫骁道："队长，我去下野区了。"

陆封："嗯。"

如卫骁所料，月夜果然带着辅助对宁哲涵进行强压。小宁子反应够快，闪现交得及时，丝血保住性命。这个开局，FTW大优势！

拿下一血，抢下他们半个野区，经济上已经领先了一千块！

莫有钱啧了一声："好凶啊，难怪老傅说如今的FTW是一群疯狗。"

月夜："那就让他们看看谁更疯。"

莫有钱乐了："你想搞陆封？"

月夜反问："谁不想搞陆封？"

42

RR的辅助外号狗哥，他的ID叫Dog，大家不叫他狗哥，怎么对得起他这颗想"苟"（苟全性命）的心。

狗哥雄起了："干！我们今天的目标是干翻大魔王！"

RR上单哭得像个泪人："那你们倒是快点来啊，我快被干倒了……"

作为一个当自强的上单，他太难了。陆封好好的干吗不打野了，干吗要来上路啊？还拿了个暗贼。众所周知，死骑克暗贼。但现在为什么他被吓得躲在塔下瑟瑟发抖？

RR上单心里苦："本死骑不要脸啦！"

观众也发现了RR的动向。

"这是要去搞大魔王啊。"

"应该搞，必须搞，不趁着暗贼还不到六级压一压，后期谁敢去上路？"

"为什么我的暗贼见到死骑就是个死字？"

"所以你不是大魔王。"

解说也很看好RR这次行动："卫骁必须去刷下野区了，否则会浪费经济。这是个绝妙的机会，RR中辅扑向上路，三打一，即便是陆封也得被压回塔下。陆封这个走位，是队友没给信号吗？"

宁哲涵给了信号，他谨小慎微地试探了下，发现中线没人后，立马提醒道："队长，中路没人！"

菜哥在下路布眼，立刻回道："下路没人。"

那月夜能去哪儿？只有上路了！

卫骁正在刷小怪，距离上路隔了整张地图，想去支援是不可能的。况且他能赶过去也不该赶过去，毕竟野怪很多，不清完就不会再刷新，浪费这份经济是很严重的。

宁哲涵："我去上路！"

陆封："留在中路压线。"

宁哲涵一愣。

卫骁也道："他们去了三个人。"

陆封给他两个字，卫骁蒙了一秒钟，爆了句粗，陆封不愧是陆封，陆封的暗贼是真的撑天撑地！

一切不过瞬息间，月夜和狗哥绕到了上路，蹲在了暗贼背后。明知道他们来了，陆封却没有向后退，反而是继续压死骑的血线。死骑哭得好大声："上啊上啊，我撑不住了，我要死了，我……"

月夜无视耳朵里的声音，眼睛眨都不眨地盯着峡谷里的暗贼。五级的暗贼，没有大招刷不出弧光的暗贼，只要他再向前一点，再向前一点，他就可以……

"上了！"月夜找准了时机。

暗贼的一技能在陆封手里是没有冷却时间的，给他刷起来只有不断使用的份。但是暗贼的蓝量是有限的，这样耗下去，他用不了几个技能！

直播镜头贴到了峡谷上路，FTW的暗贼刚刚还压着死骑打，RR的灵法和神牧现出身形。

观众全都屏住了呼吸。

"妈呀，围殴大魔王，真刺激！"

"搞他搞他搞他，我想看大魔王倒地！"

"FTW这中路怎么回事啊，这都不去支援吗？！"

"不给信号也就算了，打起来了还不上去帮忙？"

"来了也没用吧，陆封死定了，宁哲涵去了也是搭上一条命。"

"可是至少能远程清兵线，守住上塔啊。"

"怎么说呢……FTW有点膨胀？"

还是解说敏锐，他直接说："视角切一下下野区。"

镜头给了全景，所有人的鸡皮疙瘩都爹起来了。

卫骁在单挑小龙！下野区的远古生物是个萌萌的小绿龙，绿龙是远古生物的早期状态，头上没犄角，伤害比较低，单人打很轻松。

但是这个小龙被击杀后的收益却是全队均分的！也就是说卫骁击杀小绿龙，远在上路的陆封也能涨经验和金钱。

解说略加评估后，给出了答案："小龙的经验足以让暗贼升六级，金钱刚好够一把二级铁剑。"

这话一出，上帝视角的观众懂了。

"六级的暗贼就可以刷出弧光了。"

"大魔王是想一打三啊，所以才不让宁哲涵去支援？"

"能行吗能行吗……"

"九道弧光的话，伤害是没问题的！"

眼下RR的状态，看似是三打一，其实死骑已经被耗到只剩下一层血皮，完全撑不住，月夜和神牧满状态，但是这俩初始血量都很低，没有大招的神牧，奶量也很一般。大魔王手里捏着净化，他只要到了六级，完全可以在免控状态下刷出弧光……

系统公告：

FTW.Quiet 击杀远古生物！

公告一响，RR 全员心凉。

莫有钱："牛啊。"

月夜："……"

狗哥："我现在跑还来得及吗？"

小龙倒地，FTW 全员飙升一级，本来五级刚出头的暗贼直升到六级，更致命的是小龙带给陆封的金钱，少一分不行，多一分没用，恰到好处地让他获得了核心件。

他们的脑子反应过来了，身体却动不了了。大魔王显然蓄谋已久，一套连招刷起，蓝量见底的瞬间，漫天弧光照亮了半个峡谷。

直播小哥懂得很，镜头对准了暗贼，特写加 3D 成像，赤红披风下的绚丽，铺满了整个镜头。

解说语速飞快，几乎是瞬间把整个形势分析得透透的。毫无疑问，死骑率先倒地，少了一个人分担伤害，月夜的血量暴跌，狗哥手速可以，倾尽身上一切奶量，疯了一般往月夜身上砸。

可惜没用，这伤害太高了，虽然和后期的秒杀还有差距，但足够"凌虐"脆皮灵法和同他一样脆的姐妹花神牧。

系统公告：

FTW.Close 击杀 RR.Xing！

FTW.Close 击杀 RR.Moon！

FTW.Close 击杀 RR.Dog！

FTW.Close 三杀！

弧光退去，暗贼猩红的披风落下，只留下死一般寂静的峡谷。

1V3，豪取三杀！

全场都炸开了。

"陆封牛！"

"暗贼酷毙了！"

"我回去要练暗贼，帅到心坎了。"

"喂喂喂，策划吗？赶紧削一刀啊！"

卫骁在耳麦里毫不客气地吹："太帅了！"

宁哲涵也很激动："强炸了。"

卫骁："队长！队长！"

他一边配合越文乐白才压 RR 下路，一边问："教教我，怎么才能刷出九道弧光？"

陆封："闭眼刷。"

FTW全员哄笑。

这一局FTW气势如虹，从头压着对方打。RR从三打一跪下之后，就再没站起来过。月夜倒是找了好几次机会，杀了小宁子两次，可惜没用，他们根本压不住FTW的双贼。

如卫骁所言，他这局死盯着上路，把RR的上单邢凯打"自闭"了。

邢凯："队长，他们针对我！"

莫有钱："没错。"

邢凯："嗯？"

莫有钱安慰他："反正你也不值钱了，死一次和死十次没区别。"

可怜的死骑哭得像个孩子。

起初弹幕上还在说RR，说RR菜，也不知道是怎么赢的EVE，全看运气吗？月夜也不怎么样啊，RR的死骑是菜瓜转世吗？莫有钱除了有钱一无所有了吧……

后来大家不说了，因为眼睛不瞎的都看得懂，不是RR弱，而是FTW太强，不是月夜不优秀，而是大魔王太优秀，不是死骑菜瓜转世，而是……谁对上这暗贼都得"自闭"啊！

本来就是个娱乐局，到后头大家只顾着欣赏九道弧光了。

"不知道为什么，我觉得大魔王在宠粉。"

"嘤嘤嘤，原来陆封的九道弧光是真的想刷就能随便刷。"

"语文老师，我错了，我要回去好好念书，词穷的我除了'啊啊啊'已经打不出别的字了。"

最后双方团战，FTW剿灭RR全员，强势夺下水晶。屏幕上弹出"Victory（胜利）"的字样。

双方起身，握手鞠躬。月夜一双眼睛死死盯着陆封，那股不服输的劲就差写在脸上了。

卫骁挡住他的视线，月夜看向他。卫骁随后握他的手："下回轮到我了。"

月夜死命握住他的手："下次是我。"

卫骁和他拼手劲："做梦。"

月夜不服输："你醒醒。"

旁边的莫有钱哈哈大笑，拎回自家的小崽子："好了，下次就是正赛了。"

揭幕赛结束，FTW打响了新赛季最响亮的一炮，全网都在刷着FTW，都在心潮澎湃，都在期盼着这个赛季FTW重回巅峰。

热搜一条又一条地往上蹿，每一条都有陆封，每一条都和他相关，压抑了许久的粉丝，终于在今年看到了曙光。

真正的大魔王，终将"制裁"全球赛！

接下来没有比赛了，FTW众人在车上时，项六说："大家最近都把微博卸了吧。"

这话说得很隐晦，但大家都懂。

官博发消息了，在这个粉丝沸腾的时候，FTW官博的声明犹如在热油上浇水，差不多把半个荣光圈炸了。

FTW俱乐部：成员@FTW.Close，因肩膀伤病加重，将离队去北美疗养，感谢大家的关注与支持，两个月后，请期待王者归来。

简单得不能再简单的一句话，把所有人都弄蒙了。毫无疑问，看到这条消息的无数粉丝，前一秒在热血激扬，这一秒眼泪却夺眶而出。

卫骁没卸载微博，他看到了下面疯涨的评论，看到了无数的质疑和哭泣。今晚用九道弧光破开中国赛区荣光的男人，是负伤战斗。

卫骁看着看着，鼻尖酸了。不只是他，白才、宁哲涵、越文乐，全都红了眼眶。

最优秀的陆封，最强大的陆封，以一己之力死守FTW的陆封……却不得不在这样重要的时刻，在这样关键的时候，离开赛场。

粉丝哭了，他们也哭了。

所有爱着陆封的人，都无法控制眼泪。

陆封转发了这条声明，留下两个字——

等我。

43

今晚注定是个不眠夜，先是热血沸腾的揭幕战，后是FTW的深水炸弹，一颗又一颗，炸得中华荣光圈目瞪口呆。

起初是粉丝热泪盈眶，接着有不怀好意的人探头，开始疯狂搅浑水。

作为荣光圈呼风唤雨的男人，有人爱他入魂，有人恨他入骨。

项六那边再怎么努力，也压不住拥挤而来的负面评论。

"陆封才二十一吧，这就肩膀严重到必须离队治疗了？"

"输不起直说啊，卖什么惨。"

"醒醒，除了卖惨，FTW还能干点什么？卖了三年了，今年是彻底兜不住了吧？"

"亏我还以为今年FTW要崛起，崛起什么啊，这是临阵脱逃了？"

这些都算好的，更有恶意的在后头。

"从卫骁入队我就觉得怪怪的了。"

"有事没事换什么打野啊，陆封是眼看着FTW扶不起，打算找人接盘了吧？"

"FTW宣布陆封走上路就已经在铺垫了，打了四年的野，说自己不适合打野，鬼信啊。"

"就是找个台阶，等着甩手走人呢。"

"真行啊，今年和合作方的合同早签了，钱也捞足了。"

"不用想了，两个月后FTW又有新消息了——哎呀，治疗不慎，陆封肩膀无法康复，只能退役。"

各种评论层出不穷，本就混乱的粉丝面对这些言论，更是乱成团了。

从一开始的哭泣，到接下来的质疑，再到濒临崩溃，哪怕是FTW公关再强，也有点压不住了。

其他职业选手开始转发微博，先是退役的老将，然后是当红的新人，接下来是新生代的还没成熟的未来之星。大家转发的内容是一样的，简单却直接的一句话——

等你弧光漫天。

面对质疑，面对混乱，面对不怀好意的人的中伤，实力是最强的保护伞。

等你回来。

等你用九道弧光照亮峡谷。

一个能随随便便使出九道弧光的男人，一个在赛场上仍保持着巅峰状态的男人，一个刚刚在峡谷里一打三强势碾压对面的男人。

凭什么说他弱？凭什么怀疑他？凭什么认为他要退缩？凭什么污蔑他想要放弃赛场？！

这样一个强者，这样一个在身体状态不佳的情况下仍旧顶天立地的选手，怎么会在距离荣耀如此近的时候止步？

无数职业选手用内心深处对陆封的敬服稳住了粉丝的心。

陆封不会退役；陆封不是逃走；陆封用短暂的离开，交换的是更加绚丽的荣光！

这时候荣光赛委会也放出了刚才揭幕战的队内语音。荣光炸麦王的编辑是陆封的粉丝，一边哭一边剪辑，加班加点把这段语音放了出来。

"我用暗贼。"

"用暗贼走上路？"

"试试。"

"你是信不过你自己，还是信不过你队长？"

…………

队内语音出来，无数人涌了过来。大家都很好奇，早就知道陆封要离队的其他队员是什么心态？

是不是很压抑？是不是很沉闷？是不是憋着一股子劲，只想赢这场比赛？又或者很颓丧、很迷茫、很无助？

"没事啊，这段可以播，我卫骁行得正坐得端，能闭眼刷出九道弧光，绝不承认是睁眼刷出来的。"

FTW的队内气氛是最好的强心剂。卫骁这带动氛围的能力扩散到全网，把一干粉丝哄了个眉开眼笑，也让一众不怀好意的人偃旗息鼓。

如果FTW低迷压抑，他们会狂踩上一脚，可FTW心态极佳，他们就消停了。这听起来很讽刺，可现实的确很讽刺。

彻底把今晚推向高潮的还是那个ID为"安静"的不安静的男人。

FTW.Quiet：@FTW.Close，小组第一等你回来。

一石激起千层浪，略微安静下来的粉丝瞬间不安静了。

"卫骁认真的吗？"

"我们FTW在常规赛能小组第一吗？"

"陆封不在还这么有自信吗？"

卫骁一条都没回，说没用，做就完事了，他是个务实的男人。队长都狠下心去国外治疗肩膀了，他怎么能不好好表现。常规赛第一，是欢迎陆封归来的最好礼物！

回到基地，FTW并没有安排统一训练，大家想排位就排位，想休息就休息，辰风没怎么管他们。

卫骁如今是最仔细的人："队长，该睡觉了！"

陆封："没那么严重。"

卫骁自己先起来了："等治好回来，我肯定不让你这么早睡。"

菜哥插话："老卫你知不知道你现在像什么？"

背对着白才的卫骁像个麻辣小龙虾。

菜哥："像队长的贴心小保姆！"

卫骁："……"

陆封眼中带着笑意，起身道："走吧。"

两个月真的不长，他们曾经错过了两年，如今的两个月不算什么。更何况陆封是去治疗的，是好事也是正事，耽误不得。可想得再明白，心里还是舍不得。

卫骁没去送陆封，他本来执意要去，陆封不许。

陆封低声对他说："等安顿好了给你打电话。"

卫骁纠正他："落地就给我打电话。"

陆封："……好，回屋吧。"

卫骁又叫他："队长！"

陆封转头看他。

卫骁到底是没忍住："我会想你……"

六哥："都、都会想陆队的！"

辰风也接话："行了，等你队长回来，就能陪你没日没夜地 Solo 了。"

陆封应了声："嗯。"

这个字也不知道是回应辰风，还是回应卫骁的。

送走陆封，卫骁心里空落落的。晚上的训练赛打得沉默寡言，辰风问他："要不要拿暗贼？"

卫骁："哦。"

菜哥瞅他一眼："有点出息，就你这样，咱们怎么拿小组第一？！"

然后他们在和 RR 的训练赛中，卫骁用暗贼刷出了九道弧光。

菜哥："……"

RR 基地里狗哥大叫："禁暗贼，以后遇上 FTW 就把暗贼送上禁用位。"

太"有毒"了，都有心理阴影了！

训练赛结束，白才戳卫骁："厉害啊，弧光随便刷。"

卫骁茫然转头："啊？"

白才心里咯噔了一下，这家伙的九道弧光不会真的只能闭眼刷吧！

魂不守舍了十二小时，激活卫骁的是一通跨洋电话。

陆封声音略哑："醒了？"

卫骁瞬间精神抖擞："落地了？"

陆封："嗯。"

陆封听到了："一宿没睡？"

卫骁："……"

陆封："去睡觉。"

卫骁："不要！"

他余光瞥向电脑，看到了消息。

"元·不是人·泽"："你队长来北美了？他肩膀有伤？他比我还小两岁，竟然过度劳损了？他来北美了怎么不联系我？电话给我一下，航班号给一下，我去接……咳，我去嘲笑他！"

44

网线另一头，元泽看着自己最后一句话："……什么垃圾语音识别！"

他用的是游戏自带的语音转文字功能发的信息，说的时候只觉得省事，说完他凭借着职业选手超高手速秒发出去。

然后……露馅了。

卫骁本来瞅见元泽这个 ID 就不爽，看到他说陆封不行，更火了。

直到最后一句话——

乖巧的语音转文字把元泽的失言暴露了个明明白白。

这会儿可好了，游戏消息没法撤回！

陆封听到卫骁的笑声："怎么了？"

卫骁清清嗓子，模仿元老贼的声线一五一十地念了出来，尤其是最后一句："电话给我一下，航班号给一下，我去接……喀，我去嘲笑他！"

特别强调最后一句，重点在"接"这个字上。

电话那头传来陆封的低笑。卫骁耳朵颤了下："有人接你吗？"

说来挺巧，陆封落地的城市刚好是L&P所在的城市。

陆封应道："有。"

卫骁放心了："那我要给元泽你的电话吗？"

陆封道："不用。"

卫骁挺诧异："在同一个城市，不见一面？"

越是了解陆封，卫骁越是确定，他对曾经的神之队没有传言中的成见。甚至该说，陆封很看重曾经的队友，哪怕是"元·不是人·泽"。

陆封道："我有他的联系方式。"

卫骁喷了一声："元老贼果然不是东西。"

瞧瞧，分别三年，陆封还留着元泽的电话，元泽却没了陆封的。

陆封没解释什么："去睡觉。"

卫骁绷着的弦松了，也开始困了："你安顿好再给我打电话。"

卫骁刚回屋，就被毛豆扑了个满怀。豆哥并不知道帅爸爸出远门了，它闻闻房间里没有帅爸爸的味道还挺纳闷的："嗷？"

卫骁以为它要下楼玩，揉它狗头道："你爸不在家，没人陪你疯。"

队长出门第一天，想让他回来遛狗！

国内时间早上六点，M国刚好是下午六点。陆封一边等着行李，一边和约好的医生谈了下时间。刚来这边，陆封需要安顿下，明后天才会去医院商量治疗程序。

这些弄好，陆封拨通了一个在通信录最底层的电话号码。元泽刚被卫小疯气到背过气，听到手机响，看都没看便接了。

对面不是英文，而是熟悉又陌生的男低音："喂。"

陆封："有空？"

元泽爆了句粗，问他："你还有我电话……"他以为自己早被陆封拉黑了！

陆封："听说你想接我？我还有四十分钟左右出关。"

这语气，元老贼梦回三年前。

元泽拿起桌面的钥匙，冲向机场。

以前在FTW，元泽也是个劳碌命。队里就两人有驾照，一个是晏江，一个是元泽。

晏队:"让我开车可以,只要你们不怕死。"

神之队众人:"……"

于是元泽就慢慢熬成了资深老司机。

金成炫从韩国回来,元泽去接他。谢和从老家回来,元泽去接他。唯独陆封画风不一样,因为他从不回家。

元泽某次问他:"想不想哥哥接你啊?"

陆封瞥他一眼。

元泽:"……"

别问,问就是自讨没趣!

隔日,元泽接到了陆封的电话:"我在K11。"

元泽:"嗯?"

陆封:"听说你想来接我。"

元泽:"……"

要不是陆封送他一个五位数的打火机,他绝不会去接的!

接到陆封,元泽才回过味来:"卫骁不是说有人接你?"

陆封坐了十多个小时的飞机,哪怕是头等舱能躺平睡觉也乏得很。陆封余光瞥他:"你不是人?"

元泽:"……"

一个两个的,都是大爷!

卫骁睁开眼先摸手机。微信里果然有语音,卫骁点开,听到了陆封的声音:"放心,住下了。"

下午一点是队长那边凌晨一点,卫骁忍住了没打电话,给他发了文字微信。倒时差没那么容易,陆封点了视频通话,卫骁秒接。

两人隔着小小的屏幕看着对方,卫骁正准备起床:"下午有比赛,我起床了。"

陆封是知道赛程的:"紧张吗?"

卫骁把手机支在一旁,一边换衣服一边道:"有什么好紧张的?"

今天是FTW的第一场正式比赛。常规赛是每周三到周日下午三点开始,BO3赛制,一天三场。周一和周二没有比赛,给了各战队休整总结的时间。

刚开始是组内循环,是在S市,FTW的主场。等异组循环就要去B市,FTW的客场。

主场和客场挺不一样的。别的不提,选手状态就有差距。从S市去B市怎么也得飞俩小时,舟车劳顿就很消磨精气神。到了客场要住酒店,再怎么舒适的酒店也没有基地自在,睡不好觉也会影响状态。所以大家都很注重在组内循环抢分,毕竟主场优势,丢分可惜。

今天FTW遇上的是支三流战队。中国赛区十四支战队,参差不齐。在整个赛区都低迷的情况下,弱队能弱到什么地步,真不是强势赛区能想的。

比如这支LH,同样是L开头,他们和L&P的差距可以说是天上和地下。去年常规赛，LH弱到差一个名次就被降级到次级联赛了。FTW第一局对上他们，按理说是毫无悬念。

辰风却有点紧张，汤臣活动着手腕道："你信不过我，也该信得过那几个崽崽。"

这几天他一直跟着打训练赛，成绩还不错。

辰风瞪他："你懂什么！"

汤臣："嗯嗯，我什么都不懂。"

辰风："……"他这辈子也理解不了木头的脑回路！

项六搭话道："没事吧，LH昨天对上了RR，被捶得有点惨。"

要说这个LH是真惨，手气差到爆炸，第一场就对上RR，还是个揭幕赛被捶"自闭"的RR。

结果如何，只剩惨不忍睹四个字。月夜揭幕赛被暗贼秀了一脸，训练赛又被秀了一脸，压了一天一夜的怒火，全撒到了LH身上。

这个战队第二场又碰上了FTW，下午三点开始比赛，陆封在看直播。

他手机响了下。元泽给他发了条消息："出来吃消夜？"

L&P刚打完训练赛，元泽饿得要死，他想到陆封肯定倒不过时差（也不必倒，电子竞技没有时差）肯定没睡，叫他一起。

陆封："不吃。"

元泽："你不饿？"

陆封："忙。"

元泽：凌晨三点你忙什么？！

哦……国内现在是下午三点。

元泽懂了："FTW有比赛？"

陆封："嗯。"

元泽查了下：LH？这哪来的野鸡战队，听都没听过。

元泽又问他："FTW不至于连这么个战队都打不赢吧？"

陆封不回他。

元泽想了下，觉得他是紧张过度，好心安慰他："别担心，有卫骁在，稳赢。"

陆封："我知道。"

元泽纳闷了："那你紧张什么，凌晨三点盯着看？"

过了好一会儿，就在元泽以为陆封不会回他了。

陆封："你管不着我吧？"

45

元泽手一抖，手机直线坠落。Gary眼疾手快，给他接住了，略懂一点中文的老G扫了一眼："陆封吗？他果然来北美了？在哪儿？胳膊怎么样？还能动吗？还能Solo

吗？还能……"

元泽一把抢过手机："闭嘴！"

Gary委屈巴巴："真没想到我竟然被个受伤的陆封捶'自闭'，难以想象全盛状态他有多强。"

元泽："……"

其实元泽也挺好奇的，在FTW时陆封很强，但略显稚嫩，尤其在配合方面，完全是在减分。

FTW解散，陆封更加深陷泥潭，真实实力如何始终无法展现。单人赛固然是连续夺冠，但真正的神级选手从不是孤狼。

元泽被Gary带跑偏，忘了回陆封。

Gary还在闹："怎样，陆封出来吗？我们要不要去吃中餐，火锅怎么样？我最爱火锅了，请陆封吃一顿火锅，能不能换来一场Solo……"

元泽从烟盒抽出根烟塞他嘴里。

老G喜滋滋了："你这戒烟戒得真别致，自己不抽专给别人。"

元泽恨不得给他一脚："走远点！"

Gary溜了，戒烟的人闻到烟味无异于火上浇油，他懂。

元泽一个越洋电话打给了金成炫。

金成炫看了眼手表："三点还不睡？陆封去你那儿了？"

元泽："昨天刚到。"

金成炫："他肩膀怎么样？"

元泽："看是看不出来的。"

金成炫挺纳闷的："他才二十一岁，平日里又是个老干部作息，怎么就这么严重了？"

这也是元泽想不通的地方。陆封成名早，入行却不算早，十六七岁打比赛，联盟里有的是。

别看陆封现在二十一岁，好像已经打了四五年，有职业病也正常，但这只是公布的时间，肯定不是患病的时间。

作为职业选手，他们都懂。劳损是慢性的，从有症状到必须治疗，怎么也得有一两年的工夫。照着这个进度往前推，陆封可能十八九岁就有症状了，这真的太早了。

粉丝只看到陆封伤病，只看到他远赴北美治疗，却没想过但凡能够忍下来，以陆封现在的身份怎么会丢下俱乐部来到M国。

他这一走，留下的隐患是不可估量的。陆封这个肩膀要不是严重到了一定程度，他不敢这样冒险。

金成炫和元泽都没明说。但两人心里都有个疑惑——陆封这肩膀，真的是劳损吗？

只打了一两年职业赛就劳损了？怎么想都觉得不可能，那又是怎么回事？前FTW解散的那一年，陆封到底经历了什么？

想到这些，元泽心里很不是滋味。

金成炫声音也淡了："我一会儿有比赛，挂了。"

元泽："嗯。"

关了和元泽的对话框，陆封用了投屏，靠在床边看直播。FTW 五人登场了，镜头从上单开始，一直向后扫，到了卫骁那儿，镜头停留的时间明显长了些。

画面里少年穿着 FTW 的黑色队服，拉链松松地挂在胸前，里面的白色内衫领口略大，隐约露出截锁骨，沿着那漂亮的弧度，向上是修长的脖颈，瘦削的下颌，俊秀的五官，以及满映着灯光的黑色眸子。

卫骁不笑的时候，下垂的眼睑会显得他有些冷淡，嘴唇也显得薄，余光落到镜头上，嚣张的小模样换来粉丝无数尖叫声。

陆封听到了，眼睛眨也不眨地看着。卫骁很好看，站在光芒万丈的舞台上，尤其好看。

比赛很快就开始了。正常情况下，这是一场没什么悬念的比赛。FTW 对上 LH，怎么看都不可能输。可因为陆封的离开，一切都打上了问号。

没了大魔王的 FTW 站得住吗？新的打野卫骁撑得起吗？这支失去了队长的队伍还有灵魂吗？

大家都在好奇。这场比赛，不是一个强队碾压弱队的无聊对局，而是一个开始，一次证明，是缓慢拉开的新帷幕！

这正是辰风担心的。

一场只要陆封在基本会赢的比赛，倘若现在 FTW 输了……对于首发的五人、揪心的粉丝、无数支持他们的人得是多大的打击。

然而每一场比赛都有无数可能的。选手状态，BP 阵容，甚至是峡谷里的一次掉以轻心，都可能全盘皆输。

没有必胜的比赛，只有层出不穷的意外。

这才是竞技。

辰风不是个怕输的人，但这次他很怕。怕 FTW 失误，怕 FTW 输，怕一旦打不好就是墙倒众人推。从陆封离开那一瞬，FTW 就站在了横在悬崖上的一条钢丝绳上。走过去，未必是坦途；一旦坠落，只有万丈深渊。

带着这样的压力，辰风很紧张。汤臣留意到了，可是他不会劝人，挠挠头也不知道该说什么。

辰风努力不让自己的情绪感染队员，毕竟从现在的状态来看，四小只都还好。卫骁调整耳机的时候看了他一眼。

辰风："……"

BP 开始，LH 先禁用，他们毫不犹豫地将暗贼送上禁用位。太可怕了，FTW 的祖传暗贼"有毒"，LH 求生欲很强。

卫骁："怕什么嘛，我又刷不出九道弧光。"

白才："你少说两句能死啊。"

卫骁："我真的不行啊，这段也可以播，最好循环三遍，让各战队都听清楚了，我卫骁刷不出九道，快省省禁用位吧！"

菜哥："……我怀疑你在装。"

乐乐："……并且掌握了证据。"

小宁子："喀。"

卫骁："嘻，这年头不行啊，说真话都没人信。"

辰风的提心吊胆全被这小子搞没了！

卫骁懒洋洋地动着鼠标："教练，我想玩狂贼。"

辰风瞥他："嗯？"

卫骁对着镜头笑了下："是时候让大家知道，比起九道弧光，我的镰刀更致命。"

这轻狂的语调直接响在耳机中，带着些古怪的魔力，嚣张、不正经、狂妄。可一旦出自卫骁之口，又都变得理所当然。

辰风忽然记起 BP 前卫骁看他的那一眼。辰风心里晕开了一团热气，融化了紧张和不安。

怕什么！有什么好怕的？

他作为教练怕了，选手们又该怎么办？他无法陪他们驰骋峡谷，无法和他们并肩作战，他能做的只有给他们争取最佳阵容，只有帮他们解开桎梏，为他们提供自由飞翔的底气！

不能怕，不能慌。虽然输了会万劫不复，但他们绝不会输！

辰风盯着 BP 界面，冷静分析着 LH 的意向："他们中路的英雄池略浅，把花法禁了，LH 等于没了一条腿。"

单腿蹦还想赢？求神拜佛也不行！

FTW 这边 BP 都很快，几乎是没有犹豫。LH 那边除了禁暗贼够快外，之后一直慢慢腾腾。

专业人士从 BP 就能看出很多问题。禁用和选择快，说明胸有成竹。慢慢腾腾的，说明心里很慌，拿捏不准。

镜头给了辰风，他正站在卫骁身后，垂眸盯着电脑屏幕。陆封对他太熟悉了，从一些细微的表情也能看出他的心情转变，从一开始的紧张到现在的冷静，也不知道卫骁说了什么。

陆封嘴角弯了下。

弹幕上有人说没了陆封，FTW 没了灵魂，拿什么赢。

陆封坐直，在平板上敲了一行字："陆封不是灵魂，卫骁才是。"

这话一出，弹幕无数人骂了起来。

陆封也没再说什么，只是给卫骁刷了八百八十八个爱心。

一个爱心十块钱，八百八十八个……

弹幕安静了，一群人喊着："大哥真牛！"

陆封给自己改了个ID。他之前在直播间的ID是默认的一串数字，现在改成了LU。

直播间有粉丝支持榜，比如这场比赛，两队的首发和主教练都在榜上。粉丝可以为自己喜欢的选手刷爱心攒人气。

粉丝支持榜和KDA[①]榜单是即时刷新的，会随着战斗进展而不断变化。这几年中国赛区的人气榜和KDA榜都是一人霸榜。

理所当然是陆封，至于今年嘛……

粉丝看到榜上的ID，乐起来了。

"LU？LU！"

"这不是我陆封最爱用的小号ID吗？"

"众所周知，陆封所有马甲都是这个。"

"莫非、难道、也就是说……"

"想什么呢，陆封怎么会无聊到给自家选手砸榜？"

"大哥你装得太假啦！"

"假……非常假，本'战队'粉丝受到了伤害。"

陆封没看弹幕，只是盯着比赛，很有节奏地刷着爱心。

卫骁拿一血，LU刷了五百个爱心。卫骁双杀，LU刷了一千个爱心。卫骁三杀，LU刷了六千六百六十六个爱心。卫骁五杀，LU刷了九千九百九十九个爱心……

终于有粉丝发现了这魔性的爱心，他们惊呼。

"快看大神的爱心……"

一局结束，FTW漂亮地拿下比赛，与此同时卫骁成了中国赛区人气榜第一人。同时他十八杀、零死的可怕KDA也让他荣登榜顶——这个不只是中华赛区的第一，而且是全球赛区的第一。

哪怕是暂时的，也很惊人！

46

KDA排名，大家观感还好，毕竟等其他赛区的大神开赛，立刻就会洗刷排名。卫骁能在第一，全因LH太菜，意义不大。

粉丝支持榜单上的第一却没人相信真的是陆封。一个ID而已，早就被用得烂大街了。

尤其是当年陆封第一次直播用小号，暴露了LU这个ID，刹那间跟风的网友成群结队，抢占无数平台。后来"假货"太多，大家都看腻了，对此见怪不怪。

陆封看到了弹幕，才发现这个账号的默认性别是女性。他也懒得改成男性了。别说是改个性别，他就是在自我介绍里写上"我是陆封"也没人会信。

FTW对LH的这场比赛是BO3，也就是三局两胜。FTW一口气赢了两局，也不过

[①] 选手的击杀率死亡率等各项指标综合数据。

才用了一个半小时，堪称势不可当。第一局卫骁一手狂贼，开局锁住LH中单，一个贴身强控，送他魂归水晶。LH当时还撑得住，队内语音还在开解队员："没事没事，狂贼前期比较凶，我们稳住！辅助跟我，我们去反野！"

谁知他们去了红区，迎面碰上蹲好的菜哥。菜哥一个"弹弹乐"把两人弹得一脸蒙。

LH辅助大叫："撤退，有埋伏！"

LH打野："哥，我被锁喉了！"

LH全员："……"

接着他们就看到从后面包夹而来的狂贼，顺势带走LH打野，再追得LH辅助嗷嗷哭。开局三杀，LH血崩。

第一局被"狂虐"，第二局被"血虐"。这两局卫骁都没用到祖传暗贼，当然LH把暗贼禁了。不过禁不禁意义不大，死的次数多了，LH众人表示——还不如放出暗贼看看弧光漫天呢！好歹死得壮丽，死得夺目，死得与众不同！

赛前一堆唱衰FTW的，因为这场"杀戮秀"，被"打脸"打得脸都肿了。辰风脸也有点疼——他害怕什么啊，这帮崽子只有让别人害怕的份！

BO3一般情况下得两个半小时才能结束，FTW只用了一个半小时，虽然没有刷新最短时长，但也干脆利落。

赛后有采访环节，主持人会在胜方和败方各选一个代表问几个问题，观众对此翘首以盼。

太好奇了，不知道FTW会是谁出来接受采访，主持人肯定会问很犀利的问题，FTW要怎么回答呢？

后台FTW休息室里的卫骁举手。

辰风："不行，你不能去。"

卫骁委屈："我是MVP……"

一般情况下，接受采访的都是队伍里的MVP，像卫骁那"逆天"的战绩，是理所当然的MVP。

辰风哪敢放他出去，FTW的热度已经够高了，不用卫骁再去制造大新闻了！卫骁赛场疯归疯，下场后还是很听话的，尤其是面对前辈。

辰风扫了一眼。宁哲涵后背紧绷："我、我不行的，教练！"

他会结巴，会给队伍丢脸！

越文乐有气无力道："我血条空了。"两局比赛，消耗很大，没有薯片，他只想躺地上。

汤臣挠挠后脑勺："我去？"

辰风给他个白眼。让汤臣去？FTW家底都能被鬼精的主持人套个精光！

最后只剩下一个人了。

白才叹口气："我去。"

辰风点点头。

菜哥对此习以为常，上个赛季他经常接受采访。从第一次的手忙脚乱，到后头的没脸没皮，都是时间给予的淬炼。

去年FTW胜率很高，陆封很少接受采访。越文乐赛后体虚，也就他这棵清秀小菜能拿得出手了。

观众虎视眈眈，主持人有备而来，白才一上场，大家都死死盯着他。

主持人眼中也掠过一丝失望，倒不是因为卫骁的人气已经高过白才，而是因为她手里的问题大多和卫骁有关，由本人回答显然更有爆点。当然这是FTW派出的代表，主办方也不好过度干涉。

主持人先喜笑颜开地恭喜了FTW2∶0赢得比赛。白才也谦虚地应对几句。

下一句，主持人话锋陡转："对于陆封离队，白神会紧张吗？"

白才皮笑肉不笑："当然会紧张。"

主持人眼睛一亮："看来队长不在，还是给大家带来了负担，不知道具体是哪方面的，白神方便说一下吗？"

白才："没什么不好说的。"

主持人："哦？"

白才："队长在的时候，我们家野王勉强做个人；队长离队，我们家野王就不做人了。"

主持人："嗯？"

白才拿过话筒，直白道："大家小心，没人管的卫骁，会咬人。"

全网观众："……"

陆封不在，FTW可紧张了。紧张的不是比赛会输，而是队里的小疯子压不住了！

队长离队，FTW就可以任人宰割了？做梦！

各战队洗好脖子等着被零封①吧！常规赛小组第一是FTW的！

看直播的观众有叫好的，有讥讽的，有喝彩的，还有谩骂的……鱼龙混杂中，ID为LU的大佬给白才送了六个泡泡。有眼尖的粉丝看到了，笑得肚子疼。

"大哥这'双标'也太明显了吧！"

"给卫骁送爱心，起手就是五百个。"

"给白神送的是免费泡泡，还只给了六个！"

"我要是白神，我得哭死在采访台上。"

FTW今天是各种意义上的旗开得胜。积分榜第一，净积分（小局胜负）第一。卫骁在人气榜第一，KDA榜全球第一。

回基地的车上，大家喜气洋洋的。

辰风道："晚上想吃什么？"

越文乐："薯、薯片……"

---

① 游戏术语，指某支战队打赢对手且使对手每局皆输。

没人理他微弱的声音，大家振臂高呼："火锅！"

赢了比赛不吃火锅，怎么对得起这激情四射的比赛！

卫骁一上车就想给陆封发消息，又怕打扰他睡觉。队长坐了十几个小时的飞机，好不容易安顿下，肯定要好好休息，他不能打扰队长。

到了火锅店，菜哥点菜，什么六百九十九元一份的雪花牛肉，什么七百八十八元一盘的顶级羔羊肉……仗着不是自己的钱，点得那叫一个"财大气粗"。

卫骁对吃的兴趣一般，咬着根吸管喝西瓜汁。

菜哥点完，看他："咋，赢了比赛还不开心？"

卫骁懒得看他。

菜哥毫无察觉："赶紧给队长打电话报喜讯。"

卫骁盯他："队长不用睡觉啊？"

菜哥是旁观者清："你傻了吧，我们第一场比赛，队长睡得着？"

卫骁："……"

是哦，这是他们第一场比赛，队长能放下心睡觉？他赶紧打个电话，通知一下喜讯，才好让队长踏实睡觉。

卫骁拿起手机要起身。白才惊呼一声："哎哟，骁哥可以啊。"

卫骁心急如焚想出门："嗯？"

白才举起手机给他看："有人把你推到了人气榜第一。"

卫骁对那些虚有其表的东西没兴趣："哦……"

直到白才说了句："这ID是精髓啊，竟然是LU。"

卫骁耳朵动了下："什么？"

白才指着那因为刷了太多，等级升得太高，名字上特效缠身的ID："你看。"

金灿灿的"LU"，闪亮亮的"LU"。

47

卫骁点了微信的语音通话。一般情况下，陆封睡觉会把手机调成勿扰模式，那这个通话就不会吵醒他。显然菜哥猜得很对，陆封接了。

卫骁轻吸口气："不是说睡觉了？"

陆封："睡不着。"

卫骁："……"

说睡觉但睡不着，行吧，很合理。

陆封先开口："比赛打得很好。"

卫骁不自觉地攥紧了手机，他身体靠在赤红色的木柱子上，问道："那个LU不会是你吧？"

心里已经确定了，但他还是想问问。总觉得这不是队长会做的事，可一旦想到这是队长做的，他又觉得很开心。

陆封没出声。

卫骁略微有些失望："不是你就算啦，没什么。"

陆封："是我。"

卫骁："嗯？！"

陆封："如果你说的是榜上第一的 LU，那的确是我。"

刚巧有服务员路过，似乎是荣光的粉丝，看到卫骁的队服眼睛就有些亮。卫骁起身，找了个更加隐蔽的地方。

陆封察觉到了："还没回基地？"

卫骁压低声音："在火锅店。"

陆封懂了，笑道："赢了比赛，是该好好吃一顿。"

陆封："收心，明天还有比赛。"

卫骁在关键时刻收得了心，卫骁是知道轻重的。

卫骁努力分散注意力："刷那么多干什么？平台还要抽成。"

哪怕是官方直播间的礼物，也会有平台抽成，且比例不低，真正归到战队手里已经被扒了好几层皮。

陆封轻声道："想看你拿第一，快去吃饭，我睡了。"

卫骁："嗯……"

挂了通话，卫骁给陆封发了条微信。

陆封下床洗澡，瞥见了那一行字——人气榜的第一没意义，等我拿无数个真正的第一。

陆封弯腰捞起手机，打下一个字："好。"

吃完火锅，热气腾腾的 FTW 回了基地。明天还有比赛，辰风没提复盘的事，只嘱咐他们别熬得太晚。

今天的比赛复盘的意义不大，LH 太弱，卫骁又太疯，全程带着队友推土机式打法，复盘了也看不出问题，反而会让他们膨胀。

明天的比赛还是组内循环，战队名叫 GOQ，比 LH 强一些，但也没强到哪儿去，仍旧是小组垫底的战队。FTW 只要保持今天的势头，赢得比赛不难。

这一周 FTW 就这两场比赛，相对来说很轻松。但下一周却是地狱模式，FTW 将要对上 3U，而且是客场作战，输赢如何很不好说。辰风没拿这些去吓他们，只想他们保持状态，赢下明天的比赛。

他们五排了一会儿，为了养精蓄锐，凌晨一点大家都各自去睡了。

白才看卫骁："还不睡？"

卫骁看了下时间："你去睡，我再打会儿。"

训练室没人了，白才瞅着他看了会儿："你……"

卫骁抬头看他："双排？"

白才到底是不放心，坐下道："来。"

两人在国际服双排，卫骁始终保持着极高的水准，半点娱乐性质都没有——能压着对面却不放过，能赢下比赛绝不马虎。两三局后，路人都被"虐"哭了。

白才再感觉不出什么，就不配认识他两年多了。其实在车上，白才就觉得卫骁有些心神不宁了。

这家伙惯会伪装，又特别要强，一旦撑起了伞，就会守护伞下人，哪怕伞外是狂风暴雨，哪怕他被淋成了落汤鸡，他也绝对要守住伞下的静谧。

两年前，卫骁就是这样守住了青训营那支缺胳膊断腿的队伍。两年后，他又守护着伞下的FTW。可事实上，卫骁不过十九岁，比白才还小。

白才心中微涩，道："你别有太大压力。"

卫骁的手明显滞了下。白才留意到了，安慰他："FTW没那么弱，汤哥水平很高，你打野这么稳，怕什么？"

表面上看，是这么回事。汤臣是去年的国内赛冠军上单，水平没的说。新入队的宁哲涵成长极快，表现非常优秀。卫骁更不要提了，打野稳极了。白才和越文乐也是老搭档，去年才通关了国内赛。他们没那么弱不禁风，可实际如何，白才自己都不敢深想。

汤臣会想退役，是身体真的撑不住了。宁哲涵也真的是经验少，情绪容易被带起来，也容易落下去。卫骁打野优秀，可与越文乐的配合一直有瑕疵，这点大家都感受到了，可惜没招，这需要时间去磨合，急不得。

这些白才都想得到，卫骁会不知道吗？表面上大大咧咧，狠话放了一堆，可他心里真的那么自信吗？肩负着队长离队的压力，背负着只能赢的信念，卫骁真有看起来这么自如吗？

白才越想越心慌，不过卫骁也没说出他真实的想法，白才无奈走出了训练室。

48

训练室门关上，卫骁结束了这局游戏。鲜艳的"Victory"倒映在他眼底，却没能激起丝毫涟漪，他想要的不是这样的胜利。

卫骁切出游戏画面，点开了下午的比赛视频。虽然辰风没有给他们复盘，但项六那边已经把比赛视频带回来了。FTW对LH，一共两局，加上BP环节也不过短短一个半小时。很迅捷的比赛，干脆利落，强势结束，不给对方喘气的机会。

卫骁盯着对局，从己方五个视角到敌方五个视角，挨着看了一遍。LH失误很多，尤其是第二局心态全崩，任人宰割。FTW的五人都发挥得很好，每人都有亮眼操作，战绩不错。

卫骁一遍又一遍地看着，从汤臣到宁哲涵，再到越文乐，最后是白才。如果有另外一个人在，肯定不知道卫骁到底在看什么。这样一场比赛，需要不断地看吗？这样一场一边倒的对局，需要一直重复吗？

绝对优势下，选手基本不会暴露什么问题。他这样一遍遍看的意义是什么？

天色大亮，外头传来"二哈"撒欢的叫声。卫骁如同从梦中惊醒般，关了不断重复的视频。

眨眼工夫过去五个小时，卫骁揉了揉眉骨，自言自语："还是……不够啊。"

没人知道他这句不够的意思，就像没人知道他这一晚上在看什么。

卫骁关了电脑，轻手轻脚地出了训练室，回到卧室。一晚上没睡，倒在床上的瞬间，疲倦像海水一般袭来。他连洗澡的力气都没有了，手指尖碰了下手机，想给陆封打电话。

不行……

卫骁松了手，这个时间打电话，队长就知道自己一宿没睡了，不能让他远在万里之外还担心。

卫骁这么想着，心里却总惦记着。队长今天该去医院了，诊断方案如何？两个月能治好吗？带着重重心事，卫骁的头歪在枕头上，睡着了。

窗帘没拉，清晨的阳光落在少年薄薄的肌肤上，仿佛一双温暖的手，轻轻抚摸着他，怜惜着他黑色睫毛下的疲倦。哪有不付出努力就获得的成功？潇洒和自信的背后是常人无法想象的努力。

北美时间上午九点，元泽起了个大早，迷迷瞪瞪去阳台，从花盆下摸出一盒烟。抽还是不抽？这是个问题。

反正没人……

VIVI："队长这么早？"

元泽："……"

VIVI瞧见了他指间的烟盒，他捂住眼道："没看见，我什么都没看见。"

元泽："……"

抽什么，我是个有定力的男人！把私藏品扔进垃圾桶的元神心在滴血。鬼知道他为什么要戒烟……鬼知道他为什么要起这么早去当司机，他下午还有比赛！

带着满肚子"鬼知道"，元泽开着自己的小跑车去了陆大爷下榻的酒店。陆封只睡了三四个小时，精神却比元泽好一百倍。

陆封看他："我可以自己安排车。"

元泽起床气很重："上车。"

这辆小跑车底盘极低，门也偏矮，对腿长人士特别不友好。陆封的腿是真的长，坐下后点评："你的品位还是这样与众不同。"

这辆车在陆封眼里，除了显摆，一无是处。元泽："我要有你那钱，也买劳斯莱斯！"

为了发泄心中不爽，元泽道："坐稳了，这边可没那么多的限速。"

一脚油门下去，强大的推背感彰显了元泽的暴脾气。真是老虎不发威，陆封当他是病猫啊！

可惜的是，三年前会嫌他开车像疯狗的小屁孩，现在稳如泰山，眉峰都没挑一下。元泽莫名有种时间催人老，说老他就老的沧桑感。

到了医院，不等元泽问，陆封先一步拒绝："多谢，我自己就行。"

元泽："我来都来了……"

陆封毫不留情道："行业机密，元队自重。"

元泽："嗯？"

等人走了，他才回过味来。行业机密个鬼啊，还能把你肩膀的情况卖了不成？

虽然某种意义上，这真能卖……

元泽没跟上去，心里却是止不住担心的。倒不是担心陆封在陌生环境不适应，而是挂念着陆封的肩膀。一想到他很大程度上不是劳损，元泽就忍不住心虚。

倘若陆封的肩膀是因为他们……

那……

元泽就是没有心，这会儿胸腔里也密密麻麻扎了一堆刀子。

因为提前有预约，陆封的检查做得很快。主治医生是位满头金发的中年男子，他冲陆封点点头："请稍坐片刻。"陆封礼貌地应下，坐在一旁。

等待检查结果是漫长的。陆封坐得端正，神态也很舒缓，似乎没那么在意。可如果元泽在，一定会看出他在紧张。

十八岁的陆封，第一次紧张是在FTW给他准备的生日宴，一个非公开的、只有神之队几人的小聚会。

陆封坐在那儿，看着面前的蛋糕，修长的手指微蜷放在腿上，有着不太明显的拘谨。

举着蛋糕的元泽乐道："瞧你这样，不会是第一次过生日吧？"

陆封："……"

金成炫："谁的十八岁生日还能过两次？"

元泽："我能过几十次，毕竟我永远十八岁。"

金成炫怼他："要点脸行吗？"

陆封很少紧张，他紧张的模样也和别人不一样。不是特别熟悉的绝对看不出来。毕竟这样端正的坐姿，这样冷漠的神态，这样从容的视线，怎么看也不像在紧张——除了手指微微蜷缩着。

过了好一会儿，主治医生看向他："您是一名电竞职业选手？"

陆封点头："对。"

医生放下手里的检查资料，用缓慢的语调说着一些颇为学术的词语："治疗结果如何我们无法保证，尤其您的职业特性……这种高精度的需求相对来说比较难以……尤其治疗期间，您不能碰键盘……空窗期该如何恢复……是否会影响之后的比赛……"

陆封从医院出来时，天空有些阴云。哪里的冬天都差不多，冷且肃杀。

元泽等得睡了一觉。他很后悔开了辆超跑出来，睡都睡不踏实。

陆封看到他还在，怔了下。元泽下车，被冻得一激灵："怎样？"

陆封径直上车，声音还带着外头的冷空气："后天开始系统治疗。"

元泽搓搓手取暖："问题不大吧？"

陆封："嗯。"

元泽实在好奇："你到底怎么落下的肩伤？"

陆封睁着眼说瞎话："天生体弱。"

元泽："……"

您这男人梦寐以求的身材，还天生体弱？给不给人留活路了？！

FTW的比赛还在下午三点，有了昨天的初战告捷，今天FTW全员精神抖擞，信心满满。

GOQ不是什么强队，BP的时候简直和LH如出一辙，先禁暗贼以示尊重。卫骁满不在乎："再来次狂贼？"

GOQ又禁狂贼，表示很烦。

白才："还有仙贼。"

GOQ简直是在FTW安排了"间谍"，下一个就是仙贼。

卫骁乐了："他们是不是看不起我啊？"

想针对卫骁，怕不是看不起他的英雄池。

辰风："隐贼？"

卫骁："血贼。"

训练赛没怎么用过，辰风略犹豫。

卫骁："来吧，让他们看看什么叫热血洒遍荣光峡谷。"

热的是FTW的血，洒的是GOQ的血，真行。

昨晚熬了一宿，卫骁想验证下成果。他知道自己的短板在哪儿，知道团队的漏洞在哪儿，配合、默契，都需要时间去堆积。

大家没那么多时间和精力，他有。卫骁一遍又一遍地看着似乎无意义的复盘视频，其实是在了解峡谷的每个队友。他们的优点，他们的缺陷，他们的节奏感，他们的个人习惯……

卫骁不会等着别人来配合他，他在主动走向所有人！

49

GOQ估计是看了昨天FTW对LH的比赛，被卫骁吓破胆，疯狂禁用盗贼。职业赛有六个禁用位，前三个全给了卫骁。禁完三个后不能再连续禁用，得先双方各自选三个。

FTW也是狂，卫骁被针对成这样，前三楼还是不拿打野，只是轻轻巧巧地拿了几个强势天赋。

弹幕区还挺热闹。

"来来来，让我们猜一下，FTW此举是对卫骁过于自信，还是已经'弃疗'？"

"以我对大师的了解，应该是前者。"

"得了吧，暗贼、狂贼、仙贼全被禁，你们Q神还有什么拿手天赋吗？"

"小声讲一句，历年来针对大魔王的国内战队都什么下场大家还记得吗？"

这事在中国赛区也是一段佳话，六个禁用位全给陆封，结局是切断了FTW的灵魂？不！

结局是陆封给大家秀了一个新的打野天赋。

谁说只有暗贼、隐贼、狂贼、仙贼……能秀？拿个死亡骑士也能送你下地狱！

终于，在GOQ禁用了隐贼、力贼、刀贼后，FTW最后拿了血贼。

解说们眼前一亮："血贼吗？这个天赋坐了很久冷板凳，最近已经很少有人用了。新赛季对他的吸血机制进行了调整，生存率降低，输出性又不高，有些难。强势打野都被禁，GOQ抢下了死骑，剩下的打野天赋实在不多了。拿血贼是可以的，至少自保能力足够，这局就要看仙术士和冰猎秀翻全场了！"

因为GOQ疯狂针对卫骁，FTW顺势拿下仙术士和冰猎，给了宁哲涵和越文乐一个保障。

最终阵容确定，双方打野位的选择都有点勉强——

FTW：狂战、血贼、仙术士、光牧、冰猎。

GOQ：神战、死骑、暗法、巨人萨满、雨猎。

单看阵容，其实FTW占优势。

上单、中路和射手甚至是辅助都拿到了配合默契且强势的天赋。反观GOQ，简直自作孽不可活，因为禁用位全给了卫骁，导致FTW其他位置如鱼得水，想拿什么就拿什么。

宁哲涵弱吗？越文乐弱吗？汤神弱吗？

GOQ队内语音："知道他们都很强啊，可是卫骁好可怕啊！"

从解说到观众再到场上选手，都觉得卫骁拿血贼是权宜之计，是不得不做的选择，是被逼无奈只能靠队友Carry的下下策。

只有LU发弹幕："血贼很强。"

"大哥发话了！"

"血贼很强吗？是说这个天赋强，还是卫骁的血贼很强？"

"这话里有话啊，大哥莫非认识卫骁？"

凌晨三点，倒不过时差的陆封又在看直播。这次元泽没找他吃消夜，闲着无聊也爬回屋内，看一场小得不能再小的常规赛。

然后就看到了卫骁榜上的LU。

元泽面无表情地截图转发到了队友群。

因为元泽"爆料"，金成炫也点进了中国赛区的直播间。得亏他们的出场不会有什么职业选手特效，要是有那玩意儿，估计直播间得爆炸。

起初元泽和金成炫都在看 LU，后来却被峡谷里的血贼吸引了。同样看得认真的还有停下刷礼物的陆封。

游戏已经进行了十分钟，结果是毫无疑问的，FTW 压着 GOQ 打，打得他们哭爹喊娘，解说们也在努力用不偏不倚的语气去分析战局，疯狂给 GOQ 打气。只有明眼人看到了这场比赛的不同之处。元泽直接点了血贼视角，盯着卫骁看。

金成炫扬眉，把手机架到了后座上："这小疯子是真行。"

陆封看得眼睛都不眨，他起初也是固定在血贼视角，但很快他开始频繁切视角——

卫骁去了下路，他切到了越文乐视角。

卫骁去了上路，他切到了汤臣视角。

卫骁去了中路，他切到宁哲涵视角。

自如——率先浮现在陆封脑中的是这两个字。

元泽看得入神，老 G 啃着汉堡跟过来："FTW 的比赛？GOQ？没听过啊。欸，卫骁这血贼玩得不错啊。"

元泽死死盯着卫骁："烟。"

老 G："你不是……"

他没敢多说，从口袋里掏了根烟给他。

元泽叼上烟，心口的澎湃才勉强压了下去，老 G 并没看出名堂："压倒性的局而已……谁都能秀吧？"

元泽轻吸口气："……晏江。"

Gary 一愣。

另一边，金成炫轻笑着对李赫然说："没想到啊，还能在除了晏江以外的选手身上看到这种相容性。"

李赫然没和晏江做过队友，他没体会过那种相容性，但同为辅助，他知道这有多重要。金成炫点了下屏幕："还很稚嫩，但已经初具雏形。"

元泽自言自语着："陆封引导的吗？"

金成炫回答了李赫然同样的问题："不可能，哪怕是陆封也理解不了晏江的'自如'。"

这听起来挺玄妙的，但确实是一个精准的形容，是一种只有和晏江做过队友，才能体会到的感觉。

自如。

这两个字不是说晏江也不是说卫骁，说的是他们的队友的感受。

强大的相容性，惊人的观察力，还有直觉和不知该怎么形容的天赋，让队友只要在峡谷里遇到他，就能体会到那种扑面而来的自在感。好像视野开阔了，好像机会被放大了，好像连思考都可以省略，顺着他铺的路，秀就完事了！

很微妙的感觉，难以形容却切实存在。这是只有曾经的神之队和现在的世界冠军

Y1拥有的特质。

如今新的FTW竟有了一点雏形。

FTW队内语音——

菜哥："小宁子不错啊，刚才那个云上飞牛！"

宁哲涵兴奋道："说真的，我都不知道我怎么拿的双杀！"

菜哥哈哈大笑："不错不错，装得很到位。"

难得卫骁什么都没说，清了石头怪，直奔下野区。

菜哥插的眼被人踩了，他急忙道："老卫小心。"

话音刚落，卫骁中了埋伏，巨人萨满一个大招将他震起，被捶到"自闭"的GOQ可算逮到机会了。

比赛输定了，翻盘没希望了，但是GOQ高喊："搞死这个血贼！！"

虽然说不清道不明，可只要血贼出没，他们必死无疑，哪怕人头不是血贼的。

"干他干他，我们三人一定能摁死他！"GOQ的打野尤其激动，"人头给我，杀了这个血贼我能吹半年！"

必须承认"回光返照"的GOQ很凶，萨满的这个大招也实在给力，把血贼完美击飞。GOQ打野和射手疯了一样扑上来，死骑形态都顾不上切换，靠着灵活的位移先刷血贼一套技能，雨猎也是踩在雨滴上疯狂扑向血贼。几乎是瞬间，被控住的卫骁血条飘红。

只有血量跌到重伤，差一丝血就要倒地才会有这样的特效。疯狂闪烁着的红条预示着死亡，所有人都觉得卫骁凉了，这怎么看也不可能活下来。不过死一次也无所谓，影响不了结局。

直播镜头给了卫骁，一个单人的侧面特写。年轻人肤色白皙，眼眸极黑，注视着屏幕的神态冷静镇定，没有丝毫慌乱。镜头下切，落到了他同样白皙的手上。漂亮的手指，惊人的手速，键盘的声响仿佛透过无声的画面传到了无数观众的心尖。

解说："血鸦盗贼回头了！

"卫骁仅余丝血，他利用'化羽'反向突进雨猎，'血鸦之吻'标记了雨猎，卫骁开出了大招！"

系统公告：

FTW.Quiet击杀GOQ.Yuyu！

FTW.Quiet击杀GOQ.Qingtian！

FTW.Quiet击杀GOQ.Xiafei！

FTW.Quiet三杀！

这不是普通的三杀，这是丝血反杀！解说用着极快的语速讲述了这段操作，可惜所有观看的人都听不到了。他们头皮发麻，这番操作真的是秀到让人鸡皮疙瘩全蹦起来了。

走位、回头、拉锯、大招回血、被动治疗……每一丝每一毫，只要有丁点儿失误，都不可能打出这样的精彩操作！

元泽、金成炫呆住了。

老G手上的热狗都掉了。

晏江很可怕，但他再怎么可怕，仍被局限在一个无法打输出的辅助中。这小子……

金成炫轻呼口气，靠向电竞椅："后生可畏啊。"等这小疯子彻底成长起来，得是个什么惊人模样。

50

血贼全称是血鸦盗贼。在今晚之前这就是个冷板凳英雄，别说职业赛场，连路人局也很少用。血鸦盗贼其实很酷，一身漆黑燕尾服，高顶帽，黑手杖，左肩落着一只血色乌鸦。

这个天赋刚推出那会儿，一度是无数打野的宠儿。血鸦不仅长得帅，技能也可圈可点：被动是三次普攻激发治疗效果，且会留下血色鸦羽标记对方；一技能名为血鸦之吻，强控敌方半秒钟且留下鸦羽标记；二技能名为化羽，是两段位移，逃生突进的核心技能；三技能名为鸦落，一旦击中被鸦羽选中的目标，伤害爆炸。

最后的大招叫血誓，顾名思义，以血为誓，漫天鸦羽吸取敌方鲜血恢复自身血量。从技能上看，这个天赋进可攻，退可守，还有这自带的续航能力，非常不错。

刚推出时他的确是这样的，后来策划给他砍了一刀，降低了吸血量，增加了操作难度，一下子把这个酷哥砍废了。

进可攻？哦，曾经爆炸伤害的"鸦落"沦为一地鸡毛。退可守？化羽的两段位移调为反向，"手残党"经常搞不懂为什么自己要逃跑，结果飞到了人家刀下。

最惨的是大招血誓，原本鸦羽落下，众生失血，现在……众生把他捶成弟弟。就这么个天赋，卫骁把他秀出了花。

GOQ的绝地反击确实漂亮，无论是控制还是输出，全部都有。卫骁也的确被暗算了，那暴跌的血条证明了一切。

可是他没慌，血贼瞬间化羽，冲到了脆皮雨猎身上，被动三刀触发了自身的治疗效果同时标记雨猎，紧接着是血鸦之吻，控住了想要反击的雨猎，然后开出血誓。

满天赤色鸦羽下，雨猎的血条狂掉，血贼濒死的血条却逐渐汇拢。

——以你之血，予我为生。

这就是血鸦盗贼能够反杀的资本！

GOQ的死骑反应也很快，眼看着雨猎撑不住，他已经开始上前补伤害，可惜凭借大招恢复到半血的血鸦盗贼根本不怂，走位躲过冲撞，化羽拉开距离，看似要逃了，等死骑追上来，他反手又是被动三刀加血鸦之吻。

被定住的死骑心一惊,冷却时间结束的血贼再度用出"鸦落",只余半管血的死骑倒在血贼的黑色手杖下。

随后宁哲涵赶到,巨人萨满被仙术士秀了一脸,最后人头被血鸦之吻带走。

经此一战,GOQ 元气大伤,彻底抬不起头了。如此酝酿了一整局的埋伏,如此漂亮的开团,如此给力的输出,最后别说搞死血贼了,还送出三杀,GOQ 队内语音哭得好大声!

第一小局 FTW 点爆 GOQ 水晶,强势赢下比赛。第二局 GOQ 犹如被吓破胆的小鸡仔,秒禁血鸦盗贼。

弹幕一片唏嘘。

"咦,还想看 Q 神秀血鸦!"

"GOQ 别尿啊,禁什么禁,一共六个禁用位,您禁得完吗?"

真的禁不完,什么叫拆东墙补西墙,说的就是现在的 GOQ。禁着禁着,慌了手脚的 GOQ 教练后背一凉:"狂贼!"

GOQ 的打野年纪小,天真道:"也许这次 FTW 还不会第一手抢打野。"

然后一楼的卫骁拿了狂贼。

GOQ 全员:"……"

GOQ 打野的 Yuyu 差点哭出声。不按常理出牌啊这个队伍,怎么想怎么样就怎样!

拿到狂贼的卫骁——罢了,这局别讲了,给 GOQ 留条生路吧。

FTW 常规赛第二场,又是 2:0 零封对面。粉丝的气氛被带动起来了,本来忧心忡忡的老粉丝也感受到了一丝丝欣慰。还好还好,虽然队长不在,但 FTW 依然强大!卫骁这新人真的行,是个能把前浪拍死在沙滩上的狠人!

当然也有一些观众酸不拉叽的。

"F 粉醒醒吧,下周对 3U,等你们 Q 神原形毕露。"

F 粉丝维护。

"阿睡还是一灯大师带出来的,那叫原形毕露?那是猛虎出山!"

"Solo 算什么本事,你们大魔王 Solo 全球第一,有用吗?"

"呵呵,你们家 3U 拿了冠军?"

"我们 3U 在全球赛成绩比 FTW 好!"

"运气好而已,也好意思说。"

吵架是日常。

比赛结束回到后台,辰风:"谁去采访?"

他会问,其实是有属意的。要不然辰风一个眼神,菜哥就上台了。

卫骁:"我去吧。"

辰风点点头:"嗯。"

今天卫骁可以上,一来是陆封离队的问题,昨天白才已经招呼过了,今天主持人再问就是不识趣；二来今天的卫骁是真的太秀了，尤其是血贼丝血反杀帅翻全场，有这样的话题在，肯定不会再提旧事。

果然，主持人被辰风教练算计得明明白白，一看卫骁上场，哪还记得问什么别的。主持人是个妹子，妹子对长成这样的小哥哥总有点天然的好感："Q神今天的血贼玩得真好！"

卫骁很和气："常规操作。"

主持人笑眯眯，又问："这个常规可真不一般，尤其是最后一次1V3，面对那样的困境，Q神是怎么做到绝地反杀的？"

卫骁说得很真诚："倒也没想太多……"

主持人洗耳恭听："嗯？"

卫骁："冲就完事了。"

主持人："……"

观众："……"

弹幕上一片"哈哈哈"，随后有人放狠话："GOQ注意了，你们三个被卫骁一人包围了！"

主持人："咳，勇敢无畏的气势很值得学习。"

卫骁点头："还是有一些细节的，这边有复盘视频吗？我可以给大家详细讲一下……"

主持人有点蒙："嗯？"

后台的白才心里咯噔了一下："别给他视频，千万别给！"

所有见识过大师"复盘视频"的选手都提了口气，恨不得伸出"尔康手"，求放过。

好在采访席并没有这方面的配给，主持人虽然好奇，也只能圆过去道："复盘的话，还是交给解说席吧。"

卫骁："行。"

卫骁点开直播间，看到榜一的LU，嘴角压都压不住，他拨通了语音通话。

陆封直接说："很棒。"

卫骁捂着手机压低声音道："不是说了别刷爱心。"

陆封顿了下："没忍住。"

卫骁眼睛也弯了："有什么好忍不住的。"

陆封："血贼太好看，忍不住想送他爱心。"

卫骁："……"

卫骁心里惦记着正事："昨天去检查了吧，怎么样？"

陆封安抚他："后天开始系统性理疗。"

卫骁揪心："理疗会痛吗？"

陆封："不会。"

卫骁顿了下，又道："你要好好听医生话，空闲了给我发条语音就行，别累着肩膀。"

陆封心里热乎乎的："没那么夸张。"

卫骁舍不得挂电话："血贼真的有那么好看？好看到让你都忍不住想刷爱心？"

"呜呜呜，我们怎么会失误？！"
"我觉得我没失误啊，你看我这个大招开得，血贼直接被击飞。"
"我也没问题啊，你看我这套连招，打得满满的好吗！"
"我的箭伤害也够的，你看他这血条降得多快。"
"可是……"
抱头痛哭的是 GOQ 三人组，这家饭店没有预约的话日常爆满，三人还在等候区，一边排队一边复盘，顺便哭得很大声。

卫骁刚好路过，服务员已经偷偷看他们好几眼了。至于吗，不就是打个游戏，至于这么真情实感吗？不看电竞的圈外人 Get 不到。

GOQ 的小打野："卫骁不是人，你看他这个化羽用的……"
轻飘飘的声音毫无违和感地插入对话中："这个化羽只是常规操作，注意看我化羽后接的那下普攻，两段化羽一个血鸦之吻，同时刷出三下普攻，被动治疗才是活下来的关键。"

GOQ 三人还没意识到"复盘"队伍里多了个人。
"是啊是啊，这口被动回血算得太准了，刚好抵消我的箭伤。"
"其实这也不算什么，真正的精髓是稍后的走位，看到没，就这下躲开了死骑的撞击。"
"对对对，我本来百分之百撞到，结果他躲开了！"
"还有这里，血誓的被动你们知道吗？可以免疫被吸血最多的一个人的全额伤害，所以雨猎杀不死我。"
"这个被动有刷新条件啊，卫骁刷出来了吗？这么短时间，这么险恶的情况下，他怎么能这样冷静自持！"
"没啥，天赋异禀而已。"

后知后觉的三个人，终于从大哭特哭的情绪中走出来。他们意识到不大对，一回头看到卫骁冲他们友好一笑。

GOQ 三人："……"

六 输人不输阵

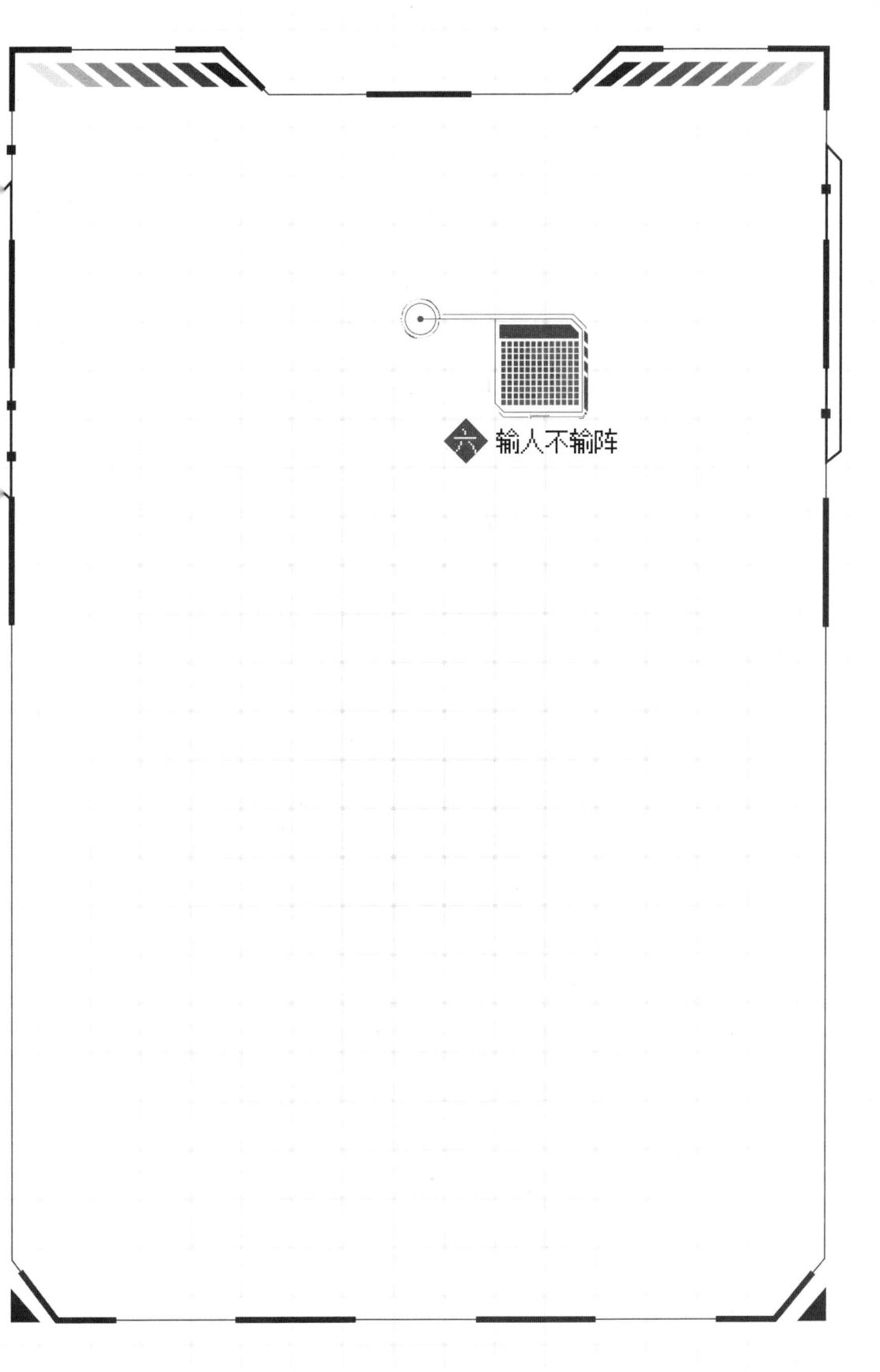

51

世上最尴尬的事是什么？被人"虐"到抱头痛哭，回头发现了始作俑者，更要命的是这大恶狼还混进羊群，和他们讲了半天他是怎么用利齿撕碎他们喉咙的。

GOQ 三人中最小的打野："呜……呜！"

没错，真哭了，不是形容词，不是夸张手法，而是他真的绷不住情绪，流下了男儿热泪。

卫骁："……"

GOQ 打野自觉丢人，擦着眼泪道："我……我……"越解释哭得越凶。

卫骁连忙扯了张纸巾给他："别哭啊。"

GOQ 打野可算把话说出来了："我不是被你捶哭的。"

这解释绝对是掩饰。

卫骁也不急着回屋了，挤到他们身边坐下："看这里。"

GOQ 三人给他腾了地方。卫骁手指细长，骨节生得特别好，点在手机屏幕上像根脆生生的竹笋："死骑这番操作很及时，但输出不够。"

GOQ 打野用的是死亡骑士，他不哭了："可是我切了形态会追不上你。"

卫骁点着进度条，向后拉："如果巨人萨满控我的时候，你站在这个位置，是不是就来得及切换形态了？"

GOQ 打野："……"

卫骁继续道："切换形态后，你起手一个重刀突击，再接个灵魂呐喊，我能被你控到求饶。"

GOQ 三人："……"

很有道理，非常犀利，可问题是怎么能做到啊？且不提那个刁钻的站位，即便是切换形态后，重刀突击加灵魂呐喊，如果没有触发入魔状态，也没有用！

卫骁又回放了一遍，指着雨猎说："这里很棒，踩着雨点来得很及时。"

莫名被夸，GOQ 的射手蒙了蒙。

卫骁："当然，再怎么及时也点不死我。"

射手君："……"

卫骁尤其夸赞了巨人萨满："这个大招真牛，我被你震起来的瞬间，开心极了。"

四个人聚头说这么久，早就没了隔阂。本来都是十八九的少年，没那么多心思，卫骁皮归皮，说话也真有趣。而且 GOQ 三人也感受到了，卫骁在帮他们复盘，虽然复着复着就开始吹他自己，但也没错啊，卫骁真的强，吹得有理有据！

GOQ 辅助好奇："怎么就开心极了？"

我把你控住，你开心极了？如果了解卫骁的菜哥在场的话一定会说：别问！兄弟，咱活着不好吗？可惜 GOQ 辅助不懂，就这么问出来了。

卫骁微微一笑："在这之前，我以为你们要从头菜到尾。"

GOQ 众人："……"

卫骁心满意足地回到包间，白才盯他："便秘？"

"滚！"卫骁心情好，把一袋子零食放菜哥桌面，"隔壁送的。"

白才："嗯？"

怕菜哥多想，卫骁道："上完厕所看到 GOQ 的三人在排队，和他们聊了聊。"

菜哥嘴角抽了抽："聊了聊？"

有种不好的预感。

卫骁叼着吸管喝西瓜汁："嗯，给他们复了下盘，把他们感动得直给我塞零食。"

因为零食里有包薯片，越文乐已经撕开准备吃了。

菜哥吓一跳，连忙制止："别吃！"

越文乐："嗯？"

菜哥："GOQ 恨死卫骁了，给他的零食里肯定有毒！"

"嘎嘣"一声，越文乐已经吃了。

卫骁得亏用吸管喝，要不得喷："去你的白才，我有那么败人缘？"

白才逼着越文乐吐出来："就你那复盘，谁听了不想毒杀你？"

卫骁笑骂他："少毁我清白。"

陆封第一次理疗约在了下午一点。卫骁睡得最熟的时候，他开始了第一个疗程的第一个阶段。医生和他讲了很多注意事项，陆封一一应下。

医生着重强调："可能会很痛，请务必忍一忍。"

陆封点头应下："有劳了。"

整整一个半小时，结束后陆封整个上衣全湿透了，他脸色也纸一样地白。主治医生十分佩服："您非常勇敢。"

全程没有抱怨一声，甚至连轻哼都没有发出，凭借惊人的毅力忍了下来。

医生安慰他："等一周后可以再做一次检查，如果效果好的话，这个肩伤是有希望恢复到七成的。"

陆封脸上有了点血色："多谢。"

初检的结果非常不乐观。电竞职业对微操要求太高了，这种外伤可能会造成的影响是多方面的。身体、心理都有因素，想要完全恢复，难度太高，医生是不会给保证的。

可陆封今天所展现的毅力和坚持感动了主治医生。他渴望治愈，因为心中强大的信念而渴望着重回赛场。哪怕他一句话都没说，这种心情却传达给了所有见到他理疗的人。

如此执着，命运怎舍得压垮他？

因为睡得早，卫骁醒得也早，才刚过十点，他就睁开眼了。卫骁一把捞过手机给陆封打电话。

陆封接得很快："吃饭了？"

卫骁几乎和他同时开口："理疗怎么样？"

然后两人又同时说话。

"没吃。"

"还好。"

这同时说话把两人都逗笑了。

卫骁索性开了免提，一边去洗手间洗漱一边和陆封闲聊。两人有一搭没一搭地说着，虽然不在一起，却又好像都在彼此身边。

卫骁催着陆封睡觉。

陆封："睡不着。"

卫骁弯唇："那陪我排位？"他知道陆封不能碰游戏。

陆封："好。"

卫骁带着手机摸去了训练室，趁着大家都没起床，大大方方地开着免提登游戏。

B市的3U俱乐部，从逸起了个大早，推门进训练室发现有人在："没睡？"

阿睡："……"

从逸："哦，醒得这么早？"

阿睡点头。

从逸又道："吃早饭吗？楼下有小笼包和皮蛋粥，小笼包有点腻，皮蛋粥还行。"

阿睡："……"

从逸："不行，想吃自己下楼。"

阿睡："哦。"

这一幕在3U基地时常上演，要是有个外人在估计得惊掉下巴。请问，那位懒洋洋靠在电竞椅上的少年说什么了吗？

为什么面对这"无声的沉默"，另一位能接话接得如此自然？这都不是唇语的问题了，这是心灵感应吧！

别说外人，就连3U内部对这事也是非常迷惑。看不懂睡神，更看不懂看得懂睡神的从逸。总之这俩加起来，就是个大写的"谜"！

从逸溜达了一圈，还是下楼去拎了小笼包上来："粥没了。"

阿睡："……"

从逸："想喝也没了，我煮不来。"

阿睡默默夹起小笼包，吃得慢腾腾的。

3U 阿睡，中国赛区有史以来最奇葩的队长，上一个荣获这封号的是莫有钱。莫队的成名史不用说了，漫天撒钱了解下。这么奇葩的莫有钱竟然被阿睡队长后来居上，阿睡有多奇葩由此可见一斑。

从逸站在他身后："卫骁用血贼？"

他以为阿睡在冲分，没想到是在复盘。看的不是 3U 的，是昨天 FTW 对 GOQ 的。

从逸扫了两眼，明白了："这个血贼玩得不错。"

阿睡吃了三个小笼包就不吃了，他一直用筷子，手上丁点油没沾，视频结束的瞬间，他放下筷子，登录游戏。

从逸看到了："巧了。"

真的很巧，阿睡登录的瞬间，卫骁也上线了。两人是好友，阿睡这边还对卫骁设置了特别提醒，所以一眼就能看到。

卫骁刚要点匹配就看到新消息。

睡不着："Solo？"

卫骁也挺意外，他一边打字一边念给陆封听。

睡不着："用血贼。"

卫骁："行啊。"

睡不着："来。"

卫骁："等下，我开个直播。"

睡不着："？"

卫骁："放心，我只给一个人看。"

Solo 的话，肯定没法轻松和队长聊天，游戏内观战又有延迟，不如开直播来得简单。

睡不着："谁？"

卫骁打个字都得意扬扬的："我队长。"

睡不着："……"

卫骁对直播这事不太熟练，折腾了一会儿才搞定，为了避免被打扰，他设了房间密码。

把密码告诉队长后，卫骁道："来吧。"

阿睡邀请他。

两人进入游戏后，选英雄选得干脆利落，卫骁拿了血贼，阿睡也拿了血贼。

卫骁扬眉："不错嘛，我就喜欢头铁的人。"

可对直播业务不那么熟练的卫骁并不知道自己分享出一个链接。直播平台和微博账号是挂钩的，他一旦开了直播，就会分享一个链接到微博上。

卫骁如今的微博粉丝数可不低，大家一看这分享链接，匆忙赶来。

敬业啊！卫骁这么早就开播啦。

结果怎么还有密码？整个直播间只有一个观众！

52

  直播平台的私密房间保护得很严实,只能看到房主姓名和下面唯一的数据——观众人数:1人。

  卫骁的房主名改不了,只能是签约的职业ID,所以FTW.Quiet要多晃眼就有多晃眼。

  他不慌,私密房间不会上直播推荐,他自从首播后一直没空直播,粉丝不可能来"蹲点",应该不会有人发现他的小秘密。

  然而百密一疏的骁哥万万没想到直播平台和微博联手"坑"他。

  粉丝涌到直播间,起初是想看Q神直播,兴致勃勃地想和他聊聊如何把血贼秀出花。

  结果被拦了。

  大家都被拦也就罢了,偏偏有一个人能进去!

  这下坏事了,好奇心这东西犹如一锅热油,都是油很平静,一旦倒进去一滴水,就足够炸开花。

  "啊啊啊,自从首播之后,我等了一个月,等来的就是这个?"

  "到底是谁?报上姓名,我要和你Solo!"

  "Q神,我想进去,让我进去……"

  微博异常热闹,粉丝没法在直播间发弹幕,就在这条分享链接下"乱叫",上午十点,一个个的不上学不上班,蹲微博里扮演福尔摩斯。

  微博上再怎么闹,开了勿扰模式的卫骁也不知道,他正和阿睡Solo得起劲。

  血鸦盗贼不是个热门英雄,但职业选手都会适当练一练。卫骁是跟着陆封练的,两人Solo起来,除了辅助,连射手和法师都轮了个遍,更不用提盗贼系的血鸦了。

  血鸦有两个传说级皮肤,一个是卫骁用的这个燕尾服、高顶帽、黑手杖的中欧冷艳风;另一个是造型狂野的小丑服,多角帽,长靴子,糖果手杖上立着一只鲜血淋淋的乌鸦。

  一个冷艳,一个狂放,站在峡谷里倒是别有趣味。开始不过五分钟,战斗已近白热化。

  同天赋Solo,拼的就是个人操作细节。

  别看阿睡在生活中昏昏沉沉没有干劲,一旦进入游戏就仿佛第二人格觉醒。现实中有多昏沉,游戏里就有多疯癫,仿佛在"三次元"蓄积的能量全部发泄在峡谷中。

  卫骁被阿睡的血鸦之吻控住,动弹不得。这样一个千载难逢的机会,阿睡显然不会放过,三技能鸦落配合普通,一道爆发砸上去,卫骁立刻残血。在阿睡最后一下普攻扫来时,卫骁控制解除,他瞬间点出二技能化羽,两段位移拉开距离,只余地上几片猩红鸦羽。

  阿睡料到他会撤退,同样化羽突进,小丑的糖果杖眼看着就要敲到卫骁,卫骁侧身一躲，大招血誓发动，漫天鸦羽落在峡谷。

阿睡扬眉。

从逸："该退了。"

阿睡没退，反而继续二段位移冲过去，同样开启血誓。血鸦盗贼的大招有着高额吸血机制，不只是恢复自身血量，更会疯狂吸取对方血量。阿睡是要和卫骁硬拼，想仗着自己血量高，拼死卫骁。

卫骁笑了下："年轻。"

他一动没动，顶着带毒的糖果雨，和阿睡拼血誓。

系统公告：
FTW.Quiet 击杀 3U.Sleep！

阿睡："……"

从逸坐一旁嗑瓜子："冲动。"

阿睡："喜欢。"

从逸"啧"了一声："行行行，知道你喜欢卫骁，被他捶死也开心。"

阿睡："……"

刚才那一下阿睡的确不该和卫骁硬拼。同样的大招，同样吸血，但卫骁有一处细节是阿睡没有的。他在化羽逃离前标记了身边的小兵，在这种情况下开启血誓有吸血加成。

阿睡的确是基础血量大，但他只能吸取卫骁的血。这就好比两个吸血鬼，一个身边堆了无数血包，另一个只能喝敌人的血，双方吸血速率一致且有上限，显然有血包的胜算大。

血誓结束，卫骁一个三技能丢出去，血鸦鸣叫，化作刀刃落在阿睡身上。

卫骁问陆封："刚才那下，队长换你要怎么办？"

陆封知道他的意思，如果阿睡不选择撤退，还有的打吗？

陆封："在你解控前我会优先刷两下普攻。"

卫骁眼睛一亮，懂了。血鸦盗贼的被动有治疗效果，倘若阿睡追上来之前刷满两次普攻，那么阿睡追上来时只要再接一下就能给出治疗被动。有了这点血量，哪怕卫骁有"血包"，阿睡也能撑到最后，等双方血誓结束，阿睡一个血鸦之吻就能送走卫骁。

生与死，胜与负，差的往往就是那一念。可这一念，却是无数职业选手拼搏数载都无法翻越的高山。

刚打完一局，训练室门开了。菜哥人未到声先至："祖宗啊，你又在搞什么玩意儿？！"

卫骁来不及挂电话，直接把手机盖了过去。白才没注意这些细节，他一大早醒来，照例经营卦帝，谁知刚扫了一圈就瞳孔"地震"。

"卦帝卦帝，一手猛料！"

"卫骁与神秘人私联，是男是女？"

"专属直播间，只为你而开，来猜猜密码是多少！"

这一大堆类似于头条新闻的语句，着实抓人眼球，菜哥不只眼球被抓，心也被抓了。卫骁又造什么孽了，一大早传什么绯闻，还嫌自己不够"火"吗？！

卦帝菜哥顺藤摸瓜，去了卫骁的微博，然后他趿着拖鞋穿着睡衣就冲到训练室："你不会开直播就别开，能别犯这样的低级错误吗？"

卫骁："嗯？"

咋回事，他开个私密直播间，菜哥怎么知道了？

白才直接把手机往他脸上撑，卫骁看了个明明白白。自己的微博，一看就是自动生成的分享链接，下面的转发评论都破三万了……

卫骁："不都说电子竞技没有早晨吗，这些人疯了？"

白才把热评点给他看。这不看不知道，一看真是……比小说还精彩。群众的"脑洞"是无限的，月球表面都要自愧不如，什么美女高才生女朋友，什么大师和小弟子的独家密聊……

白才："请问Q神，对方是谁？"

卫骁："……"

白才："坦白从宽，抗拒从严，回头我举报给队长，你吃不了兜着走！"

卫骁神态复杂。

菜哥顾不上许多了，这都算公关危机了，回头队长降罪，他这个知情不报的也得受牵连："让开点，我自己看。"

不说拉倒，他凑过去看看直播间就知道唯一的观众是谁了。

卫骁坦白了："我在和阿睡Solo，队长睡不着，想看看我水平。"

菜哥的表情像是"裂"开了！

白才好半天才找回声音："真、真是队长？"

卫骁纳闷了："至于这么惊讶吗？"

白才："不是，这个，嗯……"

不怪菜哥惊讶，陆封入行四年，从没在任何人的直播间出没过。哪怕是带新人也只是一起双排，新人开直播，而且也就一两局，观众到位他就走了。日理万机的FTW负责人，粉丝无数的Solo大魔王，怎么会安安静静在别人的直播间当个观众？

这……没法想象！

53

他话没说完，看到屏幕上弹出一行字——

FTW.Close：人呢？

卫骁也看到了，赶忙假装开麦克风道："刚去了下洗手间。"

菜哥松口气，给他比一个"稳"的手势。卫骁偷偷把手机收到了口袋里，这要是给白才看到通话时长，他能当场"炸裂"。

游戏私聊里，阿睡弹了个问号出来。卫骁解释了一下。

已经开了麦，菜哥当然不会瞎说了，他可有礼貌地跟陆封打招呼："队长晚上好！"还知道算时差。

弹幕上：早。

菜哥笑眯眯的，丝毫不知道自己正走在钢丝绳上。

眼看着卫骁又要和阿睡 Solo，白才道："微博已经发出去了，处理一下吧，把密码解除，让粉丝看看唯一的观众是队长……"

菜哥的担忧不无道理，虽然卫骁不想让粉丝来打扰自己和队长，但这事闹得不小，也应该澄清一下。

唯一的观众是队长，这虽然出乎广大"福尔摩斯"的推理，却又合情合理。

卫骁和阿睡 Solo 是很有价值的，相当于一场单人训练赛。哪个战队也不会拿训练赛去开直播，大家都懂。

3U 那边肯定有人盯着看卫骁的操作；FTW 这里，陆封在海外，想要看个即时战况，开直播是最好的选择。

加密是为了保护战队"杀手锏"，这都很说得过去。

不得不说，菜哥想得很周全，办事也妥当，要是没那一通训话，他每天除了遛狗外可能还会多不少"外快"。

卫骁这边直播间密码刚解除，就有无数人涌了进来：

"开了开了开了！"

"唯一观众到底是谁？！"

无数"福尔摩斯"都惊了。怎么会是陆封？怎么会是大魔王？！

菜哥无视这数不清的弹幕，当起了"解说"："感谢大家关注，接下来请收看 3U 睡神和我们野王的精彩 Solo……"

作为常年接受采访的男人，菜哥三言两语就把事情交代了个明明白白。就这嘴巴，退役后能混成知名解说，年入千万不是梦。

很快大家都冷静了，原来是"训练赛"啊！原来是"监工"啊！原来是大魔王带小魔王啊！

看直播的观众被峡谷里的 Solo 吸引了所有注意力。

卫骁、阿睡是中国赛区两匹黑马，他俩 Solo 不要太刺激。

更何况，下周是 3U 和 FTW 的比赛，大家本来就十分期待，这会儿有个 Solo，无异于赛前预热。

"卫骁拿了死骑！"

"卫骁真是个打野万花筒，有什么他不会的吗？"

"毕竟是大魔王带出来的，全能啊。"

"进入游戏了！"

"阿睡拿了血贼。"

"有意思有意思，昨天 FTW 对 GOQ 就是死亡骑士对血鸦盗贼。"

"按理说死骑天克盗贼，但是 GOQ 的死骑宛若一个死人。"

"死骑本来就是死的。"

弹幕上日常吵架，白才索性开了电脑，当起房管，开始屏蔽不良言论。

随着密码解除，流量激增，平台也赶紧推荐。这会儿已经快十一点，电竞圈的人陆陆续续醒来，不少人都来看热闹。其中不乏各战队大神。

比如 TPT 的"傅·'学霸'·老干部·队长·黎"就坐在电脑前看直播。

欧星打着哈欠下楼，睡眼惺忪地看到队长旁边的咖啡杯："喝口。"

傅黎左手上是 11 英寸的平板，右手是二代触控笔，高挺的鼻梁上架着金丝眼镜，正在盯着比赛做笔记："哦。"

欧星喝了一口："噗！"

他捂着嘴，全喷在垃圾桶里。

"这什么玩意儿？"欧星不可思议地看着咖啡杯里的不明液体。

傅黎目不斜视："黑咖泡枸杞。"

欧星很后悔，他怎么敢碰队长的杯子？还敢喝一口？是嫌命太长吗？！

傅黎放下平板，淡定地喝了一口这不明的养生液体："既然醒了，过来看看。"

欧星去饮料柜里找了瓶甜牛奶缓解嘴里的苦涩，凑过来道："一大早的，看什么呢？"

如今的射手黑马欧神是个标准"戏精"，他咬着吸管道："这俩，一大早就 Solo？"

傅黎对这厮包见怪不怪："看卫骁。"

欧星拖个椅子坐下，盯着对局："死骑怎么会被压得这么惨？等等，卫骁的死骑会被阿睡的血贼压着打？是我没睡醒，还是队长你的咖啡有毒，我出现了幻觉？"

傅黎不出声了，又拿起平板，记着要点。

欧星没看错，这局 Solo，卫骁的死亡骑士完全落入下风，被阿睡全程压着打。从职业克制上看，骑士类除去辅助类天赋，剩下的基本都是克制盗贼的。尤其是死亡骑士，可以说是盗贼克星，在选手实力差距不大，对局经济差距不大的情况下，用好了可以追着盗贼跑。也就是说这局 Solo，卫骁理应压着阿睡打，可两人竟然反过来了。

欧星很好奇："发生了什么，大师没认真？"

傅黎："他很认真。"

欧星扬眉："认真了还能被睡睡打得东躲西藏？"

闹着玩呢，他当年为什么不玩上单？就是因为自己明明拿了天克大师的天赋，却被大师打成孙子。反正都要当孙子，不如投奔射手的怀抱，"孙"起来还理直气壮。

傅黎白色的触控笔在平板上点了下："看着吧。"

热闹的在后头。

不只欧星纳闷，直播间的观众也是骂声连连。

"什么啊，卫骁不会玩死骑？"

"真当他全能王呢，结果只是个盗贼控？"

"说实话，一个打野不会死骑，有些说不过去。"

"总觉得哪里怪怪的，卫骁这死骑玩得其实不错，可就是……"

"让着阿睡？"

"有什么必要吗？"

"不懂……这样不认真打比赛的话，开什么直播啊，有意义吗？"

"是啊，浪费所有人的时间。"

只有少数人看懂了卫骁的意图，比如被调教过的 GOQ 三人。他们仨凑在一起看一台电脑。

GOQ 打野："是不是我的错觉？"

辅助："我觉得不是。"

射手："……"

GOQ 打野："呜呜呜，大师是要给我演示一下吗？"

辅助："我觉得你没这么大脸。"

射手："我觉得他就是想……"

对局第十五分钟时，直播间弹幕全是叹号。

卫骁弯唇："采访的时候没机会复盘，这会儿刚好，我来给大家演示下陷入绝境的死骑如何在经济差下反杀血贼。"

在输了血鸦盗贼十五分钟，彻底平衡了天赋克制带来的差距后，死亡骑士杀气腾腾。

54

这话一出，看直播的人："……"

只有 GOQ 三个不一样：果然。

有不明真相的："复盘，复什么盘？"

"昨天的比赛啊，FTW 对 GOQ 的第一小局，卫骁用血贼，一个人包围了 GOQ 三个。"

GOQ 三人看到这条弹幕，心情复杂，想反驳又没底气，不反驳又……

一群看了比赛的粉丝在弹幕上科普，尤其着重强调了最后的采访，更有奇葩的，直接把卫骁的话原样复述出来，一个字都没差。

不知道的惊了，知道的又复习一遍，搭配眼前的直播，口味独特。

"这哪是什么野王啊。"

"分明是个贫嘴王！"

"你强任你强，我 Q 秀又强。"

在各种口号喊得飞起的时候，还有不服的混迹其中。

"吹牛谁不会，'翻车'就好笑了。"

"还演示呢，也就嘴皮子一碰，瞎说话。"

"坐等'翻车'。"

"肯定'翻车'。"

乱糟糟的弹幕，卫骁一点没看，他记忆力好，昨天又帮GOQ复盘过，所以记清了当时死骑和血贼的经济差——差不多两千。

MOBA[①]游戏里，经济至关重要。所谓经济差，就是双方的经济差距。卫骁比昨天死骑的经济高了两千，意味着比他多了一件神装，多一件神装，他的各项属性都加了不止一倍，这也是他能1V3拿三杀的资本。

现在阿睡的血鸦盗贼经济刚好比他高了两千，基本还原了昨天的对局。他要展示的正是站在GOQ的视角，如何拿下比赛！

来了。

穿着小丑服的血鸦盗贼探出草丛，重装形态的死亡骑士周身弥漫着森冷黑气，只见他长刀横劈，一技能重刀突击的特效卷挟着空洞鬼脸，以无法闪避之态冲向血鸦盗贼！

阿睡反应极快，二技能化羽拉开距离，堪堪避开了击飞，同时丢出血鸦之吻，试图反控卫骁。卫骁显然料到了他的反应，秒切形态，召唤出地狱战马，坐上去的瞬间，脚踏烈焰，震向血鸦盗贼。

砰的一声！

画面中暴起了红黑相间的耀眼特效。鸦落砸在卫骁头上，死亡骑士利用战马的高移速和灵活性，减少被标记数量，同时在阿睡身上留下魔化印记。

一切都进行得极快，看直播的观众只觉得眼花缭乱。技能释放衔接太快，普攻接续得太准，特效漫天飞舞，只觉得屏幕里的峡谷被无限放大，死亡骑士和血鸦盗贼成了活生生的人，用生命和鲜血争夺最后的胜利！

菜哥忍不住当起了解说："死骑切形态了，重装形态的强控握住了血鸦盗贼的喉咙！血鸦盗贼一点不怂，控制解除瞬间开出血誓，抽血保命！不对！死亡骑士铺满了魔化标记，只要能开出三技能灵魂呐喊，那血鸦盗贼的血誓会失效。开出来了！入魔的血鸦盗贼伤害无效。阿睡的血誓空了！"

死亡骑士只要利用技能和普攻对敌方叠满魔化，一旦用了重装形态的灵魂呐喊，就能呼唤对方的灵魂，使其一秒内进入入魔状态。

入魔状态下的英雄所有伤害对敌无效。其他英雄的技能无效的话，顶多是打不出伤害，但血鸦盗贼的血誓无效是会死人的。

血誓是双重效果，吸取敌人血量，恢复自身血量。这会儿无效，意味着阿睡的血量无法得到恢复！已经耗空到重伤的血鸦盗贼……

---

① 多人在线战斗竞技场游戏。

系统公告：

FTW.Quiet 击杀 3U.Sleep！

死亡骑士漂亮地挽了个刀花，驱使地狱战马，一路直冲阿睡的复活水晶。

Victory！

卫骁完美演绎了何为逆境翻盘！
弹幕上——
"酷啊！"
"真行，这个男人真的强！"
"车没'翻'！"
有些观众赶忙换个脸孔，当了三秒钟粉丝："Q神牛！"
溜了溜了，脸好疼。
3U训练室。
阿睡："……"
从逸没说什么。
3U的中单李淳刚下楼，眨眨眼问："队长怎么了？"
从逸完美翻译："'自闭'了。"
李淳："嗯？"
平日里多说一个字都能死的睡哥冷冰冰开口："没有。"
李淳吓一跳，以为自己在做梦，从逸摊手。
是'自闭'了，还是没有？是从逸翻译有误，还是阿睡口是心非？李淳不敢猜。
卫骁正在直播间讲解："感谢睡哥的完美配合。看到没？魔化标记叠得要快，形态要无缝切换，灵魂呐喊的效果才会最好。不过普通玩家还是别学了，路人局里遇不到像睡神手速这么快的血鸦盗贼。"
睡粉们心情复杂！
私聊频道里弹出消息。
阿睡："再来。"
卫骁另有所图："你家逸逸在吗？"
阿睡："在，恶心。"
弹幕上的睡神粉帮忙翻译："Q神，我家睡说的是逸逸在，你别叫得这么恶心。"
卫骁也不是第一天认识阿睡，还是懂他的："好的，睡睡。"
阿睡："……"
卫骁又打字："我家菜也在，要不我们打个双人赛？"
什么？什么菜，什么赛！白才一脸惊悚地看他。因为没看摄像头，所以卫骁给他使眼色，使得太用力，菜哥深深怀疑他在秀自己的长睫毛。

菜哥用手机打字举给他看："别搞我，我才不要和阿睡和从逸打双人赛。"

想啥呢，这俩是去年国内双人赛冠军，全球赛季军，他到底是有多想不开，才去和他俩对战！

卫骁不理他，直播里说："我们菜哥跃跃欲试，急于和逸神一决高下。"

菜哥不打字了，直接做口型："卫骁，你找打！"

卫骁看不见就当不知道，开始和弹幕互动起来："我们菜哥是这样的啊，响当当一条好汉，特别想秀一下自己的硬实力。

"对对对，可帅了！

"菜哥本来就帅啊，FTW 第二帅了解下。

"第一是谁？

"当然是我们队长啦。

"我？

"我不帅啊，我最多算酷吧，你们可以叫我酷哥卫。"

菜哥："……"

没人捧哏你都能说起单口相声，卫骁你打什么职业比赛，念什么师范大学，赶紧去拜师学艺出道上春晚吧！

遥远的北美，陆封提前静了音，否则笑一下能把菜哥吓到桌子底下去。这边已经晚上十一点，陆封一点睡意都没，他一边处理着国内发来的文件，一边听着卫骁的声音，扬着的嘴角始终没落下去。

陆封知道卫骁为什么想和 3U 打双人赛。在 Solo 这个层面，卫骁可以打遍国内的荣光圈，还是毫不留情地压着打。毕竟卫骁这个水准，真去了全国赛 Solo，也极可能拔下头筹，哪怕面对的是元泽和金成炫他们。

这样的水准，再怎么 Solo 也是没什么意义的。卫骁显然在担心着一周后的5V5团队赛。

FTW 对 3U，卫骁可以压制阿睡，但 5V5 里阿睡不是一个人，3U 的团队凝聚力非常强，也许是队长太过于沉默寡言，导致从逸太善于捕捉人心。

虽说 3U 里队长是阿睡，但主指挥却是从逸。辅助做指挥有很大优势，因为整个峡谷里，视野最广，操作所需精力最少，最常游走的就是辅助位。

很多战队哪怕辅助不是主指挥也是副指挥，FTW 有阵子也试图让白才指挥，但当年的菜哥不担事，"佛系"人生好青年，强求不了。

之后卫骁入队，陆封和辰风没有明着说，其实是想把指挥交给他的。卫骁的性格很适合做指挥，无论是决断力、敏锐力和实时分析能力都可圈可点，再加上陆封保驾护航，问题不大。

可如果白才能够担起副指挥，FTW 的团队凝聚力会更上一层楼。

陆封放下笔记本，看向直播间，虽然看不到卫骁，却仿佛看到了他那双明亮的黑色眼睛，那里充满了无穷尽的力量和与之匹配的智慧。

菜哥就这么被赶鸭子上架，进入了双人赛房间。

直播开着，我白神就是装也得把面子撑起来："用什么？"

卫骁被他这快要哭了还要摆架子的模样逗笑了："听菜哥的。"

双人赛也是有BP的，而且禁用得比较狠，是直接禁职业。没错，荣光十一个职业，对应一百四十多个天赋，禁职业意味着一禁能禁掉十几个天赋。

比如盗贼这个职业，对应有十二个天赋，如果对面禁了，那么这十二个天赋都没的选。

好在禁用位只有四个，要像5V5那样六个禁用位，能把人禁"自闭"。

不过这只是私下的友谊赛，还开着直播，大家都随便禁，没那么讲究，然后白才就看对面从逸禁了牧师。

菜哥："……"

牧师起家的白神火了，接下来禁了萨满！逸神的萨满秀得飞起，不比李赫然差。这双人赛还没开响，双方辅助的火药味十足。

弹幕哈哈大笑，鼓动着卫骁："Q神，禁盗贼！他们不做人，我们也不要脸了！"

卫骁："那不行，我这人最要脸。"

说着禁了德鲁伊。

荣光十一个职业，只有三个职业是主打辅助的——牧师、萨满、德鲁伊。

白才惊了：让不让我玩了？！

他所有会的英雄全被禁了，玩个鬼啊！

可要脸的卫骁镇定道："大家莫慌，菜菜说了，要用药术士带我飞。"

菜哥："什么？"

一个娱乐赛而已，我为什么要用那么高难度的天赋！真当我是晏江啊？

仿佛看穿他的心里话，卫骁又吹起了牛："说什么呢，菜哥怎么会是小晏神？我菜哥就是新的辅助之光！"

白才："……"

再怎么装淡定也装不下去了，白才幽幽道："咱能不登月'碰瓷'吗？"

辅助之光？晏队"凉"了，还是李队退了，还是翻译机喂不动奶了？菜哥一棵小白菜，为什么要得罪这么多大神！

卫骁也成了翻译机："是我口误，什么辅助之光，咱菜是辅助之神！"

白才："……"

什么叫被逼上梁山，看菜哥就知道了，还是大写的、描金边的，搭配电闪雷鸣。

55

好在阿睡手下留情，没把骑士也禁了。骑士是个比较杂的职业，有像死亡骑士这样可上单可打野的输出型天赋，也有像圣光骑士那样可肉可奶的好辅助。

一共四个位置，三个送给辅助，剩下可选择的不多了。从逸先选，当仁不让地锁了圣光骑士。

白才嘴角直抽抽。卫骁安慰他："怕什么，咱们不用圣骑。"

菜哥内心："我很怕，我想用，我……"表面："嗯。"淡定的声线下其实慌得很。

双人赛选英雄快得很。从逸拿了圣光骑士，阿睡拿了狂贼。菜哥嘴角抽抽地拿了药术士，卫骁锁了仙贼。

从阵容上看，FTW 这俩各自为战的天赋能被 3U 的圣狂组合捶成弟弟。

白才忍不住动用唇语："你拿什么仙贼，暗贼他不香吗？"

卫骁给他翻译："唉，我本来想拿暗贼，菜哥说不用，这局他来带。"

白才："……"

人家逸神是神翻译，你是鬼翻译吧！得亏阿睡童年遇到的不是卫骁，要是遇上了早练出十级嘴皮子，去当解说了！

弹幕上一片赞叹。

"牛！"

"等着看药术士大秀特秀！"

"冬训营打 OD 那会儿我看过，白神帅炸了！"

白才余光扫到这个"帅炸了"，头可断脸不能丢，他一世英名不能毁于一旦！

双人赛和单人赛很不一样。Solo 的时候只有自己，一个人无所顾忌，肆无忌惮，做什么都全凭自己。双人赛却有了羁绊，是队友也是桎梏，是增益也可能是磕绊。一加一到底等于几，取决于赛场上的两个人默契如何。

观众其实只是看个热闹，甚至还觉得这是个"加宽"的双人 Solo，并不在乎配合，只想看四个人的单人秀，只有行家才能看出其中区别。

TPT 基地。

欧星唏嘘："阿睡可真爱狂贼。"

其实狂贼没那么适合双人赛，因为被动机制，他更适合打团，只有借着收割刷起被动，才能给出最大伤害。双人赛就两个人，叠不出满的被动。

傅黎："他是不愿胜之不武。"

欧星："至于吗？菜哥和卫骁打了很多年配合。"

傅黎："没有大赛经验的双人组，不堪一击。"

欧星想想自家队长的一堆数据模型，说道："好吧。"

队长说得都对，错了也是对，反正他绝不反驳，被拎着看数据看几小时的噩梦犹在眼前！

双方开局还算稳健，卫骁和阿睡分别占据一方野区，刷得太平安稳。中路是俩辅助在控线，反倒更刺激些。背负众望的菜哥，出门点的是暗形态，这个形态下的药术士伤害可观，几下就能把线清光。

白才问卫骁："兵线我吃了？"

一般情况下，双人赛里的辅助都不吃经济，尽量守着兵线等队友来拿。

卫骁："何止兵线，人头都是你的。"

白才："……"

不要嘴皮子能死啊！不用看弹幕菜哥都猜得到，肯定一堆人在刷屏。

"菜哥冲啊，干掉逸神！"

"菜哥上啊，一血是你的！"

白才偶像包袱十吨重，真的认真起来了。击杀从逸吗？也不是不可能。

他扫了眼小地图，上野区是卫骁的，那么阿睡肯定在下野区。仙贼和狂贼的刷野速度差不多，卫骁已经在捶石头人了。阿睡也是，甚至可能会稍微慢一点。这边兵线已经压过去，阿睡肯定要过去吃线，吃完兵线继续刷野，等卫骁抵达左侧最后一个野怪，阿睡应该刚开始打二野。

这是个机会！

他已经二级了，圣光骑士因为没吃兵线，所以才一级。药术士二级有两个输出技能，他只需要先用二技能附魔，再接一技能灌注，一定能将尚且没有装备的圣光骑士打残，到时候清完野的卫骁就可以越塔击杀从逸！

菜哥轻吸口气，眼睛死死盯着屏幕。每个打职业赛的都不可能不思考，可他几乎从未像现在这样全面思索过。

可以吗？能行吗？

不喜欢做决断的人经常会有这样的困扰，而往往是这半秒钟，错失的就是良机。

上了！怕个鬼，我输人不输阵，还没打就怂了，他要被卫小崽子笑一辈子。

"老卫，"菜哥向前走位，给自己附魔的同时招呼卫骁，"搞快点。"

不用多说，卫骁懂了："好嘞。"

药术士有两个形态，光形态是个救死扶伤的神圣医师，连衣服都是雪白色的，满身写着慈悲为怀；暗形态却截然不同，白衣染上血渍，毒药烧灼的痕迹留在衣摆，通体散发着阴森和鬼气。

此时此刻的白才就是暗形态，附魔后的特效是一团诡异的黑雾，他手中的光杖变为魔杖，突向圣光骑士时像一条苏醒的毒蛇！药术士一技能灌注，吸取敌方血量同时留下腐化病毒，侵蚀铠甲。

从逸的圣光骑士金发碧眼，通体光芒万丈，沾上腐化病毒后犹如被恶魔玷污的圣天使。

他不慌不忙，一技能圣宠交出，血量恢复不少。白才却没有一碰即退的念头，他凭借着技能命中敌方后减少的CD，二度附魔，又是一次灌注扔了出去。

弹幕热闹了。

"不错啊，这个腐化叠得漂亮！"

"很巧妙，看不出菜哥手速很快啊。"

腐化是可叠加的，但是要掐准时间点，大约只有零点几秒的误差，错过了就会失去叠加效果，可一旦跟上了，那就是双重伤害！眼看着圣光骑士血量骤减，从逸操纵着角色退回到塔下。

白才："老卫！"

卫骁："收到。"

清完最后一个野怪的仙贼，直接位移突脸，扛着防御塔的伤害扑向从逸。仅余三分之一血量的圣光骑士哪里招架得住，被一套技能刷脸，瞬间重伤。

系统公告：
FTW. White 击杀 3U. One！

看直播的观众都满头问号。

"人头是菜哥的？"

"怎么回事，不是我Q神去收割的吗？"

"我错过了什么？"

傅黎慢声道："腐化。"

欧星惊了："卫骁不会是故意的吧？"

傅黎镜片后的黑眸微闪："如果是故意的，那FTW的这位新打野的控血能力可真是了不得。"

弹幕上终于有人看出来了。

"天哪，是药术士的腐化！"

"这、这……难道仙贼是算好了输出，把最后一丝血留给了药术士？"

"算不了这么准吧。"

"巧合，一定是巧合！"

为什么从逸的人头会是白才的？因为最后的致命伤来自药术士的腐化。腐化是持续性伤害，正常情况下是杀不死圣光骑士的，可仙贼越塔去刷了套技能，刚好把圣器的血线压到极限，最后一滴血被腐化吞掉，系统将人头判给白才。

菜哥也回过味来了，他看向卫骁。卫骁是个没有感情的吹牛机："菜哥牛，伤害补得刚刚好，帅！"

白才："……"

这小崽子还真把人头让他了？

拿了卫骁人头的菜哥有点紧张，老虎嘴边拔毛，不付出点代价能行？菜哥坐直了身板，他去年全球总决赛也不过如此认真而已！

双方六级后，战局逐渐白热化，别看开局3U死了从逸，白才拿了一血，其实定不了胜负。从逸死十次也还有其辅助价值，白才经济领先也不一定比得过阿睡，FTW开局的优势很快被抹平。

本来还在处理着工作的陆封早就放下笔记本，凝神看向对局。

"丁零"一声，房间的电话响了。

陆封有些意外，他接起来："你好。"

前台用标准的普通话说："陆先生您好，很抱歉深夜打扰您，是这样的，有位元姓先生拜访，请问是您的客人吗？"

陆封应下来，给了授权。

元泽不是自己来的，他还领了 Gary，顺便拿了消夜。

陆封开门时，老 G 可激动了："陆封你肩膀怎么样？能动吗？哎哎哎，你小心点，你这肩膀可是价值不菲，别弄坏了……"弄坏了以后就没大魔王了！

陆封让开一些，道："没那么严重。"

老 G 问到正题了："那能 Solo 吗？"

陆封毫不留情："不能。"

老 G 蔫了。

元泽眼尖，一下子就看到投屏："卫骁在直播？"

陆封："嗯。"

老 G 也看到了："双人赛啊，这个 ID……是去年的季军？"

老 G 的中文没白学，认出了"睡不着"这三个字。

元泽更了解些，他若有所思道："卫骁状态不太对啊。"不愧是老油条，只看一眼就能看出对局中的别别扭扭。

陆封调整了投屏，斜斜打到了左侧墙上，那边是套房的休息区。几人坐下，Gary 饿得很，张罗出消夜，一边吃一边看。

这场双人赛，FTW 这边看起来配合不行，打得不成章法，可熟悉的能一眼品出来——FTW 这个辅助今天很不一样。

L&P 也和 FTW 约过不少训练赛了，白才的打法他很清楚，温和、谨慎，甚至有些胆小。表现也是不功不过，毫不起眼。可现在这个药术士，敢打敢杀，凶得很，存在感强，谁还能忽视。

元泽品出名堂了："你可真是捡到宝了。"指的不是白才，而是引导白才的卫骁。

陆封看了他一眼："不是捡的。"

元泽："啊？"

陆封平静道："是命中注定。"

元泽："……"

56

双人赛打得很欢乐，其实到后期大家都发现了，FTW 这边胜率不高，本身药术士和仙贼这俩天赋就很不搭，很容易各秀各的，他们和路人打打还行，面对阿睡和从逸的配合，很快就暴露短板。

白才这局是真的从头被"算计"到尾。拿了一血后，卫骁就开始疯狂让经济，把药术士养得又肥又壮。知道的说菜哥是FTW辅助，不知道的还以为卫骁才是！都被抬到这么高了，白才不想带飞也只能带飞！

越到后期，菜哥越急，越着急发挥反而越好。药术士双形态秒切换，一套连招铺天盖地炸过去，哪怕是圣光骑士的大招有无敌特效，他都能击退他们。

卫骁狂吹不止："看到没？我菜哥秀起来就没我什么事了。"

弹幕逗趣："Q神你不行啊，仙贼都飘不起来。"

卫骁："嗐，菜哥气场这么足，我哪敢飘。"

白才受不住了："快别尬吹了。"我还不够拼命吗？！

卫骁："菜哥嫌我尬，兄弟们快给我支着儿，怎样才不尬，我好怕被药术士丢下……"

弹幕哈哈大笑。

输赢不重要，这局白才发挥出的实力真的亮眼。所有看了直播的，都不敢再说FTW这个辅助是个酱油桶。

中路一次至关重要的团战，卫骁用两人仅有的控制撞到了阿睡："菜哥。"

白才万万没想到自己还有这么莽的一天："来了！"

暗形态附魔自己，一技能抽中了狂贼，同时叠上数层腐化，他死盯着圣光骑士，等他使大招。圣骑的大招很可怕，可以给自己或友军一个数秒无敌的特效，能免疫一切伤害，用对了那是真的无敌！不过这个大招无法指定，会给范围内血量最低的人使用。

白才盯的就是这个时机，同时将圣骑和狂贼的血线压下去，等圣骑把无敌开了，他们就集火另一个……

卫骁在那边吃着伤害："搞快点，我撑不住了……"

菜哥眼睛不眨地盯着屏幕，心中默算着……

"欸？"

"……"

系统公告：

FTW.Quiet 击杀 3U. Sleep！

FTW. White 击杀 3U. One！

卫骁眨眨眼："怎么回事？"

弹幕也全是问号，这么刺激的对决，这么惊心动魄的时刻，这么千钧一发的重要关头。

白才手机响了。

菜哥接起电话，然后："……"

卫骁看他："怎么了？"

菜哥面无表情："3U 基地的网线断了。"

直播间的观众都听到了，全网笑出鹅叫。

白才脸都绿了，他这么拼命的一局，这么认真地打，好不容易算计到了阿睡，眼看着就要……

卫骁毫不客气地笑出声，笑得比弹幕还夸张："菜哥霸气侧漏，对面网都撑不住了。"

3U 网断了不是玩哏，是真断了！他们基地外在修路，意外戳到了网线，整个区域的网络都瘫痪了二十分钟。反正是场娱乐赛，目的已达成，结果不重要。更何况一周后，他们有正赛要打，输赢到时再论也不迟。

卫骁看看时间，觉得队长该睡了，在直播间打了个招呼后撤出来。

菜哥不爽，超级不爽，这种被砍断的憋屈感，太不爽了！

卫骁拍拍他肩："保持情绪，下周干倒他们。"

白才反应过来了："干倒他们？我先干倒你！"

卫小疯，算计了我一上午！

卫骁借口补觉溜回房间，立刻给队长打电话。

陆封接了："没去吃饭？"

卫骁："等你睡了再去。"

陆封看了眼屋里的不速之客。

Gary 大叫："卫骁，来 Solo！"

卫骁扬眉："队长你屋里有别的人？"

"嗯，"陆封故意道，"有俩。"

卫骁戏多得很："队长你过分了！"

陆封睫毛微垂，敛住笑意："一会儿给你打回去。"

出了房间，中文二级的 Gary 问："队长，刚才陆封说的命中注定是什么意思？"

元泽："他的意思是……卫骁是他职业生涯的转折点。"

老 G 举一反三："那我懂了！就像我遇到队长一样，命中注定！"

元泽："……"

人一走，陆封给卫骁发了视频，卫骁还安慰道："你别担心，好好治疗，我没事。"

陆封听着看着，心里化成了一摊水。赛场张扬肆意的卫骁，在朋友那儿有责任有担当的卫骁，努力、勤奋、认真思索着的卫骁……

唯独在他面前，是个真正的少年，仅仅十九岁而已。

陆封脑中浮现出医生的初检结果，胸口微刺。

他温声："等我回去。"

卫骁眼睛亮了："那肯定！"

陆封轻声道："没事，别给自己太大压力，你已经做得很好了。"

卫骁笑眼弯弯："队长你别这样……"

时间太晚，两人不得不挂了电话。卫骁本意是哄队长睡，结果自己也跟着睡了一觉，醒来还是因为被毛豆扑脸，活生生闷醒了。

下午有训练赛，晚上要复盘。没有比赛的一周过得异常忙碌，眨眼间就到了周三。FTW 对 3U 的比赛是在周三下午五点。这次 FTW 是客场作战，需要提前一天去 B 市。关于这个行程，辰风问过大家的意见。要么提前一天过去，要么当天去。

白才他们表示："提前一天去吧，早上有点赶。"

汤臣欲言又止："行。"

他有点认床，去个新地方可能睡不好，不过早上赶过去也的确太匆忙。项六给大家安排得很妥当，头等舱、奔驰保姆车、酒店住半岛、餐饮也是精挑细选，生怕一个吃不好发挥失常。后勤工作十分到位，剩下的就看选手实力了。

大家好好睡了一觉，去体育馆时汤臣总在动脖子。卫骁看到了："汤哥没睡好？"

汤臣揉揉脖颈道："很好啊。"

辰风看他一眼："悠着点，我们队现在可没替补。"

汤臣不揉了，道："想啥呢，我这么多年用过替补？"

因为今天是第二场，虽然到了五点，但上一场比赛没打完，他们只能再等等。后台休息室里，3U 比他们到得还早一些。双方都很熟了，彼此打了个招呼。

这一场的两个战队水平差不多，打得不可开交，从第一局缠缠绵绵到第三局，瞧这模样，还能缠上半小时。主办方趁机来录点素材用，毕竟 FTW 也好 3U 也罢，都是明星战队，放话环节都是观众期待的。

因为都在现场，所以也不用隔开，就随便问了。所有主持人都对阿睡很有兴趣，越是不爱说话的，只要能采访到他说话，那就是流量。

主持人问阿睡："对今天的比赛有把握吗？"

阿睡："……"

从逸也不翻译。

卫骁接话："看起来……"

阿睡："有把握。"

主持人满目惊喜，继续采访："阿睡和卫骁是故交了，今天有什么话想对对方说吗？"

阿睡："……"

从逸翻译了："今天网线不会断了。"

休息室里哄堂大笑。

主持人终于放过了阿睡，挨个采访。聊到后头，客套话都问完了，前头比赛还胶着着，主持人又瞄向了阿睡："以目前形势来看，阿睡你觉得跟自己相较，卫骁的优势是什么？"

阿睡："从逸。"

主持人愣了下，还以为他是喊从逸代答。

从逸补充："他的意思是，他相较于卫骁的优势是他有我。"

主持人："……"

虽然怪怪的，却是客观事实，毕竟阿睡 Solo 赢不了卫骁，双人赛却一定能打得过卫骁。

主持人又去采访卫骁，问了类似的问题。此时此刻，菜哥挺起胸膛，眼睛盯着 3U，表示自己不容忽视，是野王坚实的后盾，不比你从逸差！

卫骁拿过话筒，视线落到了白才身上。白才心道：来吧兄弟，我挺你！

卫骁的视线轻飘飘地挪开了，沉吟道："这有点不好说。"

主持人："哦？"

卫骁慢悠悠说道："优势太多了，我怕这点时间说不完，就强调一个吧。"

他看向阿睡，问道："我有陆封，你有吗？"

阿睡："……"

卫骁自己给自己补充："我队长，陆封，全球唯一的四连冠，世界第一人，荣光最强，天下无敌举世无双……"

57

主持人："……"

摄像大哥："……"

后期剪辑："……"

罢了罢了，这段要播出去，他们就不是电竞比赛而是脱口秀了！

前头的比赛终于结束，还没开打就斗成小孩子般的俩人登上了赛场。阿睡一声不吭，从逸道："好了，大师那嘴皮子你不是早就见识过了？"

当年的复盘视频，从逸有幸陪他一起看。看完之后阿睡失眠，从逸怕他"自闭"，给他讲了五六个冷笑话。后来证明，他白白消耗了冷笑话库存，阿睡根本不是"自闭"，完全是被捶出干劲，死盯着大师不放。

阿睡："……"

从逸："行行行，捶死他。"

阿睡："……"

从逸："嗯嗯嗯，杀他千万遍。"

阿睡："……"

从逸："好，FTW 一个不留！"

3U 其他三人时常觉得和他俩活在不同次元。

因为上场比赛"拖堂"，这场大家都动得比较快。外设搞好，耳机调试，裁判审核后，BP 这就开始了。双方都是打过无数训练赛的老队，坑起对方毫不留手，你砍我胳膊，我断你大腿——兄弟战队是这样的，二话不说先两肋插刀。

第一局 BP 结束，双方阵容很有意思。

FTW：神战、暗贼、仙术士、圣光骑士、金猎。

3U：血战、仙贼、冰法、巨人萨满、烈焰枪炮师。

没错，3U 没有禁用暗贼，FTW 也没避着，你敢放我敢拿。

弹幕很开心。

"卫骁的暗贼！九道弧光！刺激了！"

"快让才疏学浅的我看看九道弧光是什么模样！"

"导播请做个人，镜头多给卫骁，我要看看他的手是怎么在键盘上飞的。"

"我看过陆封的，那是真的在飞。"

"讲真的……陆封的肩膀是不是弧光害的啊？那操作真不像人做的。"

"楼上闭嘴，别惹我哭！"

比赛正式开始已经六点半快七点，陆封已经醒了。在 M 国一周，时差已经倒过来，陆封因为不用训练，作息变得越发规律。晚上十一点睡，早上六点醒，七点半出门做理疗，下午回来远程处理工作外加哄卫小小睡。

放到半个月前，陆封无论如何也想象不到自己有一天会不碰荣光。没有训练赛，没有排名赛，也没有 Solo。冷不丁剥离充满了他人生的东西，似乎会很难受。

其实还好，因为卫骁的存在，心里没想象中那么空。昨天刚好是他治疗的第一周，主治医生再次做了检查，给出的报告依旧不乐观。陆封的肩膀伤了太久，拖了三年，能够维持现在的情况，已经是他坚持理疗和锻炼后的最好结果。

想要回到三年前，谈何容易。

主治医生安慰他："别着急，康复性理疗进程慢，一周还看不出什么。"

陆封很平静："嗯，辛苦您了。"

昨天检查完，卫骁立马给他打电话问情况。陆封含糊了过去："医生说恢复不错。"

卫骁喜滋滋地说："太好了！"

两人聊了好大一会儿，直到卫骁下楼吃饭才挂断电话。之后陆封拿着手机看了好一会儿，还是给项六发了条消息。

项六看到信息后，整个人后背发凉，手直哆嗦："那个……老板……这……"

陆封回他四个字："有备无患。"

项六："好……"

观众都在期待着卫骁的暗贼刷出九道弧光。然而真实情况是……

FTW 队内语音。

白才："你拿暗贼干吗？"

卫骁："试试嘛。"

白才："试个鬼，一群人等着看你笑话。"

卫骁："笑啥？我早说过睁着眼刷不出九道弧光，今天刚好有机会，给他们展示下。"

菜哥："……"担心你的我依然像个傻子。

3U 会把暗贼放出来不是瞧不起九道弧光，而是知道真相。天天约训练赛，彼此太熟悉，卫骁在荣光炸麦王里说的话都是家底。他那薛定谔式的九道弧光，不是他想刷就刷得出来的。所以禁什么暗贼？又不是版本限制，大可不必浪费禁用位。

而且3U教练坏坏的，他有恃无恐："我觉得卫骁不会拿。"

"特技"这东西是有包袱的，尤其在这种无法熟练掌控的阶段，最容易迷茫。

原先卫骁的暗贼玩得很好，可一旦沉迷于刷九道，反而会连八道都刷不出来，估计辰风不会让他拿来冒险。

辰风秒打他脸，一楼抢暗贼。

3U教练："……"

3U众人："喀……"

教练："更好，卫小疯这局废了，他肯定连弧光都刷不出来！"

一旦想刷九道但刷不出来那等于没了弧光，系统可不会给你降到八道七道的，成就是成，败就是败，没退路。

从逸："倒也不必这么乐观。"

他补充了一句："睡哥说的。"

众人："……"

虽然进不到他们的次元，但待久了也品出一些规律，比如从逸叫睡哥的时候，多半是在拉他"背锅"。睡哥稳如泰山，"背锅"背得沉默酷帅，十分有担当了！

事实上从逸说得很对，真的别太乐观，毕竟他们对上的不是一般人。偶像包袱这玩意儿，卫骁有吗？这小疯子恨不得举着麦克风，告诉所有人自己刷不出九道弧光，会因为脸面而拿比赛冒险？

不可能。

所以这局游戏里，暗贼压根没想过要刷九道。八道不香吗？八道不酷吗？八道杀不死人吗？！

系统公告：
FTW.Quiet 击杀 3U.LC！

这不，卫骁在中路击杀了3U的中单李淳小同学。

弹幕在叫唤。

"啊，为什么只有八道！"

"呜呜呜，说好的九道弧光呢？"

"卫骁别藏拙啊，秀起来啊！"

"莫非他真的刷不出九道？"

"楼上好傻好可爱，信了大师的鬼话。"

李淳刚死，阿睡带着从逸抵达中路，上下围剿，盯准了宁哲涵和卫骁。

卫骁："小宁子。"

宁哲涵："……骁哥。"

卫骁隐去身形："哥救不了你了。"

小宁子刚把技能全砸给李淳，现在就是个矮脚猫，跑不好都能摔一跤："呜呜呜。"

阿睡斩获宁哲涵，追卫骁是不可能了。两支战队训练赛打多了，对彼此都够了解。FTW以前还偏重谋划，打起来有张有弛，非常规矩。

如今陆封不在，"小鬼"当家，整个一"莽"字。

卫骁莽，带着全队都莽。3U也差不多，阿睡莽，全队不得不跟着莽。这俩的比赛倒是好看得很，从开局开始不断爆发战争，有了大招更是频繁Gank，你杀我中单，我搞你下路；你摁死我下路，我让你中路血债血偿。

越打越激烈，越打越迷离，等到三十分钟左右，连解说都看不出这结局如何了："胜率五五开，看双方细节了。经济持平，防御塔也都是外塔全破，卫骁和阿睡的装备都出得差不多。看这走向，双方要在大龙处碰头。那边是视野盲区，看谁先发现对方了！"

巧的是，往这边集合的正是双方的野辅，也就是卫骁、白才和阿睡、从逸。

直播间双人赛的哏不少人都听过了，知道这四个人打了个不可开交，眼看着定胜负了，结果3U网线断了，留下了巨大遗憾。这会儿在5V5赛场上，居然有了这样的好机会，不拼个你死我活就真对不住两家的"恩怨情仇"了！

这局比赛卫骁拿的是暗贼，菜哥是圣光骑士；阿睡是仙贼，从逸是巨人萨满。虽然和双人赛时完全不同，但依旧无比热闹。

菜哥自从那天直播完就爱上了圣光骑士，用他的话就是——这金光闪闪的正义角色简直是为菜而生！

嗯，荣光有个不成文的特色，凡是操作难度高的天赋，大多阴沉酷炫。比如暗贼、隐贼，比如药术士、黑魔德鲁伊，再比如死骑、血战……

菜哥酷爱的光牧、神牧全是手速要求低的天赋。在"养生"这方面，谁都比不过这棵刚满二十岁的菜。

峡谷里暗贼和仙贼几乎是同时发现对方。

白才："我先上！"

卫骁："嗯。"

暗贼隐去身形，白才凭借着圣光骑士的被动上去吃了个巨人萨满的控制，圣骑的被动是一个光盾，被打破后会轻微眩晕对方，菜哥控制得极好，刚好拦下了从逸。

卫骁悄悄绕向后方，盯准了阿睡的背后。

从逸根本不管白才，回头向着阿睡所在的地方砸下大锤。这是巨人萨满的大招——地裂，峡谷被岩浆腐蚀，出现了一道巨大的裂痕，隐身的暗贼被击中，被强控在半空。

解说："非常漂亮的预判，这是猜准了卫骁会去袭击阿睡。很果决，不愧是全球双人赛拿到名次的选手。"

这个大招用得真精彩。暗贼隐身，敌方是无法看到他在哪儿的，可从逸却能在被控后立马判断出位置，完美震起卫骁，意识真的很好。更强的是阿睡和从逸的配合，阿睡早就突了上来，他仿佛提前知道了从逸会做什么，所以输出给得极快，一段二段加平A，眼看着大招要刷出来了……

　　让所有人惊掉下巴的是，FTW这位不功不过的辅助秒按闪现，极限范围内给了卫骁一个"爱怜"。

　　这个是圣光骑士的三技能，范围内选中友军，可解除其所有控制并恢复血量。如此一来，从逸的大招算是白给了！脱离控制的卫骁弯唇："酷啊，白神。"

58

　　听到这句话的菜哥，有种松了牵引绳，放出恶犬的错觉。

　　哦，自信点，什么错觉，是事实！

　　暗贼再度隐去身形，等他出现时，连招已经撞到了仙贼身上。阿睡早他一步刷技能，但两人同时给出了大招。八道弧光铺天盖地，仙贼的万剑也从天而落，惊人的伤害同时砸在两人头上，他们的血条宛若过山车，令人看得心跳加速。

　　白才距离卫骁还有点距离，这个位置能够释放距离较长的三技能"爱怜"，却不能丢出大招"挚爱"。"挚爱"是圣骑士的看家本事，一旦丢中，卫骁有几秒钟无敌效果。无敌，顾名思义，就是免受一切伤害，再怎么挨揍都不会掉血！

　　从逸一眼看穿白才的意图，哪会让他得逞，一套连续控制打过去，拦住白才的步子。闪现只有一个，刚才用掉了，菜哥眼看着这短到不能再短的距离，愣是走不过去……

　　仙贼和暗贼打得不可开交，两人根本不看自己的血量，完全把生命托付给了自己的队友。

　　缠斗成这副模样，拿捏着胜负筹码的反倒是场外的辅助。谁能更快赶过来，谁能给予他们更多的帮助，谁就赢了！

　　双人赛的魅力是什么？是互相托付，绝对信任，是无我和忘我！

　　从逸赶过去了，拖住了白才步伐的他先一步来到暗贼身边，眼看着巨人萨满的护盾就要给到仙贼……

　　白才放弃卫骁，以零点几秒的时差将自己的二技能致盲丢向从逸！圣骑士唯有二技能是对敌技能，用了之后会影响敌方的技能命中，比如此刻，被致盲的从逸把百分之百能丢中的护盾丢空了！

　　观众开炸了。

　　"菜哥这么强的吗？"

　　"解了我逸神的大招，又废了他的护盾？"

　　"完了完了，我竟然觉得这棵菜莫名秀气。"

"楼上'蚊香眼'警告。"

解说们也对白才的操作给予了极高评价。如今中国赛区，从逸隐隐有辅助天花板的趋势，甚至有人把他比作"小晏江"。

今天这场比赛，菜哥崛起，让大家看到了新的好苗子。连辅助都能打起来，这比赛得多刺激！

两次在白才手里吃瘪，从逸哪里咽得下这口气，护盾空了还有治疗，外加一个软控给仙贼。

菜哥也赶过来了，及时把"挚爱"扔给卫骁，护他进入无敌状态。这下才是真的猛虎下山。

暗贼的技能非常彪悍，一技能刷起来可以连到天长地久。卫骁这极致操作，完美演示了什么叫暗贼的无限影袭！

系统公告：
FTW.Quiet 击杀 3U.Sleep！
FTW.Quiet 击杀 3U.One！

暗贼双杀，菜哥也拿下了俩助攻，这次的助攻可不是"混"到的，是实打实助来的！同时刻，3U 的队友传送到位，卫骁和白才"凉"了吗？

卫骁卖菜卖得毫不留情："拜拜！"他隐身撤退。

圣光加身，耀眼夺目的白才："你有没有点人性……"

没了技能的圣骑士是跑不掉的，好在 FTW 的人也传送过来，和 3U 一场混战，最后撤退的卫骁又摸回来，送走了李淳。

李淳："……"虽然没约过大师，但却体会到了被大师支配的恐惧！

BO3 第一局，FTW 赢下对局！双方缠斗了近五十分钟，打出了无数亮眼操作，酣畅淋漓地结束比赛。

解说席做总结分析，选手们在台上喝口水缓口气。卫骁毫不客气地夸白才："菜哥牛！被你带飞的感觉真棒！"

辰风刚戴上耳机就听到这俩小学生似的对话。

"嘚瑟什么？"女王陛下发话了，"才赢了一小局就膨胀了？"

卫骁和白才一人挨了一栗暴，老实了。

辰风站到汤臣身后，随手搭在他肩膀上看屏幕。这是个很平常的动作，战队教练是没有设备的，BP 的时候就要看队员的屏幕。那两小只表现太好，辰风冷冷他们，所以来到汤臣这边看情况。

谁知他手刚落下，汤臣的身体几不可察地缩了下。

辰风一愣。汤臣咬紧后槽牙，强行转移注意力："禁狂贼？"

辰风余光落向他后颈，心里咯噔了一下："你……"

汤臣:"先把狂战禁了吧。"

辰风猛地回神,不再胡思乱想,把注意力放到了 BP 上:"嗯。"

不能给 3U 拿到双狂,阿睡的狂贼太炸,一旦配上狂战,现在的 FTW 是拼不过的。辰风的心略微乱了些,虽说还是给选手们抢到了拿手阵容,但因为对方有优先权,狂贼被抢走了。

3U 输了一局,这局要是再输,那这场比赛就结束了。决胜局 3U 肯定不留余力,一定要赢。

常规赛是抢分战,尤其是异组循环,整个常规赛他们只能打这一场,无论输赢,想再遇上就得冲进季后赛了。所以大家都很认真,谁都不想输!

第二局,3U 拿到了自己称心的阵容:死骑、狂贼、灵法、光牧、冰猎。

FTW 这边拿到的阵容也挺不错:血战、飞贼、火法、神牧、雨猎。

辰风下台后,神态凝重。镜头不经意间给到他,不少观众发现了。

"辰女王怎么一脸严肃?"

"FTW 这阵容还不错啊。"

"用飞贼对狂贼挺好的,打不过还跑得掉,FTW 这边还有火法和雨猎补输出,应该很稳。"

"等下……乐神的雨猎……"

"啊,有点担心了。"

越文乐的雨猎很奇怪,遇上看重谋划的队伍,他能让对方直接下跪;可遇上莽队,他就会暴露短板,被人抓到原地爆炸。

3U 和 FTW 的无数训练赛中,阿睡都曾按着越文乐摩擦过。可面对狂贼,不拿雨猎会死得更惨。狂贼的镰刀太长,腿短射手被钩到,只能当场表演血条消失术。

观众猜测重重,辰风心里明镜一样。是 3U 逼着他们拿雨猎,而他们也只能拿雨猎,但这不意味着 FTW 会输,除非上下路同时崩盘,卫骁无法集中支援,才会出大事。

辰风盯着汤臣,他小麦色的肌肤看不出丝毫异样;他仍旧是那副大大咧咧的模样,几年如一日地这样守着 FTW。

比赛开始了,辰风却始终无法把视线聚焦到峡谷中。他咬着拇指指甲,心里乱糟糟的。

汤臣是待在 FTW 最久的选手,他比陆封早两年入队,和辰风打过一年比赛。后来元泽、金成炫入队,汤臣成了队里的替补。辰风跟着打了一年比赛,实在跟不上节奏,申请退役,去了教练组。再后来陆封入队,汤臣继续替补。

FTW 最荣耀的那一年,上台捧奖杯的是七个人。教练、首发五人和替补汤臣。

所有人都聚焦在那耀眼的五人身上,偶有灯光打给教练,却绝不会有人留意汤臣。神之队的替补,从没有机会上场的替补,却始终保持着最佳状态,坚守在他们背后。

那时候辰风问过汤臣:"要不要转会?"

在这五人的光环下,汤臣完全被盖住了。可辰风知道,汤臣很强,他勤奋刻苦,训练时间比首发都长，他的操作意识能力都十分优秀，尤其那一颗大心脏，是多少选手可遇不可求的。

如果不是碰上那五人，汤臣绝对能在赛场上绽放出属于自己的色彩。可惜神之队太耀眼了。

当时汤臣哈哈大笑："干吗要转会？你们对我这么好。"

是啊，这个傻大个儿重情，每个人对他的一点点好全都记在心里。

后来神之队解散，买下战队的陆封给了所有人自由离去的机会。辰风选择留下，但他并不希望汤臣留下。

他对汤臣说："去 TPT 吧，他们缺上单，你会有更好的前程！"

汤臣毫不犹豫道："陆封怎么办？他什么都缺。"

辰风提醒他："留在 FTW，你永远不可能超越元泽！"

这是不争的事实，新的 FTW 每个位置都肩负着巨大的压力。汤臣不可能超越元泽，中路不可能超越谢和，射手越不过金成炫留下的战绩，辅助更不可能复制晏江的传奇。

辰风心疼汤臣，他很希望汤臣能为自己拼搏一把。

汤臣看穿了他："我不能走，你们需要我。"

他留下了，放弃了新的开始，背负着卸不下的重担，实现了自己的誓言——守护陆封，守护 FTW，守护新的队员。

上路是孤独的，也是强大的。他镇守在那儿，成为陆封可以托付的坚实后背。

第一年……

第二年……

FTW 始终无法打出成绩，5V5 的比赛，两个人是撑不住战场的。直到第三年，汤臣真真正正捧到冠军杯时，这个大大咧咧的男人哭得眼泪哗啦。仅仅是国内的冠军，却是真正属于他的冠军，也是他在役生涯最后的冠军。

但是汤臣看到了希望，看到了 FTW 的崛起，看到了不远的未来。他申请退役，把位置留给更强的新人，他会去幕后继续守护 FTW。

汤臣甘心吗？可惜年龄、身体，不会留给你甘心的机会。状态下滑的他，选择退役是对所有人负责。

冬训赛的时候，辰风和汤臣住一间屋，他比谁都知道这家伙有多放不下。放不下比赛、放不下战场、放不下 FTW。

所以当陆封找到他，希望他能再打一个常规赛时，汤臣答应得很快。那天晚上，这个成日里笑呵呵的大个子对辰风说："老辰，我要是给那帮小子拖后腿了怎么办？"

辰风第一次看他这副模样，点了根烟给他："想什么呢，一个常规赛而已。"

汤臣眼睛很亮："卫骁想拿第一。"

辰风："他？天上月亮都想摘。"

汤臣："我想帮他拿第一。"

辰风："……"

重回赛场,重新回到熟悉的峡谷,再度守护着FTW,汤臣比谁都想赢。这是他职业生涯最后的比赛了,能够参与到新生的FTW里,他很开心。

59

一开局卫骁就感觉到一些不对劲。起初他没想太多,觉得是3U杀气太重。

3U这局也是真的杀气腾腾,这个赛季他们是第一次正式对上FTW,对上去年的冠军队!他们想赢!

如果他们连陆封不在、磨合期没过的FTW都打不赢,还怎么去抢冠军?

一定要赢。必须赢。

无论是阿睡、从逸,还是李淳、呦呦、雪条,都想赢!

常规赛他们只能和FTW相遇一次,下一次就是大魔王归来。这次都赢不了,拿什么打陆封!

3U队内异常严肃,寡言少语的阿睡更是一声不吭,像被按下了静音键。从逸也不多说了,跟着阿睡的步伐,直冲FTW野区。

卫骁用的是飞贼,飞贼是个极其灵活的英雄,四个技能里有三个都能位移,甚至还是多段来回位移,外号荣光跑王,没谁能和他比脚力。如此灵活,势必会在其他地方被削减优势,比如输出。飞贼相较于其他打野天赋,输出偏低,没有高达三四千的经济优势,很可能什么都打不出来。

卫骁会拿飞贼主要是为了克制狂贼。倒不是说别的天赋压不住狂贼,而是压不住双人模式下的狂贼。

有从逸保护的狂贼,在全球赛上都所向披靡,FTW必须尊重。飞贼前期的策略是避战,阿睡和从逸入侵野区,卫骁要么集结队友埋伏,要么干脆换野区。卫骁也是这么打算的,先蓝开,菜哥下路放眼,如果阿睡去反红,他直接去对面野区,能偷多少算多少。

可惜3U想打架,直接突进野区,冲着卫骁就来了。

小宁子硬气得很:"骁哥,打吗?"

卫骁左边是汤臣,右边是宁哲涵。汤哥的死骑开的是重形态,强控有、身板有,输出也有;宁哲涵的灵法被动很厉害,真打起来前期很有优势。

他们三人,从逸和阿睡两人……

卫骁:"干他!"

这个判断没错,左右围剿,包死狂贼和光牧,FTW就是神仙开局。唯独台下的辰风,心脏一紧。

峡谷里打起来了。一级团战又怎样,技能不多又如何,莽起来了乳牙也能咬痛人!

解说也跟进得很快,形势交代得清晰明朗,观众心都提到了嗓子眼。这个开局,要么血赚,要么大崩,只看谁把持得住了。

阿睡对狂贼的了解是真的深,一镰刀挥出去,精准锁住了飞贼。

卫骁："别管我！"

他对汤哥和小宁子说的，飞贼灵活，镰刀锁中，但只要他凭借高机动性，可以脱离狂贼的攻击范围，扰乱他的下一步进攻。

宁哲涵："收到！"

汤臣的死骑也从后面包夹过来。

卫骁摆脱阿睡的镰刀，绕到后面去："我蹲李淳，你们搞阿睡。"

镰刀空了，狂贼有一个技能冷却期，是最好的时机。

宁哲涵露头了，卫骁怕3U中路李淳赶来支援，所以要绊住他，不给他帮忙的机会！

整个作战计划毫无差池，剩下的就是火拼了。灵法入场，连滚加撞，打出了最高伤害，同时自己也被扫到半血以下："汤哥！"

小宁子尽力了，等着死骑的长刀来控住狂贼。

汤臣："嗯。"

重装形态的死亡骑士一技能是个强控，只要能够命中狂贼，阿睡就凉透了。阿睡一死，从逸也别想跑。

解说："汤神的死骑举刀了，对准的是阿睡，这一刀落下去，狂贼会被击飞，卫骁已经回援，宁哲涵的CD也好了，这回FTW有希望！"

话音刚落，狂贼巧妙走位，以分寸之差，避开了死骑的重刀突击！

3U粉丝炸开了。

"避开了！睡神牛！"

"神仙走位啊，这都行？"

"这段可以剪下来了，我能循环一万遍。"

"睡宝睡宝，我爱你！"

汤臣明显愣了下，显然没想到自己会空了技能，狂贼可不会给他犹豫的时间。阿睡完美贯彻疯狗要领，镰刀笔直飞去，锁住了死骑的喉咙。从逸的软控绊了卫骁一脚，宁哲涵心一凉，知道坏事了。

系统公告：
3U.Sleep 击杀 FTW.tango！

汤臣死了，狂贼的镰刀染上鲜血，进入狂化状态。这个天赋的盗贼本身就通体流露疯狂气质，狂化后更疯，周身特效炸起，镰刀舞出血影，无论是移速、攻速、输出都有大幅提升，更加可怕的是他的技能会全部刷新，简直是羊群里的一头饿狼！

卫骁："跑！"

宁哲涵丢个技能，利用被动位移，可惜从逸盯上了他，一个技能打断他的被动，同时狂贼的镰刀飞过来，缠住了灵法纤细的腰身，现实中仿佛都被拦腰捆住！

宁哲涵："……"

这次团战，FTW死伤两人，阿睡不仅收下俩人头，还强抢FTW上野区，把卫骁逼得东躲西藏。

如解说所说，要么血赚，要么血崩。这就是个搏命的开局！

台下辰风面色苍白，小助理给他递来水杯。辰风接过来喝了口热水，低声吩咐了一句，助理连连点头，去了后台休息室。

FTW队内语音。

汤臣顿了下："抱歉。"

卫骁："这有什么好道歉的。"

汤臣一愣。

卫骁："你要道歉，那我得给大家跪下磕头，刚才那下我失误最大。"

宁哲涵连忙道："我也是……应该上去补一下的。"

卫骁扬声道："好了，别丧气，这才哪儿到哪儿！"

他一句话，队内气氛又活跃起来。

菜哥在下路喊道："好了好了，我乐宝发育不错，咱们打后期！"

3U这局是不可能给FTW打后期的机会的。前期带出如此凶残的节奏，阿睡仿佛打鸡血了一般，满地图咬人。镜头频频给到他，每个特写都能让粉丝尖叫。

阿睡不过才十八岁，比卫骁还小一岁。他个子很高，身量瘦削，五官长得秀气，肤色因为常年不见太阳更显苍白，那一双日常睡不醒的眸子只有在盯着峡谷时灿若星辰。

越是见多了他平日里的慵懒模样，越是能被他认真打比赛的模样惊艳到。

粉丝们尖叫连连，阿睡也不负众望，从头打到尾，不把人当人。

卫骁好久没被压这么狠了，可惜前期损失太大，他的经济始终比狂贼少了近两千。中期卫骁东偷西偷，好歹抢回一点优势，可惜越文乐的劣势期到了。

阿睡仿佛在越文乐身上装了雷达，追着他砍。乐神有个不大不小的毛病：你不打我，我老实发育；你一旦咬我，我不把你咬一嘴毛我就不姓越！

同是大师调教出来的，阿睡和越文乐打得脑热。

菜哥喊得喉咙都破了："老越你等等我啊！越文乐你再上我杀了你！越文乐你给我站住，吃我一口奶再死啊！"

喊破喉咙也没用，乐神就硬气，就要打，就要以命搏命。这届小崽子太难带了，菜哥想杀人！

后来……还有什么后来，最后战绩1∶1。

又是五十分钟，看完比赛，观众都脖子痛了。

"太拼了。"

"讲真的，我没想到FTW能拖这么久。"

"对对对，中期卫骁太能偷了，3U被他骚扰得烦不胜烦。"

"偷来偷去是飞贼的看家操作了。"

"乐神后期真的……"

"习惯就好，上个赛季我菜一天三盒金嗓子喉宝了解下。"

"还是阿睡更胜一筹啊。"

"狂贼拿了这么大优势还输，真当人家双人赛季军是假的啊。"

BO3的比赛是三局两胜，现在双方各拿下一分，看的就是最后一局。两局比赛打了两个多小时（加BP时间）是有中场休息的。双方离开设备，各自回到了后台的休息室。

辰风早等在那儿，并且备好了茶饮和点心。越文乐一看有薯片，情绪瞬间稳定。

辰风骂他："你能不能稳点？！"

场上疯狂，场下鹌鹑，乐神老实巴交地听训。

卫骁戳了块西瓜吃："教练您这是早看穿我们会输了？"

如果拿下比赛，那就是直接打道回府，不用中场休息。瞧这里的配置：薯片、西瓜、黑天鹅蛋糕、某著名排队难的热饮……

这充分的准备，没半小时下不来。

辰风余光瞥了眼汤臣，道："本想给你们当庆功宴的。"

卫骁笑眯眯道："下次别提前准备，不吉利。"

这不，庆功宴变中场休息。

辰风瞪他："年纪不大，迷信不少。"

卫骁心情不错，连吃了好几块西瓜。

辰风又忍不住叮嘱他："吃两块得了，小心肠胃不适。"

卫骁："嗯嗯嗯！"

虽说输了一小局，但FTW总体氛围还行，没一蹶不振。说到底这不过是场常规赛，虽然和3U在常规赛只能交手一次，但之后还有的是机会。

卫骁又在对宁哲涵贩卖自己的奇葩观念："输赢乃兵家常事，咱们打比赛时要眼里心里写满赢必赢一定赢，但比赛前嘛，倒也不必那么紧张，越是到了决胜局越要平静点，悬崖边上看淡生死才是真男人……"

辰风的脑袋犹如被分成两半，左边是卫小疯的声音，右边是汤臣的身影。

他压低声音问汤臣："还行？"

他没明说，但汤臣后背明显绷了绷："当然。"

这俩字说得有些不自然，声调还有些高，惊动了那边的三小只。卫骁视线挪过来，汤臣坐得更直了，还咧出个笑容："没什么。"

这笑容勉强得像在哭。

卫骁放下了叉子，看过来："汤哥，身体是革命的本钱。"

60

他一开口，宁哲涵和越文乐都愣了下，显然这俩之前并没发现什么。辰风面色微变，汤臣张张嘴，要说什么又没说出口。

论心大，在场的都比不过卫骁。论心细，恐怕连敏感的辰风教练也只是和他旗鼓相当。

开局 FTW 血崩，卫骁没多久就感觉到了队伍的违和感。自从队长离开，他每天必做的功课之一就是了解队友。菜哥的佛、宁哲涵的厌、越文乐的莽，他都在观察、适应并引导。

相对来说，汤臣是他最放心的。老牌前辈，经验丰富，心智强大……各项优势汇总到一起就是一个稳字。汤哥很稳，稳稳地守住上路，不让队友有后顾之忧。

这感觉和队长是不一样的，硬要比喻的话，队长像广袤的天空，笼罩着整个峡谷，给对方以压力，给队友以自由；汤臣则更像一堵结实的城墙，挡住敌方的枪林弹雨，给予队友足够的时间找到突袭的机会。

卫骁很喜欢搭配陆封，最能适应他的节奏，但对于其他职业选手来说，可能汤臣更好一些。没有攻击性，踏实稳重，让人舒服。辰风说得没错，汤臣是个不可多得的上单，但凡不在曾经的神之队，在任何战队他都是个宝。

上一小局，卫骁在不断抢资源的同时，慢慢发现了问题。可能观众的视线都停留在越文乐身上，都在说他莽，怪他顾前不顾后，觉得是他的冲动葬送了比赛。

其实不是，越文乐的毛病不是一天两天了，没那么容易改，正确引导反而是奇兵，问题是他们团队的天平出现了偏差。

下路莽，上路稳，这是平衡点。

下路莽，上路缩，这就是失衡。

汤哥怎么了？卫骁想了半天没找到结果，直到回到休息室。

卫骁这一句话，休息室里静得针落可闻。辰风和汤臣是有些慌的，他们想过卫骁会看出什么，但没想到他会这样直白地说出来。马上是和 3U 的决胜局，扔下这么句话，岂不是要把另外三个崽子的心态点炸？

辰风皱眉，想要含糊过去。

卫骁更狠，问得更直了："是颈椎不舒服吗？"他问汤臣。

汤臣："……"

白才、宁哲涵和越文乐更愣了，也就白才还能说句话："汤哥……颈椎病犯了？"

汤臣立刻道："什么犯不犯的，我哪有那么严重。"

他的颈椎是有些毛病，但没严重到那个地步，也就是职业选手的正常劳损，会痛，会酸胀，歇歇就好。卫骁入队那会儿他装"骨折"，更多是在做戏。

卫骁真的鬼精："难不成是落枕了？"

汤臣接不上话了——就，还真有点。他挺愁客场作战的，提前一天过来，睡个陌生地方，一宿不睡精神不行，睡了吧脖子不行。早上就开始不舒服，打完第一局比赛，这个不适已经扩散成头痛了。刚才那局特别严重，从颈椎连到胳膊的那根筋，疼得他手直抽抽。

厌包小宁子有些慌了："那下一局比赛……"

卫骁打断道:"早说啊!"

他这轻快的语调让大家都蒙了蒙。

卫骁放下叉子,擦了擦手,几步来到汤臣背后:"你可能不知道,我跟陈医师学过。"

饶是粗神经如汤哥,此时也是蒙的:"啥……"

知情菜:"……"

卫骁:"理疗啊,陈医师说我这手法都能去考证了,来来来,我给你按按,保管你马上生龙活虎。"

话音未落,微热的手指落在了汤臣的后颈上。

众人的点心都顾不上吃了,看着这个小奇葩。

卫骁这手法真不是吹的,按了五六分钟后,汤臣惊了:"真的管用。"

卫骁颇为得意:"那必须,我这可是为队长专门练的!"

宁哲涵凑过来道:"汤哥,下次客场我们把枕头背上。"

汤臣一愣,宁哲涵给他出谋划策:"真的,我念书的时候有个同学认床,他走到哪儿都背着枕头……"

越文乐附和:"对,我们基地的枕头的确好睡。"

白才满眼都是钱:"八千二的枕头,能不好睡吗?"

宁哲涵才知道:"这么贵!"

白才:"你知道床垫多少钱吗?"

宁哲涵连忙问:"多、多少?"

白才竖起几根手指,宁哲涵倒吸口气。

菜哥拍拍小宁子的肩膀:"知道队长有多爱我们了吧。"

宁哲涵点头如捣蒜:"爱得好有钱!"

中场休息不过十多分钟,很快过去了,临上场时,汤臣的状态已经变了,脸上的苍白褪去,往日的宽厚温暖又浸在眉眼间,他走在队伍最后,又成了那面守护着FTW的高墙!

辰风没有再说什么,卫骁给予汤臣的绝不是简简单单的缓解颈椎不适,而是接纳和面对。

不舒服可以说出来,有问题可以讲一讲,你不是一个人,我们也没那么脆弱,哪怕是撑起团队的墙,也需要阳光抚慰。

从六点开始的比赛,已经打到了八点半。做完阶段性理疗的陆封在牵引室内做牵引。牵引相对舒服些,只是要保持一个动作不变,时间比较久,所以很枯燥。护士询问他有什么需求,陆封请她帮忙进了中国赛区的官方直播间。

护士对他特别亲切:"是您的战队吗?"

陆封点头:"对。"

刚好镜头给到了登场的几位选手,黑发白肤的少年对着镜头一笑,单侧的小虎牙可爱又帅气。

护士微征:"他长得真好看。"

陆封也在看着:"嗯。"

FTW 对 3U 第三局也准备开始了,赢了抢下一分,暂登常规赛第一。输了掉下一分,倒也不至于拿不到最后的小组第一。

抢分战是这样的,不到最后一场比赛,名次很难确定。这场比赛不关乎"生死",但双方都十分认真,既尊重对手也尊重自己。

第三局的 BP 相对慢一些,尤其是 FTW 这边,略微起了点争执。

汤臣说:"我能用时空骑士吗?"

辰风拧眉:"这个阵容我们私下里没练过。"

汤臣没出声。

卫骁:"双辅吗?"

辰风:"嗯。"

卫骁:"可以啊,我想试试双倍宠爱的滋味。"

辰风:"……"

所谓双辅,是说队伍里有两个偏辅助性的英雄,菜哥肯定是主辅助,但上路和中路其实都可以拿次辅助的英雄。比如 3U 就很擅长让李淳拿琴术士,这是个偏辅助的中路天赋,对敌能输出控制,对友军能加血治疗。3U 是个典型的野核战队,他们经常用双辅配阿睡,三个人抱团抓崩对面。

这种双辅挺常见的,不少战队都会用,比如 Pro,也曾出现过双辅配金成炫,那真是活生生把你炫宝护得那叫一个严丝合缝,只要摸不到金成炫,Pro 就是个大写的无敌。

中路次辅挺常见的,上单次辅却很罕见。神战是个功能性上单,可他的天赋属性定位是——战士、坦克,也是和辅助不着边的,只是可进可退而已。

时空骑士不一样,这是可以当纯辅的天赋,只不过菜哥不太爱用。骑士天生血量高,且有防御加成,十分扛揍。时空骑士是个很奇妙的辅助天赋,技能中有持续性输出伤害,也有大范围强控,更有一个团队调动性极强的技能——时空预言。

这个技能的效果是对友军施展的,掐准时间能让队友突破时间桎梏,回到一秒前。这意味着什么?意味着这一秒越文乐死了,时间回溯,他又活过来了。时空骑士的大招就是这样堪称仙术的技能。

听起来很厉害,却很难掌握。用好了能起死回生扭转战局,用不好就是没有大招的废物,这一秒太不好掌握,早了没意义,晚了人不活。一秒对于一场比赛来说很短暂,可对于团战来说又很致命。怎样把握这一秒,就看时空骑士如何把握时间。

恰好这时,3U 拿了琴术士,他们也想打双辅!汤臣又开口了:"我想试试。"

难得老汤这么坚持,辰风应了:"好。"

汤臣的时空骑士他放心,只是怕队友不习惯。这个天赋太需要团队配合了。默契足超神,默契不够"超鬼",没有中间值。

卫骁盯着天赋栏:"既然是双辅,那我用暗贼吧。"

他见过的——汤哥的时空骑士和队长的暗影盗贼。那是两年前的一场比赛,卫骁第一次见到陆封。

七 我破开时间等你王者归来

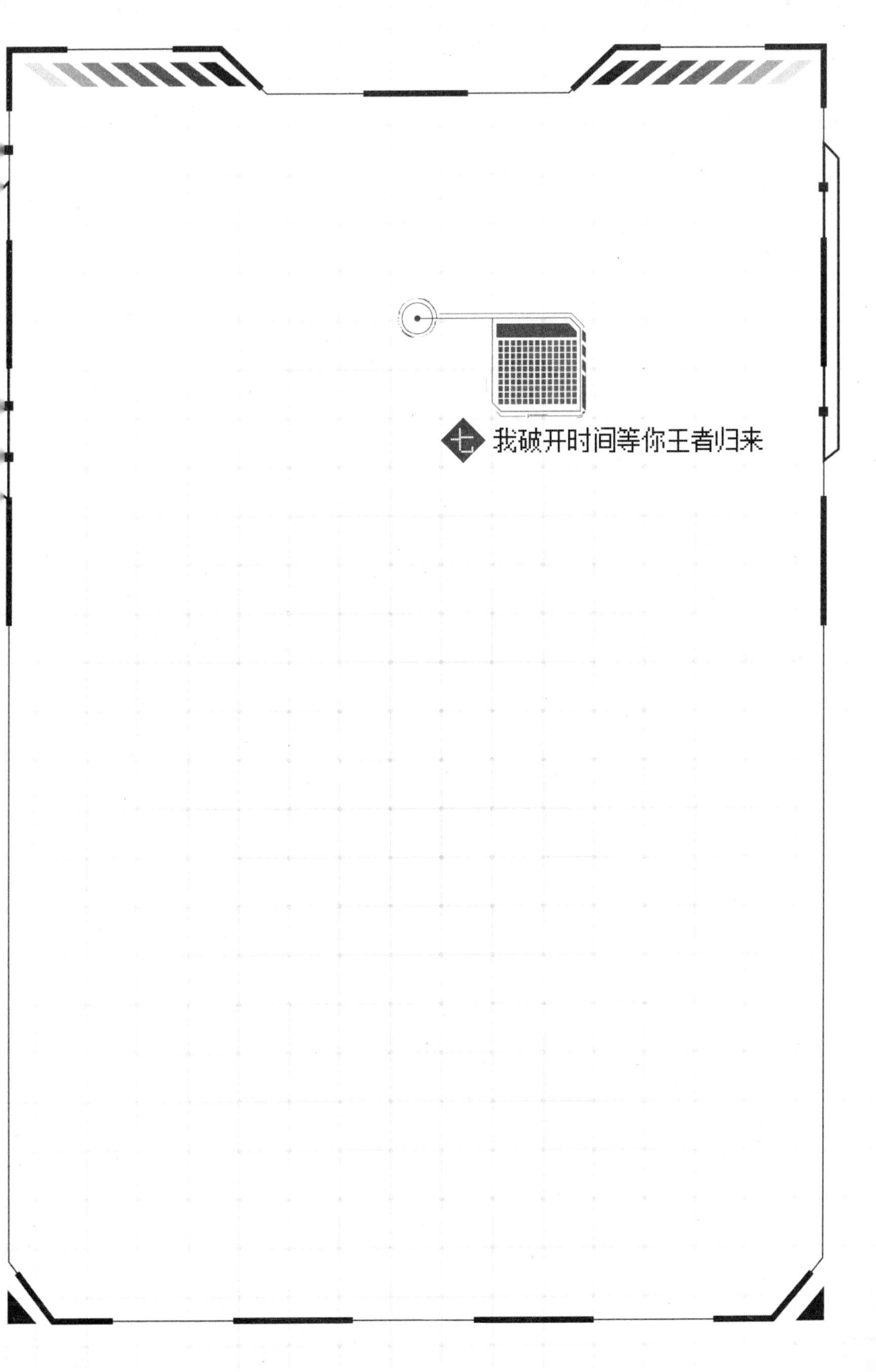

61

中场休息的十五分钟，3U 休息室的氛围比 FTW 沉重很多。刚刚取得胜利的是他们，扳回一城的是他们，但 3U 严肃得仿佛输掉了比赛。

3U 教练面色尤其凝重："我不建议用风暴盗贼。"

阿睡不出声。

从逸道："决胜局，FTW 不会掉以轻心，我们想赢的话不容易。"

教练："这不过是常规赛的一小局，丢一分对我们总成绩影响不大，在可控范围内。"

3U 的周经理也道："新阵容是我们的杀手锏，现在拿出来太早了些。"

教练点头："接下来我们还要面对 TPT，傅黎你们都清楚的，让他看到阿睡的风贼，他肯定会想出破解之法，到时候我们就难了。"

这次的常规赛分组，FTW 和 RR 在 A 组，3U 和 TPT 在 B 组。异组是单循环，组内却是双循环，相较于 FTW，3U 这次更提防 TPT。因为同组的战队是要争第一这个名额的。

为了从常规赛杀出重围，3U 这次准备很多，对新阵容、新体系、新的打法都有深入的研究和分析。阿睡的拿手天赋是狂贼，这几乎是 3U 的招牌，但一个天赋一旦成了招牌就容易被针对。一个禁用位送给他，任你秀上天也没用。

所以他们必须开发新的打法，风暴盗贼就是其中之一。这是他们苦练很久的新体系，摸索出多种配合，匿名与国外赛区磨炼许久打磨出的新阵容。

常规赛第二周就拿出来，他们后面怎么办？哪怕赢了 FTW，但输给 TPT 两次，还抢什么小组第一！

周经理和教练的担忧不无道理，但是……

阿睡："风贼。"

他鲜少开口，一开口那独特的金属般的嗓音尤其抓耳。

周经理拧眉，眼中有些不耐烦。

阿睡："赢。"

周经理："不用风贼就会输吗？FTW 连陆封都不在，你们……"

教练及时打断了他的话，反问："如果输了呢？"

他盯着阿睡。

阿睡："……"

一旁的从逸懒洋洋地开口："输了的话，我们全听您的，这个常规赛您让怎么打，咱就怎么打。"

教练："好。"

周经理扬眉："你们……"

教练看向他道："比赛还没结束，选手情绪比什么都重要。"

他看了周经理一眼，周庆接到暗示，心里老大不痛快：罢了，阿睡撂挑子，3U要出事。

剩下的五分钟，3U休息室里都很安静。阿睡闭眼靠在电竞椅里，从逸在他旁边慢悠悠地喝着柠檬汽水。李淳看看这个看看那个，决定闭嘴当鹌鹑。

阿睡和卫骁的恩怨，在场的人或多或少都知道一些。李淳他们知道阿睡输给卫骁很多次，多到让人头皮发麻。

从逸知道准确的数字——462。大师有个不成文的规矩，每个选手他最多陪500局。超了这个数字，别说200块一局，就算20000块一局他也不打。阿睡和大师累计Solo了500局，输掉462局，这个比例说出去能惊人下巴。

阿睡菜吗？初入职业，便是联赛的超强黑马，怎么会和菜有关系。

大师强吗？真的很强，一个非职业选手，对Solo有这么深的领悟，简直难以想象。

这不只需要天赋，更需要勤奋、热爱和惊人的意志力。输了那么多局，阿睡对卫骁的执念，不是简简单单的数字所能表述的。

大师曾说过自己不会打职业赛，也说了自己只陪练500局，当时阿睡以为自己再也不会有战胜他的机会。他以为再也赢不了大师，他以为自己再也没有机会，他以为自己要永远背负这个遗憾。

现在卫骁在FTW横空出世，大师来到了职业赛场，成了他的对手。

卫骁站到他对面了，阿睡怎么可能错过机会？

每一场Solo，每一场对局，他只想全力以赴！战胜卫骁，战胜卫骁，也战胜自己！

从逸比谁都清楚卫骁之于阿睡的意义。引着阿睡来到职业赛场的是从逸，然而彻底激起阿睡热血，让他留下来的却是卫骁。

阿睡想赢。从逸也想赢！

解说们看到双方阵容都颇为惊讶。

"汤臣拿了时空骑士，FTW这是要打双辅吗？"

"时空骑士好久没有上场了，能用好这个上路的不多了。"

"FTW的双辅配暗贼是很强的，3U会禁掉暗贼吗？"

"放出来了！FTW抢下暗贼！"

弹幕上哭的粉丝更多。

"完了完了，我想哭。"

"老粉已经痛哭流涕。"

"汤神的时空骑士啊啊啊，我陆封最坚实的后盾！"

"小声问一句,'晨露'姐妹还活着吗……"

"活着活着,可是我露露不在!"

"时空回溯,暗影无双。"

"我破开时间等你王者归来。"

"对上了对上了……"

有新人不明所以。

"'晨露'是什么?"

"露露是谁啊?"

然后悟了:

"陆,LU,露……你们真敢!"

"大魔王还有这么可爱的……的……昵称吗?!"

"FTW 五年铁粉表示,十六岁的露露无敌爆炸螺旋升天式可爱。"

新粉想了下。

"对不起……我想象不出来!"

卫骁拿下暗贼时,看直播的陆封眼中溢满笑意。小护士不懂中文,看不明白弹幕里都飞了些什么,只好奇地问道:"这是卫骁的拿手英雄吗?"

陆封解释:"拿手英雄之一。"

护士对游戏一窍不通,但不妨碍她看小帅哥:"他好厉害!你们战队能赢吗?"

陆封:"……"

小护士意识到自己问多了,抱歉道:"我不太懂,请别见怪。"

陆封盯着屏幕:"没事。"

小护士偷瞄他一眼,心怦怦直跳,果然帅哥不分种族不分地域不分国界,帅就是帅,这气场就让人挪不动腿。

陆封看着屏幕,思绪却不在 FTW 和 3U 的对局中,他记起了在国内时,卫骁缠着他说过的话:"你知道我第一次见你是什么时候吗?"

陆封:"两年前?"

他们第一次见面就是两年前,FTW 用两百万吓退其他俱乐部,向卫骁伸出橄榄枝。卫骁离开了青训营,直奔 FTW 而来,当时他只穿了件黑色短夹克,一双长腿裹在牛仔裤里,冻得鼻尖泛红,唯独眼睛黑亮,同样明亮的还有声音:"陆封,我能和你 Solo 吗?"

陆封微愣。他站在台阶上,看着下方的少年,明明是俯视的角度,却仿佛看到了初升的太阳,破开冬日迷雾,唤来久违的春天。

卫骁:"准确点说,快三年了。"

陆封:"什么地方?"

三年前他见过卫骁吗?不可能,只要见过一面,他不可能忘记。

卫骁:"网吧里。"

陆封蹙眉:"我……"

卫骁跑去开了电脑,轻轻松松便翻到了一个比赛视频。

陆封一看就明白了。卫骁指着画面中沐浴在逆流时空中的暗影盗贼,道:"我当时跑去网吧,看到的就是这一幕。"

人这一生,总有那么一两个极其脆弱的时刻。

无奈、迷茫、孤单和痛苦。

仿佛被所有人隔开,仿佛被周围人抛弃,仿佛遥远漫长的人生只余下苦涩与凄惨。

然而只要一个瞬间,一个画面,甚至只是一抹不经意的微笑都能成为那道耀眼的光。

打在漆黑之中,照亮整个舞台!

毫无疑问,那个春天,照亮卫骁的是名为陆封的暗贼。在绝境中背负着队友的期望,在死亡中逆转时空站起,在必输的困境中杀出一条血路。

执着,信念,坚定。

那一瞬透过画面涌向卫骁的是无穷无尽的力量。

名为陆封的力量!

62

"呀,这红队是不是有危险?"护士的声音唤回陆封的思绪。

峡谷里已经打成一团。红队是FTW,蓝队是3U,对于不太懂游戏的人来说,能看明白的也只有红蓝队了。

陆封看向屏幕,FTW和3U爆发了一场激烈团战。决胜局氛围不一样,双方又都很认真,从开局就异常胶着。阿睡的风暴盗贼,汤臣的时空骑士,都是不常见的天赋,观众看到后兴致很高,一个个出来分析,仿佛比赛场上的十个人都懂得多。

"果然汤哥上场,FTW就能打双辅助!"

"练过的,汤神的时空骑士和Q神的暗影盗贼私下里肯定练过千百遍。"

瞥到这弹幕,陆封:"……"

怕是一遍都没练过。

3U的粉丝更来劲。

"啊啊啊,我阿睡果然适合一切疯狂英雄。"

"风暴盗贼很疯吗?"

看不出来,这个天赋的盗贼一身干练轻铠,很有刺客的潇洒感,并不像狂贼那样周身疯样。

粉丝解释:"'疯爆'盗贼啊!"

路人:"……"

您这谐音哏玩得真行。

3U中野辅三人成了"连体婴儿",走到哪儿打到哪儿,来像一阵风,还是龙卷风,恨不得把FTW的草丛都连根拔起带回自个儿老家。

卫骁打得颇憋屈，倒不是菜哥不行，也不是宁哲涵不行，实在是阵容被克制。

阿睡带了个从逸，又带了个琴术士，一个能控能套盾能加速，另一个能奶，能奶，还能奶。

卫骁这边呢？菜哥倒是可控可奶可套盾，但小宁子不是，他一个火法，前期伤害叠不起来，自己又腿短身板脆，"龙卷风"一来，他几乎被人家卷回家，哪里站得住！

同样 3V3，FTW 着实憋屈，都是双辅，可惜性质很不一样。中路拿次辅，可以跟着满地图游走，还能把中路经验分给打野；上路拿次辅助就差点劲了，上路是走不开的，即便能走，想支援也很局限，阿睡跑到下路，汤臣还能跨越半个地图去下路支援不成？

不现实。

卫骁要么带着菜哥和阿睡二打三，要么带着小宁子和阿睡二点五打三。总之前期是真的憋屈。

小宁子有点难受："骁哥……"

卫骁："不慌，我们稳住经济，等一次小团战。"

作为陆封资深铁粉，卫骁哪怕没练过这个阵容，也知道套路。前期是憋屈，但只要帮着汤臣拿下上路一塔，解放了时空骑士，就可以反扑了！

汤臣上路很稳，虽然用的是次辅，也稳稳扛住了对面上单，打得有来有往，经济丝毫没落下。也不知道是热血激动，还是卫小疯的手法的确有用，汤臣感觉不到筋肉的拉扯感了，意识和状态都重回巅峰状态。

汤臣："卫骁来上路。"

卫骁看了下路道："老越你稳住。"

越文乐："嗯。"

FTW 的意图是明晃晃写在峡谷里的，我们的次辅是上路，我们要解放时空骑士，我们必须压爆 3U 上塔。连观众都看得懂，3U 会不清楚？

他们一清二楚。

3U 的对策也简单，要么和你硬拼，在上路争个你死我活；要么转移到下路，逼疯越文乐。

前者很来劲，后者更理智。从逸这瞬间是有点怕阿睡想和大师对着干的。但阿睡已经向着下路走去。

从逸放心了："搞老越！"

李淳："收到！"

FTW 去逼上路，他们就去逼下路，即便互换，3U 也不亏。抗压的上路死个一次没什么，急需发育的下路死一次却是致命伤。上路换下路，怎么看都是 3U 略占便宜。

大家都懂的事，卫骁会不懂？

陆封不在峡谷，他就是那个一步三算的人，当然是早就料到，所以才叮嘱越文乐：

"实在不行放塔保命。"

越文乐："……"

卫骁："你要是死了，我放毛豆去你衣柜。"

越文乐惊了："你不是人！"

菜哥默了默："真是恶人自有恶人磨。"

这段队内语音要是播了，喜欢乐神的小姐妹能笑死。

毛豆是谁？拆家"二哈"也。

衣柜里是衣服？不不不，全是乐神的命——薯片。

想一下那画面，把"二哈"放进一个装满薯片的衣柜里。乐神疯不疯咱们不知道，豆哥肯定玩疯了！

这威慑太大了，被抓得手痒的越文乐生生稳住了："下塔没了。"

守塔是不可能了，风贼这疯狗都咬到他半血了，再上前一步，老越的薯片宝宝就成狗粮了！

卫骁："没事。"

系统公告同时响起。

系统公告：

FTW 抢下 3U 上路一塔！

3U 夺下 FTW 下路一塔！

FTW.Quiet 击杀 3U.Night！

条哥在队内语音鬼哭狼嚎："我觉得卫骁瞧不起我，他为什么不用八道弧光杀我？！"

从逸毫不留情刺他心："因为不值得。"

条哥："……"

别问，问就是"自闭"了！

上路有了缺口，FTW 的机动性起来了，越文乐回城补状态，卫骁带着真正的双辅助直接传送飞下路。3U 敏锐得很，站位十分谨慎，已然是做好了死斗的准备。

4V4，这极有可能是今天比赛中最精彩的一幕！FTW 上野辅中四人，3U 中野辅下路四人。这哪是小团战，分明是火星撞地球！

越文乐还在复活泉水中："我去下路？"

他过去的话，FTW 就是五打四，更有优势。

卫骁："你去上路。"

越文乐没有传送，跑过来的话很可能吓退 3U，得不偿失。越文乐去上路反而更保险，哪怕这次团战 FTW 输了，越文乐能压掉 3U 二塔，不亏！

战斗一触即发。

从下午六点干到晚上九点，他们早杀红了眼，这会儿看到对方露出破绽，已如饿狼扑羊般冲了上去。解说语速惊人，放爆竹一样噼里啪啦描述着战局。

观众看得屏气凝神，弹幕都发得少了。峡谷里各种特效狂舞，哪怕隔着屏幕都感受到了激烈的视觉冲击。

解说：“风暴盗贼叠起了飓风，这个层数，至少百分之六十！还在增加，很快满了！从逸的大招吸住了FTW四人！飓风叠满，风贼'开大'了，满额飓风会激活风暴，这下阿睡的伤害超高。”

风暴盗贼的大招是个极其可怕的群体伤害。如他的天赋名般，大招即风暴，凭借着技能和普攻的飓风标记可以不断地加层数。飓风最多可叠加至七层，一旦在这个时候开启大招，风贼会立于风暴眼，物理攻击增强百分之一百，同时激活风暴，风暴无视一切护盾和防御，直接对敌方造成高额真实伤害。

一刹那，峡谷中全是呼啸声！卫骁、白才和宁哲涵皆是心头一凉，这个伤害，扛不住。

汤臣："别怕。"男人温厚的声音响在耳麦中，犹如在暴雨中撑起的一顶大伞，安抚了所有人。

风贼伤害打满，FTW四人血量瞬间消失，直奔重伤而去。风暴还在继续，几乎是刹那间席卷了四人生命。

弹幕疯了。

"风贼四杀！"

"阿睡也太帅了！"

"这一手风贼是真的疯。"

"3U今年也太强了吧，阿睡这个选手潜力无穷啊。"

唯有解说看清楚了："时空骑士的回溯发动了。"

"成功了吗？回溯的节点掐准了吗？"

刹那间，原本血条清空，倒在地上的FTW四人全部复活！弹幕如何不提了，整个现场一片沸腾，不少观众直接站起，给了了这一幕惊人的喝彩声！

阿睡、从逸、李淳和呦呦都愣住了。

FTW必死的局面，居然依靠着时空回溯，全员站起来了。

这⋯⋯

卫骁舔了下下唇："上！"

话音落，暗贼倒下前未完成的连招起飞，八道弧光漫天飞舞，无数个蓝色交缠，仿佛高温下的冷火，吐着火蛇将对面焚烧成一地残灰。

系统公告：

FTW.Quiet 击杀 3U.Yoyo！

FTW.Quiet 击杀 3U.One！

FTW.Quiet 击杀 3U.LC！

FTW.Quiet 击杀 3U.Sleep！

FTW.Quiet 四杀！

原本是阿睡的四杀，因为时空骑士，给了卫骁。

时空回溯，暗影无双。

我破开时间等你王者归来。

弹幕一片欢呼。

"帅炸了！"

"时空暗影，给我锁死啊！"

"梦回两年前，这一幕我暴风哭泣！"

"汤神！露露！卫骁！我爱 FTW，我爱他们所有人啊！"

气氛被推到了顶峰，FTW 这一把真的太漂亮，观众沸腾的热血快把会场掀了！

FTW 队内语音全是"汤哥牛"。汤臣倒在地上——时间回溯后，阿睡还是在临死前带走了残血的汤臣和白才。

"没什么。"汤臣竭力平稳着声音，努力稳住血脉里激涌的血液："别轻敌，比赛还没结束。"

比赛的确没结束，卫骁拿下四杀，FTW 抢下大优势，但经济面板上双方也不过刚刚持平，前期的风贼节奏带得太疯，这会儿也只是和 FTW 回到了同一起跑线。

3U 队内语音。

几乎从不说话的阿睡开口了："逸哥。"

阿睡清清冷冷的声音像块冰："我要赢。"

从逸顿了半晌："……"

一个从不会提要求的人提了要求，怎么能让他失望。

63

从逸只比阿睡大三天，同年同月，生日只隔三天。按理说这都不算大，一声"哥"实在当不得。可阿睡这声"逸哥"不一样，这是两人之间的秘密。

小时候有轻微自闭倾向的阿睡不接纳任何人，包括自己的父母，只有从三岁起和他玩的从逸不一样。

阿睡不会说话，从逸替他说。

阿睡不看任何人，从逸替他看。

就连阿睡想吃又不敢去拿的东西，从逸也会帮他拿过来。

阿睡的父母想尽办法让他开口说话，怎么引导都不行，后来不得不拜托还只有五岁的小从逸。从逸教着阿睡说话，阿睡只听不开口。

后来从逸指着自己："逸哥哥。"

阿睡看他。

从逸:"我是你逸哥哥。"

教了很多次都不行,某次阿睡的游戏机坏了,终于开口:"逸哥,坏了。"

这两个字对从逸来说是不一样的,阿睡是真的不会提要求——不是不想,不是不能,而是不会。他只要提要求,都是以这两个字开头。

所以……

从逸坐直了后背,盯着屏幕:"那就赢!"

他始终坚信阿睡有异于常人的天才之处,来到荣光,他们证明了这点!峡谷里的阿睡,是真正的天才选手!

解说看到了 3U 的气势:"虽然被拿了四杀,但 3U 的气势丝毫不减,风贼的思路更明确了。没错,3U 这个团队从去年起成长飞速,每一场比赛都能给我们带来新的惊喜。他们开始逐个击破了!"

从逸是 3U 的主指挥,也是 3U 真正的"大脑"。

阿睡想赢,从逸就陪他赢!

时空骑士很强,用成汤神这样,简直是个 Bug。四人死亡再原地复活,这简直是活见鬼!但硬要说应对不了时空骑士也不是,竞技类游戏追求的就是平衡。

一个天赋再怎么强,也有克制的法子。

比如……逐个击破。

时空回溯的冷却时间极长,3U 只要和他们避免大规模团战,这个技能的威力会被大幅度削减,复活一个人和复活四个人的效果是完全不同的。只要控制好血量,避免同时击杀四人,完全能克制时空回溯!

很快 FTW 这边就感受到了。卫骁:"从逸这小子是真的鬼。"

观众看得兴致勃勃。

"3U 的心理素质真行,给我遇上刚才那下,心态早崩了。"

"所以人家是职业选手,你是普通玩家。"

"不知道是不是我的错觉,FTW 这个阵容还是不够熟练啊。"

"自信点,什么错觉,汤神和队伍才磨合一周,能有多熟练?"

"啊啊啊,我不自信,我不要 FTW 输,我不要汤神输!"

"讲真的……"

有理性的网友在分析——

"这局不管谁输了,对他们影响都不大吧。"

"是啊,这是 FTW 的常规赛第三场比赛,后头还有十六场,输一局冷静冷静挺好。"

"我崽很冷静,不用强行冷静!"

"3U 这也是第三场,输一下也挺好,好好复盘,总结经验,后头才能浪起来。"

"是啊,一个小场次而已,又不会影响最终小组排名。"

"这俩不在一个小组挺好的,感觉全能拿第一。"

"本 RR 粉不服了，凭什么我们月夜不能拿第一！"

"本 TPT 粉不乐意了，B 组第一一定是我们的！"

弹幕上又吵了起来。

常规赛持续两个多月，每队都有十九场比赛，全胜是不可能的，而且也没意义。所谓常规赛，某种意义上也是官方安排给选手的"训练赛"。适应比赛、熟悉对手、尝试新套路。

在常规赛磨炼越多，季后赛才越有底气。在常规赛就束手束脚，这个不敢，那个不敢，等到了淘汰制的季后赛，一"翻车"就是个死。

只是今天这场比赛两支战队都太认真了，粉丝看得太投入，舍不得自己的战队输。其实他们心里都明白，输一局不影响抢小组第一，甚至还有点益处。早摔跟头比晚摔强，时刻保持警惕才能不断进步！

当然无论场外如何，场内的十个人都已经杀红了眼。

想赢！一定要赢！打到现在，谁甘心输！

3U 有张良计，FTW 有过墙梯。你逐个击破搞我汤神，我分头带线逼你跑断腿！

这一番拉锯战打起来，时间不断向后推移。眼看着打到五十分钟了，台下的辰风轻叹口气。

这帮崽崽，还是年轻了些。不过没事，他们表现得很好，非常好。

辰风彻底平静了，而且很欣慰。

3U 这次是豁出去了，拿出来的阵容显然是早就偷偷磨炼许久的。阿睡的风贼、李淳的琴术士、从逸的统筹力，全部都发挥得到了极限。反观 FTW 这边，阵容是第一次拿，汤臣状态不佳，五人统共磨合了一周多。这样还能赢了破釜沉舟的 3U，也未免太夸张了。

越往后拖，汤臣的身体越撑不住，凭着热血和强大的毅力压下去的刺痛感又冒了上来。

卫骁最先意识到，可惜没办法。始终保持着足够的警惕，犹如猎豹一般的阿睡捕捉到了 FTW 的漏洞。

强行开团，十个人的峡谷，拼出了千军万马的气势！观众沸腾了，弹幕炸了，解说语速飞快，如同那响彻天际的战鼓，给本就胶着的厮斗掀起了一阵强过一阵的热浪。

白才倒下了，从逸倒下了，李淳和宁哲涵同归于尽。越文乐斩杀呦呦，阿睡收割越文乐，汤臣此时光回溯交给越文乐，站起来的越文乐点死了雪条，雪条临死前再度卷走越文乐。

复活甲、无敌、极限免伤……

无数装备在选手极高的手速下轮番更替。只有十个人，只有几分钟，却仿佛打了一个世纪那么久。

最后……

风暴盗贼和暗影盗贼同时刷出大招。漫天风暴和弧光把画面照耀成了仿佛恒星爆炸的惊人场面。

"怎么样怎么样？"粉丝们急死了，"谁活着？谁站到最后了？"

解说A："暗贼先一步倒下，但是卫骁还有复活甲，他站起来了！"

解说B："暗贼一道影袭，收下了风暴盗贼的人头。是卫骁站到最后了吗？不是！风暴盗贼还有一次无敌……"

系统公告：
3U.Sleep 击杀 FTW.Quiet！
FTW.Quiet 击杀 3U.Sleep！

风暴盗贼和暗影盗贼同归于尽！一场厮杀了一小时的战斗，一局把所有人都看得热血澎湃的战斗，最后的结果是无人生还。峡谷里安静极了，十个选手的屏幕全部暗下去了。

怎么办……

最早复活的是双方辅助，还有十秒。

FTW上路的超级兵抵达3U高地。

3U的下路超级兵抵达FTW高地。

这竟然是一场拼超级兵的比赛！

十、九、八、七……

双方的水晶同时掉血，在超级兵的炮火下向着爆破走去。

"从逸复活了！"

"白才复活了！"

双方辅助开始疯狂清理小兵，只要能把超级兵打死，只要能守下水晶……

Victory!

全场爆发出惊人的喝彩声，3U的粉丝在这一刻嚎啕大哭。

比赛结束了，从逸靠在座椅中，后背一片汗湿。

还好……赢了……

这要是输了，他没脸见阿睡。

会场一片欢腾声，十名选手一动不动，仿佛没从峡谷中走出来。卫骁轻哂："真强。"

白才："……"

卫骁起身，给了菜哥一下："走了。"

菜哥回神，道："我……"

卫骁："你什么你，打得不开心？"

不只白才，FTW众人都被他问得一愣。

卫骁眼中毫无阴霾，依旧灿若骄阳："输赢很重要，但享受比赛更重要。"

在他正前方的汤臣心猛地一跳。卫骁伸手向汤臣："汤哥，常规赛我们一定能拿小组第一。"

输一小局算什么，常规赛的征途才刚刚开始，而这一局，FTW给所有人展现了无限希望。

陆封不在，汤臣久不上赛场。团队磨合不够，阵容没有训练。这都没关系，他们用绝对的实力告诉所有人——一切才刚开始。

王者之师，正在苏醒！

汤臣站了起来，同卫骁握拳："好！"

常规赛小组第一，他们势在必得！因为3U赢下比赛，所以镜头都给了3U。相较于FTW的轻松，3U反而更加沉重。

赢了，可是赢得太难了。面对这个失去领袖的FTW，3U竟然拼到这样弹尽粮绝的地步，不敢想等陆封回来，这个队伍会有多么可怕。

理疗室内，小护士呆住了："那个……"

完了完了，好像输掉比赛了！陆封刚好结束理疗，向医护人员道别后，他拨通了卫骁的手机。

此时此刻，卫骁正在后台吹："不是我说，汤哥这时空骑士，咱们回头多练几局，Y1都得跪下求饶……"

汤哥："……"

白才："……"

越文乐："……"

小宁子："那个……"

骁哥，咱这有点登月"碰瓷"了吧！

卫骁还想继续吹，手机响了。他低头一看，清清嗓子道："你们先反思下自己为什么这么强，我去接个电话。"

辰风刚进来，听到这话差点崴脚——反思什么？！果然有卫小疯在，他们就不可能有正常画风！

卫骁找了个没人的地方，迫不及待地接通："队长……"

陆封："打得很好。"

卫骁刚想说那必须，最后一局简直超常发挥，我都想去安慰下阿睡让他别气馁，好好练风贼，回头我捶死他了。

不过电话里他委屈巴巴："输了。"

陆封："……"

卫骁挤挤眼睛，憋个哭腔："队长，我输了。"

这一瞬，陆封信了，他握着手机的手指不禁用力，声音越发轻柔："没事，一个小场次，输赢不要紧。"

卫骁再接再厉："很难过……"

陆封心一揪，道："别难过，你做得很好。"

卫骁憋不住了："我做得有多好？"

陆封："……"

64

卫骁要求："要不等你回来 Solo 一万局？"

陆封笑了下："小小。"

卫骁："嗯。"应得可乖了。

陆封陡然压低声音："早点回酒店复盘，我挂了。"

卫骁："……"

挂了电话好歹能严肃点，卫骁打字和队长说了点正经事，主要是关于比赛的。皮归皮，浪归浪，正事也不能忘。队长会现在打电话过来，肯定是挂念着，卫骁舍不得他担心。

FTW 和 3U 这局比赛，在开始之前卫骁已经有了足够的心理准备。他前几天熬夜翻了 3U 近半年的所有比赛视频，包括冬训营的几场比赛。越看越冷静，越看心中越有数。

3U 今年是毋庸置疑的强队，在冬训营的亮眼操作足以让他们冲进一线战队。阿睡不用说了，非常优秀的打野。李淳和宁哲涵有点类似，很全能的中单，无论是法刺还是炮台法师，都玩得可圈可点。小宁子这边还没来得及开发辅助型中单，李淳却是有一套的，琴术士和药术士都能用，且用得极好。雪条是 3U 今年引进的新人，相对稳健的上路位，已经和队伍磨合得差不多。呦呦是 3U 的老人，各项素质都不拔尖，却非常适合现在的野核 3U，很能和阿睡打配合，是不可多得的吃草挤奶型射手。

最让卫骁在意的其实是从逸。很多人看到 3U 想到的都是阿睡——从逸更像陪衬，像绿叶衬托着阿睡。可稍微认真了解下就明白，从逸绝不是陪衬，更不是绿叶，他是狙击枪上的八倍镜，是发动机上的润滑油，是点燃火箭的助推燃料！

没有他，不会有现在的阿睡，更不会有现在的 3U。这个躲在背后的男人，才是驱动 3U 前进的原动力！

看了这样的 3U，卫骁心中预估的胜率是三成。能够拿下第一局，且在最后一局逼出 3U 这明显珍藏已久的阵容，卫骁只觉得血赚！

风贼啊。

阿睡玩得不错，他也可以试试。走别人的路，让别人无路可走——TPT 的名言不妨借来一用。

和陆封聊了半天，陆封问他："输了比赛，真的不难过？"

卫骁："有什么好难过的？ 3U 这么强，我高兴还来不及呢。"

卫骁反问他："队长，我们 FTW 为什么要拿世界冠军？"

陆封："……"

果然，卫骁每次都能戳中他的心："是为了整个中国赛区吧。"

陆封想要世界冠军吗？FTW 想要世界冠军吗？是整个中国赛区想要！拿下这个世界冠军，不只是为了 FTW，更是为了向全世界证明——中国赛区不弱！

中国赛区的无数选手，中国赛区的亿万粉丝，中国赛区压抑了长达三年的落寞……

都需要一个证明！他们要用世冠杯告诉所有粉丝，告诉亿万玩家，告诉全世界：荣光属于我们！

所以看到 3U 很强，卫骁的开心是由衷的。他想要的从不是 FTW 一家独大，而是雄起的中国赛区！这样的冠军才有分量，才有意义。这样的中国赛区，才能焕发它应有的活力！

陆封垂下睫毛，打字的手指都很温柔："对。"

他和卫骁隔了数万里，看不到卫骁，可当他抬头，却仿佛看见了——十点的阳光，灿烂的骄阳，照亮的是全世界。

这一聊就是十多分钟，卫骁是真该回去了。他收起手机往回走，路过洗手间时拐了进去，一会儿坐车要半个多小时，先上个厕所。

会馆挺大的，后台分了区，之前在等比赛的时候，他们和 3U 是在公共区域，所以采访是在一起。等上一场结束，他们才去休息室，去了休息室就是隔开的，因为上台的通道不同。

FTW 和 3U 是第二场，接下来还有一场比赛。

似乎是 RR 和 HU，RR 不用提了，一个小组的"老冤家"，训练赛约到吐。HU 是 B 组的，卫骁了解得不多，FTW 也没和他们约过训练赛。不过这个俱乐部最近风头不小，签了个明星选手，整个战队大换血，连教练组都重新整顿，来势汹汹。

卫骁刚到洗手间就听到了动静，他没想太多，只当是 RR 或者 HU 的队伍过来了，然后就听到了争执声。

"怎么？汤臣本来就菜，给元泽当了两年替补，事后还不是被人一脚踹了？"

"有个冠军戒指了不起啊，给神之队当替补，是个人都行。"

"得了吧，汤臣但凡有点能耐，你们 FTW 会菜成这样？"

"真是搞笑，曾经的世界冠军，输给 3U 那种末流战队，好意思？"

"我要是你们，早回家养猪了，搁这儿丢人现眼。"

"哦，你们陆封已经去北美养……"

越文乐冲了过去，卫骁眼疾手快，一把拦住越文乐。后台洗手间不大，洗手台只有三个，却站了四个人。

一边是穿着 HU 队服的陌生面孔，一边是越文乐和宁哲涵。越文乐和宁哲涵也不知在这儿多久了，此时一个脸涨得通红，一个脸吓得雪白，显然都气急了。对面说话的是个短发高个男人，粗眉细眼，鼻梁很高，五官生得很立体，但气质上却有些刻薄。

HU 的两人看到卫骁，并不当回事，依旧挑衅："怎么，菜还不让人说？你们 FTW 最菜的就是陆封，瞧瞧曾经的神之队，除了他哪个不是混得风生水起？照我看，他去北美不是治肩膀，是去找下家了吧。"

越文乐疯了："闭嘴！"

那人笑道："怎么，还想打我？"

越文乐："你……"

男人有恃无恐："打我啊，想被禁赛的话，就打呗。"

后台到处是监控，谁敢动一根手指，这事吃不了兜着走。卫骁平日里看着瘦削，手劲却大得很，稳稳拦住了越文乐，不让他冲动。

那人看向卫骁："你是卫骁？"

卫骁冷冷看着他："不。"

那人扬眉。

卫骁："是你爷爷。"

65

四个字就噎得对面脸色一沉："你小子……"

卫骁顺口就是一句反弹："怎么，还想打你爷爷？"

那人："……"

卫骁继续道："打啊，想被禁赛的话，就打呗。"

差不多的两句话，可惜意义完全不同，HU 那人故意找碴儿，恶心至极；卫骁却是一个"铁锤"砸他脸上，十分解气！

越文乐平静下来了，不再需要卫骁用力拦着。

那人被反戗，十分不爽，还想挑衅："你们……"

卫骁直接打断，不给他说话的机会："你汤叔打游戏的时候，你还不知道'荣光'二字怎么写。有枚冠军戒指还真是挺了不起的，FTW 有五枚，HU 呢？哦，一枚都没有啊，正常，以后也有不了。我们倒也不必回去养猪，眼前不就有一头。"

他记忆力好，HU 这人之前挑衅的话他接了个明明白白，然后逐字逐句还给他。骂人这种事，骂到卫骁这里，那是真的想不开。

HU 的人脸色越发难看，卫骁又忽地靠近，一双黑沉沉的眸子死死盯着他，压迫感像一把冰刀，冰冷且尖锐："别提陆封。"

那人嗤笑，以为抓到了卫骁的软肋："怎么，陆封……"

"再说一句，"卫骁声音很轻，却有股谁都拦不住的疯劲，"我让你这辈子都碰不了荣光。"

那人一口气提到嗓子眼，竟堵得说不出话。

他不敢说，他从卫骁眼中看到了不顾一切的狠戾——

再骂一句陆封，我宁愿被禁赛也要打你。

回到休息室，辰风一眼瞧见这三小只的气氛不对："怎么了？"

越文乐不出声，宁哲涵不敢吱声，偷瞄卫骁。

辰风看向卫骁："嗯？"

卫骁面色沉沉的："遇到两只屎壳郎。"

辰风："……"

菜哥懂了点："你们没跟人起冲突吧？"

在主办方眼皮底下，要是动手了，FTW 这个赛季就"凉"了，越文乐低声道："没有。"

他很惭愧，要不是卫骁及时赶到，他可能……但一想到那人对汤臣的辱骂，越文乐就攥紧了拳头——

一个人努力多年的成绩，被那帮孙子上下嘴皮一碰就一文不值了。

卫骁转问辰风："教练，我们和 HU 的比赛在哪周？"

辰风："HU？"他也知道了，"你们碰上他们了？"

小宁子点点头，小声道："洗手间里……"

他含含糊糊说了一下，没敢提汤臣的名字。

虽然没提，但汤臣也隐约猜到了，不过他没伤心，反而心里暖洋洋的，一帮小崽子是在心疼他。

辰风面色冷下来，他盯着越文乐："怎么，要不是卫骁过去，你还要打那帮孙子？"

越文乐："……"

辰风给他一栗暴："什么时候能改改这性子。"

越文乐任打任骂，认错也快："对不起。"

辰风："……"

越文乐这臭小子，平时看就是个安静沉默的小奶狗，一旦被人戳一刀，那立刻成狂犬，还是杀人一千自损八百的那种！偏偏一回家又真乖，尤其是对着辰风，向来教练说一没有二，说二没有三，特别尊重"长辈"。

辰风把赛程表记得滚瓜烂熟："下周最后一场比赛是我们和 HU 的。"

话音落，三小只都亮起眼睛。

宁哲涵："打爆他们！"

越文乐："零封！"

辰风给他们泼冷水："HU 今年可不弱。"

辰风这句话可谓一语中的，当天最后一场比赛大爆冷门，RR 对 HU 的比赛，观众是一边倒看好 RR 的，RR 在冬训营出尽风头，气势鼎盛，尤其是月夜的中路，秀得粉丝们尖叫连连。

这局比赛，RR 粉丝占了大半个会场，全在叫月夜，叫着莫有钱，灯牌晃得人眼花缭乱。

反观 HU，粉丝少得可怜，一小撮人坐在那儿似乎全是亲友，宛若被大海包围的小舟，镜头给过去有点可怜。

一个战队粉丝越多，不喜欢的也就越多，粉丝们嚷着这局必胜，零封对面，RR 小组第一稳了。

有人唱反调："'翻车'就好笑了，坐看 RR 痛哭流涕。"然后还真被这些人说中了。

卫骁他们刚回酒店，菜哥惊叫一声："RR 输了。"几个人齐刷刷看过来，白才把平板举给他们看，0：2。

何止是输了，RR 竟然被 HU 零封！越文乐拧眉，宁哲涵也睁大眼，卫骁看了眼比赛时长："猝死局？"

第二局比赛的对阵时间也太短了，四十分钟都不到，RR 就输了？辰风扫了一眼，敲桌子道："别管人家了，先看看咱们的 1：2 吧。"

今晚 A 组真的惨。先是 FTW 输给了 3U，接着 RR 输给了 HU。

本以为 FTW 在 A 组的小组第一要被 RR 抢走，谁知 FTW 还是第一，RR 竟然因为净积分低而降到了第三。

网上炸开锅了，说月夜菜，说莫有钱水。

FTW 这边没关注，他们复盘了五个小时，将三场比赛从头到尾扒了一遍。

第一场 FTW 赢了 3U，整体节奏尚可，问题不大。第二局 FTW 输给 3U，一方面是汤臣的身体不适，另一方面是越文乐被人抓爆，再加上阿睡的狂贼是真的值一个禁用位。第三局不仅打得最久，复盘时间也最久。

汤臣的时空骑士，卫骁的暗影盗贼，阿睡的风暴盗贼，还有李淳的琴术士……

亮点极多的一局，值得反复学习。

如果说比赛是课堂授课，那复盘就是课后作业。课堂上认真听讲，课后好好完成作业，这个进步是神速的。

复盘结束，大家都早早睡了。

第二天 FTW 回了 S 市，只离开了一两天，回到基地却有种难言的舒适感，毛豆老早竖起耳朵，等他们一下车就飞扑而来。

"二哈"自从搬到基地，活动的区域大了，吃得好了，越长越结实，这黑亮的毛发随风飘扬，滑得能给洗发水拍广告了！豆哥一路飞奔，临到人群前竟顿了顿。

狗头四探："嗷？"我男神呢？

卫骁一把捞住它："你这狗东西！"眼里心里全没我了。

毛豆敷衍地蹭蹭他，继续东张西望。卫骁心里酸不拉叽的："你到底是谁儿子？"

哦，他儿子就是队长儿子，豆哥真是一条心里有数的好狗子。

这周 FTW 相对轻松，第三天有场比赛，没什么挑战性，赢得很轻松。到了周一，新的小组排名公布。

A 组第一是 FTW，RR 爬回第二。B 组第一是 3U，第二大爆冷门，竟然不是 TPT，而是 HU。

看到这个战队，越文乐心里不痛快，咬薯片咬得嘎嘣响。汤臣向来和善，乐呵呵道："今年 HU 挺厉害啊。"

小宁子想起他们侮辱汤哥的话，心里难受："人品不行！"

汤臣知道他们还在记仇，揉揉他们脑门道："好啦。"

转头他问辰风："我们是不是该和HU约个训练赛？"

辰风沉吟了一下。

卫骁："下周直接干。"

辰风盯他一眼："你也跟着起哄。"

卫骁没解释什么，他总觉得HU这个战队有问题，路数不正，他没有切实证据，不好多说，但感觉还是很准的。

之前RR输掉的那场比赛卫骁看过了，RR一夜之间水平骤降？

HU真的强到能"凌虐"RR？不，仔细复盘，月夜更像是被下了降头术。那哪是在打比赛？分明是在发神经。

第一局月夜拿了仙术士，这是他的成名英雄，用得非常好，在冬训营里用他打过谢和，可是这局的仙术士打得毫无章法。一个劲地想秀，一个劲地想打出千层云。

千层云是仙术士的一个极限操作，类似于暗贼的九道弧光，是很难掌控的一个连招。就像整个荣光没几人能刷出九道弧光一样，玩仙术士的也鲜少有人能用出千层云。这种连招太需要依赖状态，用出来的确毁天灭地，可一旦选手执着于去刷出它，反而会断了节奏。

第一局月夜栽在这上面，第二局HU依旧不禁仙术士，摆明了放给月夜玩。月夜也是冲动，一楼抢仙术士，结果……

0：2，输得一塌糊涂。

这几天FTW都没和RR约训练赛，也不知道月夜那小子怎么样了，卫骁拿出手机，想去RR官博看看他们最近的动态。他还没搜到RR官博，就看到了几千条"艾特"。

卫骁点开，看到了内容——

HU.韩古：@FTW.Quiet，你真能刷出九道弧光？

66

这话满满都是心机，被这样"艾特"，该回答还是不回答？不理吧，同是职业选手，下一场还要打比赛，好像怂了。理吧，该怎么理？

刷不出还是刷得出，无论怎么说，前方都有坑。

卫骁如今人气极高，这转发数不断疯涨，吹得天花乱坠。

粉丝："实不相瞒，FTW祖传暗贼，九道弧光想刷就刷。"

反驳："瞎猫碰死耗子而已，真让他刷，他是刷不出来的。"

粉丝："我大师不过是谦虚下，傻子才当真。"

反驳："呵呵，怎么不见他在对3U的比赛里刷出来？"

粉丝："有必要吗？九道弧光在5V5大多是伤害溢出。"

反驳:"刷不出就刷不出,借口找得真快。"

卫骁随手翻一翻,看到的都是这些明显被带偏的言论,就他这小脑袋瓜,哪还看不出来?早就觉得 HU 这个战队不干人事,没想到竟然这么龌龊。

一条微博甩到卫骁脸上,显然是笃定了卫骁对九道弧光不熟,先挑衅、讽刺,再调动粉丝情绪,简直是把卫骁架到了火上烤,一旦卫骁上心,那就坏事了。等双方比赛的时候,卫骁用不用暗贼?用了暗贼又刷不刷九道弧光?

真带着这心思上战场,卫骁还怎么玩?难怪月夜非要秀千层云,八成就是栽进了 HU 这不要脸的心理战了。

卫骁叼着根棒棒糖,随手转发了微博——

九道弧光?早说过了啊,睁着眼不行,闭着眼尚可,你呢 @HU.韩古?

他把这问题巧妙地扔给 HU,想搞人心态,也看看自己有没有那斤两,当他是小月月那单纯好骗的小朋友?

粉丝们瞬间醒了,一个个追问 HU——
"是啊,你们盯着别人的九道弧光干吗?你们队打野能刷出来?"
"我就觉得这话阴阳怪气,果然有鬼!"
"这家伙故意的吧,故意搞我 Q 神?"
有人唱反调:"你 Q 神随随便便就能刷九道弧光,还怕人搞?"

卫骁懒得再看,想给月夜发个微信,这时他手机响了,莫有钱三个字直晃晃。
卫骁接了:"早啊莫队。"
上午十一点,是挺早了。
莫有钱:"我看到你微博了,可别上钩。"
卫骁口里有糖,说话含糊:"嗯……"
莫有钱误会了,以为他已经上心了,连忙道:"管他放什么狠话,到时候直接把暗贼放禁用位。"
这样想用也用不到,就不会有什么八道九道弧光了。
卫骁:"……"
莫有钱想想自家崽子,心疼:"听哥的,别置这口气,没意义,九道弧光千层云,刷出来又怎样,赢了比赛才是硬道理。"
卫骁拿出棒棒糖,口齿清楚了:"所以说,小月月哭鼻子了?"
莫有钱:"……"
卫骁"啧"了一声:"这帮孙子,专找软柿子捏。"
莫有钱听懂了他的话,又有点听不懂。孙子是 HU,软柿子是谁?月夜?卫骁?
这话放出去,荣光圈能集体笑三天。月夜和卫骁?那可真是够软的!

莫有钱见他没事，放心了："你别掉坑里就行，月月这边我看着。老陆不在国内，我还是要替他照看下你们的。"

卫骁本来就心酸陆封远在北美，这会儿更酸了："莫队，你和我队长感情真好啊。"

说起来别人都是叫陆封陆封，就莫辉经常喊老陆。

莫有钱："那……喀……我认识他比较久。"

卫骁冷冷地问道："多久？"

莫辉："你这小子，挺护食啊。"

莫辉又道："总之老交情了，放心，哥不会坑你。"

卫骁不服气："能有多老，我队长入行也不过才四五年。"

莫辉清了清嗓子。

卫骁多敏锐："难道你俩以前就认识？"

莫辉摸摸鼻子道："我和他一个中学的……"

卫骁："什么？！"

莫辉连忙道："别说出去啊，你队长能打死我。"

卫骁好奇死了："哪个中学啊？"

莫有钱身世是个谜，只知道他爹妈大富大贵，他花钱如流水，来打电竞是真的为了逐梦，特别特别纯粹的那种，纯粹到让财迷菜哥羡慕忌妒恨。

莫辉岔开话题："你别上当就行，我挂了。"

卫骁还想问，对面已经是一片忙音。

队长的中学？念书时候的队长？没进入荣光的队长？

卫骁心里像被猫爪挠了一样，好奇得不行！当然他不会贸然去问，卫骁不急，日久天长的，他总会知道队长的全部。

鉴于莫有钱的热心肠，卫骁投桃报李，决定帮他安抚下小月夜。

卫骁给月夜发消息："Solo？"

他这个词有魔力，对一些特定人群像肉骨头一样迷人。

比如阿睡，比如月夜。

哦，欧星是不会来的，除非他队长一声令下。

月夜回得很快："来。"

卫骁："不介意我开个直播吧。"

月夜："……"

卫骁懒洋洋道："可怜可怜我吧，队长不在，我恨不得直播睡觉。"

月夜平生最痛恨直播，一听他这话，心生怜悯："你帮你队长补时长？"

没想到陆封身为老板也有严格的直播时长要求，如今去养病，还需要卫骁帮忙补。

卫骁："那倒不用。"队长哪舍得他浪费这个时间。

月夜："嗯？"

卫骁："队长不在，我太无聊了，直播给他看。"

月夜:"……"

卫骁心里舒坦了点,谁让你队长刺激我?这叫卫式反弹,稳得很。卫骁一开直播间,一群粉丝蜂拥而至。

"Q神!是要秀一下九道弧光吗?"

"哇呜,这么硬气的吗?前脚有人挑衅,后脚就来'打脸'?"

"快快快,我最爱看九道弧光了!"

卫骁这次可不是手滑,而是主动分享了链接放到了微博上。本来在"吃瓜"的群众飞速奔来,播放人数直线飙升。别的不提,骁哥的营业能力是真强,入行短短数月,直播仅仅数次,已然引起了直播平台高管的注意,想着怎么才能和FTW续约,留住这个爆款。

一个陆封就很牛了,又冒出一个卫骁,还有个福星白才。

FTW新基地"财运"亨通啊!

就是冠军运不知道怎么样。

卫骁在房间里打字:"用什么?"

月夜:"都行。"

卫骁:"仙术士吧。"

月夜:"……"

卫骁:"来嘛,哥哥看你飞。"

月夜:"闭嘴。"

弹幕上有RR粉过来,心生不快道——

"干吗落井下石,我夜夜很难过了好吗?"

"大师不厚道啊,说这话不是伤口上撒盐吗?"

"呜呜呜,夜夜不哭,妈妈爱你。"

FTW粉不乐意了——

"这是卫骁的直播间,不看就出去。"

"人家选手之间分明感情很好。"

房管就位,开始屏蔽不良言论。卫骁看见了,但没必要回复。说一万句都不如用实际行动来得干脆利落。是伤口上撒盐,还是重振旗鼓,看看就知道了。

这种开房间的单人赛,进入得很快。月夜拿了仙术士,卫骁拿了个仙贼。

弹幕还有人在吐槽。

"还以为要刷九道弧光。"

"卫骁不会真刷不出来吧……"

"讲真的,虽然HU不做人,但他们戳的还真是痛点。"

"月夜的仙术士……的确没那么稳定。"

瞥到这个弹幕,卫骁勾了下唇,没那么稳定?呵呵。

卫骁冲向仙术士,二段位移撞过去。月夜一凛,连忙后撤,躲开了他的普攻。卫骁压了他一次兵线，继续找机会打他。

两人是老对手了，很快就投入到对局中。

卫骁和他们 Solo，其实很少用盗贼，尤其是针对性练某个天赋，他大多会用同天赋，这样对比更出效果。但对上月夜的仙术士，卫骁不能用仙术士。他的仙术士虐虐小宁子没问题，想激活月夜，不太够。

月夜这些天很低迷。他是个直性子，做事认真且执着。这对于一个职业选手不是坏事，认真意味着勤奋，执着意味着不服输。这些再加上足够的天赋，月夜想不出色都难。

可惜这性格也有缺陷。至刚易折，这不就被 HU 那窝臭虫盯上了？

同样的挑衅和讥讽，落在卫骁身上不痛不痒，落在月夜身上却扎心扎肺。因为 FTW 始终不和 HU 约训练赛，所以他们只能微博上隔空喊话。早些时候并不知情的 RR 是和 HU 约过训练赛的，而月夜也是在那时候被算计了。

仙术士，月夜最自信的天赋。千层云是他可以刷出来的顶级连招。HU 的添油加醋和粉丝的期待，无数重担压下来，状态必受影响。

RR 输了一局比赛没什么，最可恨的是 HU 想毁了月夜。一个顶尖选手，跪在自己最自信的地方，输给自己的一时冲动。这是何等巨大的打击？尤其还是月夜这种死脑筋，万一从此不敢再刷千层云，岂不是荣光圈的一大损失？！

当年那五百场 Solo，卫骁亲手调教出了月夜的仙术士。

想毁了月夜的千层云，问过一灯大师的剑了吗？！

67

卫骁很能调动选手情绪，尤其对月夜这种钉子户——菜哥给他们的成就称号。因为太能约，约到大师没档期，所以被赐名钉子户，代表人物不用细数，都成了如今中华荣光圈的顶梁柱。

欧星振臂高呼："我不是！"

傅黎推眼镜："你是。"

欧星："……我是。"

起初弹幕还在好奇，后来完全浸入到峡谷中。

"仙贼好帅啊，卫骁怎么玩什么都这么有特色。"

"对对，我仙风道骨的仙域盗贼愣是被玩出了匪气。"

"但是好帅！"

"月夜的仙术士也好看，六级之后真是随便飞啊。"

打到十五分钟以后，卫骁不再吊儿郎当，态度非常认真了。因为月夜醒过来了。

刚开始的时候，月夜还是束手束脚，不敢刷千层云，这会儿被仙贼激得恢复刺儿头本性，CD 一结束，那就非要上天不可！

卫骁安慰人的技巧十分别致，好言好语不会，软声软气没有，先把你打个头破血流再说。然而这对于月夜来说有奇效。毕竟是刀山火海走过来的男人，最不怕的就是来自大师的捶打。

卫骁很认真，他认真起来的压制力是极其恐怖的。仙贼是前期相对弱势的天赋，可仍旧被他玩出了气势。压制力遍布整个峡谷，逼得月夜不得不把全副身心放到对局上。

控线、抢线、走位躲技能，更要揣摩卫骁的下一步意图。稍有不慎，前方饿狼就会撕碎他的喉咙。紧迫感太强了！

所有对上卫骁的人，脑子里都会被激活一个成语——全力以赴！这也是无数人和大师 Solo 上瘾的原因。凡是走进职业圈的，都是对自己的技术无比自信的。

有技术有操作有信心的选手，谁不想秀？谁不想发挥极限？谁不想激发自己所有力量？

卫骁就是能给他们这样的刺激。浑身血液都被点燃，整个人仿佛被拽进峡谷，和手中操控的角色合二为一，只想着天赋技能，只想着运筹帷幄，只想着击杀对方拿下比赛！

最近一周，月夜打训练赛一直束手束脚。RR 全员都没人怪他，队长更是千哄万哄，连心理咨询师都开导了他好几次。理智上，月夜知道自己不该这么蠢。HU 居心不良，从一开始就在布局坑他，他跳进去也就算了，还一再被影响。

实在是太没用了。

输了比赛，RR 没人说他什么，可月夜心里过不去。他不是那种被轻易击垮的人，他逼着自己在训练赛上拿仙术士，逼着自己不去想千层云。

可是不行。

这就像被打开的潘多拉魔盒，直接面对会被蛊惑，逃避不看会心神不宁。只要想着，始终是错的。可是他又没办法不想。

放弃仙术士？绝不可能！面对千层云？到底该怎么去面对？

RR 所有人都无法帮月夜找到答案，月夜自己也找不到。

看到卫骁的那句"Solo？"月夜心脏剧烈一跳。而卫骁，也不负所望，为他破开魔咒，直视自我！

弹幕上炸开了。

"谁说我月神刷不出千层云？"

"我的妈呀，这根本是想怎么刷就怎么刷啊！"

"刚才那个连招起步你们看明白了吗？我怎么只看到咻咻咻，仙术士就立于云端了？"

"讲真的，月夜有这个水准，为什么和 HU 比赛时……"

"心态吧……"

"HU 私底下搞月神了？"

一场 Solo，大家看得酣畅淋漓。仙域盗贼玩得特别秀，仙术士也完全放开了。万剑天降、千层云飞，偌大个峡谷仿佛在上映仙侠片，仙衣飘飘的两个人斗出了悍然血性！

一局结束，仙术士不知道刷了多少次千层云！月夜打得手热，又约卫骁。卫骁陪他整整打了三局，月夜一直用仙术士，卫骁从仙贼到狂贼再到血贼。

玩得随意，但局局都把月夜逼到绝境，逼得他不得不秀，逼得他不得不将全副身心压在峡谷！只有这样，他才能摒弃一切杂念，把所有心思都放到仙术士身上。

"特技"这玩意儿，有时候还真的需要心无旁骛。

第四局，完全沉浸的月夜："开。"

卫骁打了个哈欠："累了。"

月夜："……"

卫骁退出房间，但没关直播，反而打开了微博，当着无数粉丝的面敲下一行字——

你们月神不是刷不出千层云，而是对手不行。

接着又编辑下一条——

@HU.韩古，加油啊，我也想刷九道弧光。

这喊话真是帅炸了。

搞心态？肮脏路数在卫骁这里行不通！

卫骁这一场直播，可谓一箭三雕。不仅激活了月夜，让他重拾自信，也告诉网友们到底是谁在搞事，更是一个反弹盖到HU头上。

想看人刷"特技"？先看看你自己有没有那个斤两。

为什么月夜在卫骁这儿千层云随便来？为什么对上你HU就不行了？好意思笑话人家仙术士不稳。先反思一下自己为什么这么菜吧！

如此一来，HU那条微博彻底无效。

想祸害卫骁？踢到钛合金铁板了！

就在卫骁要关直播的时候，莫有钱乘着"火箭"而来，三百个深水鱼雷一口气砸下，当场给卫骁飞了三万块钱的礼物。

卫骁："……"

弹幕狂叫。

"莫有钱！！"

"看我看我，莫队您缺老婆吗？特别会花钱那种！"

"啊啊啊，莫队是来感谢Q神吗？"

"肯定啊，Q神为什么要和月夜直播Solo？就是为了让月夜振作啊！"

"呜呜呜，今年的荣光圈是怎么了，一个个的！"

卫骁眼看那深水鱼雷还在飞，赶紧下播。

莫有钱："……"

观众："嗯？"

别的主播看到礼物，恨不得播个天荒地老，您怎么像被吓跑了？这么视金钱为粪土的吗？！

卫骁还真是被吓跑了。钱财乃身外之物，多了沉得慌。

莫有钱给他发消息："谢了。"

卫骁："一局一万，三局三万，咱们银货两讫。"

莫有钱乐了："你坐地起价啊。"

大师陪练不是二百一局吗？

卫骁："以前粉丝数零，现在粉丝数三百万，已经是优惠价了。"

莫有钱损他："照这么个算法，没给你三百万是我的错了？"

卫骁："您心里明白就行。"

莫有钱笑骂他："臭小子。"

等陆封一醒，卫骁立马告状："队长，我被人欺负了。"

已经知道了来龙去脉的陆封："……"

欺负你的人已经被全网嘲笑。

卫骁藏在被窝里，压低声音道："真的，他们笑话我刷不出九道弧光，委屈死我了。"

陆封也不急着下楼了，靠在阳台边上，微屈着长腿："不委屈。"

卫骁听到他声音就喜笑颜开："很委屈的，谁让你不手把手教我。"

陆封嘴角弯着："回去教你。"

卫骁掰着手指数日子："还有一个多月呢，等你回来我都自学成才了。"

陆封："那教你别的。"

那晚卫骁睡得异常踏实，等醒来已经是隔天上午十一点。卫骁看看手机，算算日子，发信息问陆封："明天是不是又要做检查了？"

陆封反问他："刚醒？"

卫骁一边起床一边给他发语音通话："检查完了告诉我结果哦。"

陆封接通了电话："嗯。"

理疗已经持续了快一个月，每周都会有个阶段性检查。卫骁天天挂念着陆封，天天数着日子，记得比谁都清楚。他一边刷牙，一边和陆封闲聊，自己差不多搞定后，已经快十一点半了。

68

卫骁十二点半才下楼。菜哥嫌弃他："又熬夜了？"

卫骁清清嗓子："没。"

菜哥已经吃过饭了，看他一块西瓜一块西瓜地往盘子里夹："没熬夜还睡到这会儿？"

卫骁手一顿："醒得挺早的。"

白才:"这会儿才下来吃饭?"

卫骁转头凶他:"要你管!"

菜哥:"嗯?"

一大早,哦,是大中午的发什么神经!

晚上十点左右,辰风刚对训练赛复盘结束,卫骁就蹦起来:"我去个洗手间。"

辰风瞥了眼他的手机。

卫骁理直气壮得很。

辰风摆摆手:"快去。"

宁哲涵起身道:"我也……"

辰风盯他:"小学生啊?结伴上厕所。"

宁哲涵:"……"

辰风拦下了他:"刚才和3U的那局,你的冰法是怎么回事?"

宁哲涵苦着脸:"失误了。"

辰风冷笑:"今晚三小时冰法,冻不住人明早别吃饭了。"

小宁子:"……"

那个,他能先去上个厕所吗?!

卫骁一溜出来就给陆封打了电话,他心里总惦记着,想知道检查结果如何。算算时间,应该出结果了,卫骁太想听到好消息了。

每天数着日子过,最大的盼头就是得知队长的肩膀逐渐康复。他不求队长提前回来,但一定要健健康康地回来。

单人赛、双人赛、团队赛。好多好多精彩的比赛在等着他们!

电话接通了,卫骁弯着眼睛:"队长,怎样?"

电话那头似乎略微顿了下。

卫骁莫名心一紧。不等他开口,陆封说道:"很好。"声音一如往常,磁性的金属音,仿佛能贯穿话筒中的电流。

卫骁喜滋滋地说:"吓死我了,我还以为出什么意外了呢。"

陆封温声道:"能有什么意外?"

卫骁道:"什么意外都不会有!"

不能说不吉利的话,队长一定会健健康康地回来,肩膀肯定恢复得比他还好!

陆封垂下睫毛,冷淡地看着手里的报告:"小小。"

卫骁总觉得有些不对劲:"嗯?"

陆封将报告盖了过去,声音温和:"想不想Solo?"

陆封看了眼时间:"半小时后我回酒店……"

现在十点多,回去也不过十点半,这不是卫骁会睡觉的点。

卫骁以为自己听错了:"Solo?"

陆封:"对,你不是想练一下九道弧光?"

卫骁心跳了下,他差点就被蛊惑了:"不行!医生不是说了这两个月你不要碰游戏。"

陆封顿了下。

卫骁连忙道:"队长你别急,理疗好不容易有了效果,别前功尽弃。"

陆封耐心道:"今天的检查结果很好,医生说可以适当玩一会儿。"

卫骁松口气,还是不许:"即便可以玩,也要低强度,不许 Solo!"别管自己有多想和陆封 Solo,这种时候都是肩膀最重要,卫骁绝不冒险。陪他练九道弧光这种事更不行。

就像他要打起十二分精神才能激出月夜的状态一样,陆封想要逼得他用九道弧光,也要费不少力气的,现在好不容易恢复了些,哪能乱来。

陆封没出声。卫骁以为他是好久没碰游戏,手痒:"好啦,再过最多一个月就康复了,到时候我们天天 Solo,夜夜 Solo,把欠下的都补回来!"

陆封薄唇动了下,嗓音略带了点沙哑:"小小。"

卫骁听不得陆封这样叫他,握紧手机:"怎么啦?"

陆封:"……去排位吧。"

这个时间是自由训练时间,一般情况下就是选手自己排位。

卫骁心里总不舒坦,忍不住又问:"队长,检查结果没问题吧?"

陆封垂眸:"没问题。"

卫骁信他说的每个字,弯着眼睛道:"那你别急,我知道你难受,但也得坚持,咱不能前功尽弃。"设想一下,让他一个月不碰荣光,他早忍不住哐哐撞大墙了。

陆封应道:"好。"

卫骁:"那我挂了?"

陆封:"去吧。"

卫骁悬着的心落下,麻溜地回了训练室。明天就是和 HU 的比赛了,他要拿出最佳状态痛痛快快赢下比赛!"打脸"这种事,就得从头打到尾,打得他再也不敢觍着脸搞事才行。

陆封和卫骁挂了电话,轻吸口气拨通了另一个号码。

项六接得很快:"在。"

陆封问他:"联系得怎么样了?"

项六略紧张:"常规赛刚开,在职的肯定不行,二队的考核了一圈,没什么太出彩的……"

陆封:"新人呢?"

项六一惊:"新人能行吗……"

陆封:"队伍逐渐成形,带个新人没问题。"

项六支吾着:"那、那我明天再联系看看。"

陆封:"嗯。"

断了通话,项六心神不宁的。两周前,陆封的第一个电话就把他吓得几宿没睡好。

陆封让他找个替补,上单位替补。FTW这么多年来一直没有替补。在荣光赛事中,团队赛的每支战队规定是六个人,五个首发,一个替补。

大多时候,团队中的替补是作为单人赛或双人赛为主场的选手,一边可以替补5V5,一边可以在另外两个赛场争夺名次。FTW以前是有替补的,就是汤臣,但所有人都知道汤臣是真的替补,元泽不可能给他上场的机会。后来神之队解散,FTW连首发都凑不齐,哪还有余力去搞替补。

去年夺下国内冠军,倒是有机会安排替补了,但陆封拒绝了,理由是没意义。

5V5太看团队了,场上有一个选手心神不宁,都会影响最后的比赛。仅有一个的替补位,能替的也只有一个位置。而有替补的那个人,状态或多或少会有些许影响。

团队不信任他吗?自己有可能被换下去吗?替补比我更强吗?陆封不愿首发选手有这样的心态,所以没想安排替补。

可现在项六不敢问缘由,治疗结果不好吗?这个替补是给汤臣的还是给陆封的?或者……是在培养新的上单位?

无论哪个可能,项六都是心惊肉跳。

一宿无梦,第二天卫骁起了个大早,他给陆封发了条信息,陆封没回他。卫骁看看时间还早,毛豆又总拿狗头拱他,想着自己这阵子有点冷落豆哥,索性套了衣服带它下楼跑圈。

三月已经开春,楼下院子种了不少紫叶李,这树不开花时一片紫红树叶,艳丽得像层层叠叠的火烧云,开花后却换了副模样,大片大片的白色花朵盖住了艳色红叶,像一层层云,卷着春日的风。

卫骁心情不错,找了株开得特别盛的,抱着豆哥拍照。豆哥极其敷衍,不想看镜头。卫骁心生一计,戳开手机相册——

豆哥瞬间安生了,甚至想扑上去。

卫骁骂它:"颜狗!"一边咔嚓一张。

图片是队长的照片,是卫骁和他视频时偷偷摸摸截的图。画质略有点糊,但也挡不住队长的帅气面庞,尤其是这种特写镜头,不是五官精致到了极点,真的驾驭不了。

黑发衬白肤,剑眉配星眸,还有那长长的睫毛和高挺的鼻梁……

卫骁将自己刚拍的照片发给陆封,附言:"豆哥很想你。"

毛豆挣脱绳索,撒腿狂奔,卫骁连忙追上去。这狗东西对基地的环境比卫骁还熟,它跑得又快,眨眼工夫就不见踪影。卫骁跑了几圈,愣是没看到这傻狗子。

久不锻炼的骁哥快跑断气了,他停下来换气,心里倒也不慌,反正基地里的人都认识豆哥,跑不了它。

卫骁歇口气的当口,意外听到拐角处有说话声,其中一个是项六,另一个好像是外人,卫骁没走出去,怕打扰到人家谈正事。

项六忧心道:"打野位不用了,就缺个上单位。"一句话让准备避嫌的卫骁愣住了。

那人道："上单位不好找啊，这个位置你知道的，新人想出彩难。"

项六："尽量联系吧，新人不怕，只要素质尚可，带回来慢慢磨。"

那人忍不住问道："这……给谁替补啊？FTW还会缺上单？"

项六笑："有备无患嘛。"

本来跑了一身薄汗的卫骁，浑身冰凉，手指都在不受控地蜷缩着。

外人走了，项六叹了口气，往回走，正面碰上了卫骁。

卫骁站在铺满白色花朵的紫叶李下，面色比那云朵一样的花还白上几分："给谁替补？"声音冷得像刚化掉不久的冬日冰凌。

项六脑袋一空，慌了："不、不是……"完了，竟然给这小祖宗听到了！

这下要出大事了！项六心里急死了，可越急他越是不知道该说什么，毕竟……他自己也不知道具体情况啊！

卫骁没再说什么，转身欲走。项六急忙追了上去："卫骁你别急，事情可能不是你想的……"

卫骁眼睑垂下，轻声道："嗯，我去问队长。"

项六："……"

这，他现在谢罪还来得及吗？！

69

卫骁的脑子嗡嗡作响，一早上的好心情荡然无存，他木然地往屋里走，细长的手指死死握着手机。

队长在找替补，上单位置的替补。找了给谁用？

卫骁一直都是敏感的，看似吊儿郎当的外表下有颗比谁都敏锐的心。之前的很多细节都翻涌上来，挤满了他混乱的脑海——

他追问检查结果时队长的停顿，今天莫名其妙提出的Solo，一点一滴的不适汇集到一起，堆出了一个卫骁不愿面对的答案。

他闭了闭眼，拨通了陆封的手机。陆封接通时，声音微讶："怎么了？"

他俩每天都联系，但一般是微信语音或视频，很少打电话。跨国长途还是很麻烦的，不是急事没必要打。

卫骁听到他声音，鼻尖忍不住涌上一阵酸意："……替补，是给谁的？"

他一点缓和都没有，一点余地都没留，非常直白地问了。

陆封愣住了。

卫骁压住了微颤的嗓音，平静到有些冷酷地问陆封："新找的替补是给谁的？"

给汤臣吗？有必要吗？

一个常规赛而已，需要这么着急联系替补吗？汤臣的状态虽然有起伏，但再怎么起伏也比毫无磨合的新人强很多。不可能是给汤臣的……

答案只有一个,这个替补是给陆封的。

陆封,Close。

最强单人王需要替补……

卫骁眼眶红了,但他没掉眼泪,甚至没有丝毫哽咽。明明只要受点委屈,对着队长,他就能哭个稀里哗啦,可这次他没有,所有翻涌上来的情绪全部被他死死压住了。

过了好一会儿,陆封低声道:"小小。"卫骁没有出声,沉默地听他说话。

陆封难以开口,国内十点半,北美也是十点半,只可惜一个是骄阳升起,灿烂明媚的白日,一个是夜幕垂下,寂静无声的黑夜,就像卫骁和他。

来到这边已经一个月了,每周一次的检查报告就放在套房的书桌上。

一张、两张、三张……摞在一起看更加触目惊心,没有好转,一个月的时间都没有明显的好转。

陈医师说的都是对的,这里的确很擅长治疗这种外部创伤,哪怕陆封早一年过来,都可以恢复如初。

可是他拖了整整三年,从十八岁到二十一岁。他用受伤的肩膀托起了破败的FTW。

所有人都只看到了三连冠的英雄,只看到年纪轻轻的俱乐部负责人,又有谁知道他背后付出了什么。

付出……努力……坚持……尚且没能等到回报,遗憾却先一步到来。

说到底陆封不过才二十一岁,一个普通人还在无忧无虑念书的年纪,一个电竞选手还在放肆逐梦的年纪,陆封却已经严重透支,看到了黑夜。

陆封起身走向床边,电动窗帘缓慢拉开,外头是耀眼的灯光。他注视着漆黑中的星火,慢慢说道:"替补是为我准备的。"

心里已经有了答案,但切实听到,卫骁还是感受到一阵耳鸣。他停在了台阶上,浑身脱力般地坐下,长腿无力地搭在下两级台阶上,垂下的短发遮住了眼睛:"检查报告发给我。"声音冷得像未化尽的冬雪。

陆封:"……"

卫骁薄唇紧抿:"发给我!"

陆封嗓音沙哑:"好。"

他挂了电话,将四份报告全部拍了照片发给卫骁,卫骁听着手机嘀嘀响,握着手机的手用力到骨节泛白。这一个月来,微信消息是卫骁最想听到的声音。

以前从不抱着手机的人,恨不得天天盯着微信——

训练赛间隙,偷偷摸摸给他发条微信。

打完比赛,立刻给他打电话。

睡前……睡醒……只要有时间,只要不打扰陆封理疗,他恨不得时时刻刻都联系陆封,手机响了,对他来说就是天籁之音。

这会儿听到熟悉的嘀嘀声,他竟然没有勇气去看,队长的肩膀治不好了怎么办?

陆封没法继续打比赛了怎么办?

他的信仰。

他的英雄……

卫骁轻吸口气，颤着手指点开了微信，一张张照片弹出来，他睁大眼努力去看。全部都是英文，冷不丁撞进眼里是有些陌生的，卫骁集中注意力，凭借着不错的阅读能力把它们看了个明明白白。

第一周，第二周，第三周，第四周。

整整一个月，主治医生给出的建议都是——正常生活运动没问题，无法保证职业选手的精细操作。

四份报告，卫骁看了长达半小时，他就这样坐在基地门前的大理石台阶上，一坐就是半小时。春日的冷风吹来，之前跑步的热度全散了，冷风钻进后颈，凉透了心。

陆封给他发了消息："尚在治疗过程中，具体结果怎么也得等一个疗程彻底结束。"

卫骁看着这明显在安慰他的话，心里涩得生疼，最难受的人是陆封，陆封却还在安慰他。

卫骁点在了视频通话上，差点要按下去了，他又转了语音通话。

不能见他，情绪会崩。

陆封声音很平静："别担心……"

他话没说完，卫骁先开口了："为什么瞒着我？"陆封所有话都没了，全都消失在呼吸间。

卫骁垂下眼眸，无意义地盯着大理石台阶的暗纹："是我不好。"

陆封心一揪，道："小小。"

卫骁说着自己的心里话："是我太弱了，什么都担不起，所以无法得到你的信任。"

陆封："……"

卫骁睫毛轻颤着，藏在眼中的一大滴泪水始终没有落下来："对不起。"

陆封心像被用钝刀割，疼到了嗓子眼："不是的……"

卫骁的声音很冷静，说的话也是经过思考的："队长，别想太多，好好治疗，最多也不过是只参加5V5。"

他仍旧是没办法一口气说完，只能轻轻换口气，继续道："单人赛和双人赛……都可以交给我，我不会让你失望。"陆封一个字都说不出口了。

最初肩膀问题暴露的时候，陆封想的就是卫骁现在说的这些，把单人赛交给卫骁，如果精力不够，双人赛可以放弃，FTW更需要的是团队赛冠军。可是卫骁告诉他——你不想赢了他们吗？你不想要个真正的单人赛冠军吗？你不想和我一起打双人赛，你甘心看我和别人打双人赛吗？

陆封不甘心，他选择了公开一切，选择了破釜沉舟来治疗，然而现实不是童话，残酷从不会因为你的不甘心而远离。

一张张检查报告，一下下敲醒了他，打不了单人赛，打不了双人赛，也许连5V5都无法坚持到底。

他退下来，队伍会少一个位置，提前选替补，提前培养是最理智的。

他不仅是一名选手，更是FTW的负责人，他要对他们负责——对那帮追随他至今，无比信任他的人负责。

除了是Close，他还是陆封。

卫骁认真说着："还有一个月时间，无论结果如何都没事的。"他不再给陆封任何压力了，不再逼着他做任何决定了。

陆封已经撑了太久，他要做陆封的肩膀。

卫骁那滴眼泪到底落了下来，他胡乱擦掉，声音不变："队长，试着相信我好吗？我不仅是卫骁，我……"他顿了下，努力用略明快的声音说，"还是你的家人。"

我不仅是FTW的选手，更是你的家人。

我不仅想追逐你，更想与你并肩撑起新的FTW。

陆封僵住了，他怔怔地看着外头的无数灯火，话语挤到一起只剩下两个字："小小。"

卫骁："嗯。"

陆封："……"对不起。

"好了，"卫骁打起精神道，"我去吃点东西，一会儿要出发去会场了，你早点睡。"

白才是最早发现的，卫骁今天状态不对！中午吃饭的时候，他下楼看到认真吃饭的卫骁，吓了一跳："你一宿没睡？"

卫骁收了碗筷："我吃好了。"

白才："嗯？"

去会场的车上，白才坐在卫骁身边，话都不用说就感觉到了刺骨的冷气。说好的春天呢？怎么又降温了！

他鼓起勇气和卫骁说话："HU的脸都被你打肿了，今天……"话没说完，他就说不下去了，这哪来的制冷机，他出口成冰啊！

辰风也发现了，看了卫骁好几眼。不过马上要去赛场了，聊太多反而动摇军心，他忍住了没在车上问。到了后台，化妆师们都不打趣了，麻溜搞定，麻溜走人。

宁哲涵和越文乐显然也发现了异常，纷纷看过来。辰风忍不了了，想把卫骁单独叫出来。

卫骁开口了："教练，一会儿我拿暗贼。"辰风一愣。

宁哲涵心一提道："骁哥，别被他们影响。"

完了，莫非骁哥也被那帮孙子搞坏了心态？看微博互动不像有问题啊，难道私下里还有什么？

辰风拧眉道："比赛最重要的是赢。"

卫骁平静道："给我暗贼，会赢。"

辰风："……"

因为是第一场，三点他们准时开始，BP的时候，HU果然把暗贼放出来了。

之前微博上闹成那样，无数"吃瓜"网友涌进来，都想看热闹。

"我觉得卫骁不会拿暗贼。"

"卫骁这小脾气，明显是知难而上的真男人，会不拿？"

"Q 神别拿啊！垃圾 HU，尽出脏路数。"

"我真的挺好奇的，卫骁到底能不能刷出九道弧光？"

本来坚定不移地喊着 FTW 祖传暗贼的粉丝心虚了。可能、好像、大概……卫骁的暗贼真不是陆封那样想刷就刷的。

BP 结束，卫骁顺利拿到暗贼。弹幕上讨论得十分热烈。

"阿弥陀佛，陆神保佑，我 Q 宝千万别崩！"

"HU 路数是不怎么正，但你们 Q 神也是真的菜。"

"慕名而来，听说这里有九道弧光？"

导播镜头给到了卫骁，弹幕上粉丝沸腾了。

"我的妈呀，好帅！"

"真的没开滤镜吗？一个男生皮肤好成这样？"

"羡慕了羡慕了，我狂刷眼睫毛也没这么卷翘。"

"怎么觉得 Q 神心情不好？"

"虽然这样说不太好，但不笑的卫骁好酷啊！"

"我可以，我能行！"

HU 那边什么都没说，一脸凝重，尤其是打野韩古，更是死死盯着屏幕，恨不能把这个暗贼杀个千百遍！

比赛开始了，热热闹闹的弹幕在暗贼六级后蒙了。

"谁说他刷不出九道弧光？！"

70

暗影盗贼，一个下限不低，上限极高的天赋。他的技能机制很复杂，有很多可操作性。

比如一技能影袭，隐去身形的暗贼只要从背后袭击敌人就可以留下血印，一旦被留下血印，那就坏了，因为影袭的被动是撞击到血印目标自动刷新技能。

这意味着什么？意味着只要你够秀，凭借一技能就能把对方干倒。

用好影袭是暗贼的入门操作，高端玩家基本都能凭此秀起来。而职业选手追求的则是弧光，暗贼的大招就叫弧光，技能描述很简单：释放一道平行弧光，攻击面前的敌人，造成物理伤害。

这是只要释放技能就会有的效果，真正可怕的是他的被动。弧光可叠加，通过连招可增加弧光，每增加一道，伤害翻倍。一道弧光伤害很低，比普攻稍微多点伤害而已，可是一旦开始翻倍那就太可怕了。两道就是双倍，三道是四倍，四道是八倍……

为什么陆封的九道弧光"毁天灭地"？因为这层层累积起来的伤害倍数太可怕了。

弧光是范围攻击，一旦在正前方，哪怕多个单位可以分摊伤害，也抵不住这样惊人的数字。

当年陆封第一次用出九道弧光，连游戏策划都惊了。理论上这个是很难做到的，对个人操作要求太高太精细，突破了人的极限。可是陆封做到了。

当时网上闹得很凶。有说打破游戏平衡，这样没法玩了；有说电子竞技居然还有这种Bug，打什么团队赛，一打五完事了。

没错，太过于超出常人理解，就会被认定为作弊。当然这言论很快就被粉碎——现场直播，双镜头直录，想怎么欣赏就怎么欣赏。套路都可以教给你，连招全可以告诉你，只要你用得出来。

这事当时闹得太大，策划想的是砍暗贼一刀，降低弧光伤害。玩家们不干了，本来这个天赋就很难玩，普通玩家能刷出三四道就是大神了。再给削了伤害，不如删除天赋！

陆封的粉丝也闹起来了。凭什么削啊？我陆神一没作弊，二没打破规则，就因为太强，活该被削？

吵了整整一个赛季，最后策划也没敢动暗贼。因为他们发现这其实是公平的，完全在游戏平衡机制的判定范围内。

首先九道弧光很难，难到整个荣光圈都没几个人敢依赖它。陆封公开连招套路后，的确有尖端选手能刷出来，但是很难维系。赛场上变幻莫测，峡谷中永远是意外重重，过度依赖一个不可控的技能，最后的结果反而是一败涂地。

也就陆封，永远冷静，永远镇定，强大的心态让他始终把九道弧光秀得飞起。可只有他一个人能做到，其实也没什么了。

其次比赛可以禁用暗贼，再者敌方可以想办法针对陆封。不久之后，官方发现了甜头，越发不去动暗贼了。

树立一个大魔王，赛场都热闹了，尤其是个人赛，热度空前绝后，连奖金都跟着一路飙升。

有这么个绚丽多彩的九道弧光，再配上陆封这张脸，活生生的全球代言人，吸引了无数粉丝，高居不下的注册人数让官方喜笑颜开。

后来陆封用暗影盗贼拿下冠军，策划美滋滋地给他做了个专属皮肤，特意把九道弧光的特效弄到显卡"哭唧唧"。

想看九道弧光？

来看比赛啊。反正比赛用机都是顶配，不怕给不出九道弧光的震天特效。

一来二去，九道弧光留下了，甚至还让有心人摸索出了脏路数。

比如HU。

HU今年是真的野心勃勃，下血本挖外援，整个队伍大换血，投下去这么多钱当然想要成绩。HU队长韩古是原HU唯一留下的老人，面对强大的外援，面对俱乐部给予的压力，他想赢都想疯了。

HU其他人对中国赛区的情况不清楚，他却是一清二楚。强队就那么几个，其他全都很菜，只要赢了那几个冒头的队伍，小组赛第一就是HU的！

RR是最明显的，这种过度依赖单个选手强起来的战队，是非常好针对的。只要把那一个选手的心态搞崩，胜利手到擒来。

韩古是了解月夜的，甚至有些厌恶他。一个新人，刚出道一年的新人，凭什么人气这么高，凭什么这么狂，凭什么这样嚣张！低迷了三届世界赛的中国赛区，凭什么要靠一帮新人重振旗鼓！

韩古借着HU和RR约训练赛，往死里针对RR。不得不说HU这次的水平是真的高，三个外援虽然沟通上有点问题，但水准都是实打实的，尤其中单WW，更是能狠狠压制月夜，再加上韩古的针对，几次训练赛下来，月夜被搞得心态血崩。

之后韩古又埋下伏笔——月夜你有本事就刷千层云啊。

想凭一己之力带飞全队，就拿出陆封的气势啊。

巧的是，仙术士的千层云还真和暗贼的九道弧光有异曲同工之处。肩负着团队压力的月夜，也不过才十八岁。被这样刺激，哪里稳得住？

输了训练赛就想在正赛上打出成绩，结果……

输到"自闭"。

韩古尝到了甜头，眼看着下一个是FTW，就盯上了卫骁。FTW也是有趣，陆封在的时候，大魔王一人独大，是真的一拖四拿冠军；陆封离队疗伤，签了个新人又是一个人秀上天的。

韩古连月夜都忌妒，卫骁更不用提了，简直是恨得牙痒痒。

他怂恿教练约FTW训练赛，可惜没约到，临到赛前隔空喊话，还被卫骁反套路。韩古心里更恨了，今天比赛，只想往死里搞卫骁！

比赛刚开始，HU这边就感觉到不太对。"对面卫骁很凶。"中单WW是法国人，中文很不行。

韩古："稳住，他刷不出九道弧光。"

WW："八道也很厉害了。"

韩古冷笑："八道也没那么容易。"

他看过FTW之前的不少比赛，卫骁的弧光通常是八道，但很明显他不是次次都能刷八道，大多时候也不过是六七道。

这样的暗贼，大多数职业选手都打得出来，也不知道FTW嚣张什么。还祖传暗贼，全是噱头！

带着这样的心思，韩古在龙坑里和卫骁狭路相逢。

白才跟着卫骁，看了眼他的经验条："打不打？"

卫骁："打。"

话音落他隐去身形绕向HU三人，菜哥心惊肉跳地跟上去，总觉得不大对劲。

卫骁这个经验条，哪怕不杀怪，凭借峡谷经验也足够升到六级了。

二打三……

卫骁想刷九道弧光吗？菜哥心慌意乱，老卫前脚安慰月夜，后脚就掉坑里？不至于啊！

不仅是菜哥，担心的人很多，台上另外俩小只都慌慌的，台下辰风和助理们都紧张得死盯荧幕。观众席上有戴着鸭舌帽口罩围巾，把自己藏得严严实实的月夜和莫有钱。

莫有钱低着头摆弄手机。

月夜瞥他一眼："看比赛。"

话音刚落，他余光瞄到莫有钱开着直播，正在狂刷地雷："刷一刷压压惊。"

月夜："……"

莫有钱瞥了眼卫骁粉丝榜第一的LU，好奇道："今天这位小姐姐没来看比赛？"

LU也是名人一个了。

月夜对这些没兴趣："粉丝来得快去得也快。"

莫有钱想了下："这个LU啊……"

月夜："不可能是陆封。"

莫有钱："当然。"

以他和陆封十多年的交情，陆封除非脑子坏了，否则绝不可能干出这种……事！

FTW队内语音。

大大咧咧的汤臣在上路喊："要不要帮忙？"全队慌得很，就汤臣心态稳健，一点没被影响。

卫骁："不用。"

话音落，暗贼升到了六级，与此同时，FTW和HU也迎面撞上了。

卫骁和白才二人对HU中野辅三人。

打不打？当然要打！

韩古用的是力贼，中单是灵法，辅助是巨人萨满，这个阵容要防御有防御，要控制有控制，要输出也有输出，最致命的是灵法极善收割，卫骁和白才是插翅难飞！

"上！"韩古喊了一声，率先冲向露了踪迹的暗贼。暗贼理都没理他，一个影袭突到灵法身后，普攻连血印，电光石火间叠了足足四层血印。

灵法感觉到不妙："不对，他要……"

韩古咬牙："最多八道，我们三人分摊伤害，他落地就是个死。"

巨人萨满连忙丢技能，想要控住暗贼。一旦连招被破，弧光是刷不出来的，可暗贼灵活得像条鱼，神一般的走位，完美避开了巨人萨满的控制，且技能没有断。血印死死扣在灵法头上，四层、五层……

不只灵法，韩古也惊了："他不可能，绝对不……"

九道弧光炸开了半个峡谷，惊天的绚丽特效把所有人都晃得头晕目眩。夺目的光芒，层层叠叠的色彩，如同新生的宇宙，在虹光中爆炸，在绚烂中激荡，在无穷的力量中诞生。

HU三人愣住了，他们看到的只有疯狂下落的血条，轻伤、重伤、黑血。

系统公告：
FTW.Quiet 击杀 HU.Han！
FTW.Quiet 击杀 HU.WW！
FTW.Quiet 击杀 HU.DOC！
FTW.Quiet 三杀！

开局九道弧光，开局拿三杀，这局卫骁要拿MVP了！

心中信念不灭

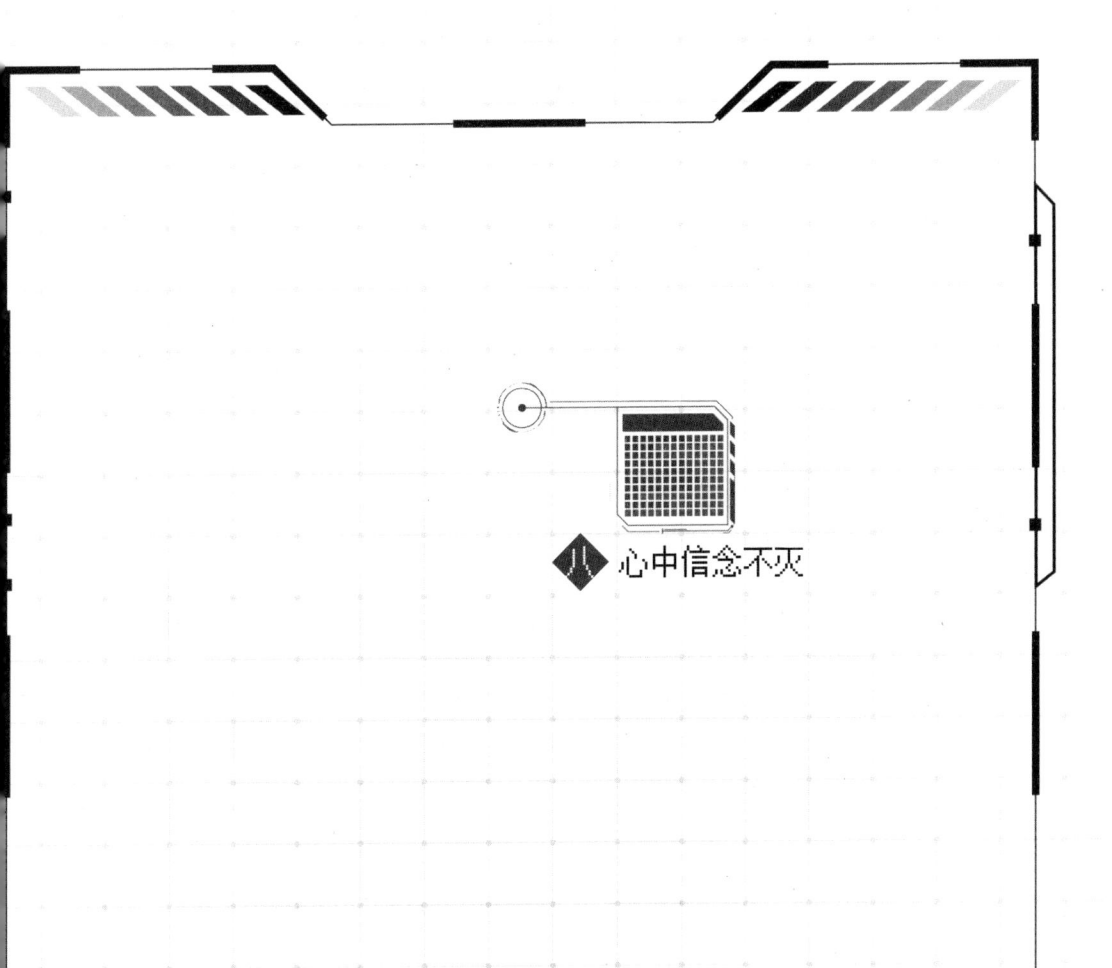

71

看着这地地道道的九道弧光，FTW 的粉丝扬眉吐气，疯狂刷屏。

"祖传暗贼，九道弧光，FTW 双野牛！"

一个战队出现过神之队这样的传奇，又有陆封这样的大魔王，如今又冒出个卫骁大宝贝，老粉丝热泪盈眶——看过它荣光万丈，看过它跌落尘埃，如今又看到它燃起新的希望。

怎么能不哭！哭得太大声了好吗！

解说也很激动。今天的大嘴哥是陆封粉丝，对九道弧光熟到不能再熟，可惜他背得住连招，搞得懂机制，手速和临场反应却不允许他给出这个操作。大嘴哥语速惊人，噼里啪啦说着连招，观众听得头皮发麻，看得双眼放光，手掌拍得生疼。

混在人群中的莫有钱："这小子真行！"

月夜一言不发，只是死死盯着荧幕上的暗贼，一双狭长的黑眸里全是热火！那天 Solo 卫骁始终没有拿出暗贼。

为什么？因为没必要。想要激起月夜的斗志，用不着暗贼出场。月夜攥紧了拳头，压制着胸口翻涌的胜负欲。

最蒙的当数场上的八个人，菜哥愣了半秒钟："你偷偷练过？"

九道弧光的机制限制是等级越高，相对越好刷，就这六级刚出大招，整体伤害不高，想叠到激发这么多弧光的伤害值是很难的。十八级刷九道弧光难度是八的话，六级的难度就是十。

难度上限就是十了。

卫骁能在六级刷出九道弧光，那真算是想怎么刷就怎么刷了，再配上他之前在队伍语音里说的话："我卫骁行得正坐得端，能闭眼刷出九道弧光，绝不承认是睁眼刷的。"

论秀，菜哥只服卫骁！

汤臣乐呵呵道："牛。"

小宁子也振奋起来了："骁哥太帅了！"

越文乐："……"虽然没接话，但冰法蠢蠢欲动，十分想冲上去大干一场。

卫骁今晚话不多，却字字震耳："老越，等我。"

越文乐忍住了试探的小步伐："……好。"

豪取三杀后，卫骁直冲下路，HU 此时活在场上的就俩人，一个是和汤哥单挑的上单，一个是和越文乐换血的下路。卫骁隐身后速度极快，白才根本追不上，而且也不需要菜哥，暗贼位移突脸，影袭借助野怪狂刷 CD，越塔强杀 HU 下路！

解说大嘴哥声音洪亮："HU 金法嗅到了危险，可暗贼比他想象中来得还快，二段突袭直接绕到后塔，再以石头人为跳板飞到塔下，金法闪现交得十分果决，可惜拿下三颗人头的暗贼输出太高，两下影袭就把他飞到空血！"

又是一颗人头入账，打开经济面板，卫骁一个人的金钱数等于 HU 的野辅两人。让一个打野位置滚起这么可怕的经济，这局的暗影盗贼彻底放飞了！

谁都别想压制，想压也压不住，卫骁从第一个九道弧光后就再没吝啬过。只要冷却时间到了，只要弧光可以释放了，九道弧光不要钱一样往人脸上砸。

起初 HU 的众人还在努力平稳心态。韩古："意外，他的确是有刷九道弧光的能力，但相信我，他维持不了几次！"

WW 也是信的："没错，一局中刷出一次就不错了，不可能再有第二次。"

就连陆封也不会一整局都刷九道弧光，也许是因为没必要，但他们更愿意相信是做不到。

开什么玩笑，这么高难度的操作不要钱地给，当自己是神仙啊！卫骁是不是神仙不好说，是魔鬼没跑了。

一整局，凡是暗影盗贼出现，那必定弧光漫天。

一次。

两次。

三次。

…………

HU 麻木了，队内语音一片寂静，所有人的脸色都难看极了。这局比赛不可能赢了，FTW 的总经济高了他们整整一万二，拿什么去翻盘？更何况这个暗贼，他们根本毫无办法！卫骁已经满级，身披六神装，再有白才的辅助装加持，还有那不是人的九道弧光，HU 五人完全无力招架！

观众看得兴奋。

"太爽了！"

"讲真的，我不喜欢这种局，因为没悬念，可这个真的太酷了！"

"啥也不说，我要回去练暗贼！！"

导播切了个小镜头给卫骁，只是荧幕正下方一个小小的展示框，给的还是一个正面特写，按理说会把人照得很难看，但卫骁太上镜了——

耳机压住了他微翘的黑发，挡住了白皙的耳郭，却凸显了下颌的瘦削线条，黑色的耳机线顺着脖颈向下，好巧不巧地落在领口，若隐若现的锁骨被屏幕的光映得发亮。

Q 粉立马截屏，四处分享，又引来一批玩家入驻荣光。当然，这都是后话了。

FTW 对 HU 第一局，简直是暗影盗贼的个人秀场。从开局三杀，到最后天下无双，卫骁把 HU 所有人都杀了个遍。

巨大的经济差，超凡的个人操作，在压倒性的优势下根本不用想太多。

干就完事了！

毫无悬念，亮红色的"Victory"属于FTW。

HU盯着屏幕上的"Defeat"沉默不语。

镜头给到韩古，他本就略显刻薄的五官此时越发扭曲。他在强压着耻辱，可那如芒在背的感觉还是让他坐立难安。他神经质地蜷缩着手指，嘴巴抿成了一条缝，耳机里传来队友的说话声：陌生的语言，笨拙的交流，还有隐含着的指责和质疑……

全部涌入他脑海，让他忍不住喊了一声："够了！"队内一片安静，大家都错愕地看向他。

韩古知道自己失态了，可他控制不住。

WW道："下局我们禁暗贼吧。"玩成这样，再不禁暗贼他们就是疯了。

韩古："……"

禁不禁暗贼？韩古给不出答案，他为了引导舆论，故意在微博接了卫骁的那句话。

卫骁："加油啊，我也想刷九道弧光。"

韩古回他："放心，HU绝对不会禁用暗贼。"

这本是想搞他心态的一句话，没想到被反噬了，说实话，HU真的没想过禁用暗贼。哪怕他们没和FTW约训练赛，但卫骁的暗贼什么情况，大家也清楚。各个俱乐部对训练赛藏得再严，也不可能密不透风。

粉丝不知情，各个俱乐部是知道的——

卫骁的九道弧光不可控。

所以BP上大家都没必要太针对，放出暗贼省个禁用位是好事。比起暗贼，如今大热的狂贼更值得被禁用。

韩古那么说完全没毛病，还能够压压卫骁气焰。

可谁知道……卫骁的暗贼这么强！

这哪是卫骁？这分明是陆封！

就这暗贼，第二局不禁？观众都得骂他们了，韩古的脸真要被打得肿肿的了。

HU教练显然不会在乎韩古的脸肿不肿，他们第一个禁用位就给了暗贼。

观众唏嘘。

"有本事别禁啊。"

"HU不是很嚣张吗？不是挑衅吗？不是说绝不会禁用暗贼吗？"

"这'打脸'速度有点快。"

"而且很疼。"

"嗐，HU有点骨气，把暗贼放出来，让你Q神畅快玩玩啊。"

韩古看不到弹幕，却仿佛听到了嘲讽的声音，整个神经绷到了极点。

教练察觉到了，拍拍他肩膀道："稳住心态。"韩古一愣。

教练："才输一小局，你慌什么？！"

韩古手脚发凉，忽然明白了什么叫心态血崩。他一直在搞别人心态，终于尝到了这个滋味，仿佛巨石压在胸口，又好像被人兜头浇了一身热油，痛苦紧张却毫无办法。

　　辰风看看卫骁："用什么？"

　　卫骁："狂贼。"

　　辰风轻叹口气："好。"

　　这都看不出卫骁心情不好，他这教练也别当了，可他又没法说什么，别人家的选手心情不好，打比赛瞎玩，崩得毁天灭地。他家这个崽画风不同，心情不好打比赛也是一个崩，可惜崩的是对面，瞧 HU 那个打野，崩得真叫一个天崩地裂。

　　菜哥小声问卫骁："骁哥你咋了？"

　　白才叫哥，太阳打西边出来。

　　卫骁余光瞥他："想赢吗？"

　　菜哥："……"

　　小宁子大喊："想赢！"

　　卫骁："嗯。"

　　一个字，单音节，莫名有了大魔王的模样。菜哥心惊肉跳的，他总觉得这个字翻译一下就是——躺好。

　　行吧，先躺了再说！

　　菜哥把自己吓出一身冷汗，如果因为他导致队伍输给 HU，他得一头撞死在键盘上——好过被老卫乱刀砍死。

　　看到卫骁用狂贼，观众热情降低不少。狂贼没有暗贼那种"逆天"的机制，秀的不是个人操作，而是团队配合。

　　众所周知，FTW 七零八碎的，团队默契这玩意儿还在培养。

　　然后……

　　观众差点惊掉下巴。

　　开局 FTW 中野辅直奔 HU 而去。韩古正在刷一红，冷不丁看到视野，心一慌，当即想躲。狂贼的黑色镰刀无声飞过，钩住了他的喉咙。

　　一级狂贼没有拉人技能，锁住目标只是增强普攻伤害，韩古的血量还行，不至于被秒杀。

　　但是……

　　这一刀一刀的犹如凌迟的打法，还不如把他秒杀了！

系统公告：

FTW.Quiet 击杀 HU.Han！

　　卫骁拿下一血！弹幕翻滚得有点开心："Q 神冲呀！"

72

没多久，所有人都发现了，卫骁不只是暗贼强，他的狂贼也是强得惊人。拿了韩古的一血，卫骁几乎住在了 HU 野区，蛮横得过分。

白才："老卫，咱会不会太欺负人了？"

FTW 自家野区，上半块给汤哥和小宁子吃掉，下半块由越文乐去拿红拿石头人，剩下三四个由卫骁扫完 HU 野区回来带走。

这叫入侵敌方野区？这叫不给敌方饭吃！

人活一口气，即便 HU 上局被打烂了，被这样欺负也该奋起反击了吧！

卫骁只道："跟紧我。"

菜哥："……"行吧。

HU 那边在沉默之后爆发了。

WW："这个狂贼也太过分了。"

他们辅助也道："韩你别怕，我来跟着你。"

韩古一声不吭，他手指微颤，神经紧绷地盯着每个草丛，生怕从哪儿探出狂贼夺命的镰刀。

卫骁这局打得更凶，暗贼好歹是个低调冷静的刺客，狂贼从外表看就不是正常人：张扬肆意的红发，矫健如猎豹的体形，还有那柄比人还高的巨大镰刀，通身气质狂放恣睢，生来嚣张跋扈！

落到卫骁手里，更是染上了一股无法形容的疯劲，狂贼在击杀一人后会进入狂暴状态，红发飞起，眼眸鲜红，衣袖下露出的一截手腕，苍白却有力，凸起的青色血管直冲漆黑镰刀，仿佛将生命之血注入魔器，空气中都嘶吼着残暴与杀戮！

HU 辅助探到了狂贼的踪迹，心中一喜："只有两人。"他们这边为了死守野区，蹲了整整四个人，这一下可以击杀狂贼，灭他威风。

WW 道："可以打！"

只要先手控住卫骁，击杀狂贼后，FTW 的辅助就是一个凉字，HU 的下路也这么觉得，唯独韩古心里有些慌。

卫骁这是打上劲了，不管不顾了？

卫骁这是莽劲上来，大意轻敌了？

还是说……故意的？

上局的暗贼像噩梦一样徘徊在韩古的脑海里，让他始终无法放松。"冷静些，"韩古告诉自己，"狂贼没有九道弧光这种机制，只要避开他的镰刀，压迫他的走位，可以轻松击杀。"

这样心里自我安慰，韩古稍微振作了些。

WW:"韩,你在做什么?!"

韩古猛地回神,这才发现自己因为胡思乱想而错过了最佳时机!

狂贼却不会错过任何机会,他镰刀飞舞,钩住了 HU 下路。下路是个冰猎,腿短且慢,大招飞过去试图控制狂贼,可惜卫骁灵活走位,轻松躲开呼啸而至的冰箭。

完了。

这是所有人看到这一幕心里冒出来的两个字。

一个冰猎大脆皮,被狂贼近身,无异于羊送虎口。几乎是眨眼间,卫骁击杀冰猎!

按理说 HU 不用慌,他们即便死了一人也还有三个人,FTW 这边却只有卫骁和白才。

汤臣和宁哲涵在上路压塔,越文乐远在下路,都没有来支援的意思,他们三打二是有胜算的。

WW 却道:"撤退!"

这时候韩古却冲了上去。

WW:"韩,你……"

已经晚了,状态稀烂,混乱中的韩古冲到了狂贼刀下。

卫骁薄唇微勾:"稳住啊。"

注满鲜血的狂化镰刀钩住韩古,翻倍的伤害倾泻而出,本来就发育不良的韩古立刻空血,秒回泉水。

解说都忍不住了:"这一把 Han 略有失误。"

太含蓄了,弹幕直接刷起来。

"韩古怎么回事啊?"

"就这打野?我上也没问题!"

"路人局都没这么稀烂的打野。"

"韩古不是很狂吗?不是针对我月神吗?拿出本事啊!"

"搞人心态,结果自己心态崩了,真是天道好轮回。"

韩古这次失误真的很大,最佳时机他走神了没能跟上,等狂贼击杀了冰猎,他不该再上,结果头一热冲了上去。击杀一人的狂贼意味着什么?狂暴的狂贼别说二打三,二打五都能拿五杀好吗!

WW 给的信号是对的,HU 撤退,等狂贼的狂化结束再搞反扑才是明智的行为。结果韩古又送了卫骁一个人头。击杀冰猎是一倍狂化,击杀韩古是双倍狂化。大幅度提升移速攻速和伤害的狂贼,再加上白才的加速技能,简直是闪现到 WW 面前。

WW 一个法师能做什么?喊破喉咙也只有等死啊!

这就是个恶性循环,等狂贼杀了 WW,就是三倍狂化,别说 HU 辅助跑不快了,即便是多段位移的飞贼或飞战,此刻也是小命难保。

追击结束,狂贼夺下四杀!

弹幕——

"真炸!"

"有了有了，HU四人被卫骁一人包围！"

拿下四杀，这个峡谷更压不住这只狂贼了。镰刀所过之处，必定是"凶案"现场。观众看得都要有心理阴影了，更别提场上的HU选手了。

台下莫有钱唏嘘："可算知道阿睡那手狂贼是从何而来了。"

RR作为一个中核队伍，最怕这种疯狗一样的打野。去年RR和3U打过好多次，但凡放出狂贼，就会被阿睡撕咬，毫无例外。莫有钱作为一个打野位，对上睡狂狂，感触颇深，如今可算是找到罪魁祸首了。

睡哥那一手震惊荣光圈的狂贼，分明和卫骁的如出一辙！连气场都像个八九分！

狂贼相比暗贼的确更依赖团队配合。

不少人都以为卫骁和陆封一个风格，是单打独斗的英雄，极容易和队伍脱节，拿了这种依赖团战的天赋，会发挥不出实力。

很快弹幕被大规模"打脸"，卫骁很像陆封，但真的和陆封不同。他的这手狂贼可是在加入FTW前就练出来了。当年青训营时，卫骁带着菜哥摸索了很多套路，狂贼就是其中之一。

卫骁可从来不是个单人赛选手，他一直都是5V5比Solo更凶悍的领头狼！

这一局比上一局用时更短，如果说暗贼那局是卫骁一人独秀，狂贼这局就是整个FTW一起疯。狂贼支援极快，他去了上路，汤哥起飞；去了中路，小宁子勇夺双杀；去了下路，越文乐已经把对面射手单杀！莽没事，一旦队友给了你足够的空间，那越文乐就成乐神了。

毫无悬念的一场比赛，FTW 2∶0摁死HU，赛后选手们握手，卫骁面上微冷，但在镜头前一直是礼貌客气的。无论HU赛前搞了什么，在这种时候都是该怎样怎样，没必要把个人情绪带到公众场合。

所以他走向韩古时，向他伸出了手，反倒是韩古一动不动。他看着眼前这只细长白皙的手，久久都无法伸出自己的手。

输得太惨了，回忆一下，这场比赛简直不像是职业赛场该有的对局。职业选手压路人王都不该是这种德行，况且HU今年还签了外援，加训练，剑指冠军杯。

结果⋯⋯

镜头对着这定格的一幕。

观众都看到了。

"韩古什么意思啊，输不起吗？"

"Q神都伸出手了，他甩谁脸色啊？"

"这种人品不行的，赛委会就该直接除名，打什么比赛！"

HU的WW推了韩古一下，韩古这才意识到自己始终没和卫骁握手。卫骁已经走向HU的下路。

韩古："⋯⋯"

卫骁没和他握手，但谁都不会说卫骁不对，因为他主动伸出手，等了很久，是韩古不想和他握手。都僵这么久了，人家Q神没脾气啊。

走！该走！走得对！

韩古彻底回神，他想到这一幕肯定被无数观众盯着，事后网上不知道会怎么说他，顿时头皮发麻。

玩弄舆论的人，比谁都清楚舆论是怎样的吃人猛兽。

赢了比赛，卫骁也不见得有多开心，菜哥偷偷看他，越看心越惊。

事后采访，辰风看向白才："你去？"

白才心想："我去？我去干吗？"

不料卫骁起身道："我去。"

FTW全员："……"

卫骁安抚他们："放心，我不会乱讲话。"

白才总觉得不靠谱，忍不住叮嘱他："你……"

卫骁拍拍他肩："没事，我知道轻重。"

白才略微松了口气，很快菜哥就知道自己这心放得太早了。后台休息室有直播电视，他看着采访席上瘦高漂亮的青年用清朗的声音道："只是想告诉他，我可以。"

73

地球另一边，陆封沉默地看着直播。第一局四十分钟，第二局三十分钟，加上BP环节，大约一个半小时，陆封一动未动，始终维持这个姿势，凝视着屏幕。

荣光重要赛事的直播可以锁定某个选手视角，一般情况大家是看全视角的，这样比较方便通观全局，看得更刺激，陆封却只锁定了一个视角，第一局只盯着暗贼，第二局只看着狂贼。

比赛结果，选手操作，团队配合……他全都没注意。

只是在看着卫骁，锁定一个视角，看到的就是这个视角所能看到的，和自己玩游戏差不多。比如现在，陆封锁定了卫骁的视角，就好像自己坐在电脑前，唯一区别是他不能操作峡谷的英雄，他只能看着卫骁操作。

第一局暗贼刚刚六级时，所有人都在猜测他能不能刷出九道弧光，唯有陆封很平静。这个起手，这个伤害把控，这个连招，是绝对能够刷出来的。陆封对暗贼太熟悉了，熟悉到看个痕迹都能估算出详细数据。

然而，此时此刻，他看到了不一样的熟悉，是卫骁对暗贼的熟悉。或者该说，卫骁对他的熟悉。这哪里是卫骁的暗贼，分明是卫骁在峡谷里用陆封的暗贼。

陆封眼睛不眨地看着，仿佛看到了年少的卫小小，倔强地撑起没了支柱的家，倔强地在风雨飘摇中长大，倔强地向所有人证明——

我可以。

我很强。

我不需要依赖任何人,也可以做到最好!

陆封心疼,想给他依靠,想让他依赖,想看他恣意畅快,想他活得简单痛快。

可是他给了卫骁新的压力和痛苦。

陆封向后靠在椅背上,肩膀处只能感受到极轻微的疼痛,峡谷里绚丽的九道弧光照耀在他眼底,带出了藏在灵魂极深处的黑暗,陆封以为自己早就不怨恨陆明泽了。

小时候母亲哭泣,陆封恨过他;看到他荒唐的生活,陆封怨过他;被锁在漆黑阴暗的宅子里饿了三天三夜,陆封想过要和他拼命。

后来陆封放下了,陆明泽不值得他恨,不值得他想起,更不值得因为陆明泽而毁掉自己的人生。

如今,陆封发现自己仍旧恨陆明泽。陆明泽毁了他那么多,为什么连仅有的净土也不肯留给他?

如果他没有受伤,如果他的肩膀好好的,他是不是就可以陪着卫骁一直走下去?

单人赛、双人赛、五人赛,这个在他最黑暗的时候给予他曙光的赛场,是不是可以定格在最灿烂的时刻?

假如没有遇到卫骁,陆封不会这样不甘心。人总得往前走,经历过太多灾难,早就习惯了遗憾。

陆封能做的,只有把眼下做到最好。

选择、坚持。

不后悔。

可现在他不甘心,他不想让卫骁遗憾。自己可以习惯,却不能容忍卫骁妥协。

灿烂的骄阳,夺目的少年,就该沐浴着没有阴霾的耀眼光芒。

两局比赛,谁都感觉不到卫骁的情绪,只有陆封隔着万里重洋,隔着破晓和落日,感受到了卫骁的所有心情。冷酷的暗贼,嚣张的狂贼,峡谷里的无数杀戮,映照的只是一颗不安的心。

这样不安,这样无助,这样害怕,他却还在强撑着。

卫骁还在倔强地告诉陆封:"我可以。"

陆封闭了闭眼,从心脏涌出的血液又苦又涩,麻木了四肢百骸,说着要守护他,说着要给他快乐,最后自己竟然是被守护、被给予的那个。

回到基地,刚下车卫骁的手机响了,白才偷瞄了一眼,卫骁按住屏幕不给他看。

白才:"……"

卫骁:"我先接个电话。"

辰风点头:"嗯。"

卫骁直接上楼回屋,把门反锁后才指尖轻颤划开被锁屏幕。

映入眼帘的是——陆封。

卫骁轻吸口气,压着涌上来的酸涩,接通了:"队长。"努力维持着平常的声音。

陆封:"……"

卫骁只是听着他的呼吸声，眼眶就红了："刚醒？"

陆封："没睡。"低沉的嗓音响在安静的屋子里，更静了。

卫骁顿了下，说道："今天还要去做理疗吧，一宿没睡……"

陆封打断他："比赛我看了。"

卫骁："……"

陆封低声道："打得很好。"

每次比赛结束，卫骁都能听到他说这四个字，可这次不一样。听到他这么说，卫骁胸口里像被撒了把盐，五脏六腑全在痛。

"一会儿要去复盘，我先……"卫骁想挂电话了，他不想哭得眼睛通红去训练室，太难解释了，也不想解释。

陆封却轻声唤他："小小。"

卫骁靠在门边，身体僵得像在寒冬腊月里站了一小时："嗯。"

陆封继续道："以后我什么都告诉你。"

卫骁蓦地睁大眼，垂在背后的手像是在找一个依靠般握住了门把手。陆封说得有些难，却说得很认真："我不是不相信你，只是不适应。"

不适应和人交流，不适应与人分担，更加不适应自己的身后有了个小小的倚靠。卫骁嘴唇轻颤着，什么都说不出来。

"小小，"陆封声音温柔到了极点，"不生气了好吗？"

卫骁忍了许久，还是哭得一塌糊涂，他没发出声音，但是眼泪流得很凶，那模样会让看到的人惊讶，原来一个人可以流这么多眼泪。

"队长……"

"嗯。"

"下周……的检查报告直接发给我好吗？"

陆封应道："好。"

陆封每周的周五会做一次检查，而下周五晚上八点是 FTW 对 TPT 的一场比赛。国内时间晚上八点，刚好是陆封那边早上八点。卫骁打完比赛，陆封新一周的检查结果也就出来了。

卫骁没有把话说出来，但他心里想的是——

我会赢下比赛。

请你也一定好好的。

74

卫骁始终没有表现出哭腔，一直维持着正常的嗓音，陆封看不到他，却能猜到他现在的模样。如果可以，陆封真的想给他一片肆无忌惮的天空，在那里可以随便哭、肆意笑，不要有任何顾忌。

卫骁平复了心情，道："我先去训练室了，都在等我。"

陆封："好。"

临挂电话了，卫骁又忍不住道："不要熬夜，注意身体。"

陆封："……嗯。"

挂断电话，卫骁浑身脱力，靠着木门滑坐在地板上，他额头抵在曲起的膝盖上，黑发顺从地垂落，零零碎碎地遮挡住白皙的面庞。

落日余晖穿过剔透的玻璃，落在暖褐色的楠木地板上，拖出一条长长的光带，光的尽头是抱着膝盖微微颤抖的少年。

卫骁下楼时，辰风看了他一眼："……"

白才："……"

小宁子和越文乐："……"

汤哥无所畏惧："大晚上的在屋里，咋还戴上墨镜了？"

卫骁十分淡定："酷吗？"他微扬下巴，尖瘦的下颌上是微翘的唇，高挺的鼻梁上架着一款银灰色的墨镜，镜腿是细长的银色，镜片上架一根细细的银条，上面印着名牌的经典花样。墨镜色泽清冷，酷且精致，再配上他这似笑非笑的模样，颇有点斯文败类的意思。

汤哥贼捧场："酷！"早忘了自己的问题了。

辰风虽然没法透过镜片看卫骁眼睛，但想想他那样，再想想那个电话，心里猜了个七七八八："哭肿眼了吧臭小子。"也不知道陆封在搞什么，真当卫小疯心脏大到搞不崩啊！

辰风敲了敲桌面，打掩护："复盘。"这是默许了卫骁在屋里戴墨镜了。

卫骁省了解释，就这么坐下，十足有范。菜哥在心里吐槽：你真是个狠人！

别看FTW赢得轻松，HU被压得像条死狗，真正复盘起来，其实问题颇多。刨除韩古的人品问题，HU今年的确来势汹汹。FTW一直没和他们约训练赛，还真不知道这个二流小队成长得如此霸道，难怪能赢了RR。

虽说月夜心态有点崩，但想把月夜打崩，没点本事也真别想做到。

辰风："别轻敌，HU这次被打了个措手不及，等他们冷静下来，结果如何很不好说。"一句话让赢了比赛颇为得意的几小只冷静下来。

HU会输得这么惨，绝不是因为菜，而是多重因素交织在一起，首先韩古的心态不对，被卫骁反搞后十分不理智，再就是他们也被九道弧光的暗贼吓住了。

随便刷成这样，任谁都会惊愕。一时慌了手脚，乱了分寸，也能够理解。第二局FTW赢得轻松，一来是卫骁利用狂贼展露了自己那无与伦比的相容性，把团队硬生生拧成一根绳，发挥了百分之二百的实力；二来是韩古太水，全程在坑HU，卧底都没他那么会"演"。

就冲他出卖队友的操作，FTW都不好意思和他计较了，跟微博上几句挑衅相比，这人头大礼包送得实在可靠且真诚。

小宁子回忆了一下道:"HU 的中路很强。"可惜被拖后腿拖到死。

辰风提醒他:"WW 这个选手,在欧区中路排名进不了前十。"

宁哲涵一听,不禁挺直了后背,欧洲赛区有个最强中单——曾经的神之队成员谢和。而 WW 这个在国内明显能挤入顶端的中单,在欧区竟然连前十都进不去。国外卧虎藏龙,当真不假。

敲打了小宁子,辰风又去敲越文乐。越文乐闷头听着,乖巧听话,就是不知道左耳朵进去,右耳朵又溜出去多少了。

挨个说了一遍后,辰风看向卫骁。卫骁坦白道:"抱歉,我今天心情不太好,打得有点走神。"

整个训练室的人:"……"

您真行,走神走出九道弧光,走神走出个零封对面!这样的走神,请务必多来几次!

辰风懒得说他了,道:"调整好情绪,下周的比赛可不是闹着玩的。"

众人神色一凛,面容严肃,倒不是被下周的 TPT 吓的,而是对辰氏魔幻海报予以最高敬意。

果不其然,辰风教练手一松,海报被磁石摁在了玻璃板上,饶是见多了"大风大浪"的汤哥此时也是一脸"地铁老爷爷看手机"的表情——真叫一个辣眼睛!

小宁子忽然悟了,凑近卫骁小声道:"骁哥深谋远虑啊。"

卫骁:"嗯?"

宁哲涵:"我要是有个墨镜该多好。"

就不用被这幅画"屠戮"眼睛了。

训练室就这么大,辰风哪会听不到?他一道冷光扫过来,宁哲涵坐得笔直,盯着海报的眼神要多憧憬有多憧憬。

辰女王满意,点点海报道:"看到没,这就是 TPT,一个肉山大魔王!"

众人:"……"

卫骁皱了皱眉:"大魔王不都很帅吗?"

一屋子人更沉默了,FTW 的大魔王是真的帅,别人家的嘛……咱能不跑题了吗?给 TPT 一点尊重好吗?

TPT,外号撇嘴哭,来源很明显,看这个战队缩写就明白,整个一撇着嘴哭的表情包,虽然是中国赛区的老牌战队,但不喜欢 TPT 的电竞粉丝也不少。

TPT 也曾风光过,而且风光得比 FTW 还早,神之队横空出世前,TPT 是国内赛区绝对的大哥,虽然只拿过一次全球赛总冠军,但也是豪强中的豪强了。后来神之队解散,TPT 的老人纷纷退役,国内的荣光圈笔直跌入低谷。

等到 FTW 再度崛起,TPT 也迎来了新生,先是高才生傅黎休学入队,后是欧星从上转下发现新大陆。TPT 在去年的成绩十分亮眼,虽然在半决赛上输给了 RR,失去了进军全球赛的机会,但那局比赛打得太过精彩,完全透支了 RR。

很多人都说去年 FTW 和 3U 是躺赢：一个是躺赢拿了冠军，一个是躺赢拿了全球赛最后的门票。

为什么这么说？因为半决赛时 TPT 和 RR 打得实在太疯，两家拼尽全力，掏出所有家底，耗空一个赛季的精气神，最终 TPT 一个小失误，葬送了比赛。

可 RR 也耗空了心力，面临接下来的总决赛，只有疲乏和困倦，完全没了半决赛的刚猛。TPT 也是差不多的情况，在和 3U 争抢最后一个种子队名额时，遗憾输掉比赛。

从成绩上看，去年只位居四强的 TPT 是弱了些，但所有看过那场比赛的都知道，这个队伍有多可怕。

选手强也就罢了，套路还深，和其他队伍打比赛，对面顶多挖一个坑，哪怕掉下去也能爬起来。TPT 不一样，人家的队长傅黎是峡谷挖掘机，一挖十个坑，你能爬出来，黎哥跟你姓。

辰风拎着几小只提醒："TPT 天生克我们这种队伍。"

宁哲涵是好奇宝宝："怎么讲？"

辰风："FTW 的风格是什么？"

小宁子眨眨眼。

菜哥给答案："莽……"

辰风："对，TPT 专门反制头铁队。"

头硬？头铁？一头能撞死人？没事，TPT 是一张网，轻轻松松把你送进坑。

卫骁戴着墨镜，神态不明，只是嘴角绷着，带了点冷酷严肃的意味。

辰风继续道："看到 RR 的积分了吧？赢了 TPT，我们有望把第一守到最后；如果输了，那就不好说了。"

A 组是 FTW 和 RR 的天下，两人积分咬得非常紧，极有可能到最后比拼的是净积分。

所谓净积分就是每小局得分，一整场 BO3 赢了是一个大积分，排名优先看大积分，后头坠着个净积分。净积分就是在 BO3 中是否有扣分。

2：0 拿下比赛是两个净积分，如果是 2：1 拿下比赛，那就是一个净积分；如果大积分双方持平，那每个净积分都至关重要！

接下来的比赛，FTW 还有三场硬仗，第一场是和 TPT 的异组循环，剩下两场全是和 RR 的组内循环。

赢了 TPT，他们和 RR 的比赛，哪怕 FTW 输一场都能稳居第一；可如果输给 TPT，那他们和 RR 的比赛必须两场全胜才能拿下小组第一。

所以下周的比赛很重要。想要夺小组第一的话，绝不能轻视！

卫骁看着小组排名，慢慢说道："下周要赢。"

不仅仅是为了小组第一，更是因为……

多么奇妙的日子。

同一天，同一个时间段。

只要他赢下比赛，队长一定可以战胜命运！

辰风听到了卫骁嗓音中不同以往的坚定，这小疯子想赢，不仅仅是为了小组赛第一，更像是在期望什么。

"嗯，"辰风道，"想赢是对的。"

小宁子热血上头："还有一周，我们好好训练！"

白才更现实点："明后天都有比赛。"

卫骁："每一场比赛都是训练。"

辰风担忧得更多一些：TPT可不是个普通队伍，在他们面前暴露越多，可能会输得越惨。不过FTW不是个藏拙的性子，每一局比赛都全力以赴，是FTW的准则！

75

睡前卫骁还是没忍住打给了队长，在经历了一整天比赛和训练，在哭得眼睛红肿的情况下。

陆封问他："能开视频吗？"想看看他。

卫骁顿了下。

陆封又问他："行吗？"

卫骁哪里受得住："嗯。"

他摘掉眼镜，切了视频模式，手机屏空了一阵后，陆封出现在上面。卫骁只是看了一眼，心中便像有翻滚的海浪，压得他透不过气。

不能哭，不能脆弱，不能再一味地依赖队长了！

陆封眼睛不眨地看着他，嗓音哑了："小小。"

卫骁眉峰紧拧着，眼泪在通红的眼眶上直打转："队长……"

陆封哄他："没事，哭也没关系。"

看着屏幕里压抑着情绪，不敢肆意宣泄的大男孩，陆封恨不得现在就飞回他身边。想告诉他没关系，一切都没关系。

可是他不能回去，带着这样的检查报告，他怎么回去见卫骁？

见了又怎么说得出"没关系"这三个字？

卫骁始终在强忍着，努力平复了心情后，他道："队长，今天的理疗做完了吗？"

陆封："嗯。"

卫骁以前每天都会问诸如"做完感觉如何？""有没有减轻？""医生有没有夸你？"这样的话，但现在他一个字都不敢问，只敢岔开话题："昨晚你一宿没睡，赶紧回酒店睡会儿吧。"

陆封顿了下："你……"

卫骁避开了他的视线："我也要睡了。"

陆封欲言又止。

卫骁道："我去洗个澡，挂了。"

陆封只能同他道晚安。

卫骁勉强笑笑："晚安。"

挂了电话，卫骁倒在被褥中，浑身散架般无力，卧房的吸顶灯是很柔和的护眼光，够亮却不会刺目，哪怕直视也不会眼花，可卫骁却像是受不了这灯光般，抬起左臂遮住了眼睛。

FTW 的选手房间都是差不多的装修，蓝色系墙纸铺出了男性的简洁利索，一张看着就很舒服的双人床，床头上有 FTW 的队徽，黑白相间的双剑交叉，中间是龙飞凤舞的战队名。

这会儿是凌晨一点多，外头是静谧的黑夜，唯有柔软的灯光下，身型瘦削的年轻人无力地躺在白色的床褥间，软厚的被褥拥着他细瘦的腰线，宽大的袖口落到了手肘处，露出一截比灯光还要白上几分的小臂，手臂搭在眼睛上，一滴泪水顺着脸颊滑下，滴在了枕头上。

没一会儿，他侧过身，后背弓起，膝盖蜷曲，散落的黑发下是白皙的耳朵尖，他左手用力抓着被褥，哭得无声无息。

好起来吧。

请让队长好起来吧。

他想看队长拿下真正的单人赛冠军，想和他打双人赛，想和他一起站在荣光万丈的舞台上，不留任何遗憾。

卫骁是噩梦中惊醒的，醒来后他后背全是冷汗，手指微颤地去摸手机。等到要按下通话键时，他又猛地清醒过来。

做什么？又要做什么？

卫骁扔开手机，平复呼吸，别像个孩子一样缠着队长了，让他好好疗养，让他放心休息，别再给他增加压力了。

卫骁拍拍面颊，去浴室冲凉。

第二天白才早早就醒了。

白才迷迷糊糊地去接毛豆，意外发现"二哈"不在。这么早除了他这个为钱早起的男人，还有谁会带着豆哥遛弯？

白才走到窗前，径直看向基地的花园，然后……他眼花了？

迎着春日冷风，跑在大片紫叶李中的身影是……卫骁？

白才穿着拖鞋下楼，站在台阶上等他。没一会儿，伴随着狗叫声，穿了一身黑色运动服的卫骁跟着跑了过来。

菜哥冷得搓手："你发什么神经？"

卫骁瞥他一眼，声音微喘："晨跑。"

白才："啊？"

卫骁身量高，穿条修身的跑步裤和银色跑步鞋，更是把腿拉得又长又直，再衬着那张俊秀的脸蛋，可以去拍广告了！

白才眼见他跑远，追上来道："你什么情况？大早上不睡觉，出来跑步？"

卫骁单侧戴了个耳机，白色的耳机线陷在衣兜里，刚好划过腰线："锻炼身体。"

白才疯了："你……卫小宅，锻炼身体？"

卫骁送他个白眼："身体是革命的本钱。"

白才："……"

卫骁直视前方："FTW 需要更多的冠军杯。"说完这话，他加速，甩开了慢腾腾蜗牛爬的白才。

菜哥在凉风里蒙了会儿。

备战和 TPT 比赛的这个周，FTW 可谓是水深火热，水深来自辰风？火热来自教练组？

不！全来自他们的野王卫骁同学！

水深的是小宁子："骁哥，我不行了，我真的……不行了。"

冷酷野王在线凶人："今晚你冻不住我，饭都别想吃。"

小宁子哇的一声哭出来。

菜哥做"太监"状，小心试探："你看他和你 Solo 了四小时了，已经花式死了三四十次，不如……"

野王瞥他一眼。

菜哥一哆嗦，痛骂小宁子："大师在线教学，别人求之不得，你怎么能说不行？！"

小宁子："……"

说好来救我的呢菜哥！

火热的是越文乐。和没经历过大师洗礼的小宁子不同，老越同志斗志昂扬，越死越勇，每天都是热血上头，恨不能 Solo 个昏天暗地。

卫骁"因材施教"，对越文乐是另一番调教："极峰赛多少分了？"

越文乐："……"

极峰赛是荣光高端局里的一个模式，只有在排名赛达到一定名次的选手才可以参加。进入极峰赛，玩家只能单排，且是累积胜方 KDA 做全服排名。这是个含金量极高的模式，对于极其依赖队友的射手来说，冲分极难。

尤其是像越文乐这种，被菜哥保护得太好，一旦落入虎狼频出的极峰赛，越文乐能被自家辅助卖成棒槌。卫骁给他的条件是："极峰赛每涨一百分，Solo 一局。"

一百分是什么概念？以越文乐凄凄惨惨的小身板，他得和一群"野兽"厮斗几小时，且每局都拿到 10.0 的 KDA 才有望达到这个数字。

难，难于上青天。

可不得不说这对越文乐来说，极其有效。磨炼莽汉，最好的法子就是把他丢进一莽就会死得很惨的"炼狱"中。

其实这个方案，教练组早就安排给越文乐了，但方案这玩意儿，给出来容易，执行太难。越文乐没东西刺激着，打一局就烦了，闭着眼应付下工作，效果很不好。

如今卫骁出马，越文乐的极峰赛积分一路飙升，直破新高。这一周，卫骁完全投入到团队训练中。

卫骁训练赛打得比谁都认真，复盘比谁都用心。他和宁哲涵Solo，一来能磨炼这小子的技能释放精准度——连灵活的大师都冻得住，还有谁是小宁子冻不住的？二来能更加熟悉和了解对方，双排的确是很好的培养默契的法子，但用好了Solo，一样可以培养默契，且效率更高——当然这个能力是大师专属，别人学不来。

针对越文乐的训练就更有方向性了，通过极峰赛让这小子学会谨慎，别仗着有队友护着就一个劲瞎冲；再通过Solo磨炼他的求生欲，没错，就是这三个字，能够在卫骁的盗贼手下安然活下来，那放眼国内荣光圈，想切死越文乐就真不容易了。

汤哥比较稳，卫骁更多是在带他双排冲排名。菜哥颇觉冷落："我呢我呢？"说完起立道，"我去给骁哥榨西瓜汁！"一溜烟小跑去厨房，是棵贤惠菜了。

异常忙碌且充实的一周，卫骁通过高强度的训练来让自己不去胡思乱想。他每天都有固定时间联系陆封。但和之前一个月每天讨乖不同，更多是在讨论比赛，讨论TPT，讨论队友们的优缺点。通话时间不短，甚至比之前还长，可想念的情绪比之前还要强烈。

眨眼间，新的一周到了，明天就是和TPT的比赛。辰风发话："行了，别排太晚，都早点休息。"

一众小崽子应得很快，但没谁起身。反倒是每天晚上走得最晚的卫骁先起来了："明天见。"

卫骁出了门，低头给陆封发微信："队长，明天等我好消息。"

陆封回得很快："好。"

他也希望自己能带给卫骁好消息。

76

FTW和TPT的比赛是今天的压轴戏。一天三场比赛，前两场打完才能等到第三场。根据以往经验，延时的可能性很大，所以哪怕早早到了赛场也要等。

他们化完妆，做完赛前采访，外头也才打到第二小局，有趣的是外头打比赛的是个眼熟的队伍——GOQ。就那个被卫骁打哭，事后被迫复盘又号啕大哭的队伍。

卫骁看了一眼："进步不小啊。"

辰风也在看着局势，道："常规赛过半，不少战队都磨合出来了。"

直播投影上是打得异常胶着的两个战队，GOQ已经拿下一小局，这局开局攻势极猛，那个被卫骁把手复盘过的雨猎玩得相当不错，几次雨点位置都踩得很精准，卡得敌方要么无法输出，要么无处可逃。眼看着宁哲涵和越文乐也凑过来要看了，辰风道："行了，估计很快就上场了，去热手。"

作为一个老行家，看看局势就知道打不长。GOQ 气势正盛，对面被打得方寸大乱，搞不了太久。

常规赛已经进行了一个多月，战队排名逐渐稳定下来。

A 组第一是 FTW，第二是 RR。

B 组第一是 3U，第二是 TPT。

其他战队也都磨炼出了斗志，开始了下半轮的抢分大战。

常规赛每个战队都要打整整十九局，这种真枪实弹的战斗抵得过私下里一百局训练赛。

如今每个战队都打了至少十局，该磨合的也磨合得差不多了，该适应的也都适应了，剩下九局就是通往季后赛的最后钥匙了。究竟能否冲到小组前四，全看这后半场发挥如何了。

FTW 的战绩非常漂亮，除了输给 3U 那局，其余全胜。这傲人的成绩按理说该稳居战局小组第一了，没什么悬念了。可 RR 穷追不舍，始终以一分之差追在 FTW 屁股后。今晚 FTW 对 TPT，如果输了，RR 能凭借净积分优势反超 FTW，成为小组第一。

虽说只是暂时的小组第一，但 FTW 若是能赢了 TPT，那将第一守到最后的概率将高达百分之七十！所以这一局很重要，对 FTW 来说至关重要！

卫骁心里装着的事当然不会说出来，但是他告诉队友们："我们输给了 3U，这次不能再输给 TPT。"

这话是有分量的，如今的国内赛区，最强的四个战队已经摆在了明面上。

FTW、RR、3U、TPT 这四个战队的战绩也非常耀眼，彼此咬得很紧，同时又把同组的第三名甩出去两条街。

卫骁这句话的意思其实是在说 A 组和 B 组之争，虽然两个小组的第一和第二都能进入胜者组，但 B 强 A 弱绝对不是 A 组想要见到的结果。

FTW 输给了 3U。

RR 输给了 TPT。

如果 FTW 再输给 TPT，那几乎等于坐实了 B 强 A 弱这个言论。

虽说 AB 组没有竞争关系，但谁愿被比下去？站到赛场上的战队，谁愿意比谁差！更何况季后赛还会遇上，现在一输再输，季后赛拿什么自信去夺冠军！

辰风点头："好好打，拿下这局比赛。"

有卫骁在，他都省了打气的工夫，这家伙三言两语就能给全队打满鸡血。

卫骁看向辰风："教练，辛苦你了。"

冷不丁被卫骁这样注视，辰风竟心惊肉跳了一下，难怪小宁子怵他，难怪越文乐这根老油条听他话，这小子严肃起来，是真的有气场。

辰风懂他意思："放心，我有数。"

晚上八点四十分，FTW 和 TPT 从后台走向前台，坐到了各自的区域，检查外协，调整选手习惯，裁判做最后确认和审查，战斗一触即发。

打比赛是不可能带手机的。卫骁盯着屏幕上的时间，心飞到了地球另一边。

FTW 和 TPT 第一场比赛开始的时候，陆封也开始了第五周的检查。两个月的疗程已经过去了一大半，如果还不好转的话，他有必要再浪费剩下的三周吗？

想到扛着压力面对常规赛的卫骁，他的胸口钻心地疼。陆封闭上眼，心中有了决定。

卫骁什么都不知道，也什么都不去想了，他只看到眼前的比赛，把压抑了一周的情绪全部堆到了赛场上。

赢下比赛，拿下小组第一。只要他勇往直前，队长就会好起来。

心中信念不灭，他的信仰不倒。这是撑着卫骁拼搏的一口气！

每个和 TPT 比赛的队伍，BP 环节都快不了。TPT 是个毋庸置疑的强队，有了傅黎这个"最强大脑"，这支队伍又蒙上了一层神秘面纱。

无论哪个战队，遇上 TPT 都会头疼。不只是峡谷的五个首发头疼，BP 时的教练更是头疼。

别的战队在 BP 环节只有一个教练，TPT 有两个！另一个"教练"还能跟到峡谷里，把人杀个片甲不留，简直是大 Bug。

导播很懂观众口味，先给了卫骁特写。今天他们来得早，时间够多，化妆师看卫骁神态没之前那么冷，硬是给他搞了个新发型。卫骁的短发是那种容易乱翘的类型，又黑又亮，唯独发梢容易翘起来，带了点孩子气；今天的化妆师是上次打 HU 时的那位，被制冷机"冻"过的小姐姐蠢蠢欲动，给卫骁弄了个帅爆的发型。

额前发抓起来，微翘的发梢压下去，再用发胶定个型，侧脸撇过来时能把人"冻"成冰块！

化妆师小姐姐美滋滋道："酷！"

有了这造型，镜头给个特写，弹幕的小姐妹们立刻化身"尖叫鸡"。

"Q 神好帅，这个造型我可以！"

"卫骁是什么人间大宝贝，可咸可甜可酷可暖，姐妹们入坑无悔啊！"

"不知道是不是我的错觉，自从陆封离队，卫骁一日帅过一日。"

"FTW 打野位风水好，把人越养越帅。"

"啊啊啊，大魔王再不回来，我就要'改嫁'了！！"

导播又把镜头切到了 TPT，欧星是个众所周知的"戏精"，有多"戏精"呢？镜头给过来，他先来个 Wink（抛媚眼），再做口型："我爱……"

粉丝："啊啊啊，欧神我也爱你！"

"今天的星星也是个甜心小宝贝！"

"啊啊啊，被这个 Wink 电死了！"

镜头左移，给了 TPT 队长傅黎这位冷酷"学霸"。他是职业圈鲜少的眼镜党，细长的金丝镜框，侧面镜架有个雕琢极其精细的小圆柱，上面是经典的十字标，在舞台耀眼的灯光下，尤其显眼。

傅黎眼神掠过镜头，换来弹幕上一片尖叫连连。

"论'斯文败类'，我只服傅队！"

"给这气场跪下了！"

"日常迷惑，我是在追电竞还是在追偶像，一个个的怎么这么好看啊？"

观众听不到队内语音，只能盯着选手的脸尖叫，电竞粉还是揪心的，已经在根据BP分析局势。

辰风："他们把暗贼禁了。"

卫骁："没事。"

这是意料之中的，最近这一周FTW打了四场比赛，只要有人敢放暗贼，卫骁就用九道弧光教做人，TPT哪还会放暗贼。

辰风斟酌着，想着拿什么阵容。卫骁赛前给他说的那句话，意思就在这儿了，和TPT打比赛，教练太累，要想的实在够多。

你禁一个我禁一个，你选一个我选一个，这看似轻松的BP，其实蕴含了无数玄机。不夸张地说，一个好的BP，烧脑程度不亚于一场棋局对弈。要看清对方的套路，要争取自家擅长的阵容，更要防备对方的反制，如此你来我往，几乎每一下BP都把时间耗到最后一秒才做决定。

卫骁用什么对FTW来说很重要，作为队伍的核心，他选择的天赋直接决定了团队的最后阵容。

拿暗贼隐贼这种偏爆发的天赋，队友就要考虑下均衡团战短板；拿狂贼仙贼这种偏团战的，队友就需要补足前期伤害和整体控制。卫骁的英雄池极广，可选择性很大，但是……

TPT队内语音。

欧星日常吐槽："卫骁什么都能玩，禁个暗贼没用，阿睡的狂贼就是他一手带出来的，他的仙贼和血贼都很拿手，我被他虐得好惨，嘤嘤嘤……"

傅黎盯着屏幕："他什么都能玩，他的队友却不是什么都能配合。"

没错，这就是FTW目前的问题，卫骁和陆封都是天赋万花筒。

什么都能用，什么都能用得很好，可惜这是5V5比赛，阵容套路是有节奏的，只要把他的队友限制死，他哪怕是英雄海，也只能拿出仅剩的那条鱼。

辰风察觉到了："傅黎在逼你拿狂贼。"

卫骁没出声。

辰风思索："TPT打3U那局，阿睡被针对得很死。"

3U的狂贼可以说是国内荣光圈的招牌了，就连FTW当初都输在了这个配合下，TPT却迎难而上，击败了阿睡的狂贼，给予3U重磅一击。

这会儿他们又来套路FTW了，逼着卫骁拿狂贼，再用同样的克制手法搞FTW？这也未免太小瞧TPT了。作为荣光著名挖掘机，傅队铲子下的坑一个接一个，还各个不重样，就看你想跳哪个了。

辰风拧眉:"拿狂贼?"

卫骁:"拿。"

他很好奇,傅黎给他准备了什么"大礼包"。

77

BP 结束,双方拿下的阵容,从路人眼光来看没什么大问题。FTW 的狂贼体系很不错,卫骁那一手狂暴盗贼打得出神入化,让无数战队闻风丧胆。

上一场比赛,遇上 FTW 的战队第一个禁用位给暗贼,第二个给狂贼,求生欲十分强了。可惜盗贼是禁不完的,卫骁拿个仙贼、血贼……一样打得人抬不起头来。

TPT 的 BP 明面上不针对卫骁,只是从 C 位下手,逼着宁哲涵拿了冰法,越文乐拿了雨猎。这俩英雄同时给出来,只剩一个信号——团战输出不够。

冰法偏控制,团战相对乏力;雨猎灵活却手短,而且输出全靠单点,埋伏一个人或绕后攻击射手行,打团较弱。

TPT 逼着 FTW 掏出这俩阵容,卫骁的可选择性就很局限了。盗贼天赋很多,能扛起输出这面大旗,补足 C 位缺陷,带动团战的天赋却不多。暗贼在能用九道弧光状态下算是一个,可惜被禁了,眼下最强势的还剩下狂贼。

卫骁拿还是不拿? 拿了 TPT 明显有反制的套路;不拿的话其实还是掉进 TPT 的坑里,因为剩余天赋相对狂贼来说都差了一截,TPT 不用反制,已经狠狠削了卫骁一刀。

前是坑,后也是坑,这就是挖掘机的可怕之处了。逼得你无路可走,就只能坑里跳了。

卫骁从不当缩头乌龟,与其拿别的、队友不能习惯的天赋,不如迎头直上。你有计策,我也有套路。他很想试试挑战 TPT——常规赛都不敢闯,季后赛还打个鬼!

关注这场比赛的人很多,这次来现场的不是 RR,而是阿睡和从逸。从逸直接找 FTW 要了替补席的位子。

他找来时,六哥愣了愣:"啥?"

从逸:"我去给你们看饮水机。"

替补席旁边都有饮水机,所以替补们都有个外号——看饮水机的。

天天忙着找替补的项六有点混乱:"那个我们缺辅助和打野。"

他的小助理连忙接话:"是要来看我们的比赛吗? 行啊,几个人?"

项六猛地回神,刚刚理解错了,脑子都糊住了!

从逸是何等人精,立刻发现重点:"FTW 在找替补?"

项六干了这么多年经理,应变能力不是吹的,笑眯眯道:"对啊,FTW 一直都缺替补。"

与其遮遮掩掩,不如坦荡承认。从逸果然没再多想:"汤哥也的确该退了。"

半点没去怀疑大魔王的肩膀。

项六松口气，连忙给他们安排了位子。从逸带着阿睡坐到了替补席上。镜头打来时，从逸笑着打招呼，顺便替靠在自己肩膀睡着的某队长摆摆手。

弹幕理所当然地炸开了。

"3U 和 FTW 关系真好啊！"

"兄弟战队名不虚传，连替补席都能坐。"

"呜呜呜，崽崽在吵吵闹闹的会场也能睡得香喷喷。"

"睡哥这身便服好好看啊，阔版卫衣衬得他更有范了。"

"看腿行吗？没有这双大长腿，敢穿这种宽宽大大的上衣吗？"

辰风瞥了他们一眼："来看笑话？"

"怎么会？是来取经，"从逸微笑，"看看 FTW 要如何破局。"

上次TPT和3U的比赛，虽然3U以2：1的比分堪堪赢下比赛，但赢了比赛的3U一点都不开心，甚至很想打得TPT撇嘴哭。

他们对阵的第二局，TPT放出了狂贼，3U毫不犹豫地拿下，结果被TPT打成棒槌。赢了一个常规赛没什么意义，自己最拿手的阵容被打崩才扎心。更要命的是3U一个常规赛经历了两次（上次的风贼体系被卫骁打到弹尽粮绝），3U这个小组第一的位置坐得浑身疼。

今天FTW和TPT对上，3U自然要来看看。从另一个视角看TPT的排兵布阵，能够得到更多信息。阿睡的狂贼是招牌，必须把场子找回来！

他们闲聊间，选手们已经进入峡谷。开局挺平静的，各自刷野，线上试探，视野给得中规中矩，没有搞事的前奏。

傅黎是个中单位，同时也是队伍的主指挥。一个队伍的主指挥，最佳位置是打野和辅助，其次是中单。

傅黎的中路玩得中规中矩，要人命的是他的调控能力和大局观。一步三算，说的就是这个男人。

卫骁道："中路抓一次。"

遇上TPT，不搞他们中路，怎么对得起挖掘机的名号！

小宁子："好！"

卫骁刷完下路的狼崽子，带着菜哥摸向中路。中路两边有草丛，只要卡好视野，藏进去后对方是看不到的。宁哲涵和卫骁配合得多了，有了自己的习惯，比如卫骁要过来了，他先压一下对方，等对面不得不向后缩，刚好给了卫骁躲进草丛的机会，然后他再佯装去支援，放对面出来清线，等对方越界，那就是一命呜呼。这套路他们屡试不爽，经常能开局搞死对面中单。

与之前无数次一样，卫骁埋在了草丛里。

菜哥："总觉得有点不对劲。"

卫骁没出声，他也感觉到不太对。

宁哲涵现在的演技早练出来了，眼看自己人蹲好，作势去支援上路，冰法的小腿刚抬起来……

卫骁瞳孔一缩："别过去！"

已经晚了，宁哲涵被一个黑色链条吸中，整个人失控般地被拽过去。宁哲涵哇哇乱叫："救我救我救我……"他被控住，什么技能都用不了。

眼下这个距离，卫骁和白才是能跟上的。白才想都没想已经冲了过去，他拿的是神牧，奶量可观，只要给得上技能，保住宁哲涵血量，这小子就能闪现逃生，甚至反打。菜哥这判断没毛病，以他的视角来看，是非常正确的，可从上帝视角来看——

"FTW要出大事。"

"TPT这个套路也太深了吧！"

"傅黎的功课做得太足了，这简直是完全猜中了FTW要做什么。"

菜哥一出草丛，本来还怯生生缩在塔下的傅黎一个"魅惑"给到了菜哥头上。

白才："……"

卫骁心一横："杀魅法！"

傅黎用的是魅法，一个长相妖孽的魔族。他的核心技能是"魅惑"，效果是控制施法目标，让他去哪儿就去哪儿。

傅黎当前在塔下，他直接把菜哥"魅惑"到了自己的防御塔下。且不提前期神牧的身板不厚，即便是防御超凡的巨人萨满，也抵不住防御塔的叠倍伤害。菜哥"凉"了，宁哲涵救不了，卫骁能做的只有带走魅法，及时止损！

白才的视角更广一些，他心一惊："不对，老卫你别来……"

卫骁的镰刀已经甩向傅黎。魔族雌雄难辨，身姿妖娆，被黑色镰刀锁住也不慌不忙，甚至因为禁锢越发迷人。

可惜狂贼是个不懂怜香惜玉的，一个后摇，把他控得死死的。菜哥眼看没招，只能把所有技能都丢给卫骁，希望他在击杀魅法后还能活命。

一套连招异常凶狠，魅法被塔下强杀，同时响起的还有数个系统音，白才被魅法击杀，宁哲涵被TPT的打野带走。

局势陡然严峻！卫骁进入狂化状态，可他身处敌方防御塔下，腹背受敌。TPT虽然队长没了，却搞死FTW两人，并且有望带走卫骁。

解说："卫骁危险了，TPT两人状态极佳，完全可以堵他后路，越文乐按下传送，雨猎过来了，FTW还要打吗？"

弹幕上也是一片议论声，人人都说得头头是道。现场观众看得眼睛不眨，仿佛被代入到峡谷里，感受到了血脉偾张的紧张感。

唯独TPT的队内语音，一片祥和，十分养生。

欧星："乐乐过去啦。"

傅黎："好，你先推塔。"

欧星："好嘞。"

傅黎虽然躺在地上，声音依旧不慌不忙，荧幕上绚丽的技能特效投影在镜片上，挡住了那双古井无波的漆黑眸子。

越文乐抵达中塔,从后方支援卫骁。卫骁死盯着 TPT 二人,脑中计算着冷却时间:"老越,集火力贼。"

越文乐踩上雨点,精准攻击 TPT 打野。

TPT 队内语音。

傅黎:"上路牵制汤臣,萨满把图腾全给力贼。"

画面上,随着雨猎的攻击落到力贼身上,TPT 萨满的图腾立刻把力贼的血量抬上来!

台下从逸盯着屏幕道:"傅黎会读心吧。"

辰风一声不吭,之前 TPT 和 3U 的比赛,结合队内语音看才真的让人头皮发麻。

一个好的团队指挥有很多,可是像傅黎这么夸张的指挥是真的罕见。在瞬息万变的战场上,再怎么快的语言提示都比不上选手自己的本能反应。因为你说得再快也快不过零点一秒,语言沟通注定会被时间桎梏,战场上哪怕是零点一秒的失误,最终结果可能天翻地覆。

可傅黎能够提前给予指示。他不需要说得太快,他只要提前十秒给出指令。

在雨猎点下传送的瞬间,他已经告诉萨满和力贼该如何做。在 FTW 还没行动的时候,他已经确定了卫骁、白才和宁哲涵的站位,所以能提前一步埋伏。

他反制的并不只是狂贼这个天赋,他看清的是这个阵容下这个战队会做的事,算无遗策才是满地挖坑的本钱。

中路团战结束,仅剩丝血,卫骁没能换走力贼。

越文乐还想上,卫骁喊停了他,越文乐不甘心,可也没办法再追上去,对方上路接应下来,FTW 真的是一路血崩。

开局 TPT 用傅黎一个人头换了宁哲涵、白才、卫骁三条命,并且拔掉下路外塔。

血赚!

FTW 队内一片安静。宁哲涵手脚冰冷:"我没想到……"没想到自己的行动被人看得这么透。

卫骁眼睛不眨地盯着屏幕,耳边忽然传来了队长的话——你是 FTW 的卫骁,是我们的奇兵。

他眼睛亮起,胸口被一阵阵热流填满。

"不怕,"卫骁轻声安抚,"有我在。"

我是 FTW 的奇兵,奇兵不会被摸透,奇兵不怕被套路,奇兵一定会带着团队走向不一样的胜利!

FTW 和 TPT 打得最胶着的时候,陆封做完了第一项检查。主治医生看到结果时眼前一亮,陆封黑眸沉沉的,对于结果如何已经不太在意了。

医生惊喜道:"陆,今天的检查看起来很不错。"

陆封微怔,医生将片子举给他看:"这里……还有这里,都恢复得比之前好很多!"

78

  毫无疑问，FTW陷入苦战。替补席上，阿睡早醒了，一直目不转睛地盯着屏幕。偶有镜头扫来，在他身上停了一下。平日里懒洋洋总睡不醒的青年身体前倾坐在扶手椅上，他没穿队服，头发随便抓了抓，黑色的卫衣挺括，显得肩宽腰窄。他眼神笔直，双手并拢，食指撑在下巴上，神态专注且认真。

  毫无疑问，弹幕上的"迷妹"尖叫了。

  "睁着眼的睡神啊！"

  "我觉得他在看傅队，瞧那视线，瞧那模样，是我爱的小狼狗了！"

  弹幕上已经骂得热火朝天。

  "FTW怎么回事，你给我站起来！"

  "呵呵，看到卫骁拿狂贼的那一刻，我就知道FTW凉了。"

  "FTW怎么回事啊，没看TPT怎么搞3U的吗？没有对策还敢硬来？"

  "膨胀了，觉得自己的狂贼比阿睡玩得好。"

  "早看卫骁不顺眼了，赶紧'翻车'，一个新人狂什么狂！"

  观众如何不重要，重要的是场上的十位选手，游戏进行到快三十分钟，TPT硬是甩了FTW七千经济。

  这意味着什么？

  TPT经济最高的欧星，足足比FTW经济最高的卫骁多了一件装备。连卫骁都被超了这么多经济，其他人更不用看了。

  小宁子的冰法最近练了很久，虽然心态有点崩，但冻人的准头够用，除了傅黎，其他人几乎都被他冻到过。

  哦……欧星也没有，这小子太厌了，厌到丧心病狂，真是全家人都可以死，我这个大宝贝得活着，怕死怕到这个地步，鬼知道他经历过什么。

  越到后期，FTW越乏力。惯性操作被人看穿也就罢了，阵容上还有劣势。等欧星彻底崛起，以FTW这个前期阵容，根本打不了！

  怎么办？就这样坐以待毙？这不是卫骁的风格，也不是FTW的风格！

  卫骁轻吸口气："什么都别想，打。"

  既然做什么，对面都能猜个七七八八，不如放开了干，这样束手束脚，还不如撸起袖子蛮干。

  宁哲涵还是有些心虚："那个……"

  卫骁："什么都不用管，根据自己的直觉去做判断。"

  宁哲涵一怔。

  卫骁："还记得我们打GOQ那次吗？"

  宁哲涵忽地心领神会："记得！"

卫骁:"找回那时候的感觉。"

宁哲涵眼睛亮起来了:"好!"

大家都听到了他的话,越文乐、汤臣都明白了,其实白才是有些懵懂的,他习惯了卫骁,配合他已经成了本能,所以 Get 不到打 GOQ 那局时大家的状态。事后辰风复盘的时候有提到过,说看到了晏江的影子。当时白才很不解,因为他体会不到。

哪怕宁哲涵、越文乐再怎么形容,他还是感受不到那所谓的"自如"。

台下,辰风向后靠在椅子里,神态放松了。从逸留意到:"看来 FTW 的确能破局。"

辰风道:"这局想翻盘难,但他们在尝试了。"只要有成效,后两局 FTW 就不用怕傅黎的算无遗策了!

从逸看向屏幕,察觉到违和感。

阿睡低声道:"僵硬。"

别人听了可能会觉得含糊不明,从逸却是明白的,阿睡说的是 FTW 的整体状态非常僵硬。

是的……

前半局能感觉到 FTW 那磨炼了半个常规赛的默契,这最后的时候却完全没了这种默契,他们仿佛回到了常规赛的第一场比赛,回到了那个生涩的时期。

观众看得骂骂咧咧。

"FTW 的心态崩了吧!"

"这是开始送人头了?没有斗志就别打,什么鬼玩意儿。"

"这就是你们吹起来的 Q 神,换个名吧,废 Q 挺顺口。"

都是嘴强王者,刷起弹幕来那手速,放到游戏里怕是能冲个荣光一百星!

第一局,FTW 输了。最后一次团战,卫骁切死了嚣张跋扈的欧星,傅黎给了他一个"魅惑",把他送回泉水。其实这次团开得很棒,FTW 但凡经济少差一千,都有可能反扑,赢下比赛。可惜前期损失太大,后期还在找新的感觉,等到略有成效,TPT 已经摁死了比赛。

好在这是个 BO3 的比赛,输一局也不慌,还有机会!

辰风上来,戴上耳机给他们打气:"不错,找到感觉了。"

宁哲涵小声道:"输得挺惨。"

卫骁盯着屏幕道:"教练,如果他们放了暗贼,抢。"

辰风敛眸:"好。"

TPT 那边。

欧星扬眉吐气:"还是 5V5 痛快,想我欧星星竟然有机会把大师按在地上摩擦。"

傅黎放下鼠标,拿起旁边的保温杯,慢条斯理道:"下局禁狂贼。"

欧星眨眼:"不至于吧……"

傅黎:"卫骁有点东西。"

欧星难得从队长脸上看到这样认真的表情:"……我们放暗贼?"

傅黎："嗯。"

欧星想了下道："样本不够，九道弧光可没那么好针对。"

傅黎："所以才要收集样本。"

第二局马上开始，BP相对之前快一些，看得出双方都有了思路。TPT放暗贼，FTW一楼秒锁，毫不含糊。

弹幕里还在吵。

"放出暗贼也没用，FTW整个状态被打崩，卫骁能秀出九道弧光？"

"我看够呛。"

"兄弟们，听哥的，赶紧去押个TPT2：0，稳赚不赔！"

荣光游戏内有竞猜渠道，里面的竞猜币没有实际价值，但是积攒多了可以换游戏道具，所以玩家们玩得还挺开心。

"好！我倾家荡产押TPT零封FTW！"

"放心，等着赚翻天吧。"

也有号啕大哭的玩家。

"我开赛前就把全部身家给了FTW啊，给我赢啊！"

"不猜比分，只猜输赢，我不管，FTW今晚必须赢！"

"呜呜呜，我不要竞猜币，我只要我崽崽拿下比赛！"

场外观众永远离真相差了那么……一大截！所有人都在唱衰FTW，只有内行人知道，FTW起来了！

第二局一开，卫骁对白才说："去跟老越。"

白才："好。"

卫骁继续对其他人说："保持上一局的状态。"

宁哲涵还是有点担忧的："能行吗……TPT每个选手的个人素质都很强。"

卫骁："我们也不弱。"

宁哲涵气势又起来了："对！"

他们也不弱，或者该说他们很强！他们可是FTW，是去年的冠军队！他们可是打了十局比赛，赢了九局的小组第一！

宁哲涵立马鸡血打满，干劲十足。

第一局末尾，傅黎已经感觉到了FTW的变化，这一局更明显。这挺奇妙的，他看过太多FTW的比赛：以前的、现在的、冬训营的、常规赛的，甚至是无数场训练赛的。

每一局他都仔细分析过，揣摩过，忖度过，所以他很清楚FTW每个首发的习惯。比如中野如何联动，比如下辅如何起手，再比如汤臣的推塔节奏……把这些都事无巨细地记在脑中，傅黎可以轻而易举根据他们的动向分析出他们下一步的节奏，进行埋伏。

第一局前半场他们也的确是这样干的，FTW被他们打了个措手不及，落入困境。可很快，这支队伍做出了改变。

这个"改变"是最微妙的地方。他们明明磨合出了感觉，对彼此有了惯性，可居然还能回到常规赛初期的状态，打得"毫无章法"。

能做到这点挺厉害的，但凭这个就想赢下 TPT？天真。

这何尝不是一个坑？一个配合默契的队伍，TPT 都不怕，会怕一个毫无配合的队伍？傅黎要利用这个机会试试卫骁的暗贼。

可惜赛后他才明白，FTW 为什么敢这么玩。

七分钟下路龙坑，傅黎指挥："蹲一下，暗贼会过去。"

欧星："我牵制乐乐。"

傅黎："嗯，老吴跟我来。"

吴思是 TPT 的打野，一位相当出色的蓝领打野："好。"

他们蹲在了龙坑的草丛中，避开了视野陷阱，果不其然，五秒钟后，暗贼露出身影。

傅黎："上。"

吴思用的是力贼，毫不犹豫一个地刺过去，想要把暗贼抓过来。谁知暗贼反应极快，位移躲避地刺，瞬间进入隐身。

傅黎这局拿的是火法，腿短且脆，他不慌不忙道："保护我。"

以卫骁的性子，绝不会一战而退，他肯定会绕过来切傅黎。吴思已经护在火法身边，捏住了地刺，只要暗贼赶过来，他能把卫骁控到死。卫骁没过去，反而直冲远古生物而去。

傅黎："……"

吴思一愣："他……"

傅黎冷静道："分散站位，他储备了伤害值。"

九道弧光想要刷出来，必须叠伤害，这个伤害可不只打到敌方英雄可以，利用野怪也可以储备。只是时间极短，必须拿捏得特别稳，否则就会数值跌落，想要刷出高段弧光，叠不够伤害和印记，那想都别想。

吴思不可思议道："狼群距离大龙这么远，他有时间储备伤害？"

傅黎："只要他早就猜到我们在这里。"

话音落，九道弧光在河道炸开，巨大的攻击范围让腿短的火法无法彻底躲避。仅仅是不到十分之一的伤害刮到傅黎，傅黎血量跌到谷底。吴思有位移技能，所以躲得更远一些，反而没掉血，可是……

他和火法拉开了距离！

吴思反应过来的时候，已经晚了。暗贼弧光落地，位移技能刚好冷却结束，两段突进，带走了孤立无援的傅队。

系统公告：

First blood!

FTW.Quiet 击杀 TPT.Auroral！

FTW 队内语音。

白才："老卫，漂亮啊！"

小宁子化身"迷弟"："骁哥，你怎么知道黎神在那儿？"

妈呀，莫非这是传说中的我预判了你的预判的预判？果然是高手过招，牛……

宁哲涵的崇拜之情还没在血液里流完，卫骁就给了他答案："意外。"

宁哲涵："啊？"

卫骁："我储备了伤害，原本是想给小龙一个九道弧光的，谁知'转角遇到爱'。"

赛后，傅黎结合 FTW 队内语音看这段复盘时："……"

黎神连干了三杯黑咖泡枸杞。

79

FTW 队内哄堂大笑，之前那点被克制的阴霾一扫而空。

白才："真有你的。"

虽然这和小宁子脑补的高手过招略有差距，但……依旧牛！

宁哲涵："骁哥牛！"

卫骁含蓄："运气好而已。"

众人更乐了。

镜头给到 FTW 选手这边，解说都被他们笑得一怔，解释道："看来 FTW 气氛很好。虽然丢了一小分，但看这情况已经胸有成竹了。不知道 FTW 接下来将如何打破 TPT 的谋略，让我们一起见证！"

弹幕也在嘀嘀咕咕。

"决胜局还这么开心？"

"不就是拿了个一血，至于这么嘚瑟？"

"难道是放弃比赛，直接想 0：2 回家了？"

"完了完了，好不容易瞎猫碰个死耗子，一膨胀肯定又凉了。"

"讲真的，我觉得卫骁这个一血，不是闭眼拿的。"

立马有"分析帝"出没。

"卫骁绝对是嗅到了什么，试想一下，谁会起手对着小龙刷九道弧光？"

"可是那地方也没有视野啊，卫骁怎么会知道傅黎蹲在那儿？"

"FTW 这个野王果然不简单，不仅操作秀、意识强，智商还和傅队有的拼。"

有粉丝插话。

"还长得很帅！！"

"分析帝"们视而不见，继续分析。

"可惜直播期间看不了回放，但我凭着自己的记忆，捕捉了三个要点，首先，卫骁从狼群起手叠伤害，这个距离很微妙，你看这个折线图，只要暗贼抵达这个位置，再去上方，然后回身，势必能……"

"不得不说，卫骁是个地地道道的机会主义者。"

弹幕一大段一大段的，说得那叫一个头头是道，不明真相的小白们听得那叫一个迷糊。回头荣光炸麦王的队内语音一公开——

"分析帝"们只能说对不起打扰了，我退隐江湖还不行吗？

无论真相如何，FTW这局打出缺口了！击杀傅队的意义重大，不仅是破了他们的埋伏，更是让TPT的节奏断层。虽说傅黎在死亡状态下仍旧可以纵观全局，给队友新的指示和安排，但死了总归是少了一只"眼"，躺在地上是动不了的，TPT能活动的就剩下四个，凭借四个方位的视野势必不如五人全面。

"分析帝"们的八百字小论文有七百多个字全是瞎扯，唯独最后一句是真的，卫骁是个机会主义者，不管是有意还是无心，被他撕破了喉咙，那他一定会穷追不舍，把TPT捶得撇嘴哭！

傅黎刚刚复活，还没从泉水中走出来，下路就爆发激烈团战。FTW二莽，最莽的都不是卫骁而是越文乐。

乐神早就看欧星不顺眼了，亏得欧星当年还是玩上单的，如今居然厌成这个包子样。

射手怎么了？射手一样硬气！

上一局越文乐没讨到好处，这一局他逮着机会了。卫骁一下来，他疯狂射欧星，翻滚起身，破甲加普攻，嗖的一下点掉欧星半管血。

TPT辅助吓得连忙给奶，恨不能把自己的血都喂给自家欧星星。

欧星竖着耳朵："我总觉得旁边有个大师。"

他家队长："自信点，把'总觉得'去掉。"

欧星："嗯？！"

暗贼直接隐身绕到塔后，凭借影袭换位，轻松用普通攻击打死他。

FTW这局的经济滚得很快，靠的完全是一股脑的莽劲，听说你们TPT是一张网，能网住一切刺儿头？

不好意思，能被网住但还不够硬。

最后一次团战，卫骁送给欧星星一个漂亮的九道弧光。

欧星号啕大哭："我的闪现、无敌、复活甲、隐刀全都用光了啊！"所以只有等死这一条路了。

欧星一倒，傅黎勉强穿死了汤臣和白才。

菜哥一声怒吼："老卫，给我报仇。"

卫骁："好嘞。"

暗贼背袭火法，血刃闪烁，勾魂夺命！

傅黎倒地，TPT这局命数已尽。卫骁和越文乐两人带着超级兵直奔TPT水晶而去，在枪炮和血刃间，炸掉了TPT老家。

Victory!

FTW扳回一城！

比分被拉回来，成了1∶1，下一局就是真正的决胜局了。谁输谁赢只看最后一局比赛了。

打完两局有中场休息，选手们纷纷下台，去了后面的休息室。

辰风已经在那儿等着他们，卫骁他们推门进去，意外发现了两个"外人"。

从逸打招呼："Hi，我是FTW的替补逸逸。"

白才："……"

小宁子："……"

越文乐："……"

卫骁："逸逸？你好恶心。"

刚在台下坐替补席的两人也跟到了休息室。睡哥靠在沙发里，半睡不醒，显然刚才聚精会神看比赛耗尽了他的储备能量。

卫骁坐他旁边，戳他："你来干吗？"

阿睡："……"

卫骁不用从逸翻译，他自己就能和睡神唠半小时："别想觊觎我的位子，我现在身强体壮，状态绝佳，不需要替补！"

他现在对替补俩字有阴影，见谁心里都慌。

阿睡耷拉眼皮瞄他一眼："赢。"

卫骁："废话，我们不只能赢TPT，等季后赛也能打得你们满地找牙。"

阿睡："鬼。"

卫骁凭实力曲解睡哥的话："别别别，都是兄弟战队，哪会把你们打成鬼。"

阿睡："……"

一屋子人："……"

小宁子转头看看从逸，发现这位睡神专属翻译家十分淡定，甚至笑呵呵的，半点没有想为自家队长解围的意思。

果然……逸神有点腹黑，宁哲涵抖了一下。辰风眼看着时间不多，提醒道："下一局有什么想法吗？"

卫骁："对上傅黎，不能有太多想法。"这个男人太鬼，那双眼睛怕不是装了部微型计算机，要不怎么就"预判"得那么准！

宁哲涵附和："对对对，只能靠运气。"

满屋子都静了静。

小宁子茫然："不是吗？"

卫骁乐了："没错，运气也是实力的一种。"

辰风懒得说太多，继续道："下一局拿不拿暗贼？"这是辰风比较担心的事。

卫骁无所谓道:"他们敢放,我们就拿。"

辰风凝神道:"赢了比赛,输了情报。"

卫骁笑了下:"怕什么,离季后赛还远着呢。"

辰风眉峰拧起,卫骁看了下时间,起身道:"只要成长得够快,他就别想算到。"

在绝对实力面前,一切花里胡哨都是纸老虎。

话音落下,满屋子人都忍不住看向他。

卫骁招手:"走了,最后一局,我要赢。"

他自始至终都没碰一下手机,不敢看不敢问不敢想。他现在能做的只有一件事:赢。

赢下比赛,拿下小组赛第一,等候队长归来!

第三局开始了,第一轮禁用,大家都瞪大了眼睛。游戏策划也真会搞,竞猜环节极其精彩,甚至精准到了哪个选手用哪个英雄。毫无疑问,卫骁是否拿暗贼成了热门竞猜选项。

百分之八十的观众选了不拿,并且分析得头头是道。

"那肯定拿不到啊,TPT 傻吗?上把被打得这么惨,还敢把暗贼给 Q 小疯?"

"即便 TPT 放了,我觉得 FTW 也不会拿。"

"怎么讲?"

"这是杀手锏啊,也不看看 TPT 是什么战队,把自己的家底摊平给人看两次,真当黎神会手下留情啊?"

"有道理!这不过是一个常规赛小局,输了也就一分,都不会影响这俩战队杀进季后赛。"

"小组第一和小组第二差距不大的,都是胜者组,季后赛第一轮都要'虐'菜。"

"信了信了,我押卫骁不会再用暗贼!"

"十万竞猜币在此,输了我这个常规赛都不来押注了!"

另外的观众则意见不一致。

"我不管,我要看崽崽秀九道弧光。"

"我不管,我老公要赢,一定要赢!"

"Q 神加油啊!别让姐姐失望!"

喊得正凶,选择拿的那边忽然多了二百万竞猜币。

"哪来的'土豪'?"

"这么多竞猜币……大手笔啊。"

"是谁??"

"除了我黎神,谁有这么多竞猜币?"

恰好这时,镜头给到了替补席,落在了低头摆弄手机的从逸身上。

弹幕:"……"

荣光圈两大"竞猜帝",一个是傅黎,这个没意外,峡谷里都能一步三算的男人,跟着他押准没错;另一个嘛,就是 3U 的副队——从逸。

这家伙不显山不露水，但每次都"逆风"大翻盘。

比如这次，大家都押准了卫骁不拿暗贼，唯独他几百万砸下去，押卫骁拿。

不少玩家慌了，现在换注还来得及吗？

来不及了，因为BP开始了，竞猜被锁死。

TPT一禁狂贼，二禁仙术士，三禁金猎，TPT真的没禁暗贼！

轮到FTW首抢了，一楼是卫骁，他精准地点中暗影盗贼，等待时间才过一秒，他就锁住了。

广大竞猜玩家："……"

从逸看着入账的六百多万，淡定地笑了笑。嗐，他们这些职业玩家，游戏内道具早就溢出了，竞猜币再多也没意义，就是看着开心而已。

早在FTW打第二局的时候，陆封这边已经做完了当天的理疗，之前的检查结果出来了，主治医生比他还开心，钢笔落在报告书上，一个个数据详细给他做对比。

陆封静静地坐在旁边，姿态有礼且专注，一字不落地认真听着。最后医生拍板："坚持治疗吧！会有效果的！"

陆封冷静地道了谢，起身离开医院。

外面是艳阳天，阳光铺天盖地地落下来，陆封指尖微颤着，春天早就到了，而他直至今日才感觉到融融暖意。

陆封拿起手机，点开了赛事直播。入目的是对局胜利的画面，巨大的"Victory"属于FTW，镜头给到了选手席，洋溢着灿烂笑容的是他的FTW。

陆封点了暂停键，画面停住了。

卫骁仍坐在电竞椅里，嘴角扬着笑容，漆黑的眸子里却有着隐隐的担忧。

没人留意到，没人能明白。只有陆封知道他在想什么。瞬间涌上来的情绪烫得他心口发软。

FTW对TPT最后一局，打得非常胶着。

FTW最后在绚丽的九道弧光下终结了比赛。

握手的时候，傅黎盯着卫骁："季后赛见。"

卫骁："下次就是2：0了。"

傅黎轻笑："好。"

到底谁2：0，就看季后赛了！

在先失一局的情况下拿下比赛的喜悦是不可言喻的，小宁子非常亢奋，和越文乐勾肩搭背，膨胀得很。

辰风盯他一眼，还没说出口，意思已经传达到了，复盘的时候，有你哭的。

FTW的大功臣，凭一己之力带着全队拿下第三局比赛的卫骁却不太笑得出来。白才留意到了："怎么了，暗贼大神？"

卫骁："……"

白才看向他紧握着的手机，心领神会："快去给队长报喜讯。"毕竟赢了TPT，值得去好好炫耀一番。

卫骁应了声："嗯。"

他拿着手机去了个僻静地方，收工、采访、后台吃了些东西，一圈折腾下来现在已经十二点半，队长那里肯定已经检查完了。

为什么没发消息？是结果不好吗？

卫骁睫毛颤了颤，拿下比赛的喜悦荡然无存，他没发短信，而是打了个国际长途。话筒里传来了忙音——对不起，您拨打的电话暂时无法接通。

卫骁心提了起来，有些慌，果然还是结果不好吧。

卫骁忍着浑身的冷凉，给陆封发消息："队长，我赢了。"

发过去后也没人立刻回复，卫骁眼眶酸胀，忍着眼泪道："没事，怎样都没事，有我在，FTW 会一直赢下去。"

虽然很想和你并肩作战，但是没关系——FTW，换我来守护。

图书在版编目（CIP）数据

荣光.2/龙柒著.—广州：广东旅游出版社，2023.8
ISBN 978-7-5570-3018-6

Ⅰ.①荣… Ⅱ.①龙… Ⅲ.①长篇小说—中国—当代 Ⅳ.①I247.5

中国国家版本馆CIP数据核字(2023)第059160号

荣光.2

RONG GUANG.2

出 版 人：刘志松
责任编辑：何　方　李　丽
责任技编：冼志良
责任校对：李瑞苑

广东旅游出版社出版发行
地址：广州市荔湾区沙面北街71号首、二层
邮编：510130
电话：020-87347732（总编室）　020-87348887（销售热线）
投稿邮箱：2026542779@qq.com
印刷：嘉业印刷（天津）有限公司
（地址：天津市静海经济开发区北区银海道48号）
开本：700毫米×980毫米　1/16
字数：455千
印张：20.75
版次：2023年8月第1版
印次：2023年8月第1次印刷
定价：49.80元

【版权所有 侵权必究】

如发现图书质量问题，可联系调换。质量投诉电话：010-82069336